Le destin de Cassandra

Aux Éditions J'ai lu

LONGHOPE ABBEY

1 – Les tribulations de Thea
N° 13282
2 – Les défis d'Arabella
N° 13309

MIA
VINCY

LONGHOPE ABBEY – 3

Le destin de Cassandra

Traduit de l'anglais (États-Unis)
par Nicole Hibert

J'AI LU

POUR elle

Si vous souhaitez être informée en avant-première
de nos parutions et tout savoir sur vos auteures préférées,
retrouvez-nous ici :

www.jailu.com

Abonnez-vous à notre newsletter
et rejoignez-nous sur Facebook !

Titre original
A WICKED KIND OF HUSBAND

1

Les ennuis commencèrent avec le cognac.

Ou peut-être serait-il plus juste – au moins pour le cognac, qu'il ne faudrait pas rendre responsable de toutes les défaillances humaines – de dire que les ennuis étaient déjà là et que le cognac se borna à les révéler.

Cassandra connaissait mal les effets du cognac, cependant, alors qu'elle se tenait sur le seuil de la salle de bal à minuit, regardant Lucy chanter et danser dans la flaque de lumière que dispensait un candélabre, il lui parut clair que l'alcool jouait un rôle dans l'histoire.

Premier indice : Lucy ne dansait pas avec sa grâce coutumière. Sa valse – si l'on pouvait l'appeler ainsi – était ponctuée de petits sauts pareils à des hoquets. Elle portait en outre l'une des toilettes lourdement ornées de leur mère, qui datait du siècle précédent. Les jupes de brocart bleu et or, drapées sur d'amples paniers trois fois plus larges que les hanches de Lucy, traînaient sur le sol, menaçant à chaque pas de la faire trébucher. Les manches de dentelle voletaient autour de ses coudes et une vieille perruque vacillait sur sa tête.

Deuxième indice : Lucy fredonnait une chanson grivoise où il était question d'une fille qui perdait sa virginité. Ce n'était pas surprenant en soi, mais elle chantait faux, or une seule raison pouvait affecter sa voix argentine.

Et là, on en venait au troisième indice, le plus probant : la bouteille de cognac à laquelle Lucy s'agrippait comme elle se serait agrippée à un cavalier.

Cassandra soupira, ce qui fit trembler la flamme de sa chandelle. Si elle avait été moins lasse, après une soirée déprimante – encore une – à regarder le feu crépiter dans la cheminée du bureau paternel, elle aurait pu trouver le spectacle comique, mais elle en avait trop vu de semblables depuis un an. Si Lucy n'avait certes pas besoin de cognac pour se donner en spectacle, à l'évidence l'alcool lui donnait de l'allant.

— Cassandra ! s'exclama-t-elle. Je suis splendide, non ?

Elle pirouetta, s'immobilisa et ouvrit grand les bras. Le cognac, ou plutôt ce qu'il en restait, clapota dans la bouteille, et la perruque bascula pour atterrir dangereusement près du candélabre.

Puis, les bras toujours écartés, elle se mit à tourner comme une toupie. Cognac, pirouettes, larges jupes et chandelles. Cela allait mal finir.

— Splendide… l'adjectif m'est venu à l'esprit, rétorqua Cassandra en s'avançant vers elle. Avec quelques autres.

— Je vais à Londres ! claironna Lucy sans cesser de tournoyer. Je fréquenterai la Cour et je deviendrai la maîtresse du roi !

— On prétend qu'il est fou, tu pourrais donc lui plaire.

Cassandra tendit sa main libre.

— Si tu me donnais cette bouteille ?

Lucy s'arrêta, chancela et, par défi, avala une lampée de cognac.

— Être la maîtresse d'un homme, quel effet ça fait à ton avis ?

— J'espère qu'aucune de nous ne le découvrira.

— Ha ! Tu ne sais même pas quel effet ça fait d'être une épouse, madame DeWitt, alors que tu es mariée depuis deux ans !

Nouvelle pirouette, après quoi Lucy se lança dans un quadrille titubant et entonna une autre chanson où il s'agissait d'échapper à la vie conjugale, car « une fille de joie, c'est mieux qu'une épouse ».

Seigneur Dieu.

La plupart du temps, Cassandra avait le sentiment de se débrouiller plutôt bien.

Elle s'imposait de ne pas ruminer le passé et de ne pas s'inquiéter pour l'avenir. Elle remerciait le ciel pour ce qu'elle avait et s'interdisait d'aspirer à ce qu'elle ne pourrait jamais avoir. Grâce à elle, le domaine était prospère et la maisonnée paisible. Elle affrontait toutes les situations avec le sourire. Elle réussissait même à empêcher la chèvre de sa mère, maudite bête, de dévaster les rosiers.

Oui, la plupart du temps, elle se débrouillait bien.

Mais pas ce soir.

— Donne-moi cette bouteille, Lucy.

Celle-ci bondit en arrière en glapissant et l'inévitable se produisit : elle se prit dans ses jupes, la bouteille s'envola et alla se fracasser contre le mur, et Lucy tomba rudement par terre. Des vapeurs d'alcool se répandirent dans l'air et les flammes des chandelles frémirent avec appétit.

Cassandra se précipita vers sa sœur, craignant qu'elle ne se soit fait mal, mais Lucy se tordait de rire.

Le cognac n'était plus un problème, c'était déjà ça. On progressait.

— Si nous allions nous coucher, à présent, ô splendeur ?

Lucy leva le nez, ses cheveux bruns dégringolant sur ses épaules, son beau visage altéré par l'ivresse.

— Je veux encore du cognac ! C'était le cognac de papa, tu sais.

— Oui, je sais. Il y en a une bouteille à l'étage, mentit Cassandra. Allez, on monte.

Par miracle, elle réussit à entraîner sa sœur vers l'escalier et à le gravir sans que ni l'une ni l'autre se rompent le cou ou mettent le feu. Le salut – la chambre de Lucy – se trouvait au bout d'un couloir obscur.

On y était presque.

— Le cognac est français, bredouilla Lucy. Je veux être française. Les Français s'amusent plus que les Anglais !

— Indubitablement.

— L'Angleterre est assommante. Sunne Park est assommant. Cassandra est assooommante.

— Et Lucy est pompette.

— Pompette ! croassa Lucy. Pompette !

— Chut... tu vas réveiller Emily, M. Newell et mère.

— Rien ne peut réveiller maman. Elle dort depuis des années.

In vino veritas.

Cassandra ne commenta pas et s'appliqua à manœuvrer sa sœur sur le palier. Par chance, Lucy avait oublié le cognac, mais elle trébuchait et dérapait à qui mieux mieux.

— Allez, mademoiselle Pompette, dit-elle en la poussant dans le couloir, on va te mettre au lit avant que tu te tues.

— Est-ce que Charlie était pompette quand il s'est fait tuer ? Et papa, il était pompette quand il s'est fait tuer ?

Cassandra la lâcha brusquement, mais Lucy, quoique chancelante, ne s'écroula pas. La flamme de la chandelle éclairait ses traits, durs comme ils l'étaient parfois ces temps-ci : un visage dur et limpide comme du cristal. Elles échangèrent un long regard. Ce fut Lucy qui détourna les yeux la première et éclata d'un rire strident.

Une porte s'ouvrit et Cassandra distingua dans l'entrebâillement l'ovale pâle du visage d'Emily. La porte de leur mère restait close. M. Newell devait être réveillé, mais il eut l'intelligence de ne pas se montrer.

Lucy empoigna ses jupes et s'éloigna.

— Je vais m'enfuir en Irlande ! s'écria-t-elle.

Cassandra lui emboîta le pas.

— Tu ne penses pas que les Irlandais ont assez souffert ?

— Peut-être qu'un pirate m'enlèvera. Si la chance me sourit.

— Si elle nous sourit à tous, corrigea Cassandra.

Elles étaient enfin arrivées à destination. Emportée dans son élan, Lucy traversa la pièce et, vacillante, se cramponna à une des colonnes du lit. Cassandra posa avec précaution la chandelle sur la table de chevet.

— Et maintenant, on enlève cette robe.

Elle parlait d'un ton enjoué. Peut-être rirait-elle aussi si elle pillait la réserve de cognac de leur père.

— Pauvre révérende mère Cassandra ! Qu'est-ce que tu vas faire de moi ? De la vilaine Lucy pompette ?

— Il n'y a qu'une chose à faire, répondit Cassandra, toujours joviale. Je vais te vendre au marché.

Lucy pivota, les yeux ronds comme des soucoupes.

— Me vendre ? À ton avis, combien je rapporterais ?

— Tu es si jolie dans cette robe... Vingt livres, pas un sou de moins.

— Vingt livres, répéta rêveusement Lucy.

Son humeur changea brusquement, une fois de plus. Elle montra les dents tel un animal sauvage.

— Ah oui, vends-moi ! Au moins, je partirai. Tu veux me garder ici jusqu'à ce que je sois vieille, laide et assommante comme toi. Toi, et ton mari qui a tellement honte de toi qu'il ne vient jamais te voir. Parce que ta vie est déjà finie, tu veux qu'on soit tous malheureux. Je te déteste !

C'était si méchant que Cassandra en eut le souffle coupé, ce qui ne lui permit pas de hurler à son tour qu'elle faisait des efforts, Lucy ne voyait donc pas qu'elle faisait des efforts, que depuis des années leur famille s'effilochait comme un vêtement mal cousu, qu'elle essayait de l'empêcher de se défaire complètement, mais qu'elle ne savait pas comment y parvenir, qu'elle aurait préféré ne pas avoir à s'en charger, mais que c'était ainsi.

Et dire que Lucy avait le culot de critiquer son mariage avec M. DeWitt ! Son mari était un étranger pour elle, et alors ? Père l'avait choisi, père estimait que c'était un homme bien et père disait qu'il fallait qu'elle soit mariée pour hériter de Sunne Park, afin que, s'il mourait, ils ne soient pas tous chassés d'ici. Elle l'avait fait pour eux, elle ne le regretterait pas, ça non, et si elle ne voyait jamais son mari et ne se rappelait plus son visage, c'était mieux ainsi. C'était bien mieux.

Cependant, comme toujours, ses lèvres restèrent scellées. Le mélodrame, les hurlements étaient réservés à Lucy. Cassandra était calme et raisonnable.

D'ailleurs, c'était son problème, pas celui de sa sœur. Il y avait hélas quelque chose de cassé chez Lucy que Cassandra ne comprenait pas et ne pouvait pas réparer.

Dans le silence lourd qui saturait l'atmosphère, Lucy émit un rire dément, tournoya et tomba à plat ventre… sur le lit, Dieu merci.

— Lucy va bien ? demanda une voix douce depuis le seuil de la chambre.

Cassandra ferma brièvement les yeux avant de pivoter et de sourire à Emily qui triturait le bout de sa longue natte rousse. Chère et tendre Emily. Quatorze ans, mais dix ans d'âge mental.

— Elle a bu ? risqua-t-elle.

— Demain, il se peut qu'elle ait la migraine, répondit Cassandra.

Si enjouée, si gaie. Car oui, elle pouvait être gaie. La plupart du temps.

— La migraine, c'est mieux qu'un cœur brisé.

— Quoi ?

— C'est ce que dit Lucy.
— Dieu du ciel...
— Moi, je n'ai jamais été ivre.
— Je l'espère bien.
— Et toi ?
— Une dame ne se soûle pas.

Elle voulut prendre Emily dans ses bras, mais celle-ci fit un bond en arrière.

— Elle veut juste s'amuser ! lança-t-elle. Pourquoi tu ne la laisses pas faire ? Pourquoi tu es méchante ?

Sur ce, Emily se rua dans sa chambre et claqua la porte. Cassandra inspira, expira et ne bougea pas. Une sœur à la fois.

Elle esquissa néanmoins un vrai sourire en voyant le bouquet de violettes sur la table de chevet. Elle en huma le parfum suave. Elle les avait trouvées le matin même, écloses sous les haies qui bordaient l'allée. Le soleil perçait les nuages, les alouettes chantaient et les pies construisaient leur nid – le printemps arrivait de bonne heure cette année. Ravie, Cassandra avait cueilli une profusion de violettes et en avait fait des bouquets qu'elle avait disposés dans les chambres des uns et des autres afin que chacun sache que l'hiver s'achevait.

Lucy ne l'avait probablement pas remarqué.

Une marque sombre sur le pied de sa sœur attira soudain son attention : une petite tache de sang. Lucy avait dû marcher sur un éclat de verre. Elle ne s'était pas plainte pourtant, peut-être n'avait-elle rien senti. Un bon point pour l'ivresse.

— Oh, je me souviens de cette robe ! Je la portais le soir du bal des Beaumont.

Cette fois, c'était leur mère qui se tenait sur le seuil. Elle avait donc fini par se réveiller. Pour autant que Cassandra puisse en juger dans la pénombre, elle paraissait lucide.

— Le soir où j'ai rencontré votre père, quand nous avons dansé et que nous sommes tombés amoureux.

Elle joignit les mains, poussa un soupir heureux.

— C'est tout ce que demande Lucy, tu sais. Tu devrais la laisser profiter de sa jeunesse.

Elle se tut, fixant un point dans le vide. Quand elle regarda de nouveau Cassandra, elle avait aux lèvres ce sourire lumineux que ni l'âge ni le chagrin ne parvenaient à ternir.

— Tu seras magnifique quand tu feras tes débuts, Miranda, et tu trouveras un mari merveilleux. Un duc, il faut au moins ça pour toi !

Cassandra souriait à en avoir mal aux mâchoires, car que faire d'autre ? Quatre filles, c'était beaucoup. Que leur mère les confonde n'avait rien de surprenant.

— Je suis Cassandra, mère. Miranda et moi, nous avons déjà un mari.

Ni duc ni merveilleux, mais un mari tout de même.

— Euh... oui, bredouilla lady Charles.

Puis elle regagna sa chambre en chantonnant. Cassandra s'occuperait d'elle dans un moment.

D'abord Lucy. Elle la débarrassa de sa lourde robe, lui enfila une liseuse par-dessus sa chemise pour qu'elle ait bien chaud. Elle lui ôta ses bas, lui nettoya les pieds et vérifia qu'aucune écharde ou éclat de verre n'y étaient restés plantés. Elle revérifierait demain.

Quand Lucy commença à ronfler doucement, pelotonnée sous les couvertures, Cassandra posa les bas tachés de sang et le linge humide à côté de la cuvette, sur la coiffeuse. Puis elle quitta la pièce et ferma la porte.

Elle hésita. Elle regrettait déjà d'avoir laissé les bas et le linge sur la coiffeuse – comme un reproche mesquin, indigne d'elle –, mais refusait de retourner dans la chambre. Pas après ce que Lucy avait dit.

Non... le pire, c'était son regard. Ce regard de haine.

Les doigts crispés sur son bougeoir, Cassandra longea le couloir froid et obscur, bordé de portes closes. Devant la chambre du maître, à présent vide, elle s'arrêta.

Elle imagina son père, lord Charles Lightwell, ouvrant cette porte, souriant comme toujours, avec ses joues roses et ses cheveux roux ébouriffés. « Eh bien, Cassandra chérie, qu'a fait notre princesse Lucy cette fois ? lui dirait-il affectueusement. Allons chiper un gâteau à la cuisine et tu me raconteras tout. »

— Oh, papa, murmura-t-elle, j'essaie de veiller sur eux à votre place, mais ils ne me facilitent pas les choses ! Pourquoi a-t-il fallu que vous...

Elle soupira, balaya le couloir du regard. Sunne Park était là depuis trois cents ans, pourtant elle n'aurait pas été surprise de voir la demeure s'écrouler devant elle, brique rouge après brique rouge. Leur famille lui avait paru si solide – joyeuse, aimante, magnifique et appréciée de tous, avec leurs parents au centre, puis Miranda et Charlie, Cassandra, Lucy et Emily.

Pourtant ils disparaissaient les uns après les autres, emportés par la mort ou le mariage, ou la mélancolie. Elle s'était efforcée de préserver les liens qui unissaient ceux qui restaient, mais ils ne voulaient pas se laisser faire.

Le moment était venu pour Lucy de partir. Lors de la saison mondaine de l'année dernière, elles portaient encore le deuil de leur père et Cassandra avait eu la bêtise, la lâcheté et, oui, l'égoïsme de croire pouvoir gagner encore du temps. D'abord Lucy, ensuite Emily : tôt ou tard, elles s'en iraient et la laisseraient ici avec leur mère.

Certes, plus tôt elles s'en iraient, mieux ce serait pour elles. Cassandra serait très bien, seule ici avec lady Charles. Elle aimait Sunne Park et elle aimait sa mère, cela lui suffisait.

La plupart du temps.

S'arrachant à ses tristes pensées, elle alla toquer à la porte de M. Newell.

— Monsieur Newell ? appela-t-elle à voix basse. Je sais que vous êtes réveillé. Forcément, avec ce raffut.

Elle entendit des bruits et des grommellements dans la chambre, puis la porte s'ouvrit sur son secrétaire, un bougeoir à la main, sa robe de chambre marron pudiquement boutonnée sur son ventre proéminent. Son doux visage était fripé de sommeil et son bonnet de nuit de guingois sur son crâne chauve. Il jeta un coup d'œil inquiet par-dessus l'épaule de Cassandra. M. Newell n'était pas de la race des héros.

— Madame DeWitt ? En quoi puis-je vous aider ? Est-ce que Mlle Lucy...

— Nous devons organiser notre départ pour Londres.

— Londres ? répéta-t-il en redressant son bonnet de nuit qui glissa aussitôt qu'il eut retiré sa main. Mais... M. DeWitt préfère que vous restiez ici.

— Si ma mémoire est bonne, il a dit qu'il ne voulait pas que sa femme coure d'un bout à l'autre du pays et que je devais rester là où on m'avait mise.

C'était du moins ce qui était écrit dans la lettre que M. Newell lui avait remise la dernière fois qu'elle avait exprimé le désir de se rendre à Londres. D'après M. Newell, le mari de Cassandra dictait ses lettres à un régiment de secrétaires, qui omettaient gentiment de noter les imprécations de leur employeur.

— Malheureusement pour M. DeWitt, reprit-elle, la situation m'impose d'être...

Une pause, théâtrale en diable.

— ... casse-pieds.

— Casse-pieds. Oui. Ha, ha, bredouilla M. Newell, en proie à un grand désarroi.

« Une bande de casse-pieds. » Tels étaient les mots utilisés par M. DeWitt pour décrire Cassandra et sa famille dans la lettre d'introduction de M. Newell, deux ans plus tôt. Cassandra n'avait pas décidé d'embêter son mari. Simplement, le décès imprévisible de son père, moins d'un mois après leur mariage tout aussi imprévisible, signifiait qu'elle était – et donc lui aussi – propriétaire de Sunne Park. Elle avait naïvement imaginé qu'il souhaiterait, sinon diriger activement le domaine, du moins… comment dire ? Venir le visiter ? Ne serait-ce qu'une fois ?

J'ai quatre usines, trois domaines, un millier d'employés et une flotte marchande en pleine expansion, avait répondu son mari par écrit. *Je n'ai pas le temps de m'occuper d'un misérable cottage au fin fond du Warwickshire. Mme DeWitt est sûrement capable d'apprendre toute seule comment tailler les rosiers et nourrir les cochons.*

Peu importait que Sunne Park fût un superbe manoir Tudor entouré de cinq cents hectares de bonne terre, et un paradis pour les cochons les plus dorlotés du centre de l'Angleterre.

Peu importait que M. DeWitt fût domicilié à Birmingham, à moins d'une journée de route.

Nous avons contracté un mariage de convenance, ajoutait-il. *Mme DeWitt porte mon nom, je ne vois pas ce qu'elle veut de plus.*

Il avait cependant dépêché M. Newell, récemment embauché en tant que secrétaire en charge des affaires matrimoniales, ainsi qu'un chaton gris aux yeux clairs, *afin que la jeune femme ne se sente pas seule et ne fasse pas de bêtises*, écrivait M. DeWitt.

Charmant, le mari putatif.

À vrai dire, Cassandra était tout à fait satisfaite de n'avoir pas affaire à lui, ses lettres indiquant qu'il était mal élevé et, à en croire les gazettes, se comportait encore plus mal. Elle n'en savait pas plus sur lui que le jour de leur mariage – leur unique rencontre. Joshua DeWitt était un veuf fortuné, fils illégitime d'un comte, lui avait expliqué lord Charles lorsqu'il l'avait convoquée dans son bureau et lui avait demandé d'épouser M. DeWitt, une semaine après que son fiancé, le séduisant vicomte de Bolderwood, s'était enfui avec une autre femme.

— Joshua est un homme bon, malgré ses manières, avait déclaré son père. Je ne te marierais pas à un individu en qui je n'aurais pas confiance. Ton frère Charlie nous ayant quittés, le notaire est catégorique : une fille ne peut hériter de mes biens qu'à condition d'être mariée, et je sais qu'après ma mort, Joshua prendra soin de vous tous.

Cassandra avait éclaté de rire.

— Allons, père, pourquoi parlez-vous de mourir ? Vous êtes en excellente santé.

Mais il avait insisté, il l'avait même suppliée ; alors elle avait épousé M. DeWitt. Un mois plus tard, son père mourait. Si M. DeWitt était un homme bon, elle n'en avait pas encore eu la preuve.

Elle lui était cependant reconnaissante de lui avoir envoyé M. Newell, que Lucy et Emily adoraient, et qui avait l'infinie patience d'un oncle affectueux. Sans oublier Bêta...

Une tête veloutée se frotta soudain contre sa jambe et des yeux de chat luirent dans la pénombre. Bêta ronronnait comme un moteur pour rappeler à sa maîtresse qu'il était l'heure d'aller dormir.

— C'est que, voyez-vous, poursuivit Cassandra, il est grand temps de présenter Lucy à la bonne société. Compte tenu des circonstances, je crois préférable de solliciter l'aide de ma grand-mère. La duchesse sera à Londres pour la saison, donc je dois y être aussi.

Mal à l'aise, M. Newell se dandinait d'un pied sur l'autre.

— Vous devez comprendre que M. DeWitt... Ma foi, il ne parle pas en l'air. Quand il prend une décision, il ne revient pas dessus. Or il vous a déjà dit non avec la plus grande fermeté.

Un mari ayant légalement tout pouvoir sur sa femme, Cassandra s'estimait heureuse que M. DeWitt ne s'occupe pas d'elle et exige juste qu'elle reste à sa place et le laisse tranquille.

Ce à quoi elle acceptait de se plier.

La plupart du temps.

— Malheureusement pour M. DeWitt, il faut absolument que Lucy fasse ses débuts dans le monde.

— Une lettre à votre grand-mère suffirait peut-être ?

— Je l'ai envisagé, néanmoins...

Cassandra écrivait consciencieusement à sa grand-mère quatre fois par an, et sa grand-mère lui répondait tout aussi consciencieusement. Il s'agissait surtout de faire savoir à l'autre qu'on était toujours vivant.

— Nos relations étant assez tendues, il est préférable que je la voie en personne. N'ayez crainte, vous ne paierez pas les pots cassés.

— Je ne crains pas M. DeWitt, se hâta-t-il de dire. Il n'est pas méchant. Ce n'est pas un homme... paisible, voilà tout. Il vous renverra immédiatement chez vous.

— Pas s'il ignore que je suis à Londres.

Bêta s'affala sur les pieds de sa maîtresse qui se pencha pour lui gratouiller la tête.

— Il voyage beaucoup et vous tient informé de ses allées et venues, n'est-ce pas ? Il suffira de trouver une période de la saison où il n'est pas à Londres.

— Hmm... On m'a prévenu qu'il comptait se rendre à Liverpool. Combien de temps pensez-vous rester à Londres ?

— Je dois simplement persuader ma grand-mère d'accueillir Lucy. Si nous nous organisons correctement, nous ne verrons pas du tout M. DeWitt.

2

— M. DeWitt est tout ce qu'un mari devrait être, déclara Cassandra à son amie Arabella tandis qu'elles flânaient dans Hyde Park trois semaines plus tard, par un bel après-midi. Il a le bon goût d'être riche, très généreux et toujours absent.

Ignorant le regard amusé quoique sceptique que lui décochait Arabella, Cassandra se concentra sur les merveilles qui les entouraient. D'un côté s'étirait la large allée de Rotten Row où cavaliers et calèches se croisaient, de l'autre s'étendait la Serpentine, le fameux lac. Et autour d'elles se pressaient ces centaines de promeneurs qui possédaient de beaux atours et le temps de les exhiber.

Dire que les deux amies « flânaient » était excessif. En réalité, se frayer un chemin dans la foule relevait davantage d'une sorte de lent quadrille improvisé : chassé à droite, glissade à gauche, et en avant.

Bien entendu, l'espace s'ouvrait par magie devant Arabella, lady Hardbury.

— L'absence est une tendance que beaucoup de femmes apprécient chez leur mari, déclara cette dernière. Je ne suis pas mariée avec Hardbury depuis assez longtemps pour que ce soit mon cas, pour autant, je suppose que le jour viendra où nous nous partagerons le pays en veillant à n'être jamais dans la même moitié.

— Ce serait surprenant, vous êtes trop amoureux.

— C'est vrai. D'ailleurs, que ferais-je pour me distraire si mon époux n'était pas dans les parages pour m'asticoter ?

Deux jeunes femmes vêtues de couleurs claires approchaient, bras dessus bras dessous. Elles ouvrirent la bouche pour parler à Arabella, et Cassandra prépara son sourire le plus aimable, mais son amie les fixa d'un air hautain. Les deux jeunes femmes passèrent leur chemin sans demander leur reste.

— Pourquoi ne pas leur adresser la parole ? demanda Cassandra.

— Elles ne sont pas suffisamment intéressantes.

— Tu avais promis, Arabella !

Révoltée, Cassandra s'arrêta net et faillit percuter un trio d'élégants gentlemen qui faillirent tomber tant ils se hâtèrent de s'incliner devant Arabella avant de s'enfuir.

— Comment suis-je censée me faire des relations si tu ne me laisses pas parler aux gens ?

— Encore faut-il choisir ses interlocuteurs. De toute façon, dès lors que tu seras avec moi, on ne te remarquera pas.

De fait, tout le monde voulait voir Arabella qui, depuis son mariage avec le marquis de Hardbury, avait escaladé les pentes escarpées de la haute société londonienne et planté résolument son drapeau au sommet. Les promeneurs l'observaient discrètement, la mine à la fois envieuse et craintive, puis chuchotaient des mots qui voletaient dans les airs entre les ombrelles et les plumes colorées des chapeaux – des mots comme « lady Hardbury » et « Cassandra Lightwell », « DeWitt » et « Bolderwood ».

— On me remarquera, ou plutôt on jasera sur mon compte. Enfin… je suppose que c'est inévitable.

— Il ne faut surtout pas l'éviter. Quiconque n'est pas l'objet de ragots n'existe pas. Grâce à cette promenade et à ta présence dans ma loge, ce soir au théâtre, ton nom sera demain sur toutes les lèvres.

— Bonté divine ! Combien de minutes consacrera-t-on à ma petite personne ?

— Ne te vante pas, Cassandra. Tu n'es pas intéressante à ce point, ironisa Arabella. Encore qu'avec ton histoire familiale… disons, une trentaine de secondes ? Multiplie cela par trois mille conversations mondaines au minimum, cela nous fait… mille cinq cents minutes. La plupart des gens se couperaient en quatre pour qu'on leur accorde un peu de cette attention.

— Attends que je calcule… vingt-cinq heures de cancanage à mon sujet !

Aux anges, Cassandra fit tourner le manche de son ombrelle entre ses doigts.

— Les langues de vipère peuvent me dire merci !

Quel bonheur de se retrouver au milieu de la foule ! Lors de sa dernière promenade dans Hyde Park, elle était encore Cassandra Lightwell, fiancée à Harry – lord Bolderwood – et Charlie et leur père étaient vivants. Ensuite… mais c'était du passé. À présent, elle avait près de trois semaines devant elle avant que M. DeWitt rentre de Liverpool et elle avait la ferme intention de profiter pleinement de chaque instant.

Elle considérait donc que la promenade d'aujourd'hui avait pour but de faciliter son retour dans la bonne société et d'ouvrir la voie à Lucy. Elle avait cependant l'impression de visiter une ménagerie avec Arabella pour guide.

— Cet homme là-bas – Arabella indiquait un gentleman affublé d'une cravate nouée de façon si complexe qu'il avait sans doute fallu trois heures au bas mot pour parvenir à ce résultat – a été reconnu coupable de commerce adultère avec l'épouse de lord Oliver. Il a été condamné à vingt mille livres de dommages et intérêts, dont il n'a évidemment pas le premier sou. Et la rousse, là – elle montrait une femme d'une trentaine d'années, dodue et pétillante, entourée d'un cercle d'admirateurs –, c'est lady Yardley. Elle a bien failli me damer le pion l'autre jour au club féminin de lecture. Quant à ce séduisant gentleman qui monte cette belle jument baie, il serait pour toi un amant des plus agréables.

Cassandra manqua de trébucher.

— Je... Pardon ? bégaya-t-elle.

— Ah, tu m'écoutes ! constata Arabella en riant.

Elle avait un rire mélodieux. Avant d'épouser lord Hardbury, elle riait rarement.

— Et puis, ce n'est pas comme si ton mariage avait une quelconque signification, enchaîna-t-elle. Tu t'es mariée uniquement pour préserver ton héritage, et lui... Rappelle-moi pourquoi il t'a épousée ?

— Parce que mon père le lui a demandé. Mais je ne prendrai pas un amant sous prétexte que j'en ai la possibilité, ou que M. DeWitt me trompe si j'en crois la rumeur. Pourquoi diable une femme coucherait-elle avec un homme si elle n'y est pas obligée ?

— Parce que c'est... Oh, peu importe ! J'ai vu ton M. DeWitt, quoiqu'on ne me l'ait pas encore présenté. Les gens ne savent pas sur quel pied danser avec lui. Ils font la moue parce que c'est un industriel, pourtant ils le reçoivent car investir dans ses affaires leur rapporte beaucoup d'argent. Ils disent que ce monsieur n'est pas de leur monde, cependant ils n'oublient pas qu'il est le fils d'un comte, et qu'il aurait été comte un jour si la bigamie de son père n'avait pas fait de lui un enfant illégitime. Résultat, il fait ce qui lui chante, il dit ce qui lui passe par la tête et personne n'ose s'interposer. Enfin, conclut Arabella l'air de ne pas y toucher, il est extrêmement séduisant.

Vraiment ? Lors de leur unique rencontre, le jour de leur mariage deux ans auparavant, Cassandra l'avait à peine regardé. Harry l'avait quittée, elle était en plein chagrin d'amour et pleurait son avenir brisé.

— Je me rappelle juste qu'il était maussade et brusque. J'ai pensé que, comme moi, il n'était pas enchanté d'épouser une inconnue.

Cassandra se souvenait surtout de l'attente interminable. D'abord à Birmingham, dans le salon de la demeure de M. DeWitt, où elle avait dû attendre que le marié daigne assister à la cérémonie. Son père bavardait avec le pasteur tout en agitant la dispense de bans qu'il avait extorquée à l'archevêque. Il flottait dans l'air cette odeur de renfermé propre aux pièces que l'on n'habite pas, et une pendule déréglée égrenait pour Cassandra les dernières minutes de sa vie de célibataire. Finalement, M. DeWitt était entré en coup de vent. Lord Lightwell avait à peine fait les présentations que le marié s'était tourné vers le pasteur en déclarant : « Allons-y, je n'ai pas toute la journée. »

Et plus tard... Oh, Seigneur, plus tard ! Elle avait encore attendu, blottie sous les couvertures, que son époux accomplisse ce qui devait être accompli afin que le mariage soit consommé. « Faisons en sorte que ce soit aussi rapide et indolore que possible », avait-il dit. Ce n'était pas vraiment ce qu'une jeune fille vierge souhaitait entendre de la bouche de son mari pour leur nuit de noces.

Elle avait fermé les yeux. Il avait des mains douces, chaudes et pas désagréables. À plusieurs reprises, il lui avait conseillé de se détendre et elle y était presque arrivée, après quoi...

L'acte avait été un peu douloureux, mais rapide, Dieu merci. Son mari s'était figé en pestant entre ses dents et elle avait recommencé à respirer. Quand il était sorti du lit, elle était restée immobile, sans le regarder, pas même quand il avait lâché : « Si cela peut vous réconforter, je n'ai pas aimé non plus. C'est mieux ainsi. »

Elle n'avait pas demandé ce qu'il voulait dire par là ; elle souhaitait juste qu'il s'en aille, ce qu'il avait fait.

Le lendemain matin, lorsqu'elle s'était levée, il avait déjà quitté la ville. Elle avait regagné Sunne Park avec son père et ne l'avait plus jamais revu.

Elles n'avaient parcouru que quelques mètres quand Arabella l'agrippa par le coude et l'entraîna dans une autre direction.

— Passons par là.

— Qui fuyons-nous ?

— Je ne fuis personne. En revanche, toi, tu préfères éviter de croiser lady Bolderwood. Non, ne regarde pas.

Dieu sait comment, Cassandra réussit à marcher – elle avait les jambes en coton.

— J'ai raison de penser que tu ne souhaites pas rencontrer lady Bolderwood, n'est-ce pas ? s'enquit Arabella.

— Tôt ou tard, ce sera inévitable, mais aujourd'hui je n'en ai aucune envie. Je te remercie.

Cassandra ne put cependant s'empêcher de jeter un coup d'œil à la vicomtesse de Bolderwood, celle qui lui avait volé sa vie. Elle vit une femme au teint pâle, vêtue d'une toilette recherchée, jaune, qui mettait en valeur sa silhouette parfaite.

— Elle est jolie, murmura-t-elle.

— Elle a le genre de visage qu'on trouve joli jusqu'à ce qu'on le regarde de plus près et constate qu'il n'en est rien.

— Elle est très élégante et à la pointe de la mode.

— Lord et lady Bolderwood fréquentent des gens à la pointe de la mode. En ont-ils les moyens ? Cela reste à démontrer. On raconte qu'ils sont assidus aux tables de jeu et que leurs dettes enflent de jour en jour.

Cassandra en éprouva une joie mauvaise, qu'elle essaya de réprimer, mais après tout, cette femme lui avait pris son fiancé alors qu'elle pleurait encore la mort de son frère.

— Je refuse d'écouter les ragots, déclara-t-elle fermement.

Il en fallait plus pour démonter Arabella.

— On a le droit de parler des faiblesses d'autrui, sinon, comment se réconcilier avec les nôtres ? En outre, Cassandra, nous savons toutes deux que tu n'es pas aussi bonne que tu le prétends. Tu n'es pas un tout petit peu contente que la femme qui s'est enfuie avec ton fiancé traverse quelques difficultés ?

— Je préférerais voir Harry… lord Bolderwood souffrir. Si elle me l'a volé, lui s'est laissé voler.

— Quand tu les rencontreras, ce qui se produira fatalement, n'oublie pas de mentionner l'énorme fortune de ton mari.

— Ce serait vulgaire !

— Mais divertissant, rétorqua Arabella en lui décochant un regard pétillant de malice. Oh, regarde qui voilà ! Le duc de Dammerton, avec la ravissante Mlle Seaton ! Il paraît qu'il la courtise, ce que sa famille ne voit pas d'un bon œil parce qu'il est divorcé. C'est avec eux, ma chère, qu'il te faut bavarder.

Cassandra n'avait pas vu Leopold Halton, sixième duc de Dammerton, depuis une dizaine d'années. À l'époque, il venait régulièrement rendre visite aux Bell, leurs voisins. Entre-temps, il avait hérité d'un duché et avait fait un mariage scandaleux suivi d'un divorce non moins scandaleux, pourtant, il affichait toujours cet air distrait qui dissimulait un esprit acéré.

— Bonjour, lady Hardbury, déclara Sa Grâce avec un hochement de tête qu'Arabella daigna lui accorder en retour. Mademoiselle Cassandra… hmm, madame DeWitt, rectifia-t-il avec un vague sourire. Quel plaisir de vous revoir. DeWitt ne m'a pas dit que vous veniez à Londres.

Son mari parlait d'elle ? C'était déconcertant, comme s'il devenait brusquement un être réel.

— M. DeWitt est très occupé, répliqua-t-elle. Je suis sûre qu'il a des sujets de conversation infiniment plus intéressants que moi.

— Les femmes ne sont-elles pas le sujet de conversation le plus intéressant de tous ? Dieu sait que Hardbury ne tarit pas s'agissant de son épouse.

Il indiqua sa compagne d'un geste courtois.

— Vous connaissez Mlle Seaton ?

On fit les présentations, on échangea quelques menus propos. Soudain, l'attention de Cassandra fut attirée par une sorte de remue-ménage derrière elle, un bourdonnement insistant dans le brouhaha ambiant. Elle pivota et avisa un grand homme brun qui venait droit sur eux en brandissant un rouleau de documents.

— Dammerton, bon sang de bois ! s'exclama-t-il alors qu'il était encore à plusieurs mètres.

À l'évidence, les interrompre, jurer devant des dames et s'adresser à un duc de façon aussi grossière ne le tracassait pas le moins du monde.

— Vous ne pouvez pas rester en place cinq minutes, que je ne perde pas mon temps à vous pister ?

— Vous devriez acheter une clochette, suggéra le duc, imperturbable. Vous n'auriez qu'à l'agiter pour me faire accourir.

— Excellente idée !

L'homme pivota vers l'individu au teint sombre, très élégant, qui le suivait tranquillement, un petit sourire ironique aux lèvres.

— Notez ! Des clochettes pour faire accourir les gens.

Cassandra le regarda fixement – ce qui était tout à fait inconvenant. L'homme était maintenant immobile, pourtant l'air autour de lui continuait de vibrer. Il émanait de lui une vitalité troublante. Il portait des vêtements d'excellente qualité – redingote noire coupée à la perfection pour contenir des épaules incroyablement larges, culotte en daim moulante glissée dans de hautes bottes. Ces bottes étaient néanmoins poussiéreuses, sa cravate nouée de façon plus simple que ne le préconisait la mode, et, plus choquant, un début de barbe ombrait son visage buriné, ce qui n'aurait pas surpris chez un travailleur manuel ou un débauché plus accoutumé à emboucher la bouteille qu'à manier le rasoir. Il était coiffé d'un élégant gibus et un anneau d'or brillait à son oreille gauche.

Quel étrange personnage !

— Dammerton, j'ai reçu d'excellentes nouvelles de Bristol, poursuivit-il. De mon employé qui travaille sur cette nouvelle science qui nous vient du Danemark[1] : le courant électrique, l'avenir ! Ils avancent à grands pas.

Le duc toussota et, montrant les dames :

— Peut-être que, puisque nous sommes en bonne compagnie…

— En bonne compagnie ?

Le nouveau venu jeta un regard circulaire comme s'il cherchait où était cette mystérieuse bonne compagnie, puis avisa les trois jeunes femmes.

— Et alors ? marmonna-t-il, manifestement déconcerté. On s'en fiche !

Ce langage pour le moins direct fit tressaillir Mlle Seaton. Arabella donna un discret coup de coude à Cassandra qui n'osa pas la regarder – critiquer les manières des gens était l'un des passe-temps favoris de son amie.

Cassandra ne pouvait détacher ses yeux de cet homme étrangement magnétique, d'une ahurissante impolitesse, et cependant fascinant d'énergie.

— Il n'y a pas une minute à perdre ! enchaîna-t-il. La machine à vapeur, le gaz, c'est formidable, mais exploiter l'électricité… la civilisation en sera définitivement transformée !

Les yeux noirs de l'inconnu étincelaient et il gesticulait tellement qu'il manqua de frapper Mlle Seaton avec son rouleau de documents.

---

1. Allusion aux travaux de Hans Christian Œrsted, physicien et chimiste danois (1777-1851). *(N.d.T.)*

Arabella donna un autre coup de coude, plus sec, à Cassandra qui, de nouveau, n'y prêta pas attention.

— Je n'en doute pas, déclara Dammerton. Mais ces dames... vous pourriez peut-être...

— Quoi ?

— Être plus poli ? suggéra Cassandra sans réfléchir.

Bonté divine, à force de côtoyer ses sœurs, elle aussi en oubliait ses bonnes manières.

Cependant, comme si elle n'avait pas ouvert la bouche, l'inconnu poursuivit :

— Sacrebleu, Dammerton ! Nous vivons la période la plus extraordinaire de l'histoire humaine et vous voulez que je papote avec des femmes ? La vie est trop courte, je n'ai pas de temps à perdre avec des bêtises pareilles.

C'en fut trop !

— Si vous passiez moins de temps à vous plaindre de manquer de temps, monsieur, vous auriez peut-être celui de vous montrer poli, fit remarquer Cassandra de la voix suave qu'elle utilisait pour amadouer Lucy.

Les sourcils froncés, il se tourna vers elle et la détailla ostensiblement. Elle ne broncha pas, s'étonnant de se prendre ainsi de bec en public avec un malappris.

— Vous me sermonnez ? s'enquit-il.

— Je vous fais simplement remarquer qu'être poli prend moins de temps que rouspéter contre les règles de politesse.

Arabella lui agrippa le bras de manière incongrue, mais Cassandra ne parvenait pas à se dérober au regard intense qui la scrutait.

— Elle marque un point, ironisa le duc.

— C'est une question d'efficacité, asséna l'inconnu. Vous êtes en train de me faire perdre mon temps.

— Si vous nous aviez poliment saluées, ni vous ni moi ne perdrions notre temps.

— Si je vous avais poliment saluée, vous vous seriez crue autorisée à débiter des platitudes sur la mode, les bals et autres niaiseries. Qu'est-ce qui vous amuse, Dammerton ?

Un horrible soupçon s'insinua alors dans l'esprit de Cassandra – le sourire amusé du duc, les doigts d'Arabella crispés sur son bras, les yeux ronds de Mlle Seaton et les picotements qu'elle-même éprouvait dans tout le corps.

Non... ce n'était pas possible.

— Vous faites un couple charmant tous les deux, déclara le duc.

— Je vous dispense de jouer les entremetteurs, grogna son interlocuteur. Je suis déjà marié.

— Moi aussi, dit machinalement Cassandra.

Elle avait le tournis et gardait les yeux rivés sur l'épingle de cravate du duc pour ne pas regarder le grand brun mal élevé.

Non, oh non !

— Je n'ignore pas que vous êtes mariés l'un et l'autre, rétorqua le duc en les dévisageant tour à tour. Mais vous, savez-vous que vous êtes mari et femme ?

Non, non.

Cassandra ferma les yeux. Le brouhaha s'estompa. Quelque part, très loin, quelqu'un jouait du cor. Il faisait une chaleur infernale. Elle étouffait dans cette robe. Hélas, elle était dehors, elle ne pouvait pas s'enfermer dans une pièce, claquer la porte au nez du monde et de cet homme trépidant.

Son mari.

Elle prit une profonde inspiration, rouvrit les paupières et découvrit qu'il l'observait, le front plissé.

Voilà, c'était lui, son mari. Joshua DeWitt. Avec le recul, c'était évident. Sauf qu'elle n'avait pas imaginé qu'il serait à Londres. En outre, le jour de leur mariage, il était rasé de près, sans chapeau, et s'il portait cette horrible boucle d'oreille, elle ne l'avait pas remarquée. Toutefois, si elle avait oublié son visage aux traits accusés, elle n'aurait pas dû oublier l'extraordinaire énergie qu'il irradiait, comme si la foudre circulait dans ses veines.

Cette foudre qui frappa une fraction de seconde quand leurs regards se rencontrèrent. Puis il leva les yeux au ciel et poussa un profond soupir.

Cassandra se rappela alors qu'ils étaient en public – un public de plus en plus nombreux, du reste. Les passants étaient visiblement fascinés par le spectacle : un duc scandaleux, une marquise intimidante, ainsi qu'un mari et sa femme qu'on n'avait jamais vus ensemble et qui ne s'étaient même pas reconnus.

Elle esquissa un aimable sourire.

— Bien sûr que nous le savons, Votre Grâce. Quand on est mariée depuis deux ans, on ne l'oublie pas.

Elle jeta un rapide coup d'œil à son époux – ou plutôt à son profil – et ajouta sur le ton de la confidence :

— Surtout quand on est mariée à un homme qui ne passe pas inaperçu.

Le duc les dévisagea de nouveau.

— Vous ne vous êtes même pas reconnus.

Cassandra glissa la main au creux du bras de son mari. Il sursauta, mais elle ne le lâcha pas et il ne se libéra pas. Il regardait la main posée sur sa manche comme s'il s'agissait d'une créature bizarre.

Cassandra s'efforçait d'ignorer ce corps viril tout près d'elle. Seigneur Dieu, elle avait couché avec cet homme. Une union brève et dérangeante, mais ce corps et le sien s'étaient… Bonté divine, où les couples trouvaient-ils le courage de se regarder en face, le matin au petit déjeuner ?

— Nous nous sommes déjà vus aujourd'hui, mentit-elle avec une facilité choquante. Nous n'avions donc pas besoin de nous saluer. C'eût été inutile, or nous savons tous que M. DeWitt déteste tout ce qui est inutile.

Elle lui tapota le bras, souriant de toutes ses dents, et attendit en retenant son souffle qu'il coopère.

À son grand soulagement, il lui tapota la main.

— Bien dit, madame DeWitt, rétorqua-t-il. Je sais qui elle est, elle sait qui je suis, nous n'avons pas besoin de nous le remémorer à chaque instant de la journée.

— Nous sommes parfaitement d'accord là-dessus, renchérit Cassandra. Moins nous perdons de temps en salutations superflues, plus nous avons le loisir de nous quereller au sujet des mauvaises manières de mon mari.

— Je vous souhaite bonne chance, madame DeWitt, rétorqua le duc avec une douce ironie.

Cassandra regarda Arabella, qui avait manifestement envie de rire et fit une moue signifiant sans doute : « J'ai essayé de te prévenir. »

— Tout cela est très bien, déclara DeWitt d'un ton brusque, mais ma… hum… femme et moi avons à parler en privé. Faites vos adieux, ma chère. Elle retourne demain dans le Warwickshire.

Cependant, avant qu'elle ait pu prendre congé, il s'éloigna, l'entraînant dans son sillage comme le courant emporte un fétu de paille.

3

Joshua s'efforçait de concilier la femme enjouée et spirituelle qui l'accompagnait avec la fille de lord Charles Lightwell, la créature quelconque et muette qu'il avait épousée deux ans auparavant. Il retrouvait chez elle quelque chose de son père, certains traits de son visage et son air chaleureux. Cela la rendait attirante, outre son apparence physique. Elle n'était peut-être pas vraiment belle, mais elle avait du charme.

Elle avait les cheveux châtains et les yeux verts – ou noisette, il n'aurait su le dire, et de toute façon, il s'en moquait. Elle s'abritait sous une ombrelle absurde et portait un chapeau encore plus absurde, mais sa robe verte était bien pensée : le corsage montrait qu'elle avait une superbe poitrine, néanmoins nul n'aurait pu lui reprocher d'attirer l'attention sur ladite poitrine.

Beaux cheveux, sourire aimable, manières exquises. Elle n'était pas l'épouse qu'elle était censée être. C'était tout ce qu'il savait d'elle et tout ce qu'il avait besoin de savoir.

Elle marchait du même pas que lui – un bon point pour elle –, la main au creux de son coude, comme s'ils étaient des gens parfaitement civilisés. Tant mieux : plus vite ils seraient à la maison, plus vite il pourrait la renvoyer dans le Warwickshire, où était sa place.

— Das !

Joshua se tourna vers son secrétaire qui les suivait d'un pas nonchalant. Lui, au moins, était là où il était censé être.

— Trouvez-nous un fiacre.

Son épouse pivota aussi.

— Est-ce qu'il est...

— Ne me posez pas la question, j'en ai assez qu'on me la pose, grogna-t-il sans cesser d'avancer. Il est bengali. Je ne sais pas comment il a connu Bram, et je ne sais pas non plus pourquoi il a voulu venir ici.

— J'allais demander... Oh, peu importe.

Elle lui lâcha le bras et, pour se rendre encore plus insupportable, s'approcha du secrétaire qui, affligé de ces bonnes manières dont Joshua avait vainement tenté de le guérir, s'immobilisa.

— Bien que nous n'ayons pas été présentés en bonne et due forme, monsieur Das, je suis enchantée de faire votre connaissance.

Das s'inclina.

— Tout le plaisir est pour moi, madame DeWitt.

— Je présume que vous êtes le M. Das sur lequel M. Newell ne tarit pas d'éloges ?

— M. Newell est trop généreux.

— Vous êtes donc le secrétaire de mon mari ? Et en quoi consistent vos fonctions ?

— Cessez donc de jacasser, tous les deux ! rouspéta Joshua. Il est payé pour faire ce que je lui dis de faire. Et je viens de lui dire de trouver un fiacre, fissa !

Il désigna les grilles du parc, voulut saisir le bras de sa femme, mais elle se débrouilla pour glisser de nouveau la main au creux de son coude. Quand il essaya de se remettre en marche, elle ne bougea pas d'un pouce. Il ne pouvait s'éloigner sans la traîner derrière lui comme un paquet.

— J'imagine que vos fonctions ne se bornent pas à cela, reprit-elle à l'adresse de Das.

— En effet, madame, répondit-il dignement. Je suis également chargé de gérer les accès de mauvaise humeur.

Elle éclata de rire.

— Très drôle, marmonna Joshua en s'efforçant de ne pas remarquer que sa femme avait un rire chaleureux qui lui rappelait celui de lord Charles en plus... féminin.

— Quand on occupe vos fonctions, monsieur Das, il faut avoir le sens de l'humour.

— Je pense que nous avons cela en commun, madame DeWitt.

— Ça suffit, grogna Joshua. Vous n'êtes pas payé pour plaisanter ni flirter avec ma femme. Si vous devez absolument flirter avec elle, faites-le plus tard, durant vos moments libres. Maintenant, dépêchez-vous de nous amener ce fiacre.

Das obtempéra, cependant Mme DeWitt refusa d'accélérer l'allure. Joshua se força à ralentir, grinçant des dents et brassant l'air avec ses précieux documents. Il sentait sa main fine au creux de son coude, son épaule qui heurtait doucement son bras au rythme de leurs pas, sa jupe qui frôlait sa jambe.

Il lui coula un regard furtif : elle avait les joues roses, un petit sourire aux lèvres. Et par-dessus le marché, elle embaumait ce genre de parfum fleuri dont certaines femmes s'aspergent pour faire des ravages.

— Vous étiez censée rester dans le Warwickshire, grommela-t-il.

— Vous étiez censé être à Liverpool.

— Je ne vous ai pas autorisée à venir à Londres.

— Je ne vous ai pas demandé d'autorisation.

Il s'arrêta si brusquement qu'emportée par son élan, elle lui lâcha le bras et fit quelques pas avant de pouvoir s'arrêter à son tour. Elle lui décocha un regard interrogateur.

— Vous auriez dû, riposta-t-il.

Il s'approcha, elle lui reprit le bras et ils se remirent à marcher – même si Joshua ne savait plus trop qui guidait l'autre.

— Laissez-moi vous expliquer, madame DeWitt, comment un mariage fonctionne.

— Je suis tout ouïe, monsieur DeWitt.

— Je suis le mari, donc je dicte les règles qui me conviennent.

— Et moi, je suis la femme, donc je modifie les règles à ma guise.

Elle ne devait pas dire des choses pareilles. Qu'elle surgisse à Londres en chair et en os était déjà pénible. Qu'elle soit attirante était encore pire. Mais si elle se révélait sympathique, ce serait désastreux.

Et il n'était pas homme à tolérer le moindre désastre. Il estourbissait le désastre d'un coup de poing dans le nez, après quoi il fouillait ses poches à la recherche de bonbons et de pièces de monnaie.

Tout cela n'était pas moins perturbant. Oui, c'était le mot. Une épouse n'avait pas sa place dans sa vie. Avoir, de fait, une épouse n'était qu'un détail. Elle était peut-être sympathique, mais lui ne l'était pas. Sitôt qu'elle s'en apercevrait, elle partirait de son plein gré et tout redeviendrait normal.

— Vous semblez perplexe, déclara sa perturbante épouse, alors qu'ils atteignaient les grilles. Ai-je dit quelque chose qui vous déconcerte ?

— À peu près tout ce que vous dites me déconcerte. On croirait presque que vous avez un cerveau.

— Ne soyez pas contrarié. J'essaierai de ne pas m'en servir trop souvent.

Sans relever, il scruta la circulation, à la recherche de Das et du fiacre.

— Qui est Bram ? interrogea-t-elle.

— Pardon ?

— Vous avez dit que M. Das connaissait un dénommé Bram.

— C'est l'un de mes frères. Il vit en Inde.

— Vous avez des frères. Voyez, nous commençons à faire connaissance. N'est-ce pas charmant ?

— Non. Ah, voilà Das ! Cessez donc de lambiner, madame.

Dans la voiture, Joshua s'assit en face de sa femme. Elle était obligée de se pencher légèrement en avant à cause de son stupide chapeau, et elle s'appuya sur son ombrelle, à présent fermée et nichée dans les replis de sa robe, pour garder l'équilibre lorsque le fiacre s'ébranla.

— J'avais oublié combien Londres est excitante.

— Profitez-en tant que vous le pouvez. Vous repartez demain, décréta-t-il en tambourinant sur le rouleau de documents. Pourquoi diable souriez-vous ?

— M. Newell m'a dit que vous n'étiez pas de tout repos.

— Je n'ai pas besoin de repos, marmonna-t-il. Je ne suis jamais fatigué.

— Vous avez de la chance. Pour ma part, je suis parfois terriblement lasse.

Elle parlait d'une voix si douce qu'il l'entendait à peine. Une question lui monta aux lèvres, qu'il se hâta de ravaler. Demandez aux gens pourquoi ils sont tristes et l'instant d'après, votre vie s'emmêle dans la leur, ce qui n'est bon pour personne.

— Vous n'avez qu'à regagner votre cottage, vous reposer et me laisser tranquille.

— Oh, monsieur DeWitt, si seulement c'était si simple !

Sur ce, elle tourna la tête vers la vitre. Joshua étudia son profil. Mille pensées envahissaient son esprit. Cela n'avait rien d'inhabituel. Il avait toujours l'esprit en ébullition, mais d'ordinaire, ses pensées allaient et venaient tels des danseurs exécutant les figures d'une contredanse, en carré, en colonnes ou en cercle. En cet instant, elles n'étaient pas en rythme, elles trébuchaient et se bousculaient.

Il ne lui demanderait pas pourquoi elle était triste et lasse.

Certainement pas.

Il s'adossa à la banquette, ferma les yeux, et entreprit de remettre de l'ordre dans son esprit. *Électricité... Brevets... Investisseurs... Perspectives... Excitation... Désir... Épouse...*

Bon sang de bois !

Reprenons.

Lady Yardley avait laissé entendre que Joshua l'intéressait – lord Yardley avait laissé entendre que sa femme ne l'intéressait pas –, donc avec lady Yardley, il pourrait...

Il rouvrit les paupières et se redressa.

Non, pas maintenant. Impossible d'entamer une liaison quand sa femme était là. Et il ne pouvait pas coucher avec sa femme. Bah, tant pis. Il n'avait pas de temps pour une aventure. Après tout, le célibat ne l'avait pas tué.

— Vous êtes plus jolie que dans mon souvenir.

Elle tourna vers lui un regard où il lut de l'amusement et de la gentillesse. En réalité, il se souvenait à peine d'elle. Elle avait gardé la tête baissée durant toute la brève cérémonie de mariage et de toute façon, il avait soigneusement évité de la regarder. La suite s'était passée dans l'obscurité, tous deux avaient les yeux fermés et pensaient à autre chose.

— Vous êtes bien aimable. Je me rappelle vos paroles, le jour de notre mariage : on vous avait vanté la beauté des sœurs Lightwell et vous étiez déçu que je sois quelconque.

— Nous n'allons pas nous disputer pour ça. Au fait, quel âge avez-vous ? Vingt ans ?

— Vingt-deux.

— Un âge canonique.

Comment était-il à vingt-deux ans ? C'était six ans plus tôt, pourtant il lui semblait que cela remontait au déluge. Samuel avait deux ans à l'époque et Rachel l'amenait au bureau sous prétexte qu'il n'était jamais trop tôt pour apprendre. Cette année-là, ils avaient pris le risque d'investir tout leur argent dans l'acquisition et l'équipement de nouvelles usines. Résultat, ils avaient triplé leur fortune. Cette année-là, alors qu'ils regardaient Samuel découvrir le monde avec des étoiles dans les yeux, ils s'étaient juré de ne jamais faire travailler des enfants pour que les étoiles dans leurs yeux ne s'éteignent pas.

Il devait avoir quatorze ans et Rachel vingt-deux quand le père de cette dernière l'avait engagé. Il était trop jeune, trop anxieux et trop en colère pour la remarquer. Comment aurait-il pu imaginer que, cinq ans plus tard, elle l'épouserait et mourrait après cinq années de vie conjugale ?

— Monsieur DeWitt ? murmura son épouse avec sollicitude. Vous vous sentez mal ? J'espère que je ne vous ai pas contrarié ?

— Évidemment que vous me contrariez. Rentrez chez vous.

— Je crains que cela ne soit impossible. Voyez-vous, j'ai...

— Quoi encore ?

— J'ai des sœurs.

— Allons bon.

Ah oui ! Lord Charles avait effectivement plusieurs filles. Combien ? Joshua avait oublié, il savait juste qu'il y en avait un bataillon et qu'elles risquaient d'être déshéritées s'il n'en épousait pas une, puisque leur frère Charlie était décédé et que les filles devaient être mariées pour pouvoir hériter. Or celle qui était déjà mariée n'était que la belle-fille de lord Charles, celle qui allait se marier venait d'être plaquée par son fiancé, et toutes les autres étaient trop jeunes.

À présent, sa demeure pourrait fort bien être envahie par de gloussantes créatures en robe blanche, avec des rubans roses un peu partout.

Cette idée le fit frémir.

— Rassurez-moi, ma maison n'est pas infestée de sœurs ?

— Il n'y a que moi pour l'instant.

— Comment ça, pour l'instant ?

— Je compte renforcer mes relations avec ma grand-mère et...

— Non, pas la duchesse ! la coupa-t-il.

— Voyez-vous, ma sœur...

— Non !

— Parce que ma mère...

— Non !

— Mon autre sœur...

— Non.

— Mon père, dans ce cas.

Elle leva le menton, dardant sur lui un regard dur, preuve qu'une femme pouvait être agréable sans être douce.

— J'avais une dette envers votre père, déclara-t-il après réflexion. Je m'en suis acquitté en vous épousant – ce qui vous a permis d'entrer en possession de votre héritage – et en subvenant aux besoins matériels de votre famille.

— Nous vous en sommes infiniment reconnaissantes, cependant...

— Notre accord stipulait que je vous épousais, pas que j'étais marié avec vous.

— Malheureusement, l'un ne va pas sans l'autre.

— Nous sommes des conjoints qui vivent séparément. Jusqu'ici, notre mariage a été extrêmement satisfaisant.

— Cela n'ira pas, monsieur DeWitt, rétorqua-t-elle – voilà qu'elle prenait un air sévère de duègne espagnole. Ma sœur doit faire ses débuts dans le monde et je dois persuader ma grand-mère de l'accueillir sous son toit. Vous n'avez pas à vous impliquer dans cette affaire. Je suis ravie que nous vivions séparément, croyez-moi. Je vous demande juste de ne pas vous mettre en travers de mon chemin ou de faire quoi que ce soit qui risquerait de compromettre la position sociale de ma sœur. Une fois que tout sera réglé, je regagnerai Sunne Park et vous serez libre de retourner à vos occupations. Qui se résument, si j'ai bien compris, à gagner de l'argent, offenser les gens et cocufier les pairs du royaume.

Il se produisit alors un phénomène rarissime : l'esprit de Joshua se vida. Une fraction de seconde, certes, mais il n'empêche, il se vida. Puis, Dieu merci, les pensées affluèrent de nouveau.

Elle était honnête. Quelle surprise ! La politesse et l'honnêteté tendaient à s'exclure mutuellement, or Cassandra paraissait être un parangon de politesse. Pour sa part, Joshua méprisait la politesse, qui permettait aux gens d'ignorer la vérité quand elle les dérangeait. Comme si, en exprimant une réalité déplaisante avec un langage raffiné, ladite réalité cessait d'être déplaisante.

Cassandra, elle, n'hésitait pas à évoquer des choses que les gens polis n'évoquaient pas.

Cela la rendait presque intéressante.

Il s'adossa de nouveau à la banquette et étendit les jambes, si bien que le bout de ses bottes frôlait sa jupe. Elle avait les joues de plus en plus roses, pourtant elle soutint son regard sans ciller. Elle le défiait calmement.

— J'ai votre permission de retourner à mes affaires. C'est bien ce que vous avez dit, madame DeWitt ?

— Vous avez, monsieur, ma totale indifférence. Je vous demande simplement d'être discret dans la mesure où votre conduite a des conséquences pour mes sœurs et moi. Notre situation est suffisamment désavantageuse.

— C'est-à-dire ?

— Quelques scandales mineurs dans ma famille. Et votre… naissance.

— Il n'y a rien à reprocher à ma naissance, rétorqua-t-il. Je sais de source sûre que je suis venu au monde par les voies naturelles avec les hurlements de rigueur.

Il la vit se raidir, ce qui lui fit un plaisir fou.

— Vous faites allusion, je suppose, au fait que je suis le bâtard d'un comte bigame. Ce genre de chose a tendance à perturber les gens. En réalité, c'est la bâtardise qui les gêne. La bigamie d'un comte ne les ennuie pas le moins du monde.

Elle pinça les lèvres – dommage, car sa bouche était pulpeuse à souhait.

— Donc, je résume, enchaîna-t-il. Si je prends une maîtresse, cela ne vous ennuie pas.

— Une épouse n'a pas à se poser ce genre de question. En outre, contrairement à celui de mes parents, notre mariage n'est pas un modèle d'amour et de fidélité.

— De fidélité ? Vos parents ? Ha !

Le visage de la jeune femme se crispa. Était-elle choquée ? Incrédule, triste, effrayée ? La tension reflua aussitôt et le masque de froide dignité retomba sur ses traits comme pour dire « je suis la petite-fille d'un duc, n'est-ce pas ».

— Vous ne ternirez pas le souvenir que j'ai de l'union de mes parents avec vos sordides insinuations. La fidélité était la pierre angulaire de leur couple et de notre famille.

Il connaissait la vérité, mais garda le silence. La pauvre chérie était bien naïve si elle croyait que son père avait été fidèle à sa mère. Bah, inutile de lui enlever ses illusions. Cela n'avait de toute façon plus d'importance.

— Quant à votre comportement, monsieur, j'imagine que vous n'êtes pas resté chaste depuis notre mariage. Du reste, cela ne m'intéresse pas. Je ne froisserai pas votre amour-propre en disant que vous êtes pour moi un étranger qui paie les factures. Ce dont, je le répète, nous vous sommes reconnaissantes. Je préfère de loin que vous ennuyiez les épouses de vos congénères et que vous me laissiez tranquille.

Parfait : elle ne voulait pas de lui et c'était réciproque. Ils étaient au moins d'accord sur un point. Leur nuit de noces avait été horrible, quoique nécessaire. Contrairement à celle de son premier mariage, qui avait été merveilleuse. Il avait dix-neuf ans à l'époque, c'était la première fois qu'il touchait une femme et il était plein de fougue. Rachel, qui avait un peu d'expérience, lui disait sans timidité ce qu'elle aimait, ce qu'il devait faire. Ils étaient déjà amis, tandis qu'avec Cassandra...

Enfin, ce qui était fait était fait.

— Ce n'était pas ma meilleure performance, grommela-t-il d'un ton guindé qui lui écorcha les tympans.

— J'ignorais qu'il fallait mettre des notes.

— Nous avions un devoir à accomplir. Je l'ai accompli en gentleman et vous avez supporté la chose comme une lady.

— L'Angleterre est certainement fière de nous.

Peut-être aurait-il dû être plus gentil avec elle. Lui parler. Mais il avait été aussi doux que possible, et parler était un piège. Cela créait une certaine intimité, qui engendrait une certaine affection, on s'attachait et on s'attirait des ennuis, or il avait suffisamment de problèmes comme ça. Les femmes mariées étaient les maîtresses idéales parce qu'elles savaient ce qu'elles voulaient et qu'elles rentraient toujours chez elles retrouver leur époux.

Elle venait de lui donner carte blanche, il était libre de s'amuser. Il pouvait donc envoyer un billet à lady Yardley, pourquoi pas ?

Sauf que... ça ne lui plaisait pas.

Maudit soit Treyford et sa satanée bigamie. Si on n'avait pas découvert son crime, si son mariage avec la mère de Joshua n'avait pas été dissous, si Joshua n'avait pas été déshérité, eh bien... il serait devenu un aristocrate à part entière et aurait eu la moralité d'un chat de gouttière. En l'occurrence, il était parti travailler à Birmingham à l'âge de quatorze ans, il s'était lié d'amitié avec des membres de la petite bourgeoisie, avait épousé une femme issue de la petite bourgeoisie et partageait les valeurs morales – du reste fort encombrantes – de la petite bourgeoisie, à savoir : élever soi-même ses enfants, travailler dur et en être fier, et rester fidèle à son épouse.

Le fiacre s'arrêta, Dieu merci, mettant fin à son calvaire.

— Peu importe, marmonna-t-il. Je me souviens à peine de cette nuit-là.

— Sans doute avez-vous oublié jusqu'à mon prénom.

— Pas du tout. Vous vous appelez bien Clarissa ?

— Oh... bien répliqué, Josiah !

La portière s'ouvrit et Cassandra accepta avec le sourire qu'on l'aide à descendre. Joshua sauta à terre et lui jeta un regard noir. Il fallait qu'elle arrête avec ses traits d'esprit ou il finirait par l'apprécier, ce qui n'était pas raisonnable.

— Vous partirez demain, madame DeWitt.

— Je suis prête à faire tout ce que vous demandez, monsieur DeWitt.

— Parfait.

— Tant que vous ne me demandez pas de faire ce que je ne veux pas faire.

Sur ce stupéfiant acte de rébellion, elle gravit les marches du perron et franchit le seuil de la demeure.

Joshua paya le cocher, monta à son tour, deux à deux, les marches du perron, se rua dans le hall où il s'arrêta net à la vue de Filby et de Thomas. Le premier tenait le chapeau et l'ombrelle, le second la pelisse verte, et les deux le regardaient d'un air ahuri.

Il allait lancer son gibus sur la table quand...

Il se figea.

— Qu'est-ce que c'est que ça ?

Le majordome et le valet se contentèrent d'échanger un regard. Joshua fit le tour de la table pour examiner la chose sous un autre angle. Il éternua, faisant sursauter ses serviteurs.

À cet instant, Das apparut.

— Ces choses colorées et parfumées sont ce que l'on appelle communément des fleurs. Et le récipient qui les contient est connu sous le nom de vase.

— Un vase ? Pourquoi posséderais-je un objet aussi inutile ?

Il foudroya le majordome du regard, qui résuma la situation en deux mots fatidiques :

— Mme DeWitt.

Joshua donna une pichenette à une fleur – Dieu seul savait ce que c'était – qui dodelina allègrement de sa grosse tête rose. L'exubérant bouquet faisait bien un mètre de haut et autant de large.

— C'est de la colonisation, Das. Cette femme est en train de coloniser ma maison. Vous savez ce que ça implique ?

— Des années de carnage, d'oppression et d'exploitation ?

— Je n'en serais pas surpris.

Joshua se tourna vers Filby, qui s'était enfin débarrassé du chapeau à rubans, et lui lança les documents.

— Rangez ça dans le bureau. Newell est là aussi ?

— Oui, monsieur. Mme DeWitt a demandé qu'il soit traité en invité.

— En invité ? Ha ! Si je le vois, je le mets à la porte. Dites-lui d'organiser le départ de cette femme.

— Votre épouse ?

— Celle-là même.

— Mme DeWitt semble tout à fait charmante, fit remarquer Das.

— On ne discute pas de Mme DeWitt, rétorqua Joshua.

Il dardait un regard courroucé sur la table. Des fleurs. Dans un vase. Des inutilités qui prenaient toute la place sur la table, exception faite du carré qu'occupait le petit plateau d'argent.

Sur lequel se trouvait une lettre qui lui était adressée.

Comme il ne pouvait pas poser son chapeau sur la table, il le remit sur sa tête.

— Das, nous avons du travail.

Il pivota pour sortir, mais Filby s'interposa, le plateau d'argent à la main.

— Votre frère, M. Isaac, est de nouveau passé, monsieur. Il a laissé une autre lettre. Nous avions prévu de vous l'envoyer à Liverpool.

— Envoyez-la où vous voulez. Suivez-moi, Das. Nous n'avons pas une minute à perdre.

Joshua prit la direction de St James's. À côté de lui, Das lisait la lettre d'Isaac en marchant.

— Expédiez-lui de l'argent, grommela Joshua.

— Il n'en demande pas et il souligne qu'il n'en demandait pas non plus dans sa lettre précédente, répliqua Das avec une sévérité irritante. Il a progressé dans ses recherches concernant votre mère et votre sœur. Il veut vous voir.

L'image d'Isaac, tel qu'il était lors de leur dernière rencontre, surgit brusquement dans l'esprit de Joshua. Dix ans, les genoux écorchés, jacassant comme une pie. Isaac, les yeux brillants à l'idée d'aller en mer et de ne pas retourner à l'école, déclarant qu'il était depuis toujours destiné à la Navy, que par conséquent être rétrogradé du rang de troisième fils légitime du comte de Treyford à celui de troisième fils illégitime ne faisait aucune différence, et qu'il pouvait s'en aller tout de suite si lord Charles lui trouvait un poste.

Isaac, renvoyé de la Navy à cause d'une jambe abîmée, désœuvré, encore assez jeune pour croire que retrouver leur mère résoudrait tout, mais trop jeune pour comprendre que leur mère ne souhaitait pas qu'on la retrouve. Réunir la famille, quelle idée stupide ! S'ils n'avaient pas pu rester unis quatorze ans auparavant, ils n'y parviendraient pas davantage aujourd'hui.

— Dites-lui que je suis débordé. Envoyez-lui de l'argent ou trouvez-lui un emploi ou... dites-lui que...

— Vous devriez peut-être lui écrire vous-même.

— Je n'écris jamais de lettres. Je vous paie, vous et une douzaine d'autres secrétaires, pour que vous le fassiez à ma place. Si je m'en chargeais, je perdrais mon temps, vous seriez tous au chômage, rien n'avancerait et nous serions tous malheureux.

— M. Isaac est votre frère.

Joshua décocha un regard courroucé à son secrétaire, qui ne cilla pas.

— Serait-ce de la réprobation que j'entends dans votre voix ?

— En effet.

— Est-ce que je vous paie pour me désapprouver ?

— Non, monsieur. Je vous désapprouve gratuitement.

— Rappelez-moi de vous remercier un de ces jours.

Il aurait dû se contenter d'aller à Liverpool, tant pis si le voyage promettait d'être assommant. Ou retourner à Birmingham, chez lui. Aucun membre de la famille n'y était embusqué.

— M. Isaac vous met également en garde contre lord Bolderwood, poursuivit Das. Apparemment, ce dernier est fâché d'avoir perdu de l'argent à cause de l'opération balte.

— Tout le monde en a perdu dans cette affaire. C'était risqué, je l'avais prévenu.

— Il dit que Bolderwood clame partout que vous l'avez escroqué et qu'il se vengera.

— Si Isaac veut du mélodrame, qu'il aille au théâtre. Bolderwood est aussi redoutable qu'un veau à trois pattes.

Le jeune vicomte était aussi utile et sensé que ledit animal.

— Il a vraiment des difficultés ? Je parle de Bolderwood.

— D'après la rumeur, il a emprunté l'argent nécessaire pour investir dans l'affaire balte, répondit Das en repliant la lettre d'Isaac. À un usurier.

Joshua s'immobilisa.

— Je lui avais dit de n'investir que la somme qu'il pouvait se permettre de perdre.

— Je suppose qu'il était optimiste.

— La peste soit des optimistes. Ce sont tous des crétins, bougonna Joshua en se remettant à marcher. Chargez Cosway ou un autre d'enquêter discrètement. Quoique je n'ai aucune envie de renflouer ce pitre. Ces jeunes aristocrates... Ils n'ont aucun respect pour le patrimoine qui leur échoit à la naissance. Quand je pense que j'aurais pu être comme eux.

Machinalement, il fit tourner la chevalière qu'il portait à l'auriculaire. Aurait-il vraiment été comme eux ? Si la première femme de son père, lady Susan Lightwell, était bel et bien morte comme Treyford le prétendait au lieu d'aller s'enfermer dans un couvent irlandais, le mariage de Treyford avec la mère de Joshua n'aurait pas été dissous, Joshua serait donc toujours l'héritier du comté ainsi qu'il l'avait été durant ses quatorze premières années. Treyford étant en excellente santé et promettant d'être un fléau pour la bonne société pendant des années, Joshua aurait-il ressemblé à Bolderwood ? Élégant, dépensier, parfaitement inutile.

Et crevant d'ennui.

Quel gâchis !

— Figurez-vous que Bolderwood a laissé tomber Mme DeWitt trois semaines avant leur mariage, déclara-t-il, histoire de choquer Das qui, de fait, tressaillit. C'est pour cette raison que son père m'a demandé de l'épouser.

— Intéressant, murmura le secrétaire.

— Non, pas du tout.

Das agita la lettre d'Isaac.

— D'après votre frère, lord Bolderwood affirme également que vous essayez de séduire sa femme.

— Quoi ?

Joshua se souvint vaguement d'une femme au teint pâle qui n'avait cessé de le regarder en gloussant durant une partie de cartes, chez lady Featherstone, ce qui l'avait prodigieusement agacé. Si sa mémoire ne le trompait pas, il avait été plutôt grossier avec elle. Mais pas assez, à l'évidence.

— Ah, les femmes, quelle plaie ! Ne vous mariez jamais, Das.

— Je le suis déjà.

— Comment ça ? C'est nouveau ?

— Nous sommes mariés depuis cinq ans.

— Vous travaillez pour moi depuis quatre ans. Hum… Votre femme vous est très dévouée, ajouta Joshua après réflexion. Vous suivre jusqu'en Angleterre…

— C'est Mme Das qui a eu l'idée de venir ici, précisa Das. La famille était opposée à notre mariage et j'avais un… différend avec un haut responsable de la Compagnie des Indes orientales, il nous a donc semblé prudent de nous établir à l'étranger. Padma pensait que la Grande-Bretagne nous conviendrait, puisque les Anglais se mêlaient des affaires de ma famille depuis des générations. Mon épouse a un sens de l'humour très particulier.

Mille questions bourdonnaient dans l'esprit de Joshua, qui s'empressa de les étouffer. Il ne voulait pas savoir pourquoi Das et la dénommée Padma désiraient tellement se marier qu'ils avaient tout abandonné, ni pourquoi Das s'était mis à dos la Compagnie des Indes orientales. Non, non, il ne voulait pas le savoir. La vie privée de ses secrétaires ne le regardait pas. Ils faisaient leur travail, après quoi ils rentraient chez eux et Joshua ne pensait plus à eux.

— Hum, marmonna-t-il.
— M. Newell a une épouse, lui aussi, et six enfants.
— C'est beaucoup.
— M. Putney est marié, ainsi que M. Allan. Quant à M. Cosway, il courtise Mlle Sampson.

Atterré, Joshua se massa la nuque. Ses secrétaires, qui lui paraissaient tout à fait raisonnables et fiables, s'étaient mariés derrière son dos.

— On a du pain sur la planche, Das, bougonna-t-il, revenant à des moutons plus féconds, tandis qu'ils traversaient St James's Park. Il nous faut un contrat, des brevets, des investisseurs. Nous devons exploiter à fond cette invention. Le courant électrique !

— C'est enthousiasmant, mais l'inventeur lui-même reconnaît qu'il ne voit pas d'application pratique dans l'immédiat. Cela ne rapportera pas un sou.

— Je m'en fiche.

Joshua s'arrêta net, stupéfait d'avoir prononcé ces mots. Il dévisagea Das.

— Je m'en fiche, répéta-t-il, ébahi.

Il regarda le ciel, le parc, les chevaux, les oiseaux et les passants.

— D'après vous, Das, comment je gagne mon argent ?

— Vous observez les gens afin de deviner ce qu'ils désireront dans un avenir proche, après quoi vous vous empressez d'investir dans ces secteurs.

— Quand Dammerton disserte sur sa réforme pénale, il dit qu'il faut voir loin et imaginer ce que sera le pays dans cinquante ans. Je suis riche, Das. Si j'arrêtais de travailler maintenant, l'argent continuerait à rentrer à flots dans mes caisses.

— Effectivement, reconnut Das, circonspect. Vous pourriez vivre à la campagne avec votre charmante épouse, fonder une famille et…

— Quelle mouche vous pique ? Vous avez perdu la tête ?

— Toute votre vie tourne autour du travail.

— Et j'en suis très content.

— Je pense que…

— Est-ce que je vous paie pour penser, Das ?

— Oui, monsieur. C'est justement pour cela que vous me payez.

Joshua s'approcha d'un arbre, pivota pour revenir vers Das, retourna près de l'arbre et revint de nouveau se camper devant Das. Il avait voulu être riche et à présent il l'était. Cela ne lui avait pas suffi. Il avait voulu être reçu dans la haute société et il y était parvenu. Mais cela ne suffisait toujours pas.

Maintenant, il voulait… il voulait…

Il songea à ses usines, où l'on fabriquait chaque année des millions d'objets métalliques : boucles, boutons et bobines. Ses péniches les transportaient le long de canaux qu'il avait contribué à creuser. Ses bateaux les exportaient dans le monde entier. Il songea à ses mines. Ses hauts fourneaux. Ses entrepôts. Sa banque.

Il avait bâti sa fortune grâce à tout cela. Et rien ne l'excitait autant que les nouvelles idées.

— Et si je regardais au-delà du futur proche ? Les idées prometteuses, qui se concrétiseront peut-être même si nous ne le voyons pas de notre vivant et qu'il faut soutenir parce qu'elles le méritent ? Qu'en pensez-vous ?

— Je pense qu'il faudra toujours quelqu'un pour diriger vos affaires.

Joshua balaya l'air d'une main impatiente.

— Tout pourrait changer. Dites à Buchanan de…

— Buchanan a démissionné.

— Quoi ? Il est parti se marier, lui aussi ?

— Il s'est plaint d'avoir trop de travail.

— Trop de travail ? Foutaise, décréta Joshua en se frottant les mains. La seule chose dont on peut être sûr dans la vie, Das, c'est qu'il y a toujours du travail et encore du travail. N'est-ce pas merveilleux ?

4

M. DeWitt, si grossier et déraisonnable fût-il, ne la détournerait pas de son projet de lancer Lucy dans le monde, se promit Cassandra le lendemain matin.

« Chaque mariage est singulier, lui avait expliqué Arabella, la veille au théâtre, avec la sagesse d'une femme mariée depuis cinq mois. Chacun de nous doit découvrir ce qui lui convient. »

Ne jamais se voir, voilà ce qui convenait aux DeWitt.

D'après la gouvernante, M. DeWitt prenait un solide petit déjeuner à 8 heures pile avant d'aller travailler – les hommes d'affaires avaient ce genre d'habitudes. En conséquence, Cassandra entra dans la petite salle à manger à 8 h 30, afin de ne pas croiser son mari sans toutefois déranger le personnel.

Elle fut ravie de n'y trouver que M. Newell qui lisait le *Times*.

— La journée s'annonce magnifique, monsieur Newell, déclara-t-elle en inspectant la desserte chargée d'une profusion de victuailles : œufs, jambon, poires, petits pains et gâteaux. Je le sens dans toutes les fibres de mon corps.

Elle s'octroya une poire et une grosse part de quatre-quarts moelleux aux raisins secs.

— Vous êtes d'excellente humeur, madame DeWitt, fit remarquer M. Newell, toujours aimable, contrairement à certains qu'elle ne nommerait pas. J'ai l'impression que vous avez passé une bonne soirée au théâtre.

— Oh oui, c'était merveilleux ! Et ma grand-mère a accepté de me voir aujourd'hui. Au British Museum ! A-t-on idée de donner des rendez-vous dans un musée ! Enfin, bref, je suis sûre qu'elle prendra Lucy en charge.

Elle s'assit à la table et sourit au laquais qui lui apportait son thé dans une superbe théière en porcelaine décorée de cerises joufflues. Le thé était brûlant et parfumé.

Oui, tout allait fonctionner à la perfection, en dépit des maris grossiers et déraisonnables.

— Rencontrer inopinément mon mari a été un véritable choc, je vous l'avoue, reprit-elle en s'attaquant à son gâteau. Je m'en suis remise, Dieu merci. Il est épouvantable, mais tant pis, je l'accepte. Pour le meilleur et pour le pire, n'est-ce pas ? Les vœux de mariage sont sournois, ajouta-t-elle en mastiquant pensivement son quatre-quarts. Ils ont l'air romantiques si on n'y réfléchit pas trop, mais en réalité, ils disent : « Trop tard, maintenant, ne viens pas te plaindre. »

M. Newell retira ses lunettes, essuya les verres et les remit sur son nez.

— Je crains que M. DeWitt n'ait donné l'ordre d'organiser votre départ.

— Annulez tout. Nous pouvons rester sous le même toit. Pour ma part, je ne le remarquerai même pas.

Cela paraissait sensé et Cassandra aurait été fière d'elle si M. DeWitt n'avait pas choisi ce moment pour faire son entrée, bâillant et se frottant les yeux. Une apparition qui démentait l'audacieuse déclaration de Cassandra.

Car elle ne put s'empêcher de le remarquer.

Et de remarquer surtout qu'il était à moitié nu.

Il semblait être tombé du lit. Ses cheveux noirs lui balayaient le front, un chaume du même noir lui couvrait les joues et un hématome tout frais ornait sa pommette, indiquant qu'il avait passé une nuit nettement plus agitée que celle de Cassandra.

Mais ce n'était pas le pire. Le pire, c'était qu'il ne portait en tout et pour tout qu'un caleçon et un ample peignoir lie-de-vin largement ouvert sur son torse nu et indubitablement viril.

— Dieu du ciel ! murmura-t-elle, fascinée. Vous avez oublié de vous habiller, monsieur DeWitt.

Celui-ci se figea, fronça les sourcils et inclina la tête de côté, comme s'il essayait de comprendre qui elle était. Puis il fourragea dans ses cheveux des deux mains. Quand il leva les bras, les muscles de son abdomen roulèrent sous sa peau hâlée.

Seigneur Dieu.

— Alors c'est comme ça, hein ? dit-il, dardant sur elle un regard furieux. Bon sang de bois !

— Je vous en prie, monsieur, surveillez votre langage.

— Si mon langage ne vous plaît pas, ne vous asseyez pas à ma table avec ce... cette allure...

Il esquissa une grimace de dégoût.

— Fraîche, candide et amicale, comme si vous ne saviez pas que vous avez complètement chamboulé mon emploi du temps.

— Votre emploi du temps prévoit que vous alliez à Liverpool, et vous ne le respectez d'ores et déjà pas puisque vous n'êtes pas à l'heure pour le petit déjeuner. Avec un peu de bonne volonté, dans une demeure aussi vaste, nous devrions pouvoir passer nos journées sans nous voir.

— Cessez d'être aussi raisonnable, grommela-t-il. Je ne supporte pas les gens raisonnables avant d'avoir bu mon café.

Bâillant de nouveau, il se laissa tomber sur une chaise en face de Cassandra. Elle s'obligea à garder les yeux rivés sur son visage, mais la vision de son torse dénudé rôdait dans son esprit. Il lui évoquait la poitrine des guerriers et des dieux qu'affectionnaient les peintres.

Mieux valait qu'elle ne le regarde plus.

— Monsieur DeWitt...

— Le café d'abord, grogna-t-il.

Le valet apporta une cafetière en argent. DeWitt fixait sa tasse avec une telle intensité qu'on aurait pu croire qu'il s'efforçait de la remplir par la seule force de sa volonté. Dès que la tasse fut pleine et que l'arôme du café se répandit dans la pièce, il but une gorgée et, les yeux clos, poussa un soupir d'extase.

Ce café noir brûlant rappelait quelque chose à Cassandra...

Il rouvrit les yeux et la regarda.

Mais oui ! Le café lui rappelait les yeux de son mari.

— Rentrez chez vous, lança-t-il. Si j'ai pris du retard, ce matin, c'est votre faute ; vous m'avez obligé à me coucher tard cette nuit.

Elle éclata de rire, ce fut plus fort qu'elle.

— Vous m'étonnez, monsieur ! Je ne vois pas comment je pourrais être responsable de votre retard. À en juger par votre mine, il faudrait peut-être accuser l'alcool.

— C'est peut-être vous qui m'avez poussé à boire.

— M. DeWitt ne boit jamais, intervint M. Newell.

Cassandra sursauta – elle avait oublié qu'il était là.

DeWitt foudroya le secrétaire du regard, puis avala une lampée de café.

— Newell, vous êtes congédié.

— Bien, monsieur, rétorqua le secrétaire en mastiquant une bouchée de jambon.

— Vous n'êtes pas congédié, monsieur Newell, déclara Cassandra. Vous ne pouvez pas le congédier, monsieur DeWitt. C'est *mon* secrétaire.

— Je l'ai engagé en tant que secrétaire en charge des affaires matrimoniales. Donc, c'est le mien.

— Les affaires matrimoniales, c'est moi. Donc, c'est *mon* secrétaire.

— Voilà une logique fantaisiste. Pas de ça au petit déjeuner, s'il vous plaît !

Il gesticulait de nouveau et le valet immobile à côté de la desserte surveillait nerveusement la trajectoire de sa tasse de café.

— Il a pour mission de vous administrer, vous et vos affaires, afin que je n'aie pas à m'en mêler. Ma foi, il a échoué, puisque nous sommes là face à face.

— Par votre faute puisque vous avez modifié votre emploi du temps.

— Ce qui n'aurait eu aucune importance si vous ne m'aviez pas désobéi.

— Ce que je n'aurais pas fait si vous aviez été raisonnable.

— Je suis toujours raisonnable.

— Vous êtes… Oh, c'est moi que vous allez pousser à boire !

Elle commençait à gesticuler, elle aussi, et eut du mal à se ressaisir. Bonté divine, Lucy elle-même ne la mettait pas dans un état pareil !

— Voilà pourquoi nous avons besoin de M. Newell, enchaîna-t-elle. Il nous est impossible de communiquer l'un avec l'autre sans intermédiaire.

M. DeWitt parut prendre cette constatation pour un défi.

D'un geste ample, un brin théâtral, il se débarrassa de sa tasse. Puis, lentement, il posa les mains à plat sur la table.

Après quoi il se redressa à demi et se pencha vers Cassandra, approchant son torse nu de son visage.

— Newell, lança-t-il, sans la quitter des yeux, dites à ma femme de rentrer chez elle.

— Monsieur Newell, dites à mon mari que je resterai ici le temps d'organiser les débuts de ma sœur dans le monde.

Il se pencha davantage.

— Newell, dites à ma femme que sa sœur aura une dot conséquente, ce qui fera accourir dans le Warwickshire quelques gentlemen prêts à s'étriper pour elle.

Cassandra se pencha à son tour.

— Monsieur Newell, dites à mon mari qu'on ne peut pas régler tous les problèmes avec de l'argent et des secrétaires.

— Newell, dites à ma femme qu'elle est une tête de mule et que je ne le tolérerai pas.

— Monsieur Newell, dites à mon mari que c'est lui, la tête de mule.

— Et Newell...

DeWitt s'interrompit, fronça les sourcils.

— Où diable est-il passé ?

Cassandra jeta un coup d'œil à la chaise vide du secrétaire.

— Oh, le pauvre, nous l'avons effrayé !

Leurs visages n'étaient qu'à quelques centimètres l'un de l'autre. S'ils bougeaient, leurs nez se heurteraient. Cassandra se rassit précipitamment, mais elle eut du mal à détourner les yeux quand DeWitt, tout dépoitraillé, se rassit à son tour d'un mouvement à la fois souple et puissant. La manche de son peignoir remonta sur un avant-bras musclé.

Cassandra saisit sa tasse de thé.

— Ce pauvre M. Newell n'aime pas les disputes, expliqua-t-elle. À Sunne Park, il est souvent obligé de courir se mettre à couvert.

— Votre maison est donc un champ de bataille ? s'enquit-il, soudain amusé. Les pelotes à épingles volent, les chapeaux explosent ?

— Vous n'êtes pas loin de la vérité. Avec Lucy...

Elle soupira.

— Je suppose que vous ne souhaitez pas en savoir plus sur Lucy.

— Pas vraiment, en effet. Si j'ai bien compris, c'est la sœur que vous essayez de lancer dans le monde.

— Oui, et elle est...

Elle n'acheva pas sa phrase. Cela ne l'intéressait pas, de toute façon. Lucy n'était pas son problème. Elle ne s'attendait pas que son mari la soutienne, elle espérait juste qu'il ne lui mettrait pas des bâtons dans les roues.

— Je ne cherche pas à vous ennuyer, monsieur DeWitt. Croyez bien que je ne serais pas venue si ce n'était pas important. Je vais faire mon possible pour aider ma famille, c'est mon devoir. Je n'en démordrai pas.

— Autrement dit, je ne réussirai pas à me débarrasser de vous.

— Remerciez le ciel, car ce pourrait être bien pire. Imaginez que Lucy ait débarqué ici à ma place.

Joshua avait en quelque sorte perdu le duel, pourtant, étrangement, il ne s'en offusquait pas. Il regardait Cassandra siroter son thé. Avant de soulever sa tasse, elle effleurait du doigt les cerises peintes sur la porcelaine, et avant de boire une gorgée, elle humait les effluves du breuvage avec un plaisir évident.

Lorsqu'elle oubliait les règles de la bienséance, elle était divertissante. Quand elle les respectait, en revanche, il l'aurait volontiers expédiée au diable Vauvert.

— Que vous est-il arrivé, hier soir ? demanda-t-elle. On dirait que vous avez reçu un coup de poing dans la figure.

— C'est le cas, en effet.

— Cela vous arrive souvent ?

— Non, pas très souvent.

— Ah !

Elle saisit un couteau et coupa sa poire en quatre.

— C'est tout ? grogna-t-il.

— Pardon ?

— C'est tout ce que vous avez à dire ? Ah. Ça manque d'affection et de compassion, madame, ajouta-t-il, comme elle le regardait d'un air ahuri. Vous ne vous demandez pas ce qui s'est passé au juste ? Si votre cher mari souffre ?

— Je me demande surtout pourquoi on ne vous écrabouille pas plus souvent la figure.

Il ne put s'empêcher de rire. Elle ne cessait de le surprendre.

— Parce que je suis riche.

Amusé, il se leva et alla se remplir une assiette. Il se rendit compte qu'elle avait pivoté sur sa chaise pour l'observer. Elle se hâta bien sûr de reporter son attention sur son gâteau, mais il la sentait sur le qui-vive. Il la rendait nerveuse, ce qui l'incita à rester derrière elle.

Ses cheveux soyeux étaient relevés et retenus par un simple ruban. Le soleil du matin soulignait leurs reflets roux et le fin duvet sur sa nuque. Cette coiffure découvrait ses oreilles délicates et son cou de cygne. S'ils avaient été amants, c'est là, entre les cheveux et l'encolure de sa robe, qu'il aurait déposé un baiser.

Il réalisa soudain que leur passe d'armes lui avait beaucoup plu, ce qui était complètement hors de propos. Il réalisa aussi qu'aujourd'hui il y avait plus de brun que de vert dans ses yeux, que chacun de ses gestes trahissait une troublante sensualité et qu'elle n'avait rien d'une sainte, contrairement à ce qu'elle prétendait.

Là encore, c'était complètement hors de propos.

Quoi qu'il en soit, lorsque quelque chose lui tenait à cœur, elle se battait comme une diablesse. Elle était plus tenace qu'il ne l'aurait cru.

— Je demanderai à M. Newell, notre secrétaire en charge des affaires matrimoniales, d'engager un valet pour vous, annonça-t-elle quand il se fut rassis. Vous avez besoin d'aide pour votre toilette.

— J'en ai déjà un. Quelque part.

— Eh bien, M. Newell achètera un rasoir à votre valet et lui apprendra à s'en servir.

— Le rasage est une perte de temps. Cette satanée barbe repousse dans l'heure. Vous n'appréciez pas mon pelage, Cordelia ?

— Les chats ont un pelage, *Jonah*. Les hommes sont juste mal rasés. Vous avez l'air...

— Peu recommandable ? Dites-le, je vous en prie. J'adore avoir l'air peu recommandable.

Elle lui décocha un regard noir. Il lui sourit de toutes ses dents. Quel plaisir d'être ridicule et de l'énerver.

— ... démodé, acheva-t-elle.

— Moi ? s'indigna-t-il.

— Les hommes ont renoncé à la barbe et aux boucles d'oreilles depuis l'ère Tudor. Pourquoi portez-vous cet anneau ?

— Parce que j'ai des oreilles. Nous pourrions acheter des boucles d'oreilles identiques.

— Quelle idée saugrenue.

— Vous préférez des bagues identiques ?

Elle montra sa main gauche.

— Nous avons déjà les mêmes alliances.

Il montra sa main gauche. Il n'avait qu'une chevalière à l'auriculaire.

— Mon père nous a offert des alliances identiques, vous ne vous souvenez pas ? Il portait toujours la sienne, en signe d'amour et de fidélité envers ma mère.

Elle pointa le menton, le mettant au défi de la contredire et refusant farouchement la vérité. Il n'eut pas le cœur de se moquer d'elle.

— C'est important pour vous, n'est-ce pas ? dit-il.

— La fidélité, je le répète, est la pierre angulaire du couple, un mariage solide est celle de la famille, et rien n'est plus important que la famille.

Elle détourna le regard et parut tout à coup incroyablement jeune, perdue et vulnérable – un agneau nouveau-né attendant que les loups viennent la déchiqueter. S'il avait été un autre homme, il l'aurait réconfortée et gardée sous son aile. Mais il était Joshua DeWitt, elle n'était pas son agneau et il n'était pas chargé de la protéger.

— La famille est une plaie, marmonna-t-il, et il s'attaqua à son petit déjeuner.

De tous les reproches que Cassandra pouvait faire à M. DeWitt – son langage trivial, son sourire de pirate, sa façon d'exhiber son torse –, son humeur versatile arrivait en tête de liste. Il se distinguait par sa vivacité d'esprit et sa promptitude à agir, elle l'avait compris, et passait en un clin d'œil de la colère à l'humour, de l'empathie à l'indifférence. Elle n'avait jamais rencontré quelqu'un d'aussi vif et impossible à suivre.

Comme il mangeait également trop vite, elle n'avait que quelques minutes pour plaider encore sa cause avant qu'il prenne congé.

En outre, quand il engloutissait la nourriture, il ne parlait pas – une aubaine à ne pas laisser passer.

— Aujourd'hui, je dois voir la duchesse, ma grand-mère. Il est important que je la rencontre en personne, car dans ma famille, les relations sont quelque peu tendues depuis...

Elle s'interrompit, réfléchit un instant. Depuis que son père avait épousé sa mère. La duchesse n'avait pas apprécié le choix de son plus jeune fils.

— ... depuis un quart de siècle. J'attends de Sa Grâce qu'elle accueille Lucy sous son toit, qu'elle supervise ses débuts et la guide dans les méandres de la haute société. Avec un peu de chance, Lucy fera un beau mariage avant la fin de l'année. Je ne vous embêterai pas, vous avez ma parole. Vous ne vous apercevrez même pas que je suis là.

Il repoussa son assiette et sourit.

— Qu'y a-t-il de si amusant ?

— Vous maîtrisez bien le langage diplomatique. « Je ne vous embêterai pas » signifie : « Je n'ai pas envie de vous parler plus qu'il n'est nécessaire. » « Vous ne vous apercevrez même pas que je suis là », autrement dit : « Je vais faire comme si vous n'existiez pas. » J'ai raison ?

— Nous nous comprenons si bien, n'est-ce pas merveilleux ?

— En d'autres termes : vous avez foutrement raison.

— S'il vous plaît, monsieur. Votre langage.

— Vous aimez mon langage. Il vous offre une excuse pour me rabrouer au lieu de répondre honnêtement.

— Je ne... Vous... Pfff.

Furieuse et à court de mots, Cassandra croisa les bras. Il osait insinuer qu'elle n'était pas honnête ? Alors qu'elle était simplement polie.

— Vous ne devriez pas dénigrer la politesse. Elle nous évite de nous entre-tuer.

— Que chacun reprenne le cours de sa vie, voilà ce qui nous éviterait de nous entre-tuer. Nous avons résisté à la tentation de nous égorger pendant deux années, les autres couples mariés ne peuvent pas en dire autant. Vous devriez avoir honte, madame, d'essayer de détruire notre mariage parfait.

— Il sera tout aussi parfait si chacun s'occupe de ses affaires et n'accorde aucune attention à l'autre.

Il poussa un profond soupir.

— Vous connaissez les bernacles ?

— Pardon ?

— Les bernacles. Ce sont d'affreuses créatures marines qui se fixent sur la coque des bateaux et les ralentissent. Il est quasiment impossible de s'en débarrasser. Certains hommes d'équipage ont pour unique tâche de gratter la coque pour les décrocher. Eh bien, madame DeWitt, vous êtes aussi tenace qu'une bernacle.

— Je vais prendre cela pour un compliment, monsieur DeWitt. Vous commencez à être raisonnable et à comprendre que vous perdriez votre précieux temps à tenter de me décrocher. J'en suis ravie.

Cassandra se leva. Naturellement, lui ne bougea pas, et elle ne lui fit pas remarquer qu'un gentleman ne restait en aucun cas assis lorsqu'une dame se levait – inutile de gaspiller sa salive. Son mari n'était pas un authentique gentleman, mais un drôle de spécimen, une créature hybride capable de naviguer entre des univers opposés, l'aristocratie et le commerce, grâce à un mélange détonant d'éducation, de sens des affaires et, suspectait-elle, de férocité.

Elle sentit peser sur elle son regard sombre et intense tandis qu'elle contournait la table pour gagner la porte. Elle s'arrêta près de lui.

— Cet hématome paraît douloureux, dit-elle. Mais vous l'avez sans doute mérité. Vous êtes incroyablement exaspérant.

Sans réfléchir, elle effleura la marque sombre. Sa joue mal rasée était étonnamment douce et elle dut se faire violence pour ne pas la caresser. Elle baissa les yeux et ce fut sa poitrine musclée que rencontra son regard.

Elle retira vivement la main, l'enfouit dans les plis de sa jupe.

Elle avait quelque chose à lui dire, mais quoi ?

— Un baiser magique pour guérir ce bobo ? suggéra-t-il d'un ton léger.

Évitant son regard avec soin, elle concentra son attention sur l'hématome, la pommette saillante, le chaume de barbe si doux. Elle pouvait poser les lèvres sur ce visage. Pourquoi pas ? Elle embrassait souvent ses sœurs sur la joue, et sa mère aussi. Ce n'était pas si difficile. Se pencher, s'approcher de cette chaleur, cette vitalité…

Malencontreusement, leurs regards se croisèrent.

Il ne riait plus, il n'était plus d'humeur taquine. Sa soudaine gravité la troubla terriblement. Tout à coup, elle avait une conscience aiguë de ce corps viril tout près du sien, de cette main d'homme à quelques centimètres de sa cuisse.

À cet instant, il se leva. Ou plutôt, il se déplia lentement, lui toujours si rapide. Elle eut un mouvement de recul et son postérieur heurta le montant de la chaise voisine.

Il la dominait de toute sa taille. Il paraissait beaucoup plus grand de si près, son torse était beaucoup plus large. Elle s'aperçut qu'elle entrouvrait les lèvres, sans doute pour mieux respirer. Il regarda sa bouche, plongea de nouveau ses yeux dans les siens.

Elle songea que cet homme-là s'était couché sur elle une nuit, pesant de tout son poids, et que leurs corps s'étaient unis – brièvement, péniblement, mais ils s'étaient unis. Cela semblait inimaginable, pourtant...

— Je ne vous ai jamais embrassée. Pas étonnant que vous ne m'ayez pas pardonné notre nuit de noces.

— Comme vous l'avez dit, répondit-elle d'une voix si rauque qu'elle dut se racler la gorge, c'est mieux ainsi.

— Oui, c'est mieux ainsi.

Il regarda de nouveau sa bouche, vacilla imperceptiblement, puis s'écarta.

— Vous êtes vraiment perturbante, Camilla.

— Nous avons cela en commun, Jeremiah.

Sur ce, elle se dirigea vers la porte d'un pas mal assuré. Elle était essoufflée, désorientée et plus que perturbée.

5

Le British Museum se moquait d'elle : il regorgeait d'hommes musclés et torse nu.

Cassandra se hâtait, cherchant sa grand-mère dans les salles d'exposition et ne rencontrant que des dieux et des guerriers à moitié nus. Ils ornaient le plafond du hall d'entrée, s'élançant à une hauteur vertigineuse. Ils peuplaient les galeries, trop occupés à gonfler leurs biceps de marbre pour remarquer qu'ils avaient oublié leur culotte. Ils s'alignaient sur les murs, étalant en détail leurs fascinants reliefs masculins.

Elle examinait un dessin – un saint Sébastien percé de flèches et vêtu d'un pagne minuscule – quand un employé vint lui demander si elle avait besoin d'aide.

Comme il était habillé de pied en cap, Cassandra expliqua qu'elle cherchait la duchesse de Sherbourne. Cette dernière ne passant jamais inaperçue, Dieu merci, son interlocuteur s'empressa de la guider vers un large escalier flanqué de rampes ouvragées en fer forgé, puis dans une enfilade de galeries où étaient exposées diverses antiquités et curiosités, jusqu'à une salle inondée de lumière grâce à d'immenses fenêtres cintrées qui donnaient sur des jardins.

Dix énormes caisses en bois, dont on avait décloué les couvercles, encombraient le sol jonché de copeaux d'emballage. La duchesse se tenait au milieu de la salle.

— Te voilà, Cassandra. Viens voir cela.

De la même taille que Cassandra mais plus mince, la duchesse portait une élégante robe vert olive, avec un turban assorti drapé sur ses épais cheveux blancs et retenu par une grosse broche d'argent. Ses yeux verts pétillaient et son visage, sillonné de rides pleines de dignité, rayonnait.

— Vous êtes superbe, grand-mère, dit Cassandra avant de la gratifier d'une révérence.

— Toi aussi, rétorqua la duchesse, approuvant d'un hochement de tête la robe mordorée de sa petite-fille. Tu ressembles beaucoup à ton père, je l'avais oublié. Je suis contente que tu aies pu me retrouver ici. Sir Arthur installe son exposition et il m'a demandé de lui donner mon avis. Connais-tu le travail de sir Arthur Kenyon ? Dans son domaine, c'est un maître.

Elle effleura son collier de calcédoine, sourit, puis s'approcha d'une autre caisse.

— Viens. Ceci va t'étonner.

Cassandra serait certainement étonnée. Elle serait tout ce que sa grand-mère voulait qu'elle soit si cela pouvait aider Lucy.

À condition que « ceci » ne soit pas encore un homme nu.

Docile et souriante, elle s'approcha de la caisse, se pencha et vit...

Une pierre.

Grande, carrée, blanche, certes impressionnante, mais... une pierre.

— N'est-ce pas une pure merveille ? murmura la duchesse.

Le sourire vissé sur ses lèvres, Cassandra examina plus attentivement la chose. Elle remarqua que les arêtes de la pierre étaient ciselées – on y distinguait des stries, des spirales et... un cochon ? Allons bon. Les cochons étaient tout à fait fascinants, elle pouvait en parler pendant des heures. Mais... non. Ce n'était pas un cochon, juste un éclat dont la forme rappelait celle d'un cochon.

— Sir Arthur l'a rapporté lui-même de Grèce, expliqua la duchesse, extatique. C'est un fragment d'un temple antique. Sir Arthur soutient que les statues et les édifices antiques étaient peints de couleurs vives, alors que les spécialistes affirment qu'il a tort et que le marbre blanc est le plus beau et le plus authentique. C'est un sujet de conflit à la Société des archéologues.

Cassandra imagina des vieillards se jetant des blocs de marbre blanc à la figure.

— C'est fascinant, murmura-t-elle.

Elle suivit sa grand-mère devant une autre caisse et tomba dûment en pâmoison devant un bloc de marbre identique au premier.

— Je n'ai jamais été un bas-bleu, déclara la duchesse. Sherbourne ne l'aurait pas toléré, cependant il reconnaît lui-même qu'un savoir approfondi empêche une femme de devenir ennuyeuse. Ta mère, ajouta-t-elle avec un sourire suave, n'a jamais prêté attention à mes conseils concernant l'éducation de mes petites-filles.

— À propos de ma mère...

— Ah, voilà sir Arthur !

Sir Arthur Kenyon était un robuste quinquagénaire éclatant de santé, qui aimait visiblement vivre au grand air. Un lorgnon fiché dans l'œil, il entra dans la salle d'une démarche élastique. En voyant la duchesse, il plongea dans une galante révérence. Elle inclina gracieusement la tête en réponse, les joues roses, un sourire de jeune fille aux lèvres.

Voilà qui rendait les blocs de marbre bien plus intéressants !

— Eh bien, ma chère Cassandra, j'ai été ravie de te voir, déclara sa grand-mère, les yeux rivés sur sir Arthur.

La bonne humeur de Cassandra s'évapora. C'était du langage diplomatique, pour reprendre l'expression de M. DeWitt. Traduction : « Je n'ai plus envie de te parler. »

— Je suppose que nous nous retrouverons bientôt, poursuivit la duchesse. Tu assisteras naturellement au raout de ton oncle Morecambe, et je t'enverrai une invitation pour le bal que je donnerai dans moins de trois semaines. J'ai hâte de te revoir.

Sur ce, la duchesse tourna les talons et mit le cap sur son galant et ses blocs de marbre, laissant Cassandra bouche bée.

— Grand-mère ! Votre Grâce ! appela-t-elle en lui emboîtant le pas. Il y a une question qui...

Sa grand-mère s'immobilisa, les lèvres pincées.

— Oui, de quoi s'agit-il ?

— De Lucy. Elle a dix-neuf ans et il est grand temps pour elle de faire ses débuts, et puisque vous donnez un bal, vous pourriez peut-être...

— Ah, c'est ce que je craignais ! la coupa la duchesse en lançant un bref coup d'œil à sir Arthur. Superviser les débuts d'une jeune fille requiert énormément de temps. Tu penses peut-être que je n'ai rien d'autre à faire que d'attendre que mes petites-filles débarquent de la campagne pour me demander des faveurs. J'ai un emploi du temps chargé, figure-toi, et je ne peux négliger mes autres activités pour m'occuper de toi.

— Je ne pensais pas à..., bredouilla Cassandra. Il ne s'agit pas de la présenter à la Cour. Si Lucy assistait à votre bal, elle...

— Je ne vois pas pourquoi lady Charles ne s'en charge pas.

— Ma mère est souffrante.

— Ton père a insisté pour l'épouser. Mais ça remonte à une éternité et cela n'a plus d'importance à présent.

— Lucy est particulière, lâcha Cassandra avant que sa grand-mère s'éloigne.

— Quels sont ses centres d'intérêt ?

Causer des problèmes. Casser tout ce qui lui tombe sous la main. S'enivrer et brailler des chansons grivoises au milieu de la nuit.

— Elle est réputée pour sa beauté. Elle danse et chante merveilleusement, elle s'habille avec une élégance innée et...

— Elle m'ennuie déjà, soupira la duchesse. Ma chère Cassandra, j'ai fait mes débuts il y a près de cinquante ans. À l'époque, moi aussi j'adorais la danse et la toilette, mais laisse-moi te dire une chose : les visages changent, la mode change, seule l'intelligence et la curiosité subsistent.

— Si Lucy fait un beau mariage, cela profitera à toute la famille.

— Un meilleur mariage que le tien, veux-tu dire ? J'étais opposée à ce que tu épouses M. DeWitt – le fils de l'individu qui a gâché la vie de ma Susan ! –, mais ton père a refusé de m'écouter. Tu attends pourtant que je vienne à ta rescousse, alors que toi aussi, tu causes des scandales ?

— Moi ? Je n'ai jamais causé le moindre scandale ! s'insurgea Cassandra.

— Vraiment ? Hier soir, ton mari et ton ancien fiancé se sont battus à coups de poing devant un club de St James's. Comment appelles-tu cela ?

L'hématome sur la joue de M. DeWitt.

— Harry ? Euh... c'est lord Bolderwood qui l'a frappé ? Pour quelle raison ?

— Il te faudra poser la question à ton mari.

La duchesse secoua la tête.

— Quel horrible personnage, ton M. DeWitt. Mon époux et mon fils tiennent malheureusement à le recevoir.

Elle lança de nouveau un coup d'œil à sir Arthur, comme s'il risquait de filer en Grèce si elle ne le surveillait pas.

— Je vois que tu es déçue, Cassandra, mais je ne peux rien pour toi. Ton père m'a clairement signifié que, s'agissant de ses enfants, mon opinion lui était indifférente. Je ne sais pas à quoi il pensait.

« Il vaut mieux que vous ne le sachiez pas, songea Cassandra. Cela vous briserait le cœur. »

À l'époque, Cassandra non plus n'avait pas compris. « Voilà ce que je pense, Cassandra chérie, » avait dit son père, une semaine à peine après son mariage. Aphrodite, leur truie primée, venait d'avoir une portée de magnifiques porcelets qui gigotaient et braillaient à qui mieux mieux. Comme d'habitude, Cassandra et son père rivalisaient d'imagination pour leur trouver des noms absurdes. Elle se demandait si, après son éprouvante nuit de noces, elle aussi aurait un bébé, quand lord Charles avait ajouté : « Maintenant que tu es mariée, je vais demander à mon notaire de modifier mon testament afin que tout mon patrimoine te revienne, enfin, revienne à Joshua. Cela t'évitera des problèmes plus tard. » Comme elle s'étonnait : « Quels problèmes ? », il avait répondu : « On ne sait jamais ce qui peut se passer. »

Sauf que lui savait exactement ce qui allait se passer.

Elle ne pouvait cependant pas le dire, aussi se borna-t-elle à murmurer :

— Grand-mère, je vous en prie, Lucy n'est pas responsable des décisions de notre père. Ne la punissez pas pour cela.

— Tu es bien mélodramatique, mon petit, répliqua la duchesse avec un rire argentin. Personne ne punit personne. Il se trouve simplement que j'ai d'autres obligations. Tu comprends ?

— Oui, merci. Je comprends.

Cette fois, Cassandra ne la retint pas. La duchesse rejoignit sir Arthur et tous deux se lancèrent dans une conversation animée, sir Arthur approuvant avec enthousiasme les suggestions de son interlocutrice pour l'organisation de l'exposition. Un homme sage, conscient qu'il valait mieux ne pas négliger les conseils de la duchesse.

Cassandra tourna les talons et, cherchant la sortie, traversa sans rien voir les différentes salles. Demander à la duchesse d'accourir quand on lui faisait signe, telle une domestique, était sans doute égoïste, mais pour Cassandra c'était naturel : la famille passait avant tout. Si elle le lui avait fait remarquer, la duchesse aurait acquiescé avec un sourire aimable et répété qu'elle était trop occupée.

Une manière polie de dire : « À mes yeux, tout est plus important que toi. »

M. DeWitt allait jubiler quand elle lui avouerait son échec. Mais le pire, c'était qu'à son retour à Sunne Park, elle devrait expliquer à Lucy et Emily qu'elle avait échoué.

Une fois de plus.

Marchant à l'aveuglette, elle se retrouva devant deux guerriers de marbre, le nez à hauteur de leurs tétons. Elle s'arrêta, croisa les bras et les fusilla du regard.

— J'arrangerai cela, je vous le garantis, marmonna-t-elle. Si vous êtes capables de partir au combat nus comme des vers, je trouverai une solution pour mes sœurs.

Elle ne connaissait rien aux antiquités, peintes ou pas, en revanche, elle savait se faire des amis. À cause de son mariage, elle avait dégringolé dans l'échelle sociale, mais elle retrouverait son rang. Elle aurait tellement de relations prestigieuses que sa grand-mère s'amenderait. Lucy pourrait mettre le palais de Westminster à feu et à sang si ça lui chantait, elles seraient toujours reçues dans les salons.

— Et n'essayez pas de m'arrêter, lança-t-elle aux deux statues.

Celles-ci ne bronchèrent pas et Cassandra décréta que c'était une victoire.

Un jour, elle suivrait l'exemple de sa grand-mère et aurait, elle aussi, de multiples activités. Dans l'immédiat, cependant, sa famille avait besoin d'elle.

Soupirant, elle sortit et rejoignit la voiture qui l'attendait. Ses sœurs la détestaient, sa mère ne se souvenait plus de son nom, sa grand-mère la jugeait insignifiante, et son mari voulait se débarrasser d'elle.

Si elle avait su que ce serait ainsi, elle aurait amené son chat.

6

Joshua était affalé sur le sofa de son bureau, occupé à réfléchir, quand il entendit une voix féminine dans le couloir. Ses pensées s'égaillèrent aussitôt tels les gamins des rues devant la maréchaussée. Il ouvrit les yeux, vit le bouquet de fleurs sur sa table de travail et referma les paupières.

La peste soit de cette femme ! Durant les trois jours qui s'étaient écoulés depuis ce fâcheux petit déjeuner, elle avait veillé à rester à l'écart, tout en poursuivant implacablement son entreprise de colonisation. Des bouquets de fleurs fraîches envahissaient l'espace, les domestiques, conquis, arboraient de grands sourires, et des notes de musique flottaient dans l'air aux moments les plus inattendus – d'autant plus inattendus qu'il ignorait qu'il y eut un pianoforte dans cette demeure. Il fallait cependant reconnaître que le personnel était plus diligent, que les fleurs n'étaient pas si désagréables et que la musique l'aidait à réfléchir.

Mais là n'était pas la question.

Une autre voix s'éleva dans le couloir, celle de Filby. Tant mieux, le majordome ne permettrait pas qu'on dérange son maître quand il cogitait. Samuel, lui, avait l'habitude de se faufiler dans le bureau pour se pelotonner contre son père et poser sa tête brune sur son bras.

Joshua sentait encore le poids de cette tête, comme si ses muscles se souvenaient du petit garçon.

Apparemment, Filby lui-même n'était pas capable de résister à l'invasion.

La porte grinça. Joshua n'était plus seul.

Il entrouvrit les paupières, regarda l'envahisseuse – aussi fraîche qu'une de ses fichues fleurs dans sa robe à rayures roses – et referma les yeux.

— Monsieur DeWitt, nous devons discuter.

— Allez-vous-en, je suis occupé.

— Vous êtes couché sur ce sofa à ne rien faire.

— Je ne sais pas ne rien faire. L'art de ne rien faire m'est étranger.

Il avait les paupières closes, mais il sentait sa présence, comme un parfum dans l'air.

— Faut-il vraiment que vous soyez toujours dévêtu ?

— Dévêtu ? Je porte une chemise, non ?

Il se tâta la poitrine. Oui, il portait une chemise sous son peignoir. Rouvrant les yeux, il vit que Cassandra avait les yeux rivés sur la main qui reposait sur son torse. Puis elle se rendit compte qu'il la regardait le regarder et se hâta d'arranger les fleurs dans leur vase, qu'il jugeait pourtant parfaitement bien arrangées. Elle avait les joues roses et vraisemblablement aussi douces que les pétales qu'elle caressait.

— Vous n'avez pas de cravate, rétorqua-t-elle en lui coulant un regard oblique.

— Je n'aime pas les cravates. Ça gêne mes mouvements.

— Et où est votre redingote ?

— Ça gêne mes mouvements.

Elle leva les mains, ce qui fit saillir ses seins.

— Pourquoi êtes-vous obsédé par vos mouvements ? Vous ne bougez pas !

Il se leva d'un bond, rajusta son peignoir et lui jeta un regard sournois – et la surprit à le regarder de nouveau ! Elle le dérangeait, certes, mais au moins elle le distrayait.

Il la rejoignit d'un pas nonchalant, se pencha pour pêcher une lamelle de citron confit dans une bonbonnière et appuya la hanche contre le bureau. Cassandra déplaça une fleur blanche de quelques centimètres, la fit pivoter dans un sens puis dans l'autre.

— Au fait, à quoi servent toutes ces fleurs ? s'enquit-il.

Elle continuait à arranger les fleurs, ses mains s'activaient, vives, assurées, compétentes. De fait, le bouquet fut bientôt plus harmonieux. C'était astucieux. Inutile, mais astucieux.

— Les fleurs fraîches sont agréables.

— Elles ne servent à rien.

Il s'écarta, s'éloignant de ces mains diaboliquement efficaces.

— On les coupe, on les met dans un vase et elles meurent.

— Tout ce qui est vivant finit par mourir. La mort est inévitable, mais le plaisir et la joie peuvent nous consoler.

— Le plaisir et la joie ? Vous êtes pour philosopher ? Si j'avais envie de philosophie, je consulterais les travaux de quelqu'un de plus...

Il s'interrompit, cherchant le mot juste.

— ... mort.

— Je m'en souviendrai.

— À ce propos, combien de temps comptez-vous me harceler ? Newell dit que vous avez fait chou blanc avec la duchesse.

— Elle se sent négligée par sa famille, voilà tout. Elle changera d'avis.

— Si elle ne veut pas de vous, qu'elle aille au diable ! Vous ne manquez pas d'amis, enchaîna-t-il avant qu'elle lui reproche son langage. Vous êtes tout le temps dehors et je ne peux pas faire deux pas sans qu'on m'arrête pour me dire que Mme DeWitt est si charmante, si aimable, et pour m'inviter à quelque dîner assommant ou quelque bal ridicule. Demandez à vos amis de s'occuper de Lucy pour vous.

Il se mit à faire les cent pas, entre la cheminée et le bureau – la pièce lui semblait soudain exiguë.

— Pourquoi pas la femme avec qui vous étiez l'autre jour ? Celle qui est grande et terrifiante.

— Arabella ? Lady Hardbury ?

— Oui, celle-là.

— Elle me l'a proposé, tout en me laissant entendre qu'elle était peut-être dans un état... intéressant.

Il se figea de crainte qu'elle ne se lance dans une conversation sur les états intéressants. Leurs regards se croisèrent brièvement et elle entreprit d'aligner les objets qui se trouvaient sur sa table de travail : un morceau de minerai de fer, la bonbonnière, un presse-papiers en verre soufflé vert dont les bulles ressemblaient à des larmes.

— De toute façon, c'est une question de principe, se borna-t-elle à déclarer. La duchesse est un membre de ma famille.

— Donc vous ramperez à ses pieds.

— Oui, si cela peut aider Lucy. Je ferai n'importe quoi pour ma mère, mes sœurs et mes enfants. Oh...

Elle pinça les lèvres, le presse-papiers dans la main. Trop tard. Le mot planait dans l'air, charriant avec lui une odeur plus fétide que celle de la Tamise l'été. Sans doute se maudissait-elle d'avoir parlé à tort et à travers. Lui, en tout cas, la maudissait.

Il s'obligea à inspirer lentement pour supporter le vide douloureux qui s'ouvrait dans sa poitrine et l'impression de sentir la tête de son fils peser sur son bras. Si elle désirait des enfants...

— Il y a plein de gamins dans les rues de Londres, dit-il sèchement. Vous n'avez qu'à vous servir.

— Les enfants vous dérangeraient, ils sont embêtants, n'est-ce pas ? rétorqua-t-elle en reposant le presse-papiers d'un geste brusque. Pas étonnant que vous n'en ayez pas eu lors de votre premier mariage.

— Ils me dérangeraient, en effet, acquiesça-t-il, sans prendre la peine de rectifier son erreur.

— Il paraît que votre frère Isaac est passé, mais je présume que lui aussi est embêtant.

— Vous l'êtes tous. Bien, si c'est tout ce que vous aviez à me dire, je vous suggère de ranger vos leçons de morale dans votre malle et d'emporter tout ça en partant.

Il se dirigea vers la porte qu'il ouvrit brutalement.

— À présent, dehors. J'ai du travail.

— Parfait !

Elle s'avança vers lui, le menton haut, les yeux étincelants, puis s'arrêta net.

— Sauf que...

— Quoi encore ?

— Je crains de n'avoir été un peu distraite, avoua-t-elle, penaude. Je venais vous prévenir que, ce soir, nous assistons à une réception chez lord et lady Morecambe.

Il claqua la porte et s'y adossa.

— Nous ?

— Oui, vous et moi.

— Lady Morecambe nous a invités *tous les deux* ?

— C'est ma tante par alliance. Nous sommes évidemment invités tous les deux.

Cela ne pouvait pas être vrai. Qu'elle ait invité Cassandra, admettons. Mais lui ? L'oncle et le grand-père de Cassandra – le marquis de Morecambe et le duc de Sherbourne – le recevaient certes, en revanche, ils se gardaient bien de le convier à leurs réceptions mondaines, surtout si Treyford était invité lui aussi. Les membres de la haute société évitaient soigneusement de réunir Joshua et son père dans la même pièce.

— M. Das et M. Newell ont fait en sorte que vous soyez disponible ce soir, déclara-t-elle gaiement, sans se douter qu'elle allait commettre un terrible faux pas.

Voilà qui était amusant. Il ne lui en voulait même pas d'avoir chamboulé son emploi du temps. Il se mit à arpenter le bureau, s'efforçant de dissimuler son sourire.

— Je serai enchanté d'assister à cette réception.

— Parfait. Ce sera notre première sortie en couple.

Elle lui sourit. Pas étonnant qu'elle soit la bienvenue partout, avec un sourire pareil.

— M. Newell s'est entretenu avec votre valet, un certain M. Vickers, si je ne m'abuse. Il vous choisira une tenue et il vous rasera. Essayez de rester tranquille deux minutes afin qu'il noue correctement votre cravate. Vous serez bien aimable de retirer votre boucle d'oreille. Et si vous pouviez rectifier votre coupe de cheveux...

Elle examinait ses cheveux qui, il en convenait, commençaient à être trop longs. Lui se demandait jusqu'où tombait sa chevelure, quand elle dénouait toutes ces tresses.

— Bref, faites un petit effort, conclut-elle.

Sur ce, elle se dirigea vers la porte, gracieuse et déterminée, et il crut distinguer la forme de son postérieur et de ses cuisses sous les plis de sa jupe froufroutante.

— Ma coupe de cheveux est donc si affreuse ?

Elle se retourna.

— Disons qu'elle ne vous va pas trop mal.

Les paupières plissées, elle l'étudia de nouveau.

— Votre hématome est maintenant d'un jaune des plus seyants. Jaune bouton-d'or.

— Vickers me trouvera peut-être un gilet assorti. Les dandys en seront verts de jalousie.

Elle semblait l'écouter d'une oreille distraite. Elle hésita, puis revint se camper devant lui.

— Pourquoi Harry... enfin, lord Bolderwood vous a-t-il donné un coup de poing ?

— Comment avez-vous su que c'était lui ?

— Vous ne l'avez pas blessé, n'est-ce pas ?

— Vous le plaignez, maintenant ? *Harry ?*

— Vous êtes plus grand que lui, plus énergique et...

Elle agita les mains. Il lui fallut quelques secondes pour comprendre qu'elle désignait sa carrure.

— Il est un peu chétif, non ? ricana-t-il. Tous les hommes ne sont pas aussi puissamment bâtis que moi, je sais. Dans ma jeunesse, j'ai été l'apprenti d'un forgeron, après quoi j'ai été débardeur. Je suis encore si fort que je peux porter une tonne d'acier en équilibre sur mon petit doigt.

Elle leva les yeux au ciel.

— Il vous faut effectivement de la force pour transporter votre vanité qui dépasse largement la tonne.

— Moi, vaniteux ? s'écria-t-il, faussement offensé. C'est vous qui avez parlé de mes épaules et de mon torse musclés.

— Je n'ai jamais parlé d'épaules musclées !

— Alors, maintenant, vous dites que je suis chétif, moi aussi.

Il croisa les bras.

— Ce n'est pas très gentil, ajouta-t-il.

— Bien sûr que vous n'êtes pas chétif ! s'énerva-t-elle. Vous ressemblez à un guerrier antique et vous le savez pertinemment. Mais... Oh, vous êtes impossible. Pourquoi je...

À court de mots, elle ferma les yeux et se couvrit le visage de la main.

Elle était si gênée et si charmante que Joshua n'insista pas. Il adorait pourtant l'asticoter, et la façon dont elle le détaillait, visiblement fascinée par sa musculature, le divertissait. Découvrir la femme de chair et de sang qui se cachait derrière cette façade si convenable serait...

Une erreur stupide.

— L'affaire balte, lâcha-t-il.

Elle baissa sa main, le dévisagea. Aujourd'hui, ses yeux étaient plus verts que bruns.

— Pardon ?

— Bolderwood a investi dans cette affaire, il a perdu de l'argent et m'en rend responsable.

— Ah…

À l'évidence, cette histoire d'investissement ne l'intéressait pas et mit un terme à l'interrogatoire. Tant mieux, il préférait ne pas mentionner que Bolderwood l'accusait aussi de guigner sa femme. Joshua avait répliqué avec franchise que lady Bolderwood n'était pas attirante, ce qui lui avait valu ce coup de poing dans la figure.

— Quoi qu'il en soit, évitez de vous quereller ce soir et, s'il vous plaît, conduisez-vous en gentleman.

— Oisif et suffisant, c'est ça ? Capable de passer des heures à nouer sa cravate et à composer des odes niaises aux beaux yeux des dames ? C'est votre conception du mari idéal ?

Elle le gratifia d'un sourire mi-figue mi-raisin, et il comprit que, oui, c'était bien ainsi qu'elle imaginait le mari idéal. Rien d'étonnant, puisqu'elle avait failli épouser le coquet et inutile Bolderwood.

— Tant pis pour vous, reprit-il, agacé. Je ne suis pas un gentleman, et je m'en félicite. Je suis un homme d'affaires, un homme de Birmingham. Les gens de Birmingham marchent vite, et vous savez pourquoi ? Parce que nous avons un but et que nous travaillons. Tandis que vos gentlemen distingués se baladent avec leurs cravates savamment nouées parce qu'ils n'ont rien de mieux à faire. Quel dommage que vous n'ayez pas réussi à épouser l'un d'eux.

— Cela n'a plus d'importance à présent. Vous n'êtes pas le mari qu'il me faut, mais je suis mariée avec vous. Je ne veux pas paraître ingrate, se hâta-t-elle de poursuivre. Je suis très sensible au sacrifice que vous avez consenti en m'épousant.

Il haussa les épaules et s'éloigna d'elle.

— Il n'y a pas de sacrifice puisque dorénavant personne ne peut plus tenter de me passer la corde au cou.

Je ne veux pas d'une épouse, par conséquent une épouse qui existe à peine me convient tout à fait. Plus vite vous retournerez chez vous, plus vite vous n'existerez plus.

Le silence s'abattit sur la pièce, comme si le vœu de Joshua avait été exaucé. Il résista à la tentation de vérifier si elle était toujours là.

C'est alors qu'elle s'approcha, posa la main sur son bras et, d'une voix douce et suppliante :

— Je sais bien que vous n'êtes pas un gentleman, mais pourriez-vous faire semblant de l'être ?

— Être quelqu'un que je ne suis pas ? rétorqua-t-il en s'écartant brusquement. Contrairement à vous, je n'ai pas besoin que tout le monde m'aime. J'ai de la fierté.

— Certains d'entre nous ne peuvent pas s'offrir ce luxe qu'est la fierté, répliqua-t-elle, le regard dur. J'ai besoin qu'on m'aime pour être reçue dans la bonne société, pour qu'on dise du bien de moi et qu'on oublie que j'ai épousé l'individu le plus grossier d'Angleterre. Pour qu'on accueille aimablement ma sœur et que si quelqu'un souhaite l'épouser, on ne s'y oppose pas. Et que si Lucy fait une énorme bêtise, ce ne soit pas un désastre complet.

Elle pointa sur lui un index menaçant.

— Dans la mesure où votre comportement rejaillit sur moi, je vous conseille de vous conduire correctement afin que je trouve au plus vite une solution pour Lucy. Après quoi, je recommencerai à ne plus exister, comme vous l'avez dit si gentiment, et vous pourrez être aussi mal élevé que vous le désirez.

Elle avait beau s'accrocher à sa façade convenable, il percevait de la rage dans son petit discours. Une part d'elle aurait voulu hurler, lui marteler la poitrine de ses poings et lui jeter à la figure des objets lourds et contondants. Son sentiment d'injustice, son impuissance et sa force de caractère se livraient une rude bataille et elle n'avait que la bienséance pour les empêcher d'exploser.

Un homme meilleur que lui l'aiderait à mener son combat afin qu'elle puisse trouver un peu de paix.

Eh bien, il n'était pas cet homme-là, il avait ses propres combats à mener et on ne l'avait jamais vu importuner les gens en leur demandant de l'aide. Donnez le doigt à quelqu'un et il vous prend le bras.

Du reste, il avait accepté un pseudo-mariage et rien de plus. Rien. De. Plus.

— Si je me conduis correctement et que je fais semblant d'être ce que je ne suis pas, qu'est-ce que j'aurai en échange ?

— Pourquoi voudriez-vous avoir quelque chose en échange ?

— Quand un employé fait bien son travail, je lui offre une récompense. Ou quand un partenaire en affaires hésite à signer un contrat, je rajoute un encouragement pécuniaire pour le convaincre.

— Aider votre famille devrait être un encouragement suffisant.

— Et pourtant ce n'est pas le cas.

Elle réfléchit un instant.

— Que voulez-vous ?

Qu'elle le laisse tranquille, qu'elle arrête de bouleverser son quotidien, voilà ce qu'il voulait.

Il fit donc ce qui allait de soi.

Il s'approcha, posa la main sur sa taille et se pencha vers elle, si près qu'il aurait pu lui mordiller le lobe de l'oreille. Une boucle châtain lui effleura la joue. Il l'entendait respirer, elle était crispée. Son parfum fleuri, si féminin, l'étourdissait.

Il se ressaisit et lui chuchota à l'oreille, avec clarté et précision, ce qu'il attendait d'elle en récompense de sa bonne conduite.

Sa réaction fut exactement celle qu'il espérait : elle ravala une exclamation et recula d'un bond, les yeux écarquillés.

— Je ne ferai jamais une chose aussi dégoûtante et aussi dépravée ! Que vous puissiez seulement le penser…

Bravo, il avait mis dans le mille.

— Si vous refusez d'obtempérer, je refuse de me conduire correctement, déclara-t-il avec un sourire railleur.

— Oh, vous…

Elle chercha désespérément les mots pour exprimer son indignation, y renonça et sortit de la pièce au pas de charge. Il était enfin seul avec ses pensées en déroute.

7

Le mari de Cassandra, cet individu exaspérant et dépravé, ne daigna pas se raser ni retirer cette satanée boucle d'oreille. Quand elle le foudroya du regard, il se contenta de hausser les sourcils, ce qui lui rappela ses odieuses suggestions qui l'avaient tant humiliée.

Elle l'ignora ostensiblement durant le trajet jusqu'à la demeure de son oncle et sa tante. Là, Dieu merci, il lui faussa compagnie et elle put se détendre, sans parvenir toutefois à oublier ce qu'il lui avait chuchoté.

À vrai dire, ces raouts mondains étaient absurdes : une horde se ruait dans une demeure, les invités échangeaient à tue-tête des banalités et se plaignaient de la cohue alors qu'ils s'en délectaient. Mais Cassandra aimait bavarder avec les gens, inventer des sujets de conversation amusants et admirer les toilettes de ses congénères.

Elle repéra Arabella à l'étage supérieur et monta la rejoindre. Froide et dédaigneuse, Arabella était un îlot de calme au milieu du tourbillon, cependant le doux sourire qui flottait sur ses lèvres indiquait que lord Hardbury était dans les parages.

— Arabella, j'ai quelque chose à te demander.

Cassandra avait les mains moites dans ses gants de satin à l'idée de poser une question aussi hardie, mais il fallait absolument qu'elle sache. Dans ce brouhaha, elle allait devoir hurler pour être entendue.

— Penche-toi, s'il te plaît. Je ne peux pas parler trop fort.

— Tu m'intrigues, avoua Arabella en s'exécutant.

Cassandra jeta un coup d'œil circulaire. Personne n'écoutait.

— T'arrive-t-il de... d'embrasser... le... la virilité de ton mari ?

Arabella laissa échapper une sorte de couinement et pressa la main sur sa bouche.

— Tu as réellement dit ce que je crois que tu as dit ?

— M. DeWitt a suggéré que je... mais je... Oh, arrête de rire ! protesta Cassandra, les joues en feu.

Arabella se redressa, les épaules secouées d'un rire irrépressible. Ce phénomène insolite – lady Hardbury riant en public – attira bien sûr l'attention, notamment celle de lord Hardbury qui s'approcha, visiblement perplexe.

— Qu'est-ce que vous mijotez toutes les deux ? Madame DeWitt, vous semblez souffrir de la chaleur.

Trop gênée pour le regarder, Cassandra saisit la première occasion de s'éclipser.

— Oh, j'aperçois Leo avec sir Gordon ! claironna-t-elle, et elle planta là son amie fort peu secourable.

Si elle avait encore les joues rouges quand elle se précipita vers le duc de Dammerton et sir Gordon Bell, ils étaient trop courtois pour le lui faire remarquer. Tous trois se mirent à bavarder et bientôt Cassandra retrouva son calme. Lorsque sir Gordon les laissa, le duc commenta, gentiment moqueur :

— Je vois que vous avez amené votre horrible mari. Vous vous rappelez donc à quoi il ressemble ?

Elle sourit, amusée.

— Il n'est pas si horrible, n'est-ce pas ?

— Bon cœur, mauvaises manières. C'est mieux que le contraire, selon moi. Je ne m'attendais cependant pas à le rencontrer chez lord et lady Morecambe, un soir de fête.

— Lord Morecambe est mon oncle.

— Je sais, mais... lord Treyford est là, or DeWitt et son père ne sont pas en bons termes.

— Il ne fera pas de scène.

Le sourire de Sa Grâce vacilla. Il ouvrit la bouche pour répliquer, se ravisa, s'excusa et s'en alla parler à quelqu'un d'autre.

Bonté divine ! Elle avait intérêt à se mettre en quête de son mari, même si elle ne savait pas du tout ce qu'elle était censée faire quand elle le dénicherait. Elle se frayait un chemin vers le balcon qui surplombait la grande galerie lorsqu'elle tomba nez à nez avec...

— Harry !

— Cassandra !

Harry Willoughby, lord Bolderwood, était aussi blond et séduisant que le jour de leurs fiançailles, trois ans plus tôt. Si ses finances pâtissaient de son mariage, son beau visage était intact.

— Présentez-nous, Harry chéri.

— Mon épouse, Phyllis, lady Bolderwood.

Harry évitait de croiser le regard de Cassandra et ses oreilles rougissaient. Les deux femmes s'inspectèrent discrètement. Lady Bolderwood portait une robe en soie bleue élégante et qui avait dû coûter une petite fortune. Pour tout bijou, elle avait un ruban autour du cou. Cassandra se surprit à tripoter le rubis qui ornait son collier et se hâta de baisser la main.

Arabella avait tort, décida-t-elle. Lady Bolderwood était jolie, Harry et elle formaient un couple idéal, et Cassandra était suffisamment adulte pour leur souhaiter d'être heureux.

En outre, revoir Harry lui confirmait qu'elle n'avait plus de sentiments pour lui. L'amour était une chose étrange. Naguère, les attentions de cet homme la ravissaient et ses baisers lui faisaient tourner la tête. Désormais, la simple idée de l'embrasser lui paraissait absurde, tandis qu'embrasser son mari...

... serait tout aussi absurde, vu qu'il était horrible, qu'elle ne l'aimait pas et qu'il lui avait fait cette suggestion dégoûtante.

Et ces deux-là ? Faisaient-ils cette chose que M. DeWitt attendait ? Et comment s'y prenaient-ils... Est-ce qu'elle... ?

Seigneur Dieu ! Allait-elle passer toute la soirée à se demander si les personnes avec lesquelles elle bavardait se livraient à cette pratique ?

— Enchantée de faire votre connaissance, lady Bolderwood, dit-elle avec une exquise politesse.

— Nous sommes tous ravis de vous voir à Londres, répondit cette dernière. On racontait que votre mari vous cachait à la campagne, afin que vous ne puissiez pas refréner ses... excès.

Arabella avait peut-être raison, lady Bolderwood n'était pas si jolie, après tout.

— Le seul excès dont mon mari se rend coupable est son excessive générosité.

— Il peut se permettre d'être généreux, ricana Harry. Seulement, ne lui demandez pas d'où vient son argent.

— Vous faites allusion à l'affaire belge, lord Bolderwood ? riposta Cassandra. J'espère que vous n'allez pas encore le frapper pour cela.

— L'affaire balte, rectifia-t-il machinalement. Et ce n'est qu'un élément du problème.

Il arborait une mine sombre qu'elle ne lui avait jamais vue, mais avant qu'elle ait pu demander ce qu'il voulait dire, sa femme se pendit à son bras, pressant ses seins contre lui, et le couva d'un regard adorateur.

— Allons, Harry chéri, susurra-t-elle. Mme DeWitt a raison, ce n'est ni le lieu ni le moment.

Ils semblaient soudain seuls au monde. Harry caressa le bras nu de son épouse et elle lui pinça doucement le menton.

Cassandra détourna les yeux. La grossièreté s'exprimait de diverses manières, songea-t-elle, agacée, les doigts crispés sur son éventail.

Elle s'apprêtait à prendre congé quand Harry déclara :

— J'ai toujours admiré votre force d'âme, Cassandra... madame DeWitt. Vous en avez besoin avec un mari comme le vôtre.

— Certaines femmes ont un tel goût du luxe qu'elles tolèrent tout, renchérit son épouse d'un ton suave. Mais pourquoi pas, si l'on n'a pas la chance de trouver le grand amour, comme nous.

Non, lady Bolderwood n'était pas jolie, décréta Cassandra. Elle avait le regard sournois, de vilaines oreilles et des dents minuscules.

Les oreilles de Harry, elles, étaient de nouveau cramoisies.

— J'imagine que vous avez tourné la page, madame DeWitt.

— Oh oui, dites que nous sommes pardonnés ! pépia lady Bolderwood, écarquillant ses yeux bleus et pressant de nouveau ses seins contre le bras de Harry. La passion nous a emportés, impossible d'y résister.

Cassandra serra les dents et sourit.

— Je ne vous en veux pas du tout. Au contraire, je suis ravie, puisque tout va bien pour vous comme pour moi.

— Tout ira bien, rétorqua lady Bolderwood. Mon cher Harry y veille.

Les époux échangèrent un petit sourire entendu qui alerta Cassandra.

— Que voulez-vous dire ?

— Simplement qu'on a le droit de prendre le contrôle de ses propres affaires, répondit Harry en haussant une épaule. De faire justice soi-même, en quelque sorte.

— Dieu du ciel, si vous êtes encore en colère contre mon mari...

— Je vous en prie ! la coupa lady Bolderwood, approchant son visage de celui de Cassandra comme pour la faire reculer. Ne parlons pas de M. DeWitt. Vous savez comment il est.

Cassandra leva le menton et ne bougea pas d'un pouce.

— Absolument. Joshua est brillant, énergique, amusant et généreux. Il a bon cœur. Vous m'avez rendu un fier service, lady Bolderwood. Joshua DeWitt est le mari dont je rêvais.

Elle soutint crânement le regard de son interlocutrice, résolue à ne pas détourner les yeux, lorsque retentit un grand bruit de verre brisé. Toutes deux pivotèrent d'un même mouvement.

Il y eut un silence dans la foule, puis des voix masculines furieuses s'élevèrent.

Dans la galerie bondée, en contrebas du balcon, un espace s'était ouvert autour d'une flaque de punch.

Deux hommes s'y tenaient face à face, les crocs découverts tels deux molosses prêts à s'égorger. Le plus âgé, aux épais cheveux gris, était le comte de Treyford, le beau-père de Cassandra.

Le plus jeune était son mari.

Haussant ses sourcils épilés, lady Bolderwood décocha un regard narquois à Cassandra.

— Vous disiez, ma chère ?

Joshua n'avait pas prévu de créer des problèmes, avant de tomber nez à nez avec son père et sa belle-mère. Jusqu'ici, il s'était bien amusé et, pour autant qu'il puisse en juger, n'avait vexé personne. Du moins pas trop.

En réalité, il n'avait pas prévu de parler à son père, cependant lui tourner le dos eût été impoli, or Cassandra n'aimait pas qu'il se montre impoli.

— Bonsoir, père, dit-il, jovial. Lady Treyford. C'est agréable de nous retrouver tous ici. Une charmante petite réunion familiale.

— Que diable fais-tu là ? interrogea Treyford.

— J'ai été invité, répondit Joshua en se campant plus solidement sur ses jambes. Lord et lady Morecambe sont des parents de mon épouse, vous l'ignoriez ? À propos, avez-vous fait la connaissance de mon épouse ?

— Je me moque éperdument de ta femme.

— Ce n'est pas très gentil, elle est adorable, rétorqua Joshua avec un grand sourire. Saviez-vous que son père, lord Charles Lightwell, était le frère aîné de votre première épouse, lady Susan Lightwell ? N'est-ce pas charmant ? Tout ce petit monde étroitement imbriqué, on se croirait dans un roman gothique. Vous aimez les romans, lady Treyford ?

— Ne t'adresse pas à la comtesse.

Et on reprochait à Joshua d'être grossier ! Il était là, aimable et poli, alors que son père s'emportait et disait ce qui lui passait par la tête. Mais, comme d'habitude, c'était lui qu'on blâmerait.

— Vous vous êtes donc remarié, milord ? lança-t-il en retirant ses gants. Avec une seule femme, cette fois ?

— Sors d'ici. Tu n'es pas à ta place.

— Allons, papa, ce n'est pas une façon de parler à votre fils aîné. Je suis invité tout comme vous.

Il serra ses gants dans sa main droite.

— Une immense fortune peut vous restituer ce qu'un mariage invalide vous a pris, ajouta-t-il. N'est-ce pas extraordinaire ?

Joshua se gratta pensivement la joue. La joue gauche, en l'occurrence. Par conséquent, il se servit de sa main gauche.

Celle dont l'auriculaire s'ornait d'une chevalière.

Laquelle attira l'attention du comte.

— Cette bague ne t'appartient pas, gronda-t-il en se penchant vers Joshua.

— Une bague ? Quelle bague ? Oh, celle-ci.

Il leva la main, feignant d'admirer la chevalière. Une voix intérieure lui hurlait de s'arrêter, mais il en était incapable. D'ailleurs, pourquoi s'arrêterait-il ? Que tous ces gens assistent au spectacle. Ils s'étaient empressés de fermer les yeux sur les péchés du comte. La bigamie était un crime, pourtant Treyford avait dit : « Mais je ne l'ai pas fait exprès », et tous ces gens avaient hoché la tête et répliqué : « Ma foi, si vous ne l'avez pas fait exprès, tout va bien. » Ils avaient aussi préféré ignorer les conséquences de la perfidie de Treyford, de son égoïsme et de son intempérance, sans doute parce que tous ces imbéciles hypocrites désiraient qu'on oublie leurs propres forfaits.

Il dévisagea son père et sourit.

Ce fut comme s'il lui jetait le gant. Treyford plongea, les doigts recourbés comme des griffes pour arracher la chevalière. Joshua abattit le tranchant de sa main sur le poignet de son père. Le bras de celui-ci décrivit un moulinet et percuta la main de lady Treyford qui lâcha son verre de punch avec un petit cri.

Le verre vola en éclats, le punch éclaboussa les jupes et les bas des environs, et se répandit sur le sol, tandis qu'une bonne odeur d'alcool et de fruits embaumait l'atmosphère.

Il y eut un silence, à peine troublé par le froufroutement des robes de celles qui se tournaient vers eux. Puis on entendit des murmures et des gloussements. Un espace s'ouvrit autour d'eux, mais personne n'intervint.

Qu'ils regardent, qu'ils voient ce qui arrive quand les aristocrates se débarrassent de leurs enfants comme du premier brouillon d'une lettre.

— J'aime bien cette chevalière, déclara Joshua.

— Elle appartient à mon fils, mon héritier !

Le comte plongea de nouveau, mais Joshua était plus grand que lui. Il leva la main, hors d'atteinte, laissant son père lui donner des coups de patte tel un chat en colère.

— À propos de fils, il paraît que votre dernière maîtresse en date attend un heureux événement. Quels sont vos projets pour son enfant ? Mais peut-être que vous ne vous sentez pas concerné. Faire un enfant est plus amusant que l'élever, n'est-ce pas ?

Joshua n'entendait plus les chuchotements, tant le sang lui rugissait aux oreilles.

Deux laquais vinrent balayer les morceaux de verre et nettoyer le sol. Des taches orange maculaient les broderies qui ornaient le bas de la jupe de lady Treyford.

Joshua ne devait pas aller plus loin. Si seulement quelqu'un pouvait l'arrêter. Que quelqu'un l'arrête, par pitié. Mais personne ne s'en mêlerait, pas plus qu'on n'empêcherait Treyford d'abandonner ses enfants.

Le pire, c'était que le comte n'était même pas cruel, juste égoïste et indifférent. Il prenait ce qu'il désirait sans se soucier des conséquences, ni se demander ce que les autres risquaient de perdre ou quel désastre il laissait derrière lui.

Non, le pire, c'était que personne ne le condamnait pour cela, quoi que dise Joshua. Il avait l'impression d'être dans un cauchemar, où il essayait de hurler mais n'avait plus de voix.

Quand soudain... deux mains fines se refermèrent sur son bras levé, le baissèrent doucement et le bloquèrent contre un buste délicieusement féminin. Puis l'une de ces mains se glissa au creux de son coude.

Cassandra était là, à son côté. Elle déclarait à la face du monde qu'il était son mari.

Il en fut tellement sidéré qu'il la laissa faire. Il huma son parfum fleuri et les battements de son cœur s'apaisèrent.

— Lady Treyford, dit-elle, comme si elle attendait depuis des mois de retrouver cette dernière, quel plaisir de vous revoir. Si je ne m'abuse, nous avons été présentées lors de mon dernier séjour à Londres.

À en juger par l'expression de la comtesse, elle ne se souvenait pas d'avoir rencontré Cassandra, cependant elle la salua aimablement, comme elle se devait de le faire étant en public. Joshua dut reconnaître que sa femme maniait la politesse comme un cimeterre.

Puis elle le leva les yeux vers lui, un sourire chaleureux aux lèvres. Il lut dans son regard quelque chose qui ressemblait à de l'inquiétude. Sans doute s'inquiétait-elle pour ses précieuses sœurs et sa précieuse réputation. Se hissant sur la pointe des pieds, elle lui chuchota à l'oreille :

— Joshua, arrêtez, je vous en prie. Je le ferai.

— Quoi donc ?

Ses yeux s'arrondirent, ses joues rosirent.

— Ce que vous avez demandé. Votre... encouragement.

Oh, son *encouragement* ! Fichtre.

Elle lui serrait le bras, le suppliait du regard. Elle aussi préférait ignorer la scélératesse du comte au nom de la bienséance pourtant, bizarrement, il n'était pas fâché.

Il lui tapota donc la main, ravi de constater qu'elle rougissait de plus belle.

— Cassandra, ma chérie, déclara-t-il d'une voix forte. Permettez-moi de vous présenter mon père, le comte de Treyford, et ma chère belle-mère, lady Treyford.

Ces derniers ne savaient manifestement pas sur quel pied danser, et les narines du comte palpitaient encore, cependant l'influence civilisatrice de Cassandra agissait aussi sur eux. Tous se souvinrent alors qu'ils étaient des personnages distingués et, s'extirpant du gouffre fumant des émotions humaines, ils échangèrent des salutations crispées. Une fois de plus, la politesse l'emportait.

Ensuite, Cassandra concentra son attention sur lady Treyford, l'abreuvant d'âneries à propos de « votre toilette et cette délicate broderie de perles », et lord Morecambe apparut. Il tapa sur l'épaule de Treyford et l'entraîna à l'écart sous prétexte de discuter chevaux. Les domestiques avaient tout nettoyé, les invités reprenaient le fil de leurs conversations. Joshua avait jeté un pavé dans la mare, le pavé avait disparu et la surface de l'eau était de nouveau lisse.

Lady Treyford s'en fut au bras d'une amie et Cassandra entraîna Joshua à l'écart. Il respirait son parfum, se délectait de sentir son corps tiède près de lui.

— Nous rentrons à la maison ? dit-il, plein d'espoir.

— Pas tout de suite, répondit-elle sans le regarder.

— Nous avons un marché.

Il l'entendit prendre une brève inspiration, la vit sourire à quelqu'un derrière lui. Elle ne le regardait toujours pas.

— Je remplirai ma part du marché, mais vous devez d'abord remplir la vôtre. Nous partirons dans une demi-heure. D'ici là, nous allons circuler parmi les invités, bavarder aimablement – aimablement ! – avec les uns et les autres. Vous serez aussi courtois qu'il vous est possible de l'être.

— Vous êtes merveilleuse, ma chère, et si scrupuleuse. Que ne feriez-vous au nom de la bienséance ! Vous êtes si convenable en public, tandis qu'en privé…

— Pas ici, le coupa-t-elle sèchement.

— Ces gens…

— Ils n'ont pas besoin de voir que vous êtes bouleversé.

— Je ne suis pas bouleversé.

Elle croisa enfin son regard et posa sa main libre sur la sienne.

— Vous avez le droit d'être en colère contre lui. Mais vous ne tenez sûrement pas à ce qu'on voie que vous êtes blessé.

Ses yeux étaient immenses, pleins d'inquiétude, ni verts ni bruns.

— Je ne suis pas blessé, répliqua-t-il. Ce type m'est indifférent. Je le déteste, c'est tout.

— Dans ce cas détestez-le en silence. Vous mettez les gens mal à l'aise.

— Dieu nous garde de déranger ces braves gens.

— Joshua, s'il vous plaît.

Elle se pressa de nouveau contre lui et déposa un baiser sur sa joue. Un baiser furtif, aussi léger qu'une plume, dont la douceur s'attarda cependant sur sa peau. Malgré le chaos qui régnait sous son crâne, il eut vaguement conscience qu'elle s'efforçait de le calmer, comme si elle avait affaire à un cheval trop nerveux, mais il ne s'en offusqua pas. Elle possédait un courage et une dignité qui lui donnaient des remords. Il était curieux de découvrir jusqu'où elle était prête à aller pour remplir « sa part du marché ».

— Vous m'êtes redevable, marmonna-t-il.

— Je sais.

— Une demi-heure.

— Oui.

Elle l'entraîna un peu plus loin et lui coula un regard oblique. Un sourire espiègle jouait sur ses lèvres.

— Vous ne vous êtes pas trompé de prénom.

Oh, il avait oublié ce jeu ! De toute façon, il était à court de prénoms. Et puis, il avait envie de jouer à autre chose. Faire enrager son père devenait ennuyeux. Asticoter sa femme serait infiniment plus divertissant.

— Vous voyez ? murmura-t-il. On peut accomplir toutes sortes de choses avec l'encouragement qui convient.

8

Plus tard ce soir-là, après s'être préparée pour la nuit, Cassandra s'assit dans un fauteuil et s'obligea à ne pas tourner les yeux vers la porte qui séparait sa chambre de celle de Joshua. Cela lui demandait de tels efforts qu'elle fut soulagée quand il frappa enfin au battant.

Elle reposa le mouchoir qu'elle faisait semblant de broder et se leva pour l'accueillir. Dans le fond, ce n'était pas plus terrible que de recevoir un visiteur familier dans son boudoir.

Sauf qu'aucun visiteur familier ne l'avait jamais mise dans un pareil état de nervosité.

— Entrez, dit-elle d'une voix trop aiguë.

Il entra en coup de vent, son peignoir en soie lie-de-vin battant ses chevilles nues, et marcha droit sur elle. Il était au milieu de la pièce quand il s'arrêta net et la regarda fixement, comme s'il était face à une bizarrerie de la nature. Elle se sentit étrangement nue, alors qu'elle était couverte de la tête aux pieds.

— Quelle est cette tenue ? grommela-t-il en s'approchant. Vous vous êtes habillée pour aller au lit ou pour une randonnée au fin fond de l'Écosse ?

Cassandra s'aperçut qu'elle entourait son buste de ses bras. Elle redressa les épaules et noua les mains devant elle.

— Cette tenue est chaude et confortable, se défendit-elle.

— Il ne manquerait plus qu'elle ne le soit pas, avec ces kilos de tissu.

— Comment cela ? Je n'ai que ma chemise de nuit, ma liseuse et mes bas.

— Et quelle est cette chose ? demanda-t-il en donnant une pichenette au ruché de mousseline qui bordait son bonnet.

— C'est une charlotte de nuit. Elle me tient chaud et elle empêche mes cheveux de s'emmêler pendant mon sommeil. Ce qui me fait gagner du temps le lendemain matin. C'est *efficace*.

— Ma foi, si c'est *efficace*.

— Si vous vouliez que je m'habille pour… pour… une opération de séduction, vous auriez dû donner des instructions plus claires.

Comme un sourire incurvait les lèvres de Joshua, elle croisa les bras sur sa poitrine, puis les baissa, redressa de nouveau les épaules.

— Par exemple… suis-je censée être dans le lit ? Est-ce là que se passe cette… activité ou bien…

— L'activité peut se passer où bon nous semble, la coupa-t-il.

Il la balaya de nouveau du regard.

— Je ne me sens pas assez habillé, dit-il avec entrain. D'autant que je suis totalement nu sous ce peignoir, précisa-t-il sur le ton de la confidence.

Seigneur Dieu.

Agitant les sourcils, il pivota et se rua vers le lit. En un clin d'œil, il se retrouva allongé au bord du matelas, tel un empereur romain. Les pans du peignoir, heureusement fermé par une ceinture, découvraient son maudit torse, et le bas s'enroulait autour de ses genoux.

Il tapota le matelas avec un petit sourire et, mystérieusement, elle se retrouva debout près du lit, prête à s'y étendre.

Elle avait fait une promesse, elle était sa femme, et lorsqu'ils avaient quitté la réception, Arabella lui avait chuchoté : « La réponse à ta question est "oui" », ce n'était donc pas si abominable que cela. En revanche, cela ne produirait pas de bébé, donc à quoi bon ?

Quoique… son mari n'aimait pas les enfants, par conséquent c'était peut-être le moyen pour lui de ne pas en avoir.

Elle le détestait, elle aurait voulu qu'il soit loin, au diable Vauvert.

— Vous avez l'air féroce, dit-il tout à coup, avec une gentillesse désarmante. Voulez-vous que je vous laisse ?

Oui, oui, oui.

Cependant… et si, de fil en aiguille, il copulait avec elle en bonne et due forme ? Et si elle était enceinte ? Ce désagrément en vaudrait la peine. Oh, elle avait tout fait de travers ! Elle aurait dû se préparer pour une opération de séduction.

Elle essuya furtivement ses paumes moites sur sa liseuse, cherchant quelque chose d'aguichant à dire.

— Je… J'éteins la chandelle ?

— Surtout pas ! Au contraire, vous devriez en allumer d'autres. Vous en aurez besoin pour voir ce que vous faites.

— Ah…

— Et j'en aurai besoin pour vous regarder.

— Vous voulez me… Ah.

Elle ne savait pas quoi faire de ses mains, qui voletaient comme des papillons. Lui, bien sûr, affichait un calme olympien.

— Faut-il que je sois sur… ou sous le couvre-lit ?

— Sur, ce sera plus facile. C'est que je m'efforce de vous faciliter la tâche.

— Oh, vraiment ? murmura-t-elle.

Elle grimpa sur le lit, s'adossa aux oreillers, et replia les genoux contre sa poitrine, sa chemise de nuit lui couvrant les pieds. Elle devinait, à la limite de son champ de vision, le corps musclé de son mari. Elle se tortillait pour dissiper sa nervosité et regardait droit devant elle.

Il n'ébaucha pas un geste. Il la contemplait, grave et pensif. Elle avait le sentiment d'avoir affaire à deux versions du même homme – un Joshua joueur et sarcastique, et son double gentil et attentionné. La vitesse avec laquelle il passait de l'un à l'autre donnait le tournis.

Mais il y avait aussi le Joshua colérique et mal élevé, l'impétueux, l'idéaliste passionné, le tyran intraitable, le patron exigeant… Dieu qu'il était déroutant.

— Vous êtes très courageuse, dit-il. Jusqu'où comptez-vous aller ?

— Je suis la fille d'un aristocrate et j'honore mes promesses. Vous m'avez accordé une demi-heure de courtoisie, donc je peux bien vous donner… euh…

Les yeux de Joshua pétillaient de nouveau de malice.

— Une demi-heure ? C'est tout ce à quoi j'ai droit ?

— Je ne sais pas. Combien de temps cela prend-il ?

Il émit un son bizarre, mi-rire mi-grognement, puis roula sur le dos et se couvrit le visage de ses mains. Perplexe, elle se demandait à quelle version de son mari elle avait affaire, quand la chevalière à l'auriculaire de sa main gauche attira son attention.

— Au fait, pour quelle raison vous êtes-vous disputés, votre père et vous ?

Elle s'agenouilla sur le lit et toucha la chevalière.

— Je crois qu'il était question d'une bague. S'agissait-il de celle-ci ?

Il bascula sur le flanc et elle prit sa main entre les siennes. Une main lourde et confiante, qui s'abandonnait et était tellement plus grande et forte que la sienne. Une main de travailleur, bien sûr : un lacis de nerfs, d'os et de vaisseaux sanguins, avec une longue cicatrice épaisse à la base du pouce et une autre, plus petite, près du poignet. Une main ni douce ni calleuse, aux ongles courts et soignés.

Il ne prononça pas un mot lorsqu'elle effleura ses phalanges couvertes d'un fin duvet noir et s'arrêta sur la chevalière. En argent ouvragé, elle s'ornait d'un onyx enchâssé dans un gros chaton carré, sur lequel étaient gravées des armoiries.

— Vous l'a-t-on donnée quand vous étiez encore l'héritier de lord Treyford ?

Si c'était bien la chevalière du vicomte d'Otham, titre régulier dévolu à l'héritier du comte de Treyford, Joshua avait eu le droit de la posséder autrefois. Ce n'était plus le cas : une chevalière symbolisait une identité et une position sociale qui n'étaient plus les siennes. La porter maintenant était une terrible transgression.

Raison pour laquelle il la portait, évidemment.

Il contemplait leurs mains unies et semblait presque paisible. La lueur de la chandelle adoucissait ses traits, modelait ses pommettes, soulignait la courbe de ses lèvres.

Elle ne se souvenait pas d'avoir jamais remarqué les lèvres d'un homme.

— Ç'a dû être difficile pour vous, dit-elle. De tout perdre à seulement quatorze ans.

— C'est loin, ça n'a plus d'importance. Il y a des choses beaucoup plus intéressantes, murmura-t-il en croisant son regard.

Il libéra sa main et la posa sur la cuisse de Cassandra. Sa chaleur fit naître une étrange sensation entre ses cuisses, là où il... où elle... Oh, Seigneur !

Sa main montait lentement. Instinctivement, elle arrêta son ascension, sans pour autant empêcher son corps de réagir.

Elle ne devrait pas tenter de l'arrêter. Au contraire, elle devrait l'encourager. Le séduire, même. Sinon elle n'aurait jamais d'enfant.

— Vous revenez déjà sur votre promesse ? demanda-t-il d'une voix rauque.

— Non, j'irai jusqu'au bout.

Elle s'arracha un sourire, jeta un coup d'œil à son... là... sous le peignoir, elle croyait discerner les contours de la chose, mais c'était sans doute un effet de lumière et le fruit d'une imagination enfiévrée.

— Toutefois, cela m'aiderait de savoir pourquoi vous voulez... cela.

— Parce que c'est merveilleux.

Il était de nouveau le joueur, le narquois, et pourtant son regard brûlant attisait ces sensations qui la mettaient mal à l'aise et qui pourtant étaient... oui, assez merveilleuses.

— Comment se peut-il que... Oh, peu importe, je ne voudrais pas... Je veux dire...

Elle prit une profonde inspiration.

— Ce soir. Votre père. Que...

Elle se surprit à effleurer les doigts de Joshua sur sa cuisse et s'arrêta.

— Il a mal agi, mais il n'en reste pas moins votre père. Et vous devez sûrement une partie de votre succès à ce qu'il vous a donné pour vous dédommager.

— Me dédommager ? Ah, l'innocence !

Il se recoucha sur le dos, les bras repliés sous la tête, les yeux rivés sur le baldaquin rose. Les manches du peignoir glissèrent sur ses avant-bras musclés, incongrus sur le brocart de la courtepointe.

— Dès que le mariage de nos parents a été annulé, dès qu'il a été prouvé que la première épouse du comte n'était morte que depuis un an, et que par conséquent notre mère n'avait jamais été sa femme légitime, Bram, Isaac et moi avons été renvoyés de l'école comme des criminels et expédiés à Treyford Hall. Nous nous attendions que notre mère soit là, mais elle s'était enfuie avec Miriam, ma sœur qui avait quatre ans à l'époque. La maison était fermée, il n'y avait plus de domestiques, il ne restait qu'un couple de vieux gardiens. Tout ce qu'on nous a dit, c'est que le notaire cherchait un cousin ou un parent quelconque pour nous recueillir.

— Et votre père ?

— Nous n'avons plus jamais eu de nouvelles de lui.

— Oh, Joshua !

S'il gardait son calme, sa voix était sourde et dure.

— Cette première nuit, dans cette immense maison vide… j'ai essayé d'allumer du feu, sauf que je ne savais pas comment m'y prendre, poursuivit-il, s'adressant toujours au baldaquin rose. Je le savais en théorie, mais je ne l'avais jamais fait. Jusque-là, il y avait toujours eu des domestiques pour se charger de tout à ma place. Nous étions seuls tous les trois, mes petits frères et moi, complètement démunis. Je me suis alors dit… si j'arrive à allumer ce feu…

Elle se représenta un garçon aux cheveux noirs, scrutant la cheminée avec tant d'intensité que le feu aurait pu jaillir par la seule force de son regard.

— Vous y êtes arrivé ?

— Il a fallu des heures pour que ce foutu briquet produise une étincelle. À force de le frapper sur le silex, j'avais des ampoules aux doigts. Je n'avais jamais réalisé avant ce soir-là que je ne servais à rien. Mais oui, j'ai fini par allumer le feu.

Une conclusion qui sonnait comme la chute d'une plaisanterie pas drôle du tout.

— Je ne comprends pas. Si votre père ne vous a pas aidés, comment les trois garçons reniés que vous étiez sont-ils devenus ce que vous êtes aujourd'hui ?

— Un autre homme nous est venu en aide, répondit-il posément. Un homme que nous n'avions jamais rencontré et qui était écœuré par toute cette histoire. Il s'est présenté à Treyford Hall, sans se faire annoncer, sans être invité. Il nous a expliqué la situation, alors que personne ne nous en parlait, et il a promis de nous aider à nous bâtir un avenir. Isaac, qui n'avait que dix ans, désirait s'enrôler dans la Navy et sillonner le monde. Bram avait douze ans et souhaitait aller en Inde pour capturer des tigres. Quant à moi...

Il fit une pause.

— J'ai dit que je voulais être riche. Cet homme ne nous devait rien, pourtant il est venu à notre secours. Je n'ai jamais connu personne d'aussi honorable et généreux que lui.

— Mon père ? murmura-t-elle, les larmes aux yeux. Il vous a aidé ? Voilà pourquoi vous aviez une dette envers lui ?

— Oh, bon sang, je ne voulais pas vous faire pleurer !

— Je ne pleure pas. C'est donc pour cela que vous m'avez épousée.

— Je vous ai épousée parce qu'il me l'a demandé et que j'aurais fait n'importe quoi pour lui. À propos de mariage et de dette...

Bonté divine, il avait déjà changé d'humeur.

— Vous avez assez tergiversé, madame DeWitt. L'heure de ma récompense est venue.

Il se mouvait comme un chat, tout en souplesse et sans le moindre effort. Un instant, il était couché sur le dos, celui d'après il était à genoux devant elle, les mains à plat sur ses cuisses.

En proie à une excitation inattendue, Cassandra adopta la même position. Sa musculature et l'énergie qui émanait de lui faisaient que le lit, pourtant imposant, paraissait soudain minuscule.

Elle aimait le regarder, réalisa-t-elle. Elle aimait ce grand corps sans une once de graisse, ces larges épaules sous la soie du peignoir. Le sourire qui, tout à coup, éclairait son visage. Ses yeux brillants, couleur café. Son intensité. Sa concentration. Et même son humeur changeante, qui pourtant la perturbait tellement. Tout cela était gênant, mais pas désagréable. Les dames ne parlaient jamais du désir et du plaisir, on leur enseignait que c'était honteux. C'était pourtant... oui... agréable, décida-t-elle – encore qu'elle serait morte plutôt que de l'admettre.

Peut-être allait-il l'enlacer. Ou l'embrasser. Ce serait bien. Cela faisait si longtemps qu'on ne lui avait pas donné l'impression d'être unique.

Elle attendit. Il tambourinait de ses doigts sur ses cuisses et balayait la chambre du regard. Pour un peu, elle aurait pensé qu'il ne savait pas non plus comment procéder.

— Je suis désolée, je ne sais pas ce qu'il faut faire, souffla-t-elle.

— Je devrais peut-être commencer le premier. Pour vous montrer.

Elle essaya de se représenter la chose, sans succès.

— Comment réussirez-vous à l'atteindre ?

Il eut un mouvement de recul, écarquilla les yeux et éclata d'un rire tonitruant.

— Je voulais dire sur vous, dit-il sans cesser de rire.

— Ce n'est pas bien de vous moquer de moi. Les hommes ne peuvent pas exiger que les femmes soient des innocentes pour ensuite le leur reprocher.

Il se frotta le visage.

— Je ne suis pas capable de « l'atteindre », comme vous dites. C'est l'une des tragédies de la condition humaine.

— Et les femmes ne sont pas nées en sachant tout de ce genre de chose, ce qui est une autre tragédie, rétorqua-t-elle, irritée. Donc, si vous voulez que je tienne ma promesse, cessez de vous moquer de moi et, pour une fois, essayez d'être un peu plus clair.

— Vous comptez donc aller jusqu'au bout ?

— Nous avons un marché.

— Vous êtes adorable.

Le ton était aussi langoureux qu'un après-midi d'été. Il leva lentement la main et lui caressa la joue de ses doigts repliés, encore et encore, si bien qu'elle calqua sa respiration sur le rythme de cette caresse. Il chercha son regard, perplexe et… inquiet ?

Puis il regarda sa bouche. De nouveau ses yeux. Sa bouche.

« Mon mari va m'embrasser », songea-t-elle.

Elle ferma les paupières et attendit. Ses lèvres seraient aussi douces que ses caresses. Elle enfouirait les doigts dans ses cheveux, puis les laisserait descendre sur ses épaules. Elle presserait ses paumes sur sa poitrine. Peut-être sentirait-elle son cœur battre.

Lui aussi la toucherait. Cette caresse sensuelle sur sa joue glisserait jusqu'à sa gorge et peut-être même jusqu'à ses seins, qui à présent la réclamaient.

Il était son mari. C'était bien. Ils auraient des enfants. Elle respirait fort, elle attendait qu'il…

— Vous taquiner est formidablement divertissant, déclara-t-il, jovial.

Elle sursauta et rouvrit les yeux.

— Vous me taquiniez ? s'insurgea-t-elle en repoussant sa main. J'essaie de faire ce qu'il faut et vous vous *moquez* de moi ?

— Oui, j'en ai peur.

D'un mouvement souple, il bondit du lit. Pour ne pas se jeter sur lui toutes griffes dehors, elle agrippa la courtepointe.

— Vous n'avez jamais voulu que je le fasse ?

— Non, reconnut-il avec un grand sourire.

— Et moi qui me tracassais, qui me demandais si les autres femmes le faisaient avec leurs maris, et vous… vous… espèce de monstre !

— Est-ce possible, madame DeWitt ? rétorqua-t-il en rajustant son peignoir. Êtes-vous en train de me dire que pendant que nous échangions des politesses avec les invités de votre oncle, vous imaginiez tous ces couples en train de…

— Pas tous ! Et je ne sais même pas ce qu'il y a à imaginer…

— Oh, vous êtes vraiment adorable !

Le mufle se payait de nouveau sa tête. Elle se mit à genoux au bord du lit et voulut le frapper, mais il esquiva.

— Vous êtes un affreux…

Elle frappa de nouveau. Il esquiva de nouveau, hilare.

— … un abominable…

Elle frappa, il esquiva, s'esclaffa.

— … personnage…

Elle frappa plus fort, plus vite, et serait tombée sur le tapis s'il ne s'était pas précipité pour la retenir.

Il ne la lâcha pas, l'air soudain déconcerté.

— Je suis tout cela et plus encore, mais vous le saviez déjà. Pourquoi êtes-vous si fâchée ?

— J'essaie juste de faire ce qu'il faut. Vous ne devriez pas vous moquer de moi.

Elle s'écarta de lui.

— Ce n'est pas gentil.

— Gentil ? répéta-t-il en reculant. Vous pensez que je peux être gentil ? Où avez-vous pêché une idée pareille ?

— Mon père disait que vous étiez un homme bon. Le duc de Dammerton a dit que vous aviez un cœur d'or. Et M. Newell…

— Assez, par pitié. Quelle naïveté ! Vous croyez que j'ai fait fortune en étant *gentil* ? À votre avis, vos amis de la haute société me courtisent parce que je suis *gentil* ?

Il ricana, amer.

— La plupart d'entre eux ne peuvent pas me souffrir, mais ils sont bien forcés de me côtoyer, et je vous garantis, ma belle, que cela n'a rien à voir avec ma gentillesse. Alors, n'allez pas vous imaginer que je puisse être gentil avec vous et, pour l'amour du ciel, ne versez pas dans le romantisme.

Elle le dévisagea, bouche bée, puis :

— Seriez-vous vaniteux au point de croire que je pourrais tomber amoureuse de vous ?

— Il y a un instant, vous vouliez que je vous embrasse.

— Pas du tout ! mentit-elle, les joues en feu. Vous n'êtes qu'un monstre arrogant et insupportable ! Je ne veux rien de vous. Vous n'avez qu'à retourner auprès de vos… femmes et leur demander de vous faire… ça.

— J'irai peut-être. Parce qu'elles n'exigent pas que je sois gentil, et que quand c'est fini – sa voix était plus forte et plus tendue à chaque mot –, je les quitte et elles me quittent, elles ne me tarabustent pas pour m'obliger à me conduire correctement, elles n'envahissent pas ma maison et ne chamboulent pas mon existence !

— Ah, mais c'est vous qui chamboulez *mon* existence !

Imitant Arabella, elle leva le menton et regarda au loin.

— À présent, vous pouvez vous retirer.

— Ah oui, je peux ?

— Je m'en voudrais de vous retenir plus longtemps.

Naturellement, l'animal ayant l'esprit de contradiction, il se rapprocha.

— Je connais cette réplique, gronda-t-il. C'est la manière polie de dire : « Fichez le camp. »

— Vous devez l'entendre souvent.

— Eh bien, dites-le carrément : fichez le camp.

Il prit son visage entre ses mains, et elle maudit ces mains menteuses et bien trop caressantes pour un être aussi détestable.

— Si je vous embrasse, me direz-vous de ficher le camp ?

Il passa le pouce sur les lèvres de Cassandra qui frissonna. Elle eut l'impression que les yeux de Joshua s'assombrissaient, comme s'ils s'emplissaient d'encre. Il allait encore se moquer d'elle. Il n'avait pas tort, elle risquait de se mettre des idées folles en tête, surtout quand elle voyait des couples comme Arabella et lord Hardbury, ou Harry et lady Bolderwood, et qu'elle soupirait sottement après ce qu'elle n'aurait jamais.

Timidement, elle lui caressa les cheveux. Elle n'aurait pas dû le toucher, mais sous cette rude carapace se cachait un homme tendre et généreux.

— Vous êtes tellement en colère, murmura-t-elle.

— Quoi ?

Il recula brutalement et elle laissa retomber sa main.

— Contre votre père, contre moi, contre nous tous.

— Quelle idiotie !

Il se mit à marcher de long en large en gesticulant.

— Je suis trop détaché pour être en colère !

— La colère vous dévore.

— Arrêtez de m'expliquer ce que je ressens.

— D'accord, je comprends.

— Non, vous ne comprenez pas, rétorqua-t-il en se penchant sur elle. Vous ne comprenez rien de rien.

— Joshua...

Elle tendit la main, pour l'apaiser, le consoler – elle rêvait tant que quelqu'un le fasse pour elle. Elle le touchait presque quand il pivota brusquement. Ses doigts s'accrochèrent au peignoir, Joshua s'éloigna, emporté par son élan et la ceinture se dénoua.

Il se figea, puis se retourna, la robe de chambre largement ouverte.

Il l'avait prévenue : il était nu sous ce maudit peignoir.

Oh, Jésus Marie Joseph !

Cassandra était incapable de détourner les yeux : ce torse, ce ventre plat, ce sillon duveteux qui menait à sa...

Sa... Quel mot avait-elle employé... sa virilité ? Elle se dressait, aussi imposante et impérieuse que Joshua. Assourdie par les battements de son cœur, elle contemplait ce corps d'homme, et une onde brûlante et douce l'inonda, lui coupant la respiration.

— Vous en avez assez vu ? lança-t-il.

Sa voix semblait venir de très loin, et Cassandra n'aurait su dire s'il était fâché ou amusé, ou autre chose.

— Ma belle, si vous vouliez lorgner ma verge, il suffisait de le demander.

Elle ferma les yeux, pressa les deux mains sur ses paupières. Le noir ne régla rien : elle le voyait toujours. Au bout d'une éternité, il marmonna :

— Et je ne suis pas en colère, bon sang.

Elle entendit la porte claquer, elle était de nouveau seule.

Lentement, elle baissa les mains et agrippa la courtepointe, luttant contre l'envie honteuse de toucher cette partie de son corps qui palpitait douloureusement.

Elle quitta maladroitement le lit et s'approcha de la porte. Si elle le rejoignait dans sa chambre, elle... Quoi ? Elle le prendrait dans ses bras, l'étreindrait, se blottirait contre lui.

Si elle le rejoignait, il lui dirait des méchancetés, il se moquerait d'elle et la repousserait.

Elle resta donc immobile et s'obligea à respirer profondément. Une fois calmée, elle alla s'asseoir à son secrétaire, prit une feuille de papier et une plume.

Chère lady Treyford, écrivit-elle.

9

Non seulement cette maudite créature avait envahi sa maison, mais voilà que maintenant elle envahissait également ses pensées.

Le lendemain, Joshua veilla à s'occuper l'esprit. Il participa à des réunions dans la Cité et à une tournée d'inspection des docks – des endroits où il était sûr de ne pas croiser sa femme –, pourtant l'image de Cassandra dansait obstinément devant ses yeux.

La façon dont elle lui avait caressé la main. Le regard qu'elle avait posé sur son corps nu.

Ses paupières closes, ses lèvres entrouvertes quand elle attendait qu'il l'embrasse.

De quoi damner un saint.

Mais pourquoi diable était-il allé dans sa chambre ? Quelle idée stupide ! « Histoire de s'amuser un peu », s'était-il dit, et il avait été assez bête pour croire à ce mensonge.

Tant bien que mal, il réussit à survivre jusqu'au soir sans devenir fou. Il s'installa dans son bureau pour étudier un rapport sur l'hygiène publique, tandis que Das passait en revue le courrier du jour avant de rentrer chez lui. Il aurait dû se détendre – Cassandra était sortie avec ses amies –, malheureusement il ne comprenait rien à ce qu'il lisait.

Parce que son esprit était tout occupé par *elle* : son regard blessé, la douceur de ses mains, sa joue veloutée.

Cela ne lui arrivait jamais. Absolument jamais. Il avait toujours été capable de se concentrer sur son travail et d'oublier le reste. Pourtant, Cassandra... s'était immiscée dans son cerveau à force d'être chaleureuse et digne, et courageuse, et attentionnée, et... contente d'elle, ça, oui. Et d'une suffisance... Elle pensait le connaître, à cause d'elle il avait l'impression d'être une infâme canaille. Eh bien oui, il était une infâme canaille, parce qu'il était humain, voilà tout. Il faisait des choses idiotes, il commettait des erreurs. Alors qu'elle, n'est-ce pas, elle était parfaite. Elle ne faisait jamais rien de mal, ne parlait jamais à tort et à travers, ne perdait pas le contrôle de ses sens ni ne laissait ses émotions prendre le dessus.

Il aurait pu l'embrasser.

Lui enlever ce bonnet de nuit ridicule, cette affreuse liseuse et tout cet attirail dont elle semblait avoir besoin pour dormir. L'embrasser, l'allonger sur cette fichue courtepointe rose, sous ce fichu baldaquin rose et explorer son...

— Nous devons aller à Liverpool, annonça-t-il tout à trac.

Il bondit sur ses pieds, s'approcha de la cheminée, empoigna le tisonnier et fouailla les braises.

— Il faut aider Putney à résoudre le problème avec nos concurrents. Nous partirons demain.

C'était la seule solution.

S'il était allé apporter l'argent de la paie à Liverpool comme prévu, rien de tout cela ne serait arrivé. Il devait simplement reprendre le cours de sa vie, qui lui convenait très bien telle qu'elle était. Quelle imprudence d'avoir laissé cette femme la bouleverser. Travailler, faire des affaires, voyager, il pouvait continuer ainsi pendant des années.

Des années.

— Putney l'a réglé tout seul, répondit Das sans lever le nez des documents qu'il examinait.

— Comment ça ?

— Sa lettre est là.

Das ne se donna pas la peine de la lui donner. Merveilleux. Voilà que même Das se comportait bizarrement.

Joshua posa le tisonnier, récupéra la lettre et la parcourut. Putney avait effectivement trouvé une solution. Excellente, d'ailleurs.

— Pourquoi diable s'est-il senti obligé d'aller régler ça ? marmonna-t-il.

— Putney est votre secrétaire en charge de tout ce qui se produit à Liverpool. Et à Manchester.

— Hum.

Das ne levait toujours pas le nez. Joshua retourna se poster devant la cheminée, tisonna une bûche, admira la gerbe d'étincelles qui en jaillissait et les flammes qui crépitaient.

— Dans ce cas, nous irons à Birmingham. Les choses importantes se passent à Birmingham. À Londres, je me tourne les pouces.

— Je crains que le moment ne soit mal choisi pour quitter Londres.

— Ne vous avisez pas de me dire que je ne devrais pas laisser Mme DeWitt seule. Elle est tout à fait capable de se débrouiller, elle n'a pas plus besoin de moi que je n'ai besoin d'elle. Et franchement, nous avons très bien vécu durant ces deux dernières années, c'était extrêmement satisfaisant jusqu'à ce qu'elle vienne tout chambouler.

— Une action en justice est intentée contre vous. Par lord Bolderwood.

Joshua jeta un coup d'œil au document que Das tenait entre ses mains. Ce dernier se leva, les lèvres pincées, visiblement tendu, ce qui ne lui ressemblait pas.

— Encore cette foutue affaire balte ?

— Non, monsieur. Lord Bolderwood vous poursuit en justice pour adultère.

Das s'exprimait bien, il était clair et précis, et la phrase qu'il venait de prononcer n'était pas particulièrement compliquée. C'était cependant l'une de ces phrases dont chaque mot avait un sens, mais dont l'ensemble était abscons. Joshua se la répéta plusieurs fois, pour essayer de comprendre.

Adultère. Son esprit se rebella. D'accord, il n'était pas innocent. D'accord, quatre gentlemen londoniens auraient pu l'accuser de ce forfait ; ils s'en abstenaient car ils avaient atteint cette étape de la vie conjugale où un mari autorise sa femme à aller voir ailleurs. Joshua s'en était soigneusement assuré, vu que transgresser l'interdit n'avait aucun attrait pour lui. Il privilégiait l'efficacité et la prévoyance.

— Adultère avec lady Bolderwood ? lâcha-t-il finalement.

Das, mal à l'aise, se dandinait d'un pied sur l'autre.

— C'est ça.

— Enfin, c'est grotesque ! Il m'accuse de coucher avec lady Bolderwood ?

Cette blonde au sourire suffisant, au regard sournois ? Cette créature désagréable, triste comme une porte de prison ?

— Je n'ai jamais touché cette femme.

— Il demande cinquante mille livres de dommages et intérêts pour... euh...

Das consulta le document.

— Je cite : *appropriation frauduleuse du bien d'autrui.*

— Le sale morveux ! Je ne « m'approprierais pas le bien » de ce blanc-bec, même si j'en avais le droit et même si j'empochais cinquante mille livres pour ça.

Ces derniers temps, Bolderwood occupait un peu trop de place dans sa vie. Il y avait eu cet échange de coups de poing devant le club de St James's à cause de lady Bolderwood. Laquelle lui avait tourné autour comme une mouche lors de la réception de Featherstone. Sans oublier Isaac qui l'avait prévenu que le blanc-bec mijotait une vengeance.

Sacrebleu.

— Ils préparent ça depuis un bout de temps, dit-il.

Il se mit à arpenter la pièce, pensif et de nouveau lucide. Comme toujours, Das demeurait dans la tempête.

— C'est...

Il claqua des doigts, pivota, frappa dans ses mains.

— Oui, bien sûr ! Il a perdu de l'argent, il est aux abois, il m'en rend responsable... Vous avez mené l'enquête ? Où en est-il financièrement ?

— Il est au plus mal. Ses dettes s'élèvent à trente mille livres environ, y compris les dettes de jeu et ce qu'il doit aux prêteurs.

— Le montant des dommages et intérêts alloués dans les affaires d'adultère a beaucoup augmenté. Je pense à l'affaire de ce couple, il y a quelques semaines.

— Oui, le dénommé Evans a été condamné à verser vingt mille livres à lord Oliver pour sa liaison avec lady Oliver, confirma Das.

— Si Evans n'a pas les moyens de payer cette somme, moi je les ai. Et j'ai une réputation. Je suis un riche parvenu qui ne sait pas rester à sa place, ce dont les juges pourraient prendre ombrage.

Les fleurs sur le bureau le considéraient d'un air accusateur. La veille, Cassandra avait arrangé ce bouquet en parlant de plaisir et de joie.

— C'est écœurant, grommela-t-il. Méprisable, abominable.

— L'audience est prévue dans deux semaines.

— Déjà ?

Joshua se remit à marcher de long en large, réfléchissant, calculant. Il n'en revenait pas.

— Cet imbécile croit vraiment qu'il va s'en tirer ainsi ? Dans un procès, il faut présenter des preuves, or il n'y en aura pas puisqu'il ne s'est rien passé.

Il avait un goût de bile dans la bouche. Les concurrents et les rivaux étaient nombreux. Il avait même des ennemis. C'était la rançon du succès. Il y avait toujours quelque chose qui tournait mal, quelqu'un qui tentait de lui damer le pion, c'était la partie excitante des affaires.

Mais là, c'était si… personnel.

Das demeurait silencieux.

— Je n'ai jamais touché cette femme, Das.

L'opinion de son secrétaire lui était indifférente, néanmoins…

— Je n'ai rien fait.

Das hocha la tête. Joshua jeta un coup d'œil à la pendule.

— Cassandra était invitée à un bal, elle ne sera pas de retour avant plusieurs heures. Je lui expliquerai la situation demain matin. Rentrez chez vous. Je m'occuperai de ça demain.

Il suivit Das dans le hall, le regarda enfiler son manteau et ses gants. Il avait devant les yeux l'image de Cassandra, les lèvres entrouvertes, attendant un baiser.

— À votre avis, elle risque d'en entendre parler ce soir ?

— Tout dépend de Bolderwood. Sera-t-il discret ou pas ?

— Il devrait l'être dans la mesure où il raconte des mensonges au sujet de sa femme.

Mais Cassandra avait été fiancée à Bolderwood. Oh, bon sang, quel pétrin ! Il aurait dû l'embrasser quand il en avait l'occasion.

— De toute façon, elle m'a dit qu'elle s'en moquait.

Immobile, Das tournait son chapeau entre ses mains. Il ouvrit la bouche pour répliquer et se ravisa comme un valet ouvrait la porte. Le vent de la nuit s'engouffra dans le hall en même temps que le bruit d'une voiture qui approchait, s'arrêtait au pied du perron. Une portière claqua. Des voix. Des pas sur les marches.

— Vous allez pouvoir le vérifier, dit simplement Das.

Cassandra franchit le seuil, ravissante dans une robe du soir bleue sous une cape en velours. Elle s'arrêta net en découvrant Joshua.

Leurs regards se croisèrent et il se sentit soudain aussi nu que la veille. Puis elle détourna les yeux et s'avança dans le hall.

— Bonsoir, monsieur Das, dit-elle aimablement. Monsieur DeWitt, ajouta-t-elle d'un ton glacial.

— Alors vous savez.

— Je m'en moque.

Sans le regarder, elle défit l'attache qui fermait l'encolure de sa cape.

— Vous m'entendez, monsieur DeWitt ? Je m'en moque. Éperdument. À un point que vous n'imaginez pas.

Ses doigts d'habitude si habiles s'acharnaient sur le fermoir. La cape finit par glisser sur ses épaules, découvrant ses bras lisses, le renflement de ses seins.

— Laissez-moi faire, dit-il.

Elle leva les mains, les paumes tournées vers lui comme pour repousser le démon. Il recula. Elle ôta ses gants, peut-être avait-elle l'intention de les jeter à ses pieds, comme on le faisait dans les affaires d'honneur. Demain à l'aube, ils iraient dans le pré, ils se tourneraient le dos et feraient les vingt pas de rigueur, puis elle pivoterait, pointerait son pistolet sur lui et presserait la détente.

Sauf qu'elle s'en moquait éperdument.

Elle lança les gants sur la table et s'attaqua de nouveau au fermoir, avec les doigts féroces qui, la veille, caressaient la main de Joshua.

— Je me soucie uniquement de mes sœurs et de ma mère. De mes amis, de ma maison, de mes cochons, de mes roses, de mon chat.

L'attache céda, la cape s'ouvrit. Joshua tendit la main pour en débarrasser Cassandra, mais elle fit tournoyer le vêtement et le fourra dans celle du valet qui s'en saisit et s'esquiva sans demander son reste.

— Je ne me soucie pas le moins du monde de vous ni de ce que vous faites.

— Si je pouvais m'expliquer...

Elle se dirigeait déjà vers l'escalier, sa robe de soie s'enroulant autour de ses jambes, qu'il n'avait jamais vues et ne verrait jamais. Ses cheveux étaient relevés en un chignon compliqué, des mèches fines s'en échappaient et dansaient sur sa nuque. Jamais il ne verrait cette chevelure dénouée. Il n'avait pas réalisé à quel point il le désirait.

Un pied sur la première marche, elle tourna la tête vers lui.

— Couchez avec toutes les femmes d'Angleterre, de France et de Chine, je m'en moque.

— Cassandra, je jure que jamais...

— Bonne nuit, monsieur DeWitt. Monsieur Das.

Sur ce, elle gravit les marches à toute allure et disparut.

— Vous avez entendu ça, Das ?

Joshua fixait l'escalier, étonné qu'il ne soit pas recouvert d'une épaisse couche de glace.

— Elle s'en moque. Éperdument. Je n'imagine pas à quel point.

— Euh... je vous laisse.

Joshua n'entendit même pas son secrétaire refermer la porte.

Cassandra tournait en rond tout en triturant sauvagement sa charlotte. Elle s'était préparée pour la nuit et avait renvoyé la femme de chambre, mais il était trop tôt pour dormir, ses mains tremblaient trop pour se risquer à broder et elle avait l'esprit trop embrouillé pour lire.

Elle aurait tout donné pour être à Sunne Park. Elle serait dans le salon, avec Lucy et Emily. Peut-être répéteraient-elles l'une des pièces d'Emily, peut-être celle où Roméo et Ophélie s'enfuyaient dans la forêt d'Arden. Ou bien elles joueraient aux cartes et Lucy tricherait sans vergogne. Ou encore elles chanteraient une nouvelle chanson, leur mère les accompagnerait au pianoforte et Bêta sauterait sur le clavier en quémandant des caresses.

Toute cette histoire ne lui faisait ni chaud ni froid. Elle s'en moquait éperdument.

Le lit se profilait à la lisière de son champ de vision. Joshua s'y était allongé la veille, il avait parlé de son enfance. Il l'avait taquinée impitoyablement, il lui avait caressé la joue, et pendant tout ce temps, il savait que…

Le monstre !

Jetant sa charlotte, Cassandra se rua dans le couloir, dévala l'escalier et entra comme un boulet de canon dans le bureau.

Le monstre était assis près de la cheminée, immobile pour une fois. Elle claqua violemment la porte et il se borna à tourner la tête, à hausser insolemment les sourcils et à se carrer dans son fauteuil.

Un gentleman ne reste pas assis quand une dame est debout. Elle aurait pu le lui dire, mais à quoi bon ? Un gentleman ne laissait pas traîner sa redingote et sa cravate ici ou là. Un gentleman ne jurait pas devant les dames.

Un gentleman ne couchait pas avec la femme qui s'était enfuie avec le fiancé de son épouse.

Le sang bouillait dans ses veines, menaçant de lui délier la langue. Non, elle n'était pas du genre à faire des scènes, à taper du pied et à se lancer dans des tirades mélodramatiques. C'était réservé à ses sœurs, qui étaient passionnées et pleines de vie. Elle était calme, raisonnable, réaliste.

Et ce soir, elle serait calme et raisonnable.

— Expliquez-vous, déclara-t-elle en articulant exagérément.

— Vous avez dit que vous vous en moquiez.

— Je me moque que vous couchiez avec la moitié de l'humanité pendant que l'autre regarde.

Aïe ! Sa voix grimpait dans les aigus. Elle prit une inspiration tremblante. Calme. Raisonnable.

— Mais pourquoi *elle* ? Pourquoi ?

Il étendit ses longues jambes, les croisa à hauteur des chevilles, et les flammes se reflétèrent sur ses bottes cirées. Comment osait-il être aussi nonchalant ? Comment osait-il coucher avec cette femme ?

« Harry chéri… les excès de votre mari… ne parlons pas de M. DeWitt. »

— Ça vous embête, madame ? Pourquoi ? Vous craignez pour votre précieuse réputation ? À moins que vous ne soyez encore amoureuse de Bolderwood ?

— Elle m'a volé ma vie ! J'allais avoir un vrai mari, des enfants. Mais c'est elle qui a eu tout ça, et moi je vous ai, *vous* !

Il se leva d'un bond, la dominant de toute sa taille. Tant mieux, ce serait plus facile de lui donner un bon coup de pied dans ses… ses génitoires, et il y réfléchirait à deux fois avant de les exhiber de nouveau.

— Vous est-il venu à l'esprit que…

Mais Cassandra n'écoutait pas. Elle tremblait comme une feuille, des images affreuses défilaient dans son esprit enfiévré – lui en train d'embrasser *Phyllis*, sa belle bouche sur les lèvres vénéneuses de *Phyllis*. Son sang ne fit qu'un tour.

— Hier soir, j'ai été forcée de rester plantée devant elle, à sourire poliment, pendant qu'elle riait de moi en prétendant que je vous avais épousé pour votre argent et que...

— Quoi ?

— ... avec Harry, c'était le grand amour et...

— Vous l'appelez *Harry*, maintenant ?

— ... et moi, forcée de répondre que je suis très heureuse, et pendant tout ce temps elle se payait ma tête, parce que non seulement elle a épousé mon fiancé, mais qu'elle a aussi couché avec mon mari !

— Ils mentent. Je ne l'ai jamais touchée, assura-t-il en s'avançant vers elle.

Elle le contourna, se réfugia derrière le fauteuil qu'il occupait et se cramponna au dossier tandis que les mots continuaient à jaillir :

— Vous avez trouvé cela amusant, n'est-ce pas ? La pauvre petite abandonnée par son fiancé. Rendons-lui service et épousons-la parce que Dieu sait que personne d'autre ne voudra d'elle. Mais pourquoi ne pas s'amuser un peu à ses dépens ? Vous aimez tellement taquiner les gens.

— Je n'ai rien fait.

— Vous comptiez peut-être laisser un petit coucou dans leur nid ? Quelle bonne farce, n'est-ce pas ? L'ex-fiancé de ma femme élèvera mon fils !

— Sacrebleu !

Il s'avança de nouveau et elle recula d'un bond, les doigts toujours crispés sur le dossier du fauteuil qui bascula et, tandis qu'elle trébuchait et heurtait le mur, manqua de lui écraser le pied.

— Ne vous approchez pas ! Ne me touchez pas ! Je vous hais !

Il se figea, presque comique avec ses bras tendus, et elle vit une lueur douloureuse vaciller dans ses yeux. Puis il pivota, s'éloigna et se mit à marcher de long en large tel un fauve en cage. Elle s'appuya contre le mur, hors d'haleine. Un frisson glacé courut le long de son dos.

Je vous hais. Jamais elle ne disait des choses pareilles. Pas elle, qui était toujours calme et raisonnable, car sa famille avait besoin qu'elle le soit.

— Je deviens comme Lucy, marmonna-t-elle. Vous m'avez poussée à devenir comme Lucy.

De l'autre côté de la pièce, il l'observait avec circonspection. Soudain, elle eut honte.

— Je suis désolée. Je ne sais pas ce qui m'a pris.

— Ne vous excusez pas.

Il attrapa un flacon de cognac et en versa une bonne dose dans un verre.

— Vous étiez bouleversée, vous avez vidé votre sac. Il n'y a pas eu de blessés à part le fauteuil.

Le pauvre fauteuil était en effet pitoyable, renversé sur le dos, pattes en l'air.

— Asseyez-vous, je m'en occupe.

Il avala son cognac d'un trait et saisit de nouveau le flacon.

Hagarde, Cassandra s'assit sur le petit sofa à côté du fauteuil renversé. Le feu lui réchauffa les jambes. Joshua posa deux verres pleins sur le guéridon. Puis, d'un mouvement fluide, il remit le siège debout, s'y laissa tomber et indiqua les verres du menton.

— Buvez, ordonna-t-il.

— Je croyais que vous ne buviez pas d'alcool.

— D'ordinaire, non. Ça me gêne pour penser.

— Cela ne semble pas déranger les autres hommes.

— Parce qu'ils ne pensent pas. Buvez, il paraît que c'est un bon remède en cas de choc ou de crise de folie, ou Dieu sait quoi.

Elle prit un verre, le soupesa.

— Vous estimez que je n'ai pas le droit d'être en colère ?

— Soyez en colère si ça vous chante, mais cette fois, je n'ai rien fait de mal.

Elle huma le cognac dont l'arôme épicé lui picota le nez. Elle songea à Lucy, si pleine d'entrain quand elle avait bu, et qui pouvait se planter un éclat de verre dans le pied sans souffrir.

— Mieux vaut un crâne douloureux qu'un cœur douloureux, marmonna-t-elle.

— À la vôtre !

La première gorgée la fit tressaillir. Le cognac était différent du vin, il lui réchauffait les entrailles. Elle avala une autre gorgée.

— Lady Featherstone, déclara-t-il tout à trac.

Il contemplait le feu, le coude sur le bras du fauteuil, le menton dans la main. La lueur des flammes soulignait son profil.

— Lady Peter Elton. Mme Westley. Lady Harrington. J'étais en train de nouer une relation avec lady Yardley, mais j'y ai mis fin quand vous êtes arrivée.

Oh non ! Seigneur Dieu, elle ne voulait pas savoir. Elle avala une autre gorgée, puis une autre et encore une autre. Une pour chaque femme dont il avait cité le nom. Elle avait clamé qu'elle s'en moquait. Et elle s'en moquait. Ce qui la dérangeait, c'était juste... *Phyllis*.

Il tourna la tête, le menton toujours dans la main. Dans la demi-pénombre, ses yeux paraissaient presque noirs.

— Quatre femmes en trois ans. Et pas de Bolderwood dans le lot.

— Et avant ça ?

— Avant ça, j'étais marié et fidèle.

Il poussa un soupir, appuya la nuque contre le dossier du fauteuil.

— J'avais dix-neuf ans et j'étais vierge quand j'ai épousé Rachel. Nous avons vécu ensemble pendant près de six ans et je n'ai jamais eu envie de la tromper. Pourquoi aurais-je désiré une autre femme ? J'avais Rachel. Et puis Rachel n'était plus là, et parfois il m'arrivait de...

Il s'interrompit, scruta le plafond, perdu dans un monde qu'elle ne connaîtrait jamais.

— Vous étiez fidèle à votre première épouse, mais pas à moi.

— Vous n'êtes pas mon épouse. Nous sommes mariés, c'est tout.

— Je vois. Enfin... à peu près.

Un mariage de convenance. Elle ne pouvait pas se plaindre : cet homme n'avait pas non plus le sentiment d'être son mari. Mieux valait qu'ils vivent séparément. Avoir envie qu'il l'embrasse, voire qu'il lui fasse un enfant, était une chose, l'imaginer faisant partie de sa vie en était une tout autre. Ce n'était pas après lui qu'elle languissait, mais après ce qu'elle avait perdu et ne pourrait jamais avoir.

Une autre gorgée de cognac : pour sa première femme, celle-là. Non, six gorgées, une pour chaque année de mariage avec Rachel, six années d'amour et de fidélité. Elle avait parlé de fidélité et il s'était moqué d'elle, pourtant lui aussi y avait cru à une époque.

— On sait pourquoi on se marie, dit-il, s'adressant aux flammes, tandis que Cassandra avalait la troisième gorgée des six. Pour la famille ou le patrimoine ou parce qu'on est temporairement amoureux. On se connaît à peine. Les hommes ont besoin de quelqu'un pour perpétuer la lignée et les femmes ont besoin de quelqu'un qui subvienne à leurs besoins. Une fois qu'on est engagé dans un mariage, il est presque impossible d'en sortir. Alors on fait son devoir... Il arrive qu'un couple soit étroitement soudé, sinon... la vie continue, le mariage ne transforme pas les gens en poupées de chiffon miraculeusement exemptes de sentiments et de désirs humains.

Cassandra avala une autre gorgée, la dernière, décida-t-elle. Le cognac lui donnait l'impression de flotter. Elle s'imaginait s'élevant dans les airs, la tête en bas, sa chemise de nuit révélant son corps et recouvrant son visage.

Serait-il aussi fasciné par sa nudité qu'elle l'était par la sienne ? Probablement pas. Il avait déjà vu cinq femmes nues. Au minimum. Elle ne voulait pas le savoir. Les dames ne voulaient pas savoir ces choses-là, or elle était une dame. En revanche, elle ne détesterait pas le revoir nu. Comment était-ce possible ? Qu'elle veuille voir son corps mais ne veuille pas de lui pour mari ? Dieu qu'elle était mauvaise et dévergondée. Et comme il rirait s'il le savait.

— Mes parents étaient très amoureux, dit-elle. Ils étaient toujours en train de rire et de s'embrasser. On voyait qu'ils étaient bien ensemble. Ils ont toujours été fidèles.

Une voiture passa dans la rue. Joshua demeura silencieux.

— Vous me jugez naïve.

— Nous avons tous été naïfs à un moment de notre vie. Vous grandirez.

— Je suis en train de grandir, je suppose.

Elle porta le verre à ses lèvres, se rappela qu'elle avait décidé de s'arrêter. Deux gorgées supplémentaires, une pour son père, l'autre pour sa mère.

— Je pensais que je connaîtrais ça un jour.

Au lieu de quoi, elle était mariée sans avoir de mari.

— Mon avenir s'étendait devant moi et j'étais impatiente de le vivre. Et puis, un jour, mon père a reçu une lettre le prévenant de la fugue amoureuse de Harry... et mon avenir s'est évanoui. Vous imaginez ce qu'on ressent ?

Joshua ne répondit pas, il contemplait les flammes. Elle se pelotonna sur le sofa, les jambes repliées sous elle.

Il demeura si longtemps silencieux qu'elle sursauta quand il déclara :

— J'imagine que c'est comme regarder le néant. Chaque matin il faut se lever, affronter le néant et tenter de se construire un autre avenir, même si l'on pleure l'être disparu. Jour après jour, on s'efforce de se concentrer sur ce qu'on a et de ne rien espérer d'autre, pour qu'avec le temps on puisse s'en satisfaire.

Il savait.

Bien sûr, puisqu'il avait aimé Rachel et qu'il l'avait perdue – une perte plus cruelle encore que la sienne à elle.

Il disait ne rien avoir sacrifié en l'épousant. Dans la mesure où elle était loin, tout allait bien. Car pour lui une épouse inexistante était l'épouse idéale.

10

Le cognac n'avait pas fait de miracle : elle avait le cœur serré en pensant à ce que tous deux avaient perdu. Elle voulait le haïr, mais c'eût été injuste. Elle avait accepté un mariage de convenance lorsqu'elle était trop jeune pour comprendre que la vie pouvait être interminable quand on devait la vivre seule.

Du reste, elle ne voulait pas non plus de lui. Si elle pouvait choisir son époux, il ne ressemblerait surtout pas à Joshua DeWitt.

— Je n'ai pas eu d'aventure avec la femme de Bolderwood, reprit-il en s'étirant, retrouvant son habituelle brusquerie. C'est la vérité. Je suis un piètre mari, mais je vous promets d'être honnête.

Le verre vide semblait lourd entre les mains de Cassandra. Elle le reposa à côté de son jumeau, qui lui était plein. À la lueur des flammes, l'alcool avait la couleur de l'ambre. Elle souleva le verre pour admirer le phénomène.

Il n'avait aucune raison de mentir. Après tout, quel châtiment pouvait-elle lui infliger ? Retourner à Sunne Park et ne plus jamais lui adresser la parole ? Prendre un amant pour lui donner une raison de divorcer et de se débarrasser d'elle et de sa famille ?

— Dans ce cas, pourquoi Harry pense-t-il que vous avez eu une aventure avec elle ?

— Je crois que c'est un stratagème pour me soutirer de l'argent et se venger. Je pense qu'ils ont tout manigancé.

— Ils ? Vous voulez dire ensemble ?

— Je ne vois pas d'autre explication. Partez du principe que je suis innocent. Financièrement, ils sont dans une très mauvaise passe, ils m'en rendent responsable et je suis une cible facile.

— Tout de même, raconter ça à propos de sa propre femme ! Il n'ignore pas que le compte rendu intégral des procès pour adultère est publié dans les gazettes et vendu à des milliers d'exemplaires. La réputation de son épouse…

Il haussa les épaules, soupira. Pour un homme qui prétendait n'être jamais fatigué, ce soir il paraissait bien las.

— Voilà pourquoi je crois qu'elle est partie prenante dans l'histoire. D'autres femmes ont fait pire et gagné un certain prestige de ce genre de scandale. Elle pourrait aussi la jouer au culot, du moment qu'il ne demande pas le divorce.

— Ils ne semblaient pas au bord du divorce, loin de là. Si vous les aviez vus hier à la réception… Ils se regardaient, se souriaient, se touchaient et… Oh, mon Dieu…

— Quoi ? Qu'y a-t-il ?

— Ils ont parlé de faire justice eux-mêmes. Bonté divine, Joshua, c'est répugnant !

— Méprisable. Abject. Vil.

Et bien d'autres choses encore. Cassandra avait du mal à comprendre. Les Bolderwood semblaient tellement contents d'eux la veille, sachant qu'à cause d'eux, Joshua était assis sur un baril de poudre, ainsi que Cassandra et ses sœurs, par ricochet.

— Non, Harry ne ferait pas ça.

— Votre précieux *Harry* n'est peut-être pas l'homme que vous imaginiez, rétorqua-t-il, irrité.

Elle faillit répliquer que Phyllis avait sans doute une mauvaise influence sur lui et s'en voulut de blâmer plus volontiers la femme que l'homme. Elle se remémora l'expression triomphante de Harry lorsqu'il avait croisé le regard de sa femme. Il n'aurait pu se laisser influencer s'il n'avait été déjà prêt à l'être.

— Ils m'ont dit qu'ils avaient été emportés par la passion, murmura-t-elle. Je ne sais pas s'il y avait beaucoup de passion entre Harry et moi. Je pensais que nous étions amoureux, mais je suis trop raisonnable pour être passionnée.

— Pas passionnée, vous ? ricana-t-il. Vous venez de lancer un fauteuil à travers la pièce.

C'était si absurde qu'elle se mit à rire.

— Vous savez manier le compliment.

Il rit, lui aussi, et elle songea que c'était agréable de bavarder avec lui au coin du feu, pelotonnée sur le sofa, bien au chaud. Peut-être qu'un jour, ils pourraient être amis.

— Harry et moi n'étions fiancés que depuis une semaine quand Charlie est mort. Je présume qu'après cela, je n'étais pas de bonne compagnie. Il m'a rendu visite à plusieurs reprises, mais je n'avais pas grand-chose à lui dire.

Parce qu'elle ressentait un chagrin infini. Trois ans après, elle ne pouvait se rappeler sans souffrir la nuit où les amis de Charlie avaient ramené celui-ci ensanglanté. Il avait reçu un coup de poignard dans le thorax. Elle rentrait tout juste d'un bal au cours duquel Harry et elle avaient dansé deux fois ensemble. Harry l'avait embrassée en disant qu'il l'aimerait toujours. Lord Charles était en Écosse, lady Charles avait pris un somnifère, et Cassandra avait dû aider le médecin, le sang de son frère maculant sa robe de bal en satin blanc. Elle avait veillé Charlie jusqu'à ce qu'il rende son dernier souffle, trois jours plus tard.

— J'aimais bien Charlie, dit Joshua. Tout le monde l'aimait. Si Bolderwood n'a pas été capable de vous soutenir pendant cette épreuve, c'est une bonne chose que vous ne l'ayez pas épousé.

— Votre mariage a-t-il connu des moments difficiles ?

Une ombre passa sur le visage de Joshua. Dieu que sa femme devait lui manquer.

— Rien de particulier, répondit-il d'un ton bref.

C'était donc cela, boire du cognac, songea Cassandra, tandis que le silence s'étirait. L'alcool intercalait d'épaisses plaques de verre entre son esprit et le monde extérieur. Ses émotions se roulaient en boule, comme Bêta au pied de son lit.

Bêta lui manquait.

— Vous avez bu tout mon cognac, fit remarquer Joshua.

Elle considéra le verre dans sa main. Vide. Ça alors...

— Lucy a pris l'habitude de boire du cognac.

— Quoi ? Et quel âge a-t-elle ?

— Dix-neuf ans. Je cache les bouteilles, mais elle finit toujours par les trouver. La première fois, c'était un après-midi. Ma mère a une chèvre apprivoisée qui s'appelle Guenièvre et qui a une fâcheuse tendance à brouter les rosiers. Sous l'effet du cognac, Lucy a fait rentrer Guenièvre dans la maison pour qu'elle ne s'attaque plus aux rosiers et elle l'a coiffée d'un chapeau.

— Pour quelle raison ?

— Pour que personne ne s'aperçoive que c'était une chèvre. Un déguisement astucieux, pouffa-t-elle.

À l'époque, elle n'avait pas trouvé cela drôle. Lucy se tordait de rire, mais Lucy était ivre. Maintenant c'était Cassandra qui buvait et, honnêtement, le cognac avait le don de rendre les choses amusantes.

— Cette pauvre chèvre, avec sur la tête cet énorme chapeau orné de grappes de raisin et de cerises, courait dans toute la maison en bêlant, échappait aux domestiques, cassait tout sur son passage et dévorait les bouquets de fleurs. On a fini par réussir à la mettre dehors. Pauvre Guenièvre ! Elle ne s'est plus laissé attraper et elle a gardé ce chapeau sur la tête pendant quarante-huit heures, jusqu'à ce que j'arrive à le lui enlever.

Joshua éclata de rire. Elle aimait son rire, il la réchauffait comme le cognac.

— Un autre jour, Lucy a revêtu une vieille robe de notre mère, elle a mis une perruque et braillé des chansons grivoises.

— Lesquelles ?

— Je ne vais pas chanter une chanson grivoise.

Un sourire canaille éclaira le visage de Joshua.

— Vous connaissez les paroles, non ? Cassandra, si parfaite et bien élevée, connaît des chansons grivoises.

— À cause de Miranda. Ma sœur aînée, ou plutôt ma demi-sœur, née du premier mariage de ma mère.

— Je me fiche de Miranda. Je veux entendre la chanson.

— Elle a déniché ce vieux recueil de chansons et m'a mise au défi d'en chanter une, mais...

Elle avait douze ans, Miranda seize, et elle ne comprenait pas les paroles. Elle s'était assise au pianoforte, le cœur battant, et cependant résolue à relever le défi. Elle avait joué les premières mesures – tout le monde écoutait, les Bell et les Larke étaient là aussi, ainsi que le pasteur, sa femme et sa mère, et alors...

— C'est Miranda qui a chanté.

Cela lui avait attiré des ennuis, évidemment, et Cassandra avait jubilé. Ses parents lui avaient tapoté l'épaule en disant qu'ils étaient contents qu'elle soit si sage.

Cette fois, Cassandra s'était plainte : on s'occupait sans cesse de Miranda et Lucy, qui collectionnaient les bêtises, et on ne faisait pas attention à elle, qui était sage. Sa mère avait donc organisé pour elle seule un petit voyage à Lemington Spa.

Sa mère aussi lui manquait.

— Chantez, dit-il. Choquez-moi, madame DeWitt. Du reste, vous avez bu et la tradition veut que boire vous autorise à chanter des grivoiseries. Allez-y, c'est un devoir patriotique.

— Oh, mon Dieu… Ma foi, si c'est un devoir patriotique…

Ce n'était pas une mauvaise idée, et elle aimait le regard dont Joshua la couvait.

Elle rassembla ses souvenirs et entonna :

Comme j'étais dans ma chambre
Un matin de septembre
Un brigand vint tout à coup
Pour me sauter – vous m'entendez ?
Un brigand vint tout à coup
Pour me sauter au cou.

Il s'esclaffa, visiblement ravi, et elle rit aussi.

— Et ensuite ?

Repoussant une mèche qui lui tombait sur le front, elle fouilla dans sa mémoire.

— La suite… voyons…

Comme je filais la laine
Un autre sans quitter son chapeau
Vint me peloter – vous m'entendez ?
Vint me peloter l'écheveau.

— Pourquoi riez-vous ? s'étonna-t-elle. Ce n'est même pas drôle.

Il se cachait le visage dans les mains et ses épaules tressautaient. Elle aurait bien aimé toucher ses épaules, sentir son rire gronder sous ses doigts.

— Vous êtes merveilleuse, dit-il quand il se fut calmé.

Il y avait de la douceur dans son sourire, et une étrange et délicieuse langueur la saisit, comme la veille quand, sur le lit, elle avait cru qu'il allait l'embrasser.

Peut-être le ferait-il maintenant.

Mais non, il ne voulait pas d'elle. Et elle ne voulait pas de lui, elle n'arrêtait pas de l'oublier.

Elle reposa son verre et ne se rendit compte qu'elle le posait à côté du guéridon qu'à la seconde où Joshua se pencha vivement pour l'attraper. Elle avait failli casser le verre.

— Elle est cassée, dit-elle.

Elle regarda Joshua, qui l'observait en fronçant les sourcils.

— Lucy, précisa-t-elle. Il y a en elle quelque chose de cassé et je ne sais pas pourquoi. Nous avons eu notre lot de drames, mais… je ne sais pas comment arranger ça, et la voir voler en éclats me fait de la peine. Vous aussi, vous êtes un peu cassé.

Il tressaillit.

— Personne n'est cassé. C'est la vie, voilà tout.

— À mon avis, vous essayez de l'arrêter, la vie, mais elle continue.

Elle ignorait d'où lui venait cette pensée, cependant elle paraissait intéressante et profonde. Le cognac n'y était pour rien. Elle pensait bien. Elle comprenait à présent.

Mais Joshua n'appréciait manifestement pas ses cogitations.

— Vous dites que je suis cassé parce que je ne me cache pas derrière un sourire suffisant, rétorqua-t-il d'un air agacé, et que je ne prétends pas être meilleur que les autres.

— Vous parlez de moi ?

— Vous ne savez pas ce que c'est de faire des erreurs. Vous ne comprenez rien aux faiblesses humaines.

— Comment savez-vous ce que je comprends ou pas ?

— Quand avez-vous commis une faute ? Quand avez-vous pris une mauvaise décision ? Quand avez-vous désobéi à une fichue règle ? Hein ? Avez-vous fait ne fût-ce qu'une seule chose dont vous auriez honte ?

La pièce tournait. C'était donc ça, l'ivresse. Car elle était ivre. Son père était-il ivre quand il s'était tué ? Ce dernier surgit devant ses yeux. Son père l'étreignant après son mariage. Son père lui expliquant comment gérer le domaine et lui répétant que tout irait bien. Son père gisant sur la paille ensanglantée de l'écurie. Elle n'avait pas versé une larme, même après les funérailles. Elle avait écrit à son mari, et comme il n'avait pas daigné venir, elle avait pris les rênes du domaine, bien que ce ne fût pas nécessaire – ils avaient un régisseur compétent et elle avait déjà fort à faire avec la maisonnée et sa mère souffrante, mais elle avait besoin de s'occuper l'esprit de l'aube à l'heure du coucher.

— J'ai soudoyé un officier de police. Voilà ce que j'ai fait. J'ai enfreint la loi et j'ai trompé l'Église.

Joshua aussi avait aimé lord Charles. Si elle lui avouait la vérité, elle lui ferait de la peine. Tant mieux.

— Mon père ne s'est pas rompu le cou en tombant de cheval. Il s'est suicidé. Et j'ai soudoyé le coroner, le médecin et tous ceux qu'il fallait soudoyer pour étouffer l'affaire. Pour que personne ne sache.

Joshua n'avait bu qu'un verre de cognac, pourtant la tête lui tournait comme s'il avait ingurgité la bouteille entière. Il dut se cramponner aux accoudoirs pour ne pas tomber de son fauteuil.

Puis la pièce cessa de tourner. Cassandra regardait dans le vide, tout était comme avant et rien ne serait plus jamais comme avant.

Lord Charles s'était suicidé. Non. Lord Charles était l'homme le plus gai, le plus chaleureux qu'il eût jamais connu. Il avait toujours un mot gentil et un sourire à offrir. Il se mettait en quatre pour aider les gens, il aurait donné son dernier sou si quelqu'un en avait eu besoin.

— Pourquoi ? demanda-t-il d'une voix étranglée.

— Je ne sais pas. Il n'a pas laissé de lettre. Après sa mort, j'ai appris qu'il avait eu des problèmes financiers mais que vous lui aviez donné de quoi faire face.

— Oui.

L'argent. À quoi diable servait l'argent ? Il avait trop longtemps cru que cela pouvait régler tous les problèmes, mais chaque fois qu'il se croyait protégé, la vie lui lançait un autre pavé à la figure, pour lui prouver qu'une fois de plus qu'il se trompait.

— Pourquoi ne m'avez-vous rien dit ? murmura-t-il, et il s'en voulut aussitôt.

Car elle lui avait écrit que son père était mort d'un accident de cheval. Elle l'avait invité à découvrir le domaine dont il venait d'hériter.

Au lieu de se précipiter, il était resté seul en Écosse pour pleurer son vieil ami. Il avait envoyé de l'argent, son secrétaire Newell et un chat. Bon sang de bois, il méritait le pilori.

— Je ne l'ai dit à personne, répondit-elle.

— Et votre mère ?

— Elle ne sait rien. Mes sœurs non plus. Vous ne devez pas le leur dire.

Elle avait les bras noués autour de ses jambes repliées, la joue calée sur ses genoux. Elle paraissait trop jeune et trop innocente pour supporter un tel fardeau. Dire qu'il lui avait reproché sa naïveté. Sa suffisance.

Il vint s'asseoir près d'elle sur le sofa. Elle déplia les jambes et le laissa prendre sa main.

— Personne dans votre famille n'est au courant ? Vous portez ça toute seule ?

— Il était dans la deuxième écurie, celle qui est vide. Il y avait de l'orage ce jour-là, je suppose donc qu'on n'a pas entendu le coup de feu à cause du tonnerre. Un palefrenier l'a découvert juste avant l'aube et il a prévenu la gouvernante. Elle ne pouvait pas réveiller ma mère parce que... elle ne pouvait pas, voilà. Alors c'est moi qu'elle a réveillée. J'ai voulu le voir. Je n'aurais pas dû. Quelque chose s'est déchiré au fond de moi et le vide y est entré. J'ai envoyé le palefrenier chercher sir Gordon Bell – le magistrat qui était aussi le meilleur ami de mon père – et je lui ai dit que personne ne devait jamais connaître la vérité. Il a été d'accord avec moi. Si cela s'était ébruité, il aurait fallu... Nous aurions été obligés de l'enterrer à un carrefour, un pieu fiché dans le cœur. Mon père, enterré comme un... Je ne pouvais pas laisser faire ça.

Sur la paume de Joshua, du bout de l'index, elle dessinait sa ligne de vie.

— Nous avons donné cinq cents livres au coroner pour qu'il n'y ait pas d'enquête publique. Plus exactement, vous lui avez donné cinq cents livres. Le médecin ne voulait pas d'argent, alors vous lui avez offert une voiture neuve et un attelage de deux chevaux. Vous avez acheté au palefrenier un charmant cottage près de Margate, il s'y est installé et a épousé sa bien-aimée. Mme Greenway, la gouvernante, ne voulait rien non plus, néanmoins vous avez payé les études de ses deux neveux dans l'une des meilleures écoles privées du pays. Ils ont d'excellents résultats. Bref, vous avez été généreux.

— Et votre famille ?

Elle n'avait que vingt ans à l'époque, elle était mariée depuis un mois et son mari ne se souvenait même pas de son visage. Mais où diable était sa mère ?

— Il n'était pas nécessaire de les informer. À leur réveil, tout était réglé. Mon père était déjà dans son cercueil et le docteur leur a expliqué que la chute avait terriblement endommagé son visage et qu'il était préférable de ne pas le voir.

Une larme tomba sur la main de Joshua. Elle leva les yeux, des yeux d'un vert limpide.

— Il avait tout prévu, Joshua. Il craignait de mourir avant que je sois mariée et que je puisse veiller sur mes sœurs et ma mère. Je me moquais de lui, je lui disais qu'il n'y avait pas de raisons qu'il meure. En réalité, il se préparait. Voilà pourquoi il tenait tant à notre mariage. Il vous a même transmis son patrimoine pour qu'il ne tombe pas dans l'escarcelle de la Couronne. Nous l'avons tué, vous et moi. Si nous ne nous étions pas mariés, il n'aurait jamais fait ça et ses démons auraient fini par le laisser tranquille. Il repose désormais dans le caveau familial, au cimetière, ce qui est un sacrilège. Nous avons tous les deux commis ce crime et je ne pourrai jamais l'expier, même si je m'efforce de bien me conduire. Parfois je suis tellement furieuse contre lui.

— Lord Charles m'a dit à peu près la même chose quand il m'a demandé de vous épouser. D'après lui, la mort de Charlie vous laissait toutes sans protection. J'ai pensé qu'il se tracassait inutilement.

Les larmes inondaient maintenant le visage de Cassandra. Joshua sortit un mouchoir de sa poche et lui tamponna les joues. Il avait beau essayer d'être doux, il avait l'impression d'être brusque et maladroit. Parce que cette jeune femme prenait soin de tout le monde et que personne ne prenait soin d'elle.

Il l'entoura de ses bras et elle se laissa aller contre son torse. Il lui caressa les cheveux, il aurait tant voulu soulager sa peine.

— C'était son choix, murmura-t-il. Il devait souffrir et vous lui avez rendu la paix.

Elle ne répondit pas. Il la tenait contre lui et respirait son parfum. Il avait l'impression qu'un étau lui comprimait la poitrine. Cassandra avait vaillamment enduré ce calvaire et il s'était moqué d'elle. Et lord Charles... Il aurait fait n'importe quoi pour lui, s'il avait deviné son désespoir. Mais lord Charles était toujours si enjoué et cordial, et ce alors même qu'il pleurait son fils Charlie. Il dissimulait sa tristesse derrière un sourire.

Il y avait une femme qui connaissait peut-être le fin mot de l'histoire, mais il ne pouvait parler d'elle à Cassandra. Elle croyait encore que son père avait été fidèle à son épouse. Il ne lui enlèverait pas cette illusion.

Pauvre petit chat. Il l'avait accusée d'être suffisante et guindée. La considérer comme une créature assommante avec ses sourires hypocrites et ses préoccupations mesquines était tellement plus confortable. Il regrettait presque de n'avoir pas su qu'elle était infiniment mieux que cela.

Ils restèrent longtemps ainsi, Cassandra blottie contre lui, quand il se rendit compte qu'elle s'endormait.

— Venez, il faut vous mettre au lit.

— Je suis bien ici, protesta-t-elle d'une voix pâteuse. J'ai chaud et vous êtes confortable.

— Votre lit aussi sera chaud et confortable.

Il la souleva dans ses bras. Elle était jeune, confiante et un peu cassée, elle aussi. Elle se démenait pour que sa famille reste unie. Adorable petite idiote. C'était impossible. Les familles se désagrégeaient et on ne pouvait rien y faire. Il le savait mieux que personne.

— Vous n'êtes pas contrariant, marmonna-t-elle. Quand Lucy est ivre, je ne la contrarie pas non plus.

— C'est la sagesse même. Vous devriez toujours être d'accord avec moi.

Elle noua ses mains autour de son cou et posa la tête sur son épaule. Ses cheveux le chatouillaient, ses seins se pressaient contre sa poitrine et sa hanche contre son ventre. Il n'avait pas été aussi près d'une femme depuis des mois. Son corps réagissait, l'imbécile. Il s'efforça de l'ignorer. Elle était bouleversée, soûle comme une grive, et c'était son épouse.

— On ne devrait jamais se disputer avec quelqu'un qui a bu, déclara-t-elle tandis qu'il gravissait l'escalier. C'est une chose que j'ai apprise.

— Je suis d'accord.

— Il faut être agréable. Vous ne l'êtes pas. Vous êtes désagréable.

— Pas du tout, je suis adorable.

Elle rit et il sentit ses seins tressauter contre son torse. Si elle n'était pas si légère que cela, elle n'était pas lourde non plus. Il aimait la porter – ce qu'il aurait dû faire depuis le début.

— Vous êtes acariâtre, insista-t-elle.

— Je suis charmant.

— Vous êtes mal élevé.

— Je suis exquis.

Elle rit de nouveau. Il entra dans la chambre et l'étendit sur le lit. Ses yeux paraissaient immenses et sombres dans la faible lumière que dispensait l'unique chandelle sur la table de chevet. Des mèches châtains se déployaient sur l'oreiller.

Il s'attaqua au gros nœud qui fermait sa liseuse.

— Vous gardez cette chose pour dormir ?

— C'est chaud et confortable. Comme vous.

Il ne put s'empêcher de rire et l'aida à se glisser sous les couvertures. Elle n'avait pas besoin d'aide, mais il l'aida tout de même. Ensuite il s'allongea à côté d'elle sur la courtepointe. Ce n'était pas nécessaire, mais il le fit. Il plongea les doigts dans les épaisses nattes soyeuses qui s'échappaient de son bandeau. Ce n'était pas indispensable, loin de là, pourtant il le fit.

— Vous faut-il autre chose ? s'enquit-il. Votre charlotte de nuit ?

— Vous la trouvez ridicule.

— Je la trouve adorable.

Il se pencha sur elle, effleura sa joue veloutée et s'ordonna de se lever, au lieu de s'infliger ce qui commençait à devenir une authentique torture.

Sors de cette chambre. Mais il ne bougea pas.

— Vous ne m'avez jamais embrassée, se plaignit-elle. Pas une fois.

Lève-toi et va-t'en !

Pour une fois, il ne fut pas assez rapide.

Elle leva la tête et pressa sa bouche sur la sienne.

La douceur inouïe de ses lèvres le transperça et lui vida la tête mieux que ne l'auraient fait plusieurs bouteilles de cognac. Sa main trouva spontanément le chemin jusqu'à sa nuque gracile. Leur bouches s'unirent et quand il noua sa langue à la sienne, elle émit un petit gémissement qui le fit frissonner. Elle se cambra contre lui et il approfondit son baiser. Sa bouche avait un goût de cognac, de femme, d'espoir et de fleur. Comment pouvait-elle avoir un goût de fleur ? Il n'en avait pas la moindre idée, mais c'était le cas. Leurs corps pourraient s'unir, se perdre l'un dans l'autre, et toutes leurs souffrances fondraient comme neige au soleil.

À contrecœur, il s'arracha à ses lèvres, la repoussa doucement contre les oreillers. Elle lui sourit et il dut faire appel à toute sa volonté pour ne pas l'étreindre de nouveau.

— Voilà, croassa-t-il, nous nous sommes embrassés.

— C'était charmant.

— Vous êtes ivre, vous trouvez tout charmant.

— Même votre barbe.

Elle lui caressa la joue et au prix d'un effort considérable, il lui prit la main et la posa sur la courtepointe. En cet instant, il n'aurait su dire de quelle couleur étaient ses yeux, car ils en changeaient sans cesse et que c'était l'une des nombreuses merveilles qu'il découvrait.

Il fallait qu'elle s'endorme pour qu'il s'échappe et mette un terme à cette folie.

— Fermez les yeux, murmura-t-il.

Elle obéit. Il repoussa ses cheveux, lui caressa le front.

— Inspirez, expirez... inspirez...

Elle obéit encore et sombra dans le sommeil en moins d'une minute.

Dieu merci, il ne lui restait plus qu'à s'esquiver.

Mais pas tout de suite. Ce ne serait pas bien. Elle était bouleversée, c'était mal d'abandonner quelqu'un qui était bouleversé. Et puis, c'était la première fois qu'elle s'enivrait, si elle se réveillait seule dans une chambre qui tournait comme une toupie, elle risquait d'avoir peur. Mieux valait qu'il reste un peu avec elle. Jusqu'à ce que le goût de ses lèvres s'efface. Jusqu'à ce que l'envie de pleurer qui lui nouait la gorge s'apaise.

Cassandra se réveilla. Il faisait sombre dans la chambre. Elle avait un peu mal à la tête, un peu mal au cœur. Son lit était plus chaud qu'à l'accoutumée. Elle n'était pas seule. Elle était trop vaseuse pour avoir peur et de toute façon c'était Joshua. C'était son bras qui pesait sur sa taille et le mur brûlant contre son dos, c'était sa poitrine.

Elle l'écouta respirer. Il dormait. Elle l'avait embrassé. Ses lèvres étaient étonnamment douces. Il avait enroulé sa langue autour de la sienne. Ç'aurait dû la dégoûter, mais non, au contraire un plaisir violent l'avait inondée. Elle aurait voulu que ce baiser dure toujours.

Tout ce qu'elle avait raconté, mon Dieu ! Elle ne devait plus jamais boire. Même s'il ne l'avait visiblement pas jugée.

Elle ne bougea pas de crainte de le déranger, d'avoir à lui faire face. Du reste, c'était bon d'être lovée contre lui. Elle referma les yeux.

Quand elle se réveilla de nouveau, Joshua était parti.

11

Le lendemain après-midi, M. Cosway, qui portait le titre ronflant de secrétaire en charge des affaires sises à Londres, fit visiter à Cassandra le bureau que Joshua utilisait lorsqu'il se rendait dans son entrepôt du quartier des docks. Une table de travail croulant sous les dossiers et les papiers occupait la majeure partie de la petite pièce.

Une cravate traînait sur une chaise, une redingote était jetée sur le dossier d'un autre siège, et un chapeau coiffait le globe terrestre qui trônait sur la table. Joshua n'était sans doute pas loin, puisqu'il avait laissé ici, comme à son habitude, la moitié de ses vêtements.

M. Cosway s'approcha de la fenêtre. Bâti comme un hercule, il avait le crâne rasé, le nez cassé et un crochet en guise de main gauche, cependant il s'exprimait comme un gentleman et traitait Cassandra avec une extrême courtoisie.

— Il est sur le quai avec les enfants, annonça-t-il, tapotant la vitre crasseuse de son crochet.

— Les enfants ?

Elle rejoignit le secrétaire et vit Joshua accroupi devant deux garçons et une fille qui n'avaient pas plus de onze ou douze ans. Ils portaient des vêtements simples, mais propres, et semblaient captivés par ce qu'il leur racontait. Une femme aux allures de gouvernante et dont les traits trahissaient une ascendance africaine les observait, immobile.

Il n'avait que son gilet sur sa chemise blanche. Sa culotte en daim moulait ses cuisses musclées, la brise lui ébouriffait les cheveux.

Le garçon roux, le plus petit des deux, parlait. Joshua acquiesça, et du bout de l'index, dessina un schéma sur le sol en planches. Les trois gamins se penchèrent.

Pour un homme qui clamait que les enfants l'ennuyaient, il paraissait proche de ces trois-là. Il avait en tout cas du temps à leur consacrer, lui qui se disait débordé.

— Que se passe-t-il ? s'enquit Cassandra.

— Les enfants sont censés travailler, mais M. DeWitt aime bien discuter avec eux quand il en a l'occasion.

— De quoi leur parle-t-il ?

— De tout et de rien, de ce qui lui passe par la tête. M. DeWitt a toujours l'esprit en ébullition, déclara le secrétaire d'un air triste quoique admiratif.

— Il emploie ces enfants ?

— Ce sont plutôt des apprentis que des employés, même s'ils touchent un petit salaire. Il est en relation avec plusieurs orphelinats, il leur verse de l'argent pour que les enfants apprennent à lire, écrire et compter. La plupart des orphelins deviennent ouvriers ou domestiques. M. DeWitt considère que s'ils ont les capacités de faire autre chose, il faut les aider. Il dit que l'intelligence vaut mieux que la naissance. Alors certains se forment ici et quand ils sont prêts, on les aide à trouver du travail.

— Qui est cette femme ?

— Mlle Sampson. Elle a eu l'idée de l'apprentissage, aussi M. DeWitt l'a-t-il nommée secrétaire en charge de l'éducation et de l'apprentissage. C'est quelqu'un de bien, Mlle Sampson.

Un grand sourire fendit la figure cabossée de M. Cosway, et Cassandra sourit aussi – à l'évidence, ce dernier avait un faible pour Mlle Sampson.

— Elle m'a appris à bien m'exprimer. Beaucoup d'Anglais pensent que si on ne parle pas comme eux, on est bête. M. DeWitt n'est pas du tout comme ça, se hâta-t-il de préciser. Les gens ne voulaient pas m'engager parce qu'un pirate a pris la fuite en emportant ma main gauche. Moi, j'ai dit à M. DeWitt : « Je connais la navigation et je n'ai pas besoin de mon bras gauche pour réfléchir. » Il en a convenu.

Sur le quai, un employé avait rejoint le petit groupe. Il s'adressa à Joshua qui leva les yeux. Son regard croisa celui de Cassandra à travers la vitre. Il secoua la tête, dit quelques mots à l'employé, et jeta un nouveau coup d'œil à Cassandra. Elle s'écarta de la fenêtre.

Quel courage, n'est-ce pas ?

Elle remarqua à peine que M. Cosway quittait le bureau. Elle posa son chapeau sur la table, noua les mains devant elle et inspira profondément. Elle n'évoquerait pas les événements de la nuit. Elle ne mentionnerait pas non plus les enfants.

Elle tairait également le rêve qui avait fleuri dans son sommeil telle une minuscule fleur sauvage éclose dans un sous-bois. Elle croyait l'avoir enterré deux ans auparavant et l'avoir livré à l'oubli avec tant d'autres choses, pourtant il avait refleuri.

Les enfants vous causaient du chagrin, bien sûr. Elle avait vécu suffisamment longtemps pour savoir que les êtres aimés vous blessaient tôt ou tard. Mais ils vous apportaient aussi de la joie. On supportait de souffrir si on avait un jour connu l'amour et le bonheur.

Son corps était prêt à enfanter. Voilà pourquoi il s'affolait dès que Joshua était dans les parages. C'était la seule explication, vu que cet homme était horrible, exaspérant et ne correspondait pas du tout à ce qu'elle attendait d'un mari.

Seulement voilà, il ne voulait pas d'enfant et il ne voulait pas d'elle.

Par conséquent, elle n'en parlerait pas.

— Que diable faites-vous là ? s'écria-t-il en entrant en coup de vent dans la pièce qui, tout à coup, rapetissa de moitié. Le quartier des docks est dangereux.

— C'est intéressant de voir où vous travaillez.

Ils se regardèrent et Cassandra sentit un éclair la traverser, pareille au plaisir fulgurant qu'elle avait éprouvé la veille, lorsqu'ils s'étaient embrassés.

Elle aurait juré qu'il était troublé lui aussi, que quelque chose palpitait entre eux, un souvenir, une émotion, un désir partagé. Mais Joshua se précipita à la fenêtre pour scruter le quai.

Elle se remémora le moment où elle avait pensé qu'ils pourraient être amis. Même cela semblait impossible à la lumière du jour.

— Je travaille, en effet. Je ne suis pas là pour bavarder avec mon épouse.

— Vous bavardiez bien avec ces enfants.

— C'était du travail.

— Vous semblez pourtant avoir de l'affection pour eux.

— Ce sont des employés potentiels. Ne vous mettez pas des idées en tête.

Le cœur de Cassandra s'emballa. Il savait. Il avait deviné ce qu'elle voulait.

— Des idées ? C'est-à-dire ?

Il attrapa un dossier, le compulsa et le reposa. Les feuillets s'éparpillèrent sur le bureau et il se pencha vivement pour les empêcher de tomber par terre.

— Je suis occupé, Cassandra. Je n'ai pas de temps pour ça.

— Me répondre vous prendra moins de temps que me faire sortir de cette pièce. Aujourd'hui, je me sens particulièrement tenace. Une vraie bernacle, vous vous rappelez ?

Il croisa les bras. Elle leva le menton. Il étrécit les yeux, elle haussa les sourcils. Il la fusilla du regard. Elle lui adressa un sourire radieux.

Il fourragea dans ses cheveux qui, elle le savait maintenant, étaient incroyablement soyeux.

— Je vous préférais quand vous étiez aimable, grogna-t-il. Bon, qu'est-ce qu'il y a ?

Cassandra afficha son expression la plus raisonnable.

— Lord et lady Bolderwood… nous devons discuter du problème et des suites à y donner.

— C'est très simple : je m'occupe d'eux, vous retournez dans le Warwickshire, et la vie reprend son cours normal.

Affreusement dépitée, elle continua cependant de sourire.

— Mais Joshua…

— Ça ne vous concerne pas.

— Au contraire, ça me concerne au premier chef.

Elle fit un pas vers lui, puis deux. Un mur invisible l'arrêta.

— Je dois fréquenter la bonne société, dont chaque membre est persuadé que mon mari a commis l'adultère avec la femme de mon ancien fiancé.

— Dans ce cas ne fréquentez pas la bonne société. Rentrez dans le Warwickshire et le problème sera réglé.

— Ce n'est pas la solution. Il faut rester unis et les discréditer aux yeux de tous. Si nous avons l'opinion publique de notre côté, ils renonceront peut-être.

— J'en conclus que vous me croyez.

— Oui. En outre, une femme soutient toujours son mari.

Il la dévisagea un long moment, puis se mit à arpenter la pièce, prenant et reposant tel ou tel objet au passage.

— D'autres que moi vous soutiendront aussi, poursuivit-elle. Lord et lady Hardbury, évidemment, ainsi que lord et lady Luxborough. Mon oncle et ma tante, lord et lady Morecambe, et même mes grands-parents. Nous pouvons aussi compter sur le soutien du duc de Dammerton. Bien sûr, s'agissant de l'aspect légal, il vous faudra un avocat.

— J'ai une dizaine d'avocats.

— Ils sont spécialisés dans le droit commercial. Je vous suggère d'engager sir Gordon Bell, en qui j'ai toute confiance, qui a de l'influence et une longue carrière de conseiller auprès de nombreux aristocrates. Je propose néanmoins de commencer par affronter nous-mêmes lord et lady Bolderwood, et ce dès aujourd'hui.

Il s'immobilisa un instant, la regarda.

— Vous parlez comme un général avant la bataille.

— Ces gens ont attaqué ma famille.

— Non, c'est *moi* qu'ils ont attaqué.

— Oui, et vous êtes ma famille.

— Ça ne marche pas ainsi.

— En fait, si.

— Ne vous emballez pas, grommela-t-il en agitant les mains. Je vous rappelle que notre mariage n'en est pas vraiment un.

— Cette nuit…

— N'a rien changé. Notre mariage ne l'est que de nom !

Il avait rugi et les cris stridents des mouettes, dehors, lui répondirent. Cassandra aurait voulu crier, elle aussi. Seigneur, quel effet cet homme produisait-il sur elle ? Elle devenait aussi versatile que lui.

— Précisément ! rétorqua-t-elle. Je porte désormais votre nom, ce qui a des conséquences pour l'avenir de mes sœurs.

— Vos satanées sœurs.

— Si vous ne voulez pas que mes sœurs deviennent un problème pour vous, laissez-moi les aider à se tailler une place dans la bonne société et à se marier. Le meilleur moyen d'y parvenir, c'est d'accepter mon plan.

Il se cogna légèrement le front contre une carte d'Angleterre fixée au mur, pivota et s'y adossa.

— Une fois de plus, c'est la raison qui parle par votre bouche, bougonna-t-il. Je ne supporte pas que vous soyez raisonnable.

Cassandra réprima un sourire – sa colère s'était envolée aussi subitement qu'elle était venue. Cet homme mettait en péril son équilibre, elle ne comprendrait jamais pourquoi ses mauvaises manières lui paraissaient si charmantes.

— Eh bien, faites ce que je dis et cessez de vous montrer récalcitrant.

— Récalcitrant, répéta-t-il, détachant les syllabes comme pour les savourer.

Un petit sourire joua au coin de ses lèvres, une étincelle s'alluma dans son regard.

— J'aime bien être récalcitrant.

— Et vous êtes très doué pour ça, répliqua-t-elle, un peu haletante. Mais en attendant que le problème soit réglé, peut-être pourriez-vous vous abstenir un moment d'insulter les gens, de vous bagarrer et d'avoir des liaisons. Enfin, je veux dire… Oh, bonté divine !

Les joues en feu, elle pressa les doigts sur sa bouche traîtresse. Que c'était pénible. La présence de Joshua lui déliait la langue et elle finissait par exprimer des pensées qu'elle ignorait avoir. La retenue qu'on lui avait inculquée, la maîtrise de soi censée différencier la haute société du peuple… Il suffisait d'une seule conversation avec lui pour que vingt années de discipline partent en fumée.

Et l'expression qu'il arborait en cet instant… Ce regard malicieux, ce sourire canaille. C'était à cause de cette expression-là que son corps s'affolait.

Il s'écarta du mur et s'approcha d'elle d'un pas nonchalant.

Elle plaqua la main sur ses yeux pour ne plus le voir, malheureusement elle sentait sa présence, son énergie s'insinuer en elle. Il s'immobilisa, si près que ses jambes frôlaient sa jupe et qu'elle percevait son odeur.

Il lui prit la main et, avec douceur, l'obligea à baisser le bras. Elle le laissa faire et, quand il la lâcha, rassembla toute sa volonté pour ne pas se pendre à son cou. Son corps était décidément stupide : désirer si violemment un enfant en oubliant qu'elle n'aimait pas son mari et qu'il ne voulait pas d'elle.

— C'est le moment d'être honnête, madame DeWitt. Seriez-vous jalouse ?

Seigneur Dieu, oui, elle l'était. Comme elle faisait la fière, quand il était pour elle un étranger qui ne lui inspirait que de l'indifférence. Voilà que ce monstre la taquinait de nouveau et qu'elle adorait cela, car elle savait à présent que cette façade rude dissimulait un grand cœur, et qu'elle était la seule qu'il taquinait de la sorte.

— Il s'agit de... sauvegarder les apparences.

— Ah. Donc, pour *sauvegarder les apparences*, vous voudriez que je mène une vie de moine.

Elle s'entendit déglutir.

— On ne vous en demande pas tant, rétorqua-t-elle. Après tout, nous sommes mariés et vous connaissez le chemin de ma chambre.

Bon sang de bois ! Il s'était piégé tout seul, pas vrai ? Il ne pouvait plus la menacer de coucher avec elle pour l'effaroucher. Apparemment, elle ne se méfiait plus du lit conjugal.

Et pour la pire des raisons. Car ce n'était pas lui qu'elle voulait.

— Puisque je suis votre femme, je ferai mon devoir, ajouta-t-elle.

Ces mots refroidirent instantanément les ardeurs de Joshua qui recula jusqu'à ce que le mur l'arrête.

— Et ? lança-t-il.

Quelle erreur de poser la question alors qu'il connaissait déjà la réponse.

Ce qui n'était pas encore dit emplissait l'espace entre eux, se déployait tel un ballon géant, engloutissant tout l'air de la pièce. Surtout, qu'elle ne réponde pas. Il savait ce qu'elle désirait, il l'avait compris cette nuit.

Il fallait crever ce maudit ballon avant qu'il les emporte tous les deux.

Trop tard.

— Et ensuite, nous pourrions avoir des enfants, murmura-t-elle.

Elle parlait si bas qu'il l'entendit à peine, pourtant il faillit lui demander de ne pas crier comme ça.

— Je les vois déjà, nos enfants, continua-t-elle, rêveuse. À Sunne Park, courant partout, riant aux éclats. Radieux et éclatants de santé. Ils auront les cheveux noirs, j'imagine, ils seront intelligents et espiègles. Oui, je les vois... Les garçons dévalent l'escalier à cheval sur la rampe. Les filles jouent à chat perché dans la roseraie. Ou le contraire, peu importe.

Elle émit un rire bref, bizarrement aigu.

— Si vous connaissiez Sunne Park, vous sauriez que c'est un endroit merveilleux pour un enfant.

Elle ne se rendait pas compte de ce qu'elle demandait. Il aurait pu lui dire... quoi ? Qu'elle se tenait à l'orée d'un chemin qui s'enfonçait dans les bois. Qu'il y avait des horreurs dans ces bois : des loups, des monstres et des enfants adorés aux yeux lumineux. Elle s'engagerait malgré tout sur ce chemin en chantonnant et en cueillant des fleurs sauvages. « N'entrez pas dans ces bois, voulait-il lui dire. Vous n'y trouverez que des loups, des monstres et des enfants adorés qui vous détruiront. »

Mais il pourrait bien hurler, elle ne l'écouterait pas.

Quelle petite sotte naïve et optimiste. Ils s'étaient embrassés et avaient partagé un secret, et elle croyait que tout avait changé. À tort. Ce qui s'était passé cette nuit ne changeait rien du tout. Certes, il la comprenait mieux à présent, il percevait l'angoisse qui se cachait sous ses sourires polis et se rendait compte que son obstination était en réalité un féroce instinct protecteur. Il était conscient qu'elle déployait des efforts considérables pour se conduire bien, alors qu'une partie d'elle-même rêvait de se conduire mal.

Mais savoir tout cela ne changeait rien.

Elle le perturbait, comme le perturbait cette ridicule histoire avec les Bolderwood, cependant ça ne durerait pas. Dès qu'il reprendrait ses activités à Birmingham, il retrouverait sa tranquillité d'esprit et tout serait comme avant.

— Pourquoi vous n'adoptez pas un chat ?

— Vous m'en avez déjà offert un.

— Eh bien trouvez-vous un passe-temps. Une occupation.

— Je dirige le domaine de Sunne Park et toute la maisonnée. Je suis occupée, merci.

Sunne Park qui était, selon elle, un endroit merveilleux pour un enfant. Elle regagnerait ce paradis, reporterait son affection sur un enfant et ne penserait plus à lui. Il pourrait retrouver sa vie à Birmingham, où il n'avait pas besoin d'elle puisqu'il avait son travail qui lui suffisait amplement.

— Dans ce cas, vous n'avez pas de temps à consacrer à des enfants.

— Pourquoi la perspective d'avoir des enfants vous hérisse-t-elle à ce point ?

— Parce qu'ils sont pénibles.

— Vous n'aurez pas à vous en occuper.

Elle s'était exprimée sèchement. Elle était plus directe avec lui, plus combative, ou peut-être juste indifférente, ne se souciant plus de cacher sa véritable personnalité derrière un masque lisse.

— Pour la conception, en revanche, il faudra que vous collaboriez, déclara-t-elle d'un ton crispé. Pour le reste, je me débrouillerai. Nous pourrons vivre séparément, comme avant. Vous n'aurez même pas à mémoriser le nom de nos enfants, si cela vous paraît trop *pénible*.

— *Nos* enfants ? Je serai donc votre étalon ?

— Vous aurez une place dans notre vie si vous le souhaitez. Ou pas. Mais vous… je ne sais pas ce que vous souhaitez.

Je veux qu'on me désire. Je veux être sûr de ne plus jamais perdre ce que j'aime. Je veux qu'on me rende Samuel, et ensuite je pourrai engendrer une centaine d'enfants, mais cela n'arrivera pas.

— Je veux que les choses redeviennent comme avant, marmonna-t-il.

Il pivota, surprit son propre reflet dans la vitre de la fenêtre et les trois enfants au-delà. La fillette avait les cheveux noirs et les joues roses. S'ils avaient une fille, elle serait sans doute brune et aurait le teint clair de sa mère.

Cassandra vint se camper près de lui et il étudia son reflet sur le carreau. Elle était belle, sa peau était douce et son corps souple. Ce serait si facile de la prendre dans ses bras, de la couvrir de baisers et de caresses, de lui donner tout ce qu'elle désirait et plus encore.

— Comment s'appellent ces enfants ? s'enquit-elle.

— La fille s'appelle Sarah.

Sa voix était tellement enrouée qu'il se racla la gorge.

— D'après Mlle Sampson, c'est un petit génie des mathématiques. John est le plus grand des deux garçons, il écrit remarquablement bien. Et celui qui a les cheveux roux, c'est Martin. Il rêve de construire une machine volante.

— Vous seriez un bon père, dit-elle.

Il ne voulait pas la blesser, en revanche, elle le blessait sans même le savoir. Elle présumait qu'il n'avait pas eu d'enfants avec Rachel et il ne l'avait jamais détrompée. Si certains membres de son personnel, à Londres, étaient au courant, ils se gardaient bien d'y faire allusion. Quant à Newell, il était d'autant plus inoffensif qu'il était aussi discret qu'une souris.

Il pourrait lui dire la vérité, mais alors elle dégoulinerait de compassion, serait assommante, et cela ne changerait rien à la réalité. Plus il se taisait, plus il devenait impossible de lui parler. De toute façon, il avait besoin de préserver jalousement ses souvenirs. S'il les exposait au grand jour, ils tomberaient en poussière. Il perdrait le peu qui lui restait.

— Vous n'en savez rien, rétorqua-t-il.

— Vous avez de l'affection pour ces enfants.

— Ce sont des employés potentiels. Je me soucie de mon personnel. Un employé heureux est un employé productif.

— Si vous le dites.

C'était sans espoir. Elle désirait ardemment un bébé et n'en démordrait pas. Folle Cassandra, si digne et courageuse, qui s'était sacrifiée pour les autres et ne demandait qu'une seule chose en retour.

Et quand elle souffrait, il souffrait aussi. C'était tellement insupportable qu'il avait envie de briser la vitre d'un coup de poing.

— Je suis tout à fait satisfait de ma vie telle qu'elle est, asséna-t-il.

— Bien sûr.

Il la vit alors exécuter son tour de passe-passe : rassembler sa douleur, sa solitude, sa déception et ses espoirs, les empaqueter bien serrés en elle et les sceller avec un sourire aimable.

Il reconnut le tour de passe-passe. Peut-être parce que lui aussi le maîtrisait à la perfection.

— Et lord et lady Bolderwood ? reprit-elle. Nous allons leur rendre visite ?

— C'est une idée stupide.

— Faites-moi plaisir.

— Bon, bon, d'accord.

— Il vaudrait mieux vous habiller, dit-elle en le gratifiant d'un sourire éclatant – trop éclatant. Laissez-moi vous aider à nouer votre cravate.

Joshua n'aurait su dire comment c'était arrivé, mais il se retrouva à moitié assis sur le bureau, avec Cassandra entre ses jambes, qui tenait sa cravate de ses mains habiles.

— Comment se fait-il que vous sachiez nouer une cravate ? s'étonna-t-il.

— Je sais faire une foule de choses.

Elle portait une robe vert mousse qui la couvrait aussi totalement que sa chemise de nuit. Elle avait toutefois une couturière rusée, car les rayures sur le devant de la robe attiraient l'attention sur sa poitrine. Quant à sa cape, un seul cordon la fermait, dont les extrémités se terminaient par deux gros pompons qui semblaient dire : une chiquenaude, et la cape tombe.

Il crispa les doigts sur le rebord du bureau.

— C'est une mauvaise idée, marmonna-t-il.

— Pourquoi dites-vous cela ?

Elle plaça le milieu de la cravate sur sa gorge, l'enroula autour de son cou et ramena les extrémités sur le devant. Elle était évidemment obligée de s'approcher, de se pencher, avec ses rayures, ses pompons et son parfum. Elle ne voyait vraiment pas que c'était une mauvaise idée ?

— Vous pourriez vous servir de cette fichue cravate pour m'étrangler.

— Ce n'est pas inconcevable, admit-elle en enroulant de nouveau ladite cravate autour de son cou. J'avoue que, la moitié du temps, j'hésite entre vous embrasser et vous étrangler.

— Et l'autre moitié du temps ?

— J'ai juste envie de vous étrangler.

Il ouvrit la bouche pour répliquer qu'il préférait un baiser mais, Dieu merci, se retint de justesse. Cassandra continua tranquillement à manipuler la cravate, l'enrouler encore et encore. Elle lui reprochait d'être un démon alors qu'elle-même était le diable incarné.

Grâce au ciel, elle acheva son œuvre, ne se rendant visiblement pas compte de l'effet qu'elle avait sur lui.

Apparemment, lui n'avait aucun effet sur elle.

Elle passa une main douce sur sa joue.

— Vous vous êtes rasé, souffla-t-elle.

— Résultat, ça me démange.

Il pouvait tourner légèrement la tête et poser un baiser au creux de sa paume. Il pouvait se pencher et s'emparer de ses lèvres. Elle le laisserait faire, évidemment. Elle voulait un enfant. Elle voulait accomplir son devoir conjugal. Elle ne montrait aucun signe indiquant qu'elle le désirait, lui. Mais quelle importance ?

D'ailleurs, s'il l'embrassait maintenant qu'elle n'avait pas abusé du cognac, peut-être cela lui plairait-il. S'il lui mordillait le lobe de l'oreille, par exemple, pousserait-elle un cri ou un soupir ? Et s'il lui caressait les seins ? Ou pressait sa bouche entre ses cuisses ?

Il toussota.

— Vous vous rendez compte que nous sommes dans mon bureau, dans mon entrepôt, avec mes employés dans tous les coins, et des marins partout sur les quais ?

Soudain, comme pour confirmer ses dires, des pas résonnèrent dans le couloir et le petit Martin se rua dans la pièce.

— Monsieur DeWitt ! Monsieur DeWitt ! cria-t-il.

Il s'arrêta brusquement, les yeux ronds, une touffe de cheveux carotte hérissée au sommet de son crâne.

— Vous êtes en train de vous *embrasser* ? souffla-t-il.

Cassandra s'écarta d'un bond, saisit son chapeau et, se tournant vers la fenêtre en guise de miroir, se recoiffa. Joshua se redressa péniblement, ramassa sa redingote et l'enfila.

— Que se passe-t-il, Martin ? Nous étions sur le point de partir.

— Je regardais les mouettes et je me suis rendu compte qu'elles s'envolaient toujours en se laissant soulever par le vent. Je suis certain qu'il y a là quelque chose à apprendre pour pouvoir voler !

— Bien joué, mon garçon.

Il prit son chapeau sur le globe terrestre, le fit tourner sur le bout de son doigt. Cassandra les observait tout en mettant ses gants.

— Tu m'en reparleras la prochaine fois, Martin. Assure-toi de bien faire tout ton travail pour Mlle Sampson.

— Oui, monsieur.

Le gamin pivota et fila. Joshua lui emboîta le pas. Il allait franchir le seuil quand il se rappela qu'il devrait s'effacer pour laisser passer Cassandra. Sauf que s'il se mettait à faire des politesses, elle penserait qu'elle commençait à le réformer, or elle avait déjà suffisamment d'idées dangereuses comme ça.

12

— C'est l'idée la plus stupide depuis que Napoléon a décidé d'envahir la Russie en plein hiver, déclara Joshua lorsque Cassandra le rejoignit sur le trottoir devant la demeure de lord Bolderwood.

Elle était venue ici des années auparavant, quand la bonne société pensait que cette résidence serait un jour la sienne.

Elle lissa sa jupe, rajusta son chapeau et prit une profonde inspiration pour étouffer les émotions qui l'agitaient encore. Ils avaient fait le trajet jusqu'à Mayfair dans un silence de plomb. Joshua avait incliné son chapeau sur son front pour cacher ses yeux, tandis que Cassandra regardait par la fenêtre tout en dressant la liste de choses à faire afin de ne pas penser à ce qui venait de se passer.

— Vous auriez dû m'aider à descendre de la voiture, lui reprocha-t-elle, prenant un plaisir mesquin à le tarabuster.

Il pivota, les sourcils froncés.

— Vous ne pouvez pas y arriver toute seule ?

— Le valet m'a aidée, mais c'était à vous de le faire.

— Pourquoi ? Vos jambes semblent fonctionner correctement.

— J'aimerais bien vous voir monter dans une voiture et en descendre, ficelé dans un corset et entravé par des jupons.

— Madame DeWitt ! s'exclama-t-il en battant des cils. Vous parlez de vos dessous en public ? Je suis choqué !

— À d'autres, répliqua-t-elle, mais elle ne put s'empêcher de sourire.

Quand il jouait ainsi la comédie, il lui rendait sa bonne humeur. Et lui aussi s'amusait, car il lui offrit son bras avec une galanterie outrée.

— Cessez de vous plaindre de votre corset et allons leur flanquer un bon coup de pied aux fesses.

Elle glissa la main au creux de son coude.

— Contrôlez-vous, s'il vous plaît. Nous serons raisonnables et courtois, et nous les persuaderons de renoncer à cette folie.

— Je persiste à penser que c'est une idée stupide.

— Et moi, je persiste à penser que vous auriez dû m'aider à descendre de la voiture, mais, à l'évidence, ni vous ni moi n'aurons satisfaction aujourd'hui.

En haut du perron, elle attendit qu'il frappe à la porte. Au lieu de quoi, il se tourna les pouces en sifflotant. Elle le regarda, il soutint son regard.

— Nous allons rester plantés là toute la journée ? lança-t-il.

— Vous êtes un gentleman, c'est à vous de frapper à la porte.

Il examina le heurtoir – une tête de lion en bronze.

— Vous n'avez pas la force de soulever cette chose ? À cause de votre corset et de vos jupons ? Ou est-ce que vos doigts de femme sont trop délicats ?

— Nous aurions dû emmener M. Newell, il aurait fait ça pour vous, rétorqua-t-elle avec un brin d'agacement.

Elle saisit le heurtoir et l'abattit vigoureusement sur la porte.

— Il ne faudrait surtout pas que vous vous fatiguiez, ajouta-t-elle.

— Je ne vois pas pourquoi je devrais tout faire, alors que vous êtes parfaitement capable de vous en charger vous-même.

Elle n'eut pas le loisir de riposter, car la porte s'ouvrit sur un homme étonnamment séduisant, vêtu comme un majordome, mais trop jeune et trop débraillé pour exercer la fonction de majordome d'une maison aristocratique. À moins que la situation financière de lord Bolderwood ne lui permette pas d'employer des domestiques convenables.

Ignorant Cassandra, l'étrange majordome regarda Joshua.

— Oui ? Que puis-je pour vous, monsieur ?

Joshua ne répondit pas. Cassandra lui décocha un regard appuyé.

— Quoi ? marmonna-t-il. Vous ne savez plus parler ? Il faut vraiment que je fasse tout ?

— Oui, ainsi que le préconisent les manuels de savoir-vivre.

— Je n'en ai jamais lu aucun.

— Voilà qui me surprend.

Elle tendit sa carte au majordome qui daigna enfin la remarquer.

— M. et Mme Joshua DeWitt désirent voir lord et lady Bolderwood, dit-elle.

Il déchiffra la carte, sans cesser de leur barrer le passage. Profitant de ce manque d'attention, et probablement d'expérience, Cassandra s'avança droit sur lui. Il s'écarta instinctivement, ce qui leur permit de pénétrer dans le hall. Joshua fit enfin quelque chose d'utile : il referma la porte d'un coup de pied.

Le beau jeune homme n'eut même pas l'air de comprendre qu'il venait de faillir au premier devoir d'un majordome : interdire l'entrée aux importuns.

Il les dévisagea tour à tour.

— Vous êtes là pour affaires ou c'est une visite de courtoisie ? s'enquit-il.

— Les deux, ricana Joshua. Pourquoi ?

Leur interlocuteur se gratta la joue.

— Eh bien... vous désirez voir lord Bolderwood dans la bibliothèque ou lady Bolderwood dans le salon ?

— Je croyais qu'elle recevait dans sa chambre.

— Joshua ! protesta Cassandra qui lui donna un coup de coude en réprimant un rire. Tenez-vous bien.

— Quoi ? riposta-t-il d'un air faussement offensé. Il pose une question stupide. Pourquoi diable devrais-je tolérer des majordomes incompétents qui posent des questions stupides ?

— Il fait de son mieux.

— Vous parlez d'un...

— Chut.

Le jeune homme se grattait maintenant le front, visiblement indécis, sans se rendre compte qu'il venait d'admettre implicitement que ses maîtres étaient là.

Cassandra prit les choses en main.

— Le mieux... Quel est votre nom ?

— Smith, madame.

— Smith, répéta-t-elle comme si elle n'avait jamais prononcé un nom aussi remarquable. Le mieux, Smith, serait que mon mari et moi rencontrions le vicomte et son épouse ensemble.

— Tous les deux dans la même pièce, précisa Joshua, secourable.

— Je suis sûre qu'un jeune homme de votre talent pourrait organiser cela.

— Rassembler le troupeau, en quelque sorte, renchérit Joshua.

— Joshua ! rétorqua Cassandra, écarquillant les yeux d'un air faussement scandalisé. Vous parlez de nos hôtes comme s'il s'agissait de chèvres récalcitrantes.

— Il ne faut pas ?

— Les manuels de savoir-vivre l'interdisent formellement.

— Ah bon ! Ne pas traiter Bolderwood de chèvre, j'essaierai de m'en souvenir.

— Oui, s'il vous plaît.

Les yeux de Joshua pétillaient et elle en éprouva un sentiment de fierté des plus bizarres.

— Smith, reprit-elle, nous pourrions commencer par voir lord Bolderwood dans la bibliothèque. Lady Bolderwood nous y rejoindrait. Je suis certaine qu'elle ne voudrait pas manquer cela.

Smith n'en paraissait pas convaincu, mais elle ne lui laissa pas le temps de discuter. Se fiant à sa mémoire, elle se dirigea vers la bibliothèque. Le domestique la dépassa et se posta devant la porte.

— Il faut d'abord que je vérifie, bredouilla-t-il, le vicomte me l'a bien recommandé.

— Ce n'est pas nécessaire, Smith. Vous êtes un majordome accompli, votre mère doit être fière de vous.

Elle s'avança pour forcer de nouveau le passage. Quand elle tendit la main, il s'écarta vivement et elle posa la main sur la poignée de la porte.

— Mon mari m'apprend à ouvrir les portes toute seule, expliqua-t-elle au majordome éberlué. Ça me donne un sentiment de liberté.

Elle entendit Joshua glousser derrière elle. Ravie, elle poussa la porte et entra dans la bibliothèque de lord Bolderwood.

Joshua glissa un pourboire au malheureux majordome et suivit Cassandra, impatient de voir ce qu'elle allait faire.

— Harry, dit-elle avec chaleur, comme si elle était ravie de le retrouver.

Bolderwood se leva d'un bond.

— Cassandra ! Et...

Il grimaça en découvrant Joshua.

— Que faites-vous là ?

Joshua se campa au côté de sa femme. Habitué à mener seul ses combats, il trouvait réconfortant d'avoir une alliée.

— Je m'étonne que vous posiez la question, espèce d'insolent béjaune[1]. Je crois savoir que vous usez librement de mon nom et l'apposez sur divers documents juridiques.

— Joshua, s'il vous plaît, retenez-vous.

Elle était adorable quand elle prenait cet air sévère. Il commençait à aimer se faire gronder et il la soupçonnait de commencer à aimer ses provocations.

— Pourquoi ? Vous m'avez dit de ne pas le traiter de chèvre. Vous ne m'avez pas interdit de le traiter d'oiseau.

— Évitez, je vous prie, de le comparer à un animal quel qu'il soit, le rabroua-t-elle, le regard espiègle.

Elle se retourna vers Bolderwood.

— Nous sommes là pour régler cette histoire ridicule, Harry.

— Et vous avez besoin de votre femme pour cela ? lança ce dernier à Joshua. Quel genre d'homme se cache dans les jupes de son épouse ?

— Mais elle a de très jolies jupes. Quoique, en général, je préfère me cacher *dessous*.

Cassandra lui donna une tape sur le bras.

— Tenez-vous bien, mon chéri.

Mon chéri ? Pour faire enrager Bolderwood. *Harry*.

— À vos ordres, mon petit chat.

Impulsivement, il lui caressa la joue et vit ses yeux s'assombrir – peut-être finirait-elle par le désirer un jour.

Quelque part, quelqu'un se racla la gorge. Ils s'écartèrent vivement l'un de l'autre.

---

1. En fauconnerie, jeune oiseau non dressé. Désigne aussi un jeune homme sot et inexpérimenté. *(N.d.T.)*

— Ah, c'est vous, Bolderwood ! marmonna Joshua. Je vous avais oublié.

— Je vous rappelle que vous êtes dans ma bibliothèque ! s'indigna le vicomte.

— Vous êtes facile à oublier. Et ma femme est si charmante...

— Oui, je m'en souviens.

Cette pique vaudrait au freluquet un bon coup de poing dans la figure, tant pis pour les consignes de Cassandra. Ces deux-là s'étaient probablement embrassés autrefois. Peut-être même étaient-ils allés plus loin. Joshua n'était pas jaloux, évidemment, comment pourrait-il être jaloux d'un imbécile insipide comme Bolderwood ? Simplement, Cassandra semblait penser que ce type était un modèle de gentleman. Bien sûr, si lui l'embrassait en bonne et due forme, elle changerait vite d'avis. Mais il ne l'embrasserait pas, surtout pas. Couvrez de baiser votre adorable épouse et le monde s'écroule.

— Vous allez renoncer à ce procès, Harry, dit-elle d'un ton suave. C'est une absurdité, nous en sommes tous conscients.

Bolderwood saisit une tabatière en laque et y préleva une pincée de tabac qu'il se fourra dans la narine. Il n'en offrit pas à Joshua.

— C'est impossible, Cassandra. Il faut que la justice passe.

— Quels que soient vos ennuis financiers, vous ne vous en sortirez pas avec ces mensonges abjects.

Bolderwood referma la tabatière et étudia ostensiblement les scènes érotiques peintes sur chaque côté : des hommes et des femmes nus, occupés à faire ce que les hommes et les femmes nus font de mieux. Cassandra les avait forcément remarquées, mais elle ignora superbement l'insulte. Joshua se retint d'enfoncer la tabatière dans la gorge de l'insolent freluquet. Cela déplairait sûrement à Cassandra.

Avait-elle réellement aimé ce méprisable crétin ? Elle avait dix-neuf ans à l'époque. À cet âge-là, les femmes gobaient tout. Sans doute était-ce pour cette raison qu'on les mariait si jeunes. Si les parents attendaient que leurs filles soient assez mûres pour avoir un peu de jugeote, ils ne s'en débarrasseraient jamais.

— Des mensonges ? répéta Bolderwood en se balançant sur ses talons, un sourire narquois aux lèvres. La preuve existe qu'il y a bien adultère.

Joshua lui arracha la tabatière des mains et la reposa brutalement sur le bureau.

— Il ne peut pas y avoir de preuve puisque cette histoire est une pure invention.

Cassandra était tout près de lui, son épaule se pressait contre son bras. Elle regarda Bolderwood droit dans les yeux.

— Harry, vous et moi savons qu'il ne s'est rien passé.

Le sourire de Bolderwood s'élargit.

— Ce que nous *savons* vous et moi importe peu. L'essentiel, c'est ce que croit le juge.

Il croisa les bras.

— On ne nous accordera peut-être pas les cinquante mille livres que nous réclamons. Nous nous contenterons de vingt ou trente mille.

— Nous ? répéta sèchement Cassandra. Vous voulez dire vous et votre femme.

Le sourire de Bolderwood s'effaça : c'était un aveu.

— Cela ne vous ressemble pas, Harry, soupira Cassandra. Traîner ainsi votre femme dans la boue. Salir votre nom, votre titre, vos enfants à naître. Et m'infliger ça, à moi, ainsi qu'à Lucy et à Emily.

Les oreilles de Bolderwood rougissaient à vue d'œil. Il reprit sa tabatière, l'ouvrit, la referma, incapable de regarder la femme qui le sermonnait. La stratégie de Cassandra n'était pas si mauvaise, songea Joshua. Ce qu'il y avait de bon chez Bolderwood se repentait peut-être, et si quelqu'un était capable de toucher ce qu'il y avait de meilleur chez un individu, c'était bien Cassandra.

— Vous valez mieux que ça, Harry, poursuivit-elle. Déshonorer votre nom et le mien... pour de l'argent ?

— Vous ne manquez pas de souffle ! s'exclama Bolderwood, dardant sur elle un regard dur. Vous osez me juger ? Vous qui avez laissé votre père vous vendre à ce... – il indiqua Joshua d'un geste. Tout le monde savait que lord Charles avait des problèmes financiers et vous avez pris l'argent sans sourciller.

Joshua serrait déjà les poings, mais Cassandra lui asséna un coup de coude et s'interposa entre Bolderwood et lui. Elle était droite comme un I, les épaules raides. Les dames de la haute société n'étaient pas censées exprimer des émotions aussi vulgaires que la colère pourtant il devinait à ses lèvres pincées et ses narines frémissantes qu'elle était furieuse. Et il était heureux qu'elle le soit, après ce qu'elle lui avait révélé la veille.

— Comment osez-vous ! siffla-t-elle. Vous n'êtes pas digne de prononcer le nom de mon père, et encore moins de le juger. Vraiment, cela ne vous ressemble pas, ajouta-t-elle avec une moue écœurée. Le Harry Willoughby que je connaissais était gentil et honnête.

— Vous ne m'avez peut-être jamais vraiment connu.

— Et je ne veux surtout pas vous connaître mieux.

Sur ce, elle fit volte-face et se dirigea vers la porte, les joues en feu, la tête haute. Elle ouvrit la porte et faillit percuter Smith, qui devait avoir l'oreille collée au battant.

— Conduisez-moi auprès de lady Bolderwood. Immédiatement !

Quand la porte se fut refermée, Joshua pivota vers Bolderwood en se frottant les mains.

— Maintenant qu'elle est sortie, nous pouvons discuter.

— Discuter ! postillonna Bolderwood. Vous m'avez escroqué, vous n'êtes qu'un escroc !

— Et vous, une pauvre andouille qui n'a rien dans le crâne !

Pour s'empêcher de le rouer de coups, Joshua se mit à arpenter la pièce. Sur les murs se découpaient des rectangles plus sombres que le papier peint, là où étaient accrochés des tableaux disparus, les étagères étaient quasiment vides et il n'y avait pas le moindre bibelot sur le manteau de la cheminée.

— Je vous avais averti que c'était un placement risqué et recommandé de ne pas investir un capital que vous n'aviez pas les moyens de perdre. Et qu'avez-vous fait ? Vous avez couru chez le prêteur !

— Mais vous nous avez bien appâtés, non ? On nous a chuchoté que vous aviez gagné une fortune, que votre ami Dammerton s'était enrichi. Au point qu'on a fini par vous supplier de prendre notre argent. Vous me faites penser à ces tenanciers de tripot qui postent de faux clients sur le trottoir pour lancer aux passants qu'on gagne des sommes énormes dans l'établissement. Alors, bien sûr, les pigeons se précipitent et se font plumer.

— Vous êtes le seul à vous plaindre. Pourquoi ? Parce que vous n'êtes qu'un gamin pleurnichard.

— Les autres ont peur de vous, ce n'est pas votre cas. Vous avez cocufié d'autres hommes, il ne sera pas difficile de convaincre les gens que vous avez aussi couché avec ma femme. Ils n'en douteront pas, hormis la naïve et crédule Cassandra.

— Espèce de fumier !

À quoi bon discuter ? Cet imbécile s'estimait victime d'une escroquerie. Sans doute était-ce plus confortable que d'admettre avoir pris de mauvaises décisions.

Joshua secoua la tête avec une grimace de dégoût.

— Vous êtes bien assortis, votre femme et vous. Le pire pour moi, c'est que d'aucuns risquent de me croire totalement dénué de goût pour m'être intéressé à une telle femme. Quoique non… le pire, c'est que vous insultez Cassandra.

Il saisit la tabatière, l'étudia sous tous les angles.

— Je m'étonne que vous n'ayez pas mis cet objet en gage, avec tout le reste.

— C'est un cadeau de mon épouse.

Joshua lâcha la tabatière comme si elle l'avait mordu.

— Les femmes aussi ont des désirs, ajouta Bolderwood. Il leur arrive de céder à la tentation de commettre certains péchés. Alors, si mon épouse se retrouve de temps en temps dans le lit d'un autre…

La voix du vicomte s'érailla, un rictus lui déforma la bouche, son cou se colora. Bon sang, l'image de sa femme couchant avec un autre l'excitait ! Si le couple s'adonnait à ce genre de pratique, Joshua ne s'étonnait plus que cette histoire d'adultère ait germé dans leur esprit. Et cela expliquait la présence chez eux de ce majordome extrêmement séduisant et extrêmement incompétent.

Joshua se frotta le front, comme pour effacer cette idée répugnante.

— Je lui pardonne, bien sûr, acheva Bolderwood avec un petit rire. Parce que je l'aime.

— Avez-vous songé aux répercussions que cette affaire aurait sur Cassandra et sa famille ?

— Oh, elle est tellement prude et barbante ! C'est pour cela que vous couchez avec les femmes des autres, pas vrai ? Parce que la vôtre est… Aaah…

La tirade s'achevait sur un râle. Joshua l'avait agrippé par la cravate et violemment plaqué contre le mur.

— Vous disiez ?

Le teint rouge brique, Bolderwood ne répondit pas.

— Vous allez retirer votre plainte. Sans délai, ou je vous garantis que vous vous en repentirez.

À cet instant la porte s'ouvrit sur le majordome.

— Quoi ? aboya Joshua sans lâcher Bolderwood.

Smith ravala une exclamation en voyant son maître en fâcheuse posture, mais resta les bras ballants.

— Mme DeWitt souhaiterait… euh… rentrer chez elle.

Joshua lâcha Bolderwood d'un air dégoûté, épousseta sa redingote et rajusta tranquillement ses manches.

— Nous vous ruinerons, promit-il à Bolderwood qui toussait et se frictionnait la gorge.

Ce *nous* lui plaisait, décida-t-il, et il sortit retrouver sa femme.

Cassandra était dans le hall, tellement tendue qu'elle en frémissait. Les lèvres pincées, elle tripotait les boutons de ses gants.

— Vous aviez raison, dit-elle. C'était une idée stupide.

— C'est la chose la plus intelligente que je vous entends dire depuis que nous sommes mariés.

Elle essaya de sourire, en vain, et Joshua faillit se ruer dans la bibliothèque pour réduire le vicomte en bouillie. Mais il voulait avant tout rendre à Cassandra sa bonne humeur. Elle valait tellement mieux que les Bolderwood.

Il fit donc tout ce qu'il put : il ouvrit la porte d'entrée, Smith ayant disparu, offrit son bras à Cassandra pour l'escorter jusqu'à la voiture et l'aida galamment à y monter.

Il eut sa première récompense lorsque les chevaux s'ébranlèrent. Cassandra le gratifia d'un petit sourire.

— Merci de m'avoir aidée à monter. C'était parfait.

— Je sais me tenir. Et je me suis bien conduit avec lord B. Je ne l'ai pas frappé. Je l'ai peut-être un peu étranglé, mais c'est tout.

Une lueur amusée brilla dans les yeux de Cassandra.

— Vous êtes admirable.

— J'allais le traiter de porc, et puis je me suis rappelé que vous m'aviez interdit de le comparer à des animaux.

— Bravo.

— Par conséquent, je me suis contenté de le traiter de fumier.

Elle ravala... un gloussement, sauf erreur. Il progressait. Il allait continuer à faire le pitre jusqu'à ce qu'elle éclate de rire.

— Vous êtes fière de moi ?

— Énormément.

— Et comment était lady B. ?

— Lady B. est la créature la plus abominable que j'aie eu la malchance de rencontrer. Elle affirme que c'est vrai, elle n'en démord pas.

Un bizarre frisson parcourut Joshua. Si Cassandra croyait cette femme, si c'était à cause de ça qu'elle paraissait bouleversée...

— Mais pendant toute notre entrevue, elle affichait cet affreux sourire goguenard, poursuivit-elle, au grand soulagement de Joshua. Elle a même dit que son mari était un romantique, car il estimait qu'elle valait cinquante mille livres ! Dieu du ciel ! Même vous, vous êtes plus romantique que ça.

— Elle le trouve romantique pour un maquereau, je suppose.

— Un quoi ?

— Un homme qui prostitue les femmes. Votre gouvernante ne vous a donc rien appris ?

— Je devais avoir la migraine, ce jour-là.

Assis face à face, ils se regardèrent. S'il voulait vraiment lui rendre sa bonne humeur, il changerait de place, l'entourerait de son bras et l'embrasserait. Et puis... quoi ? Oui, quoi ?

— Qu'a-t-elle dit d'autre ? interrogea-t-il.

— Que c'était plus fort qu'elle, qu'elle était subjuguée par votre charme et vos attentions. J'ai alors su qu'elle se trompait d'homme.

— Effectivement. Quel dommage que les femmes ne puissent pas témoigner dans les procès pour adultère. Si elle disait ça à la barre, le tribunal se tordrait de rire.

— Ensuite elle a évoqué votre marque de naissance, preuve qu'elle vous a vu...

Elle rougit, agita la main.

— D'après elle, vous avez une petite marque en forme de fer à cheval sur la cuisse droite. Est-ce vrai ?

Il serait bientôt jugé devant toute la bonne société londonienne, dans l'immédiat cependant, c'était le jugement de Cassandra qui lui semblait capital. Il regretta soudain d'avoir couché avec d'autres femmes. Comment avait-il pu les désirer ?

— Quelqu'un d'autre a dû voir cette marque et lui en parler.

— La bonne vieille marque de naissance, quelle ruse éculée ! rétorqua-t-elle avec mépris. On la trouve dans tous les récits populaires. Je lui ai donc fait remarquer que ce n'était pas une preuve suffisante et je l'ai priée de me décrire votre...

— Mon... quoi ?

Elle décocha un coup d'œil à l'entrejambe de Joshua, rougit et détourna le regard.

— Madame DeWitt, je suis choqué ! Et extraordinairement fier de vous.

Les yeux de Cassandra pétillèrent.

— Je me suis demandé : que dirait M. DeWitt dans une situation pareille ? Et voilà ce qui m'est venu à l'esprit. Franchement, vous avez une influence déplorable sur moi.

— Une excellente influence, rectifia-t-il. Et ? Qu'a-t-elle répondu ? Au sujet de mon sucre d'orge.

— Votre... ? Oh, que vous êtes vaniteux !

— Si les dames parlent de mon anatomie, j'ai le droit de savoir ce qu'elles racontent.

Elle prit une inspiration et, crânement :

— Elle a dit qu'il ressemblait à tous ceux qu'elle avait vus.

— Il y en a eu beaucoup ?

— J'ai préféré ne pas poser la question.

Elle essaya de prendre un air sévère, n'y parvint pas – une lueur espiègle brillait dans ses yeux, un sourire lui retroussait le coin des lèvres.

— Et qu'avez-vous rétorqué à son commentaire si peu flatteur ?

— Que pouvais-je rétorquer ? Je n'ai vu que le vôtre, ou plus exactement, je l'ai entrevu quelques secondes.

— Alors permettez-moi de vous dire que cette dame se trompe. Le mien est cent fois mieux que tous les autres. Il est plus grand, plus fort, plus beau et plus noble.

— Mazette ! Et je suppose qu'il est aussi magique ?

— Il sait effectivement exécuter quelques tours de magie.

— Par exemple ?

— Il se redresse et il supplie.

Elle émit un grognement mi-amusé mi-horrifié. L'instant d'après, elle se cachait le visage entre les mains, les épaules secouées de rire. Il faillit la rejoindre sur la banquette opposée, la prendre dans ses bras et l'embrasser à perdre haleine.

Il ne pouvait bien sûr pas faire cela, alors il se contenta de la contempler. Son rire cristallin, telle une eau fraîche et pure, s'insinua dans son corps entier et jusqu'à son entrejambe. Qu'un désir aussi violent le submerge simplement parce qu'elle était là, près de lui, le stupéfia.

13

Lorsqu'ils pénétrèrent dans le hall de leur maison, Cassandra redevint instantanément une lady aux manières irréprochables. Joshua n'aurait su dire s'il était fâché qu'elle dissimule ainsi la facette joueuse et même grivoise de sa personnalité, ou ravi d'être seul à connaître son secret.

Mais la question était hors sujet. Après ce plaisant intermède, il avait du travail.

Il pivotait pour en informer Cassandra, la vit tendre son chapeau et ses gants au laquais, puis s'attaquer aux pompons qui fermaient sa cape, et se surprit à dire :

— Vous m'avez appelé *chéri* devant Bolderwood.

— Il m'agaçait.

— Vous l'embrassiez, je suppose.

Elle tressaillit, jeta un coup d'œil au laquais qui s'éclipsa si vite qu'il faillit se tordre la cheville.

— Bolderwood, précisa Joshua.

— Pas aujourd'hui.

— Avant.

— Nous étions fiancés. Donc, oui.

Elle tira sur les glands, dénoua le cordon et, comme Joshua l'avait deviné, la cape s'ouvrit et glissa sur ses épaules.

Manifestement elle considérait que le chapitre des baisers échangés avec Bolderwood était clos. Elle n'avait pas tort, l'affaire était réglée et n'avait plus aucun intérêt. Et il avait du travail.

— Vous avez embrassé d'autres hommes ?

Cette fois, elle le dévisagea.

— Seriez-vous jaloux, monsieur DeWitt ?

— Je détesterais bavarder avec tel ou tel, sans savoir s'il vous a embrassée ou non. J'ai eu la courtoisie de vous parler de mes liaisons.

— C'était de la courtoisie ? marmonna-t-elle en s'approchant d'un miroir pour vérifier sa coiffure. Eh bien, il n'y a eu personne d'autre. Sauf Harry Hopefield, mais je n'avais que quinze ans et il embrassait toutes les filles.

Elle le regarda, et l'espace entier du hall s'emplit de tout ce qu'il y avait entre eux : son envie d'être mère ; son désir à lui ; leur camaraderie toute neuve ; les secrets de Cassandra ; leur baiser. Elle affichait cette expression qui précédait une requête impossible. Il devait l'empêcher de parler.

— Bon, j'ai perdu assez de temps, déclara-t-il. J'ai du travail.

Bravo ! Voilà qu'elle arborait de nouveau ce sourire poli, un bâillon pour étouffer ce qu'elle s'apprêtait à dire. Il l'avait déjà vue se servir de la politesse comme d'une épée. À présent, elle en faisait un mur et s'il s'y cassait les dents, il ne pouvait s'en prendre qu'à lui-même.

— Bien sûr, dit-elle.

Comme s'il était déjà parti, elle compulsa les lettres et cartes de visite sur le plateau d'argent, et en fit deux piles. Elle examina un billet qui n'était pas cacheté, le déplia et le parcourut.

— Bon, répéta-t-il.

Elle ne leva pas les yeux, aussi se dirigea-t-il vers son bureau. Il n'avait pas fait trois pas que…

— Joshua !

— Oui ?

— Ce billet vient de sir Gordon Belle. Il dit qu'il va se renseigner sur la plainte de lord Bolderwood et passera demain.

— Vous lui avez déjà écrit ?

— Avant de vous rejoindre à l'entrepôt, répondit-elle en lui tendant le billet.

Joshua l'ignora.

— Avant de m'en parler.

— Je ne voulais pas perdre de temps, répliqua-t-elle d'un ton coupant. Vous êtes toujours tellement occupé.

Elle jeta le billet sur l'une des piles, il tomba à côté mais elle n'y fit pas attention. Elle prit une autre lettre sur la plus petite des deux piles et, frôlant Joshua au passage, se dirigea vers l'escalier.

Il resta planté au milieu du hall jusqu'à ce qu'elle ait disparu sur le palier. Très bien. Son bureau était à quelques mètres, le travail l'attendait.

Pourtant ses jambes le menèrent à l'étage.

Joshua considéra avec curiosité le boudoir où il n'avait jamais mis les pieds. C'était Cosway qui l'avait aménagé – murs et tapis bleus, décor aéré, très féminin, bibelots inutiles çà et là, un pianoforte. Ah, c'était donc d'ici que provenait la musique qu'il avait entendue.

Il y avait aussi un secrétaire, à côté duquel se tenait Cassandra qui examinait son courrier.

— Je croyais que vous aviez du travail, dit-elle.

— En effet, j'ai d'importantes décisions à prendre. C'est mon travail, je prends des décisions à longueur de journée.

Lesquelles ? Dans l'immédiat il n'en avait pas la moindre idée, mais il avait des listes dans son bureau et Das ne tarderait pas à se montrer. Il s'approcha de la fenêtre, fouilla la rue du regard, puis le parc en face. Comme il ne trouvait rien à critiquer, il se retourna vers Cassandra.

Qui attendait, polie, une lettre à la main.

— Alors comme ça, vous n'avez embrassé que deux hommes dans votre vie.

Elle posa la lettre sur le secrétaire.

— Trois. Je vous ai embrassé cette nuit.

Oui, il sentait encore le goût de ses lèvres et son corps souple blotti contre le sien tandis qu'elle dormait.

— Vous étiez ivre, ça ne compte pas.

Pourquoi diable se lancer dans une discussion sur le thème des baisers ? Elle avait pourtant joué cartes sur table : elle voulait qu'il la mette enceinte, ensuite elle s'en irait. Bien sûr qu'elle s'en irait. Tout le monde finissait par le quitter. Il ne pouvait compter que sur son travail.

S'il sortait immédiatement de ce boudoir, il leur épargnerait à tous les deux bien du chagrin.

Il ne bougea pas.

— Si je vous embrassais maintenant, cela compterait ? demanda-t-elle d'une voix douce.

La part sensée de son cerveau tenta de reprendre le contrôle, de la repousser. De se moquer d'elle, de la planter là.

Mais la part sensée de son cerveau fut muselée par ce qu'il voyait : elle crispait nerveusement les doigts sur sa jupe, la lissa, puis fit un pas vers lui. Deux, trois...

Elle avançait lentement, il avait le temps de s'échapper. Tout à coup, elle fut devant lui. Elle était si près, dans la lumière du jour, qu'il comprit enfin pourquoi ses yeux semblaient changer sans cesse de couleur : en fait, ils étaient d'un brun doré pailleté de vert. Il aurait pu les contempler pendant des heures, mais il voulait également regarder ses joues aussi douces que des pétales de rose, aussi chaudes que la vie, et sa bouche... Ses lèvres pulpeuses, sensuelles dont il avait senti la caresse la veille.

Un désir sauvage s'empara de lui. Ce n'était plus la peine de se mentir sur les raisons qui l'avaient conduit dans ce boudoir.

— Vous essayez de me séduire, madame DeWitt ?

— Je ne saurais pas par où commencer, répondit-elle d'un ton presque agressif. Du reste, je ne devrais pas avoir besoin de vous séduire. La porte de ma chambre est ouverte, vous pouvez la franchir à votre guise.

— Vous pourriez commencer par rendre l'invitation plus tentante. On dirait que vous conviez le pasteur à prendre le thé.

— Oh.

Elle paraissait si hésitante, si vulnérable, qu'il faillit cesser son petit jeu. Puis son visage s'éclaira.

— Je porterai ma charlotte de nuit, proposa-t-elle.

Son propre rire le prit de court, de même que le flot de désir qui l'envahit. Elle parut si contente de le faire rire qu'il ne put s'empêcher d'encadrer son visage de ses mains.

— Ça marche déjà, murmura-t-elle. Je progresse.

Il s'écarta vivement et noua les mains derrière son dos. Puis il arpenta la pièce, mettant le cap sur la sortie, l'escalier, son bureau. Mais à chaque tour de boudoir, il loupait la porte.

— Ce serait si terrible ? risqua-t-elle d'une voix où vibrait une tristesse qui le transperça. Je suis votre femme.

— Vous n'avez pas apprécié notre nuit de noces.

— Peu importe. Si vous tenez à apprécier… cela, dites-moi quoi faire. Je serai heureuse d'accomplir mon devoir.

Son devoir. Il détestait ce mot, cette façon polie de dire : « Je serrerai les dents et je me laisserai faire dans l'espoir que naisse un enfant. »

Il s'adossa au mur. D'une façon ou d'une autre, il devait trancher. Lui qui prenait des décisions tous les jours était incapable de prendre celle-là.

Elle voulait un enfant. Quant à lui, c'était elle qu'il voulait. Se perdre dans sa chaleur accueillante. Résultat : elle, immobile dans le noir, endurant stoïquement l'épreuve et ne pensant qu'à l'enfant qu'elle porterait. Quand elle aurait ce qu'elle désirait, elle le congédierait et il se retrouverait de nouveau seul. Et si elle tombait enceinte… Oh, bon sang, que se passerait-il ensuite ? Que se passerait-il ensuite ?

La question résonnait dans sa poitrine au rythme des battements de son cœur.

Ensuite tout changerait, or il refusait que quoi que ce soit change.

Et soudain, ce fut lui qui se fâcha.

— Vous êtes difficile, lâcha-t-il.

Elle redressa les épaules, bouche bée.

— Je suis la femme la moins difficile du monde. Vous savez où est ma chambre.

— Tout à fait.

Incapable de rester immobile, il recommença à tourner comme un lion en cage.

— Vous êtes accessible, disponible et accommodante.

— Je suis donc facile et non difficile. Vous pouvez me prendre aussi facilement que… qu'une friandise.

— Les friandises ne sont pas compliquées. Alors que vous êtes très compliquée.

— Bonté divine, Joshua, je ne comprends rien à ce que vous racontez, j'ai l'impression d'être dans un opéra italien. Je veux des enfants, je sais comment on les fabrique et je connais mon devoir d'épouse. En quoi est-ce compliqué ?

— Je ne fais pas partie de ces hommes que la soumission d'une femme excite.

Elle écarquilla les yeux ; elle était perplexe, la pauvre petite.

— Vous préférez que je sois indocile ?

— La rébellion ne m'excite pas davantage.

— Mais alors, qu'est-ce qui vous… excite ?

« La passion, aurait-il voulu lui répondre. Savoir que vous me désirez autant que je vous désire, non pas parce que c'est votre devoir ou parce que vous pouvez tomber enceinte, mais pour que nous ayons du plaisir ensemble et que vous ne me quittiez jamais. »

Bien sûr, il ne pouvait pas lui dire cela car elle s'empresserait de jouer la comédie et que cela se terminerait par un bébé et du désespoir.

Il chercha une réponse, un moyen de conclure cette conversation. Il se sentait indécis, impuissant et ne se reconnaissait pas. Il entendit la porte d'entrée s'ouvrir, au rez-de-chaussée et se refermer, des voix masculines. Das, vraisemblablement.

Il devait se décider. En finir une bonne fois pour toutes. La chasser de cette maison. Retourner travailler. Éventuellement prendre une maîtresse. N'importe quoi pour retrouver sa vie d'avant. Encore un bouleversement et toute son existence volerait en éclats. Et il n'en était pas question. Il avait construit un édifice trop solide. Le travail, les affaires... un univers que rien ne détruirait.

Mais, oh, Seigneur, mettre cela de côté un moment, juste un instant, tout oublier hormis cette femme. Déchirer sa robe, libérer sa chevelure, la faire trembler de désir, l'inciter à jeter aux orties sa politesse et son devoir. Brusquement il la voulait sauvage, sans fard.

— Quand je vous ai embrassé hier, ça vous a déplu ? demanda-t-elle.

— Non. En revanche, si moi je vous embrassais, ça risquerait de vous déplaire.

— Pourquoi ?

— Vous êtes si gentille et bien élevée, ma chère Cassandra.

Il s'avança vers elle, qui tournait le dos au pianoforte. Elle n'ébaucha pas un mouvement et il eut tôt fait de la coincer contre l'instrument. *Qu'est-ce que tu fabriques, bon sang ? – Il n'y a pas de mal. – Écarte-toi d'elle ! – Une seule fois, ce n'est pas grave.*

Et ensuite ? Et ensuite ? martelait son cœur.

— Si je vous embrassais, ce ne serait pas gentil. Ce ne serait pas poli, ce serait...

Il se pencha, elle chancela en arrière. Il s'immobilisa. Elle aussi. Il se pencha de nouveau et, cette fois, elle ne bougea pas – mais sa respiration s'accéléra. Quand il agrippa sa jupe, elle étouffa un cri, pinça les lèvres. Les yeux écarquillés, elle le regardait remonter sa jupe.

Un centimètre, deux...

Soudain, la porte s'ouvrit à la volée. Joshua sursauta, Cassandra se faufila prestement sous son bras et s'éloigna.

— Nom de nom, qu'est-ce qui se passe ? aboya-t-il en se tournant vers la porte.

Tout se figea.

L'homme qui se tenait sur le seuil n'était pas un domestique, ce n'était pas non plus l'un des secrétaires. Joshua ne le reconnut pas, pourtant il sut d'emblée qui c'était.

Le nouveau venu avait quelques années de moins que lui. Il était un peu moins grand, quoique robuste et sans une once de graisse. Il ressemblait étonnamment à Joshua. Ses cheveux étaient cependant plus longs, noués en catogan, à la façon des marins. Il avait le visage buriné de ceux qui vivent au grand air, dans le vent et les embruns. Il s'appuyait sur une canne – aurait-il été blessé et renvoyé à la vie civile par la Navy ?

Le cœur de Joshua manqua un battement puis se mit à cogner dans sa poitrine. Il tenta de se persuader qu'il n'avait aucun rapport avec cet homme qu'il ne connaissait pas et ne voulait pas connaître. C'était bien trop tard.

— Que diable voulez-vous ? lâcha-t-il.

— C'est moi, Isaac. Ton frère.

Cassandra ne comprit pas tout de suite ce qui se passait. Elle avait l'esprit embrumé et les jambes en coton – Joshua avait failli l'embrasser… Elle jeta un regard assassin – ce qui ne lui ressemblait pas – à l'importun, le détailla, et ce qu'il venait de dire la frappa de plein fouet.

Isaac. Le frère de Joshua ! Elle s'avança, un sourire de bienvenue aux lèvres, quand elle se rendit compte que Joshua était aussi immobile qu'une statue.

Elle s'arrêta, les considéra tour à tour.

— Et ? répliqua Joshua abruptement. Je t'ai envoyé de l'argent. Si ça ne te suffit pas, dis-le à Das.

Sur ce, il se dirigea vers la porte à grands pas, frôla Isaac au passage. Une expression blessée se peignit sur le visage de ce dernier. Cassandra observait la scène avec stupéfaction. Si elle ne se trompait pas, Isaac avait une dizaine d'années lorsque Joshua l'avait vu pour la dernière fois. Comment pouvait-il nourrir de l'animosité contre lui ?

— Je n'ai pas besoin d'argent ! répondit Isaac à son frère qui atteignait déjà l'escalier. Comme je te l'ai écrit, je voulais…

— Je suis occupé, l'interrompit Joshua en faisant volte-face. Et je ne vois pas ce que nous pourrions avoir à nous dire. Je n'ai pas de temps à perdre.

Cassandra se précipita.

— Joshua, je vous en prie. C'est votre frère.

— À peine. Je ne l'ai pas vu depuis quatorze ans.

— Nous ne pouvons pas…

— Ça suffit ! la coupa-t-il. J'ai perdu assez de temps ce matin avec vos sottises.

Elle sursauta comme s'il l'avait giflée. Un instant plus tôt, ils étaient sur le point de s'embrasser. Une heure plus tôt, ils étaient des alliés, des amis, et maintenant…

Maintenant il dévalait l'escalier tant il était pressé de s'en aller.

Isaac le suivit du regard. Il avait un ou deux ans de plus que Cassandra et ne manquait sans doute pas d'assurance dans son domaine, mais en cet instant, il semblait perdu et terriblement seul.

Maudit Joshua !

Elle descendit à son tour l'escalier à toute allure. Elle eut le temps de voir Joshua passer devant Das en lâchant un « nous sortons, Das », saisir son manteau et se ruer sur le perron.

Le secrétaire salua Cassandra, manifestement immunisé contre le mauvais caractère de son patron. Peut-être le serait-elle aussi dans quelques années.

Quelques années ? Il ne lui accorderait même pas quelques heures. Et il lui reprochait d'être compliquée !

— J'ai invité M. Isaac à séjourner ici, déclara Das. Je suis désolé, je n'aurais pas dû prendre cette initiative.

Isaac descendait l'escalier rapidement, bien qu'il fût contraint de s'appuyer sur sa canne et de poser les deux pieds sur une marche avant de passer à la suivante.

— Vous avez bien fait, assura Cassandra d'une voix forte afin qu'Isaac l'entende. Isaac restera ici, et si cela ne plaît pas à Joshua, il devra m'expliquer pourquoi ou aller dormir ailleurs. Je vous charge de l'en informer, monsieur Das.

— Avec plaisir, madame DeWitt.

Le secrétaire s'inclina et sortit. Cassandra se tourna vers Isaac.

— Ne faites pas attention à Joshua. La grossièreté est son moindre défaut. Je suis quant à moi ravie de faire votre connaissance.

— Vous êtes son épouse, je présume. Je vous prie d'excuser mon intrusion, madame DeWitt.

— Ne vous excusez pas. Et s'il vous plaît, Isaac, appelez-moi Cassandra, puisque nous sommes désormais frère et sœur en quelque sorte.

— J'ai eu tort de venir, dit-il avec raideur. Je ne resterai pas, puisque je ne suis pas le bienvenu.

— Je vous le répète : ne faites pas attention à Joshua, il est comme cela avec tout le monde. Vous êtes le bienvenu, croyez-moi.

Dans un coin du hall, Filby, le majordome, attendait ses instructions. Cassandra s'empressa de les lui donner : préparer une chambre pour leur invité et servir le thé dans le salon.

— J'ai eu une journée mouvementée expliqua-t-elle ensuite à Isaac, et j'ai grand besoin de boire un thé et de me gaver de biscuits. J'insiste pour que vous vous joigniez à moi et me racontiez en détail vos aventures maritimes.

Elle le regarda droit dans les yeux et, au bout d'un moment, un sourire timide éclaira le visage d'Isaac. Elle aurait au moins réussi quelque chose aujourd'hui.

Peut-être lui parlerait-il de leur famille. Peut-être glanerait-elle quelques informations qui l'aideraient à comprendre pourquoi son mari éprouvait le besoin de repousser tous ceux qui l'approchaient.

14

Allongée dans son lit, aux aguets, Cassandra regardait la chandelle se consumer.

Elle entendit enfin des pas dans le couloir, la porte de la chambre voisine s'ouvrit et se referma. Elle ôta vivement sa charlotte, se leva et, s'approchant de la porte de communication à pas de loup, y colla l'oreille. Un bruit sourd – une botte tombant sur le sol, puis la deuxième. Le tisonnier qui remuait les braises dans la cheminée. Et puis… le silence. Aucun son, pas le moindre mouvement. Rien.

Il ne viendrait pas.

Ce n'était pas vraiment surprenant. Cette journée n'avait été qu'une succession d'échecs – elle n'avait pas réussi à convaincre lord Bolderwood d'abandonner son action en justice et n'avait pas pu persuader Joshua de lui faire l'amour, d'avoir des enfants et d'accepter Isaac. Il y avait quand même eu quelques instants de plaisir dans cette débâcle : voir son mari avec les gamins sur le quai, nouer sa cravate, rire avec lui, jouer les dévergondées… sans oublier le moment où ils avaient failli s'embrasser.

Il a beau essayer de le nier, nous sommes mari et femme. Leur mariage n'était pas ce que l'un et l'autre souhaitaient, mais c'était tout ce qu'ils avaient.

Elle toqua doucement à la porte de Joshua, l'ouvrit et se glissa dans sa chambre. Il était debout devant la cheminée, l'air absent, son peignoir ouvert sur son pantalon et sa chemise. Ses cheveux tombaient en bataille sur son front, la lueur des flammes soulignait son profil et le début de barbe qui ombrait sa mâchoire.

— Quoi ? dit-il sans la regarder. Je suis occupé.

— Je vois ça.

Elle n'était pas la bienvenue, pourtant elle s'approcha de lui. Il la chasserait peut-être, mais le désir de retrouver leur complicité la rendait audacieuse. De toute façon, si elle reculait chaque fois qu'elle risquait d'échouer, elle finirait comme sa mère, prostrée dans son lit à longueur de temps.

Il pivota enfin et la dévisagea, les yeux étrécis. Elle sentit aussitôt son corps réagir et s'efforça de ne pas y prêter attention. Elle n'était pas là pour ça, pas cette fois.

— Cette liseuse est vraiment affreuse, déclara-t-il. Qu'est-ce qui vous a pris d'acheter cette horreur ?

— Je la trouve chaude et pratique.

Venant de Joshua, la question était quasiment une invitation à lui tenir compagnie. Elle s'approcha et resserra les pans de son peignoir dont la soie gardait la chaleur de son corps.

— Comment s'est passée votre journée ? murmura-t-elle.

— Si vous êtes venue pour me séduire, bougonna-t-il, dites-le carrément.

Il ne bougea cependant pas. Son regard s'attarda sur la bouche de Cassandra, puis fixa un point par-dessus son épaule. Elle dut se retenir de nouer les bras autour de son cou et de se presser contre lui.

— Je suis venue pour parler d'Isaac.

Il s'écarta brusquement, mais elle le retint par les pans de son peignoir. Elle posa les mains à plat sur sa poitrine, sentit son cœur battre sous ses paumes.

— Je n'ai pas envie de parler de lui, je préfère parler de votre liseuse.

— Ma liseuse n'a aucune importance. Votre frère en a.

— Non.

Les sourcils froncés, il étudiait la liseuse comme s'il s'agissait d'une énigme à résoudre.

— Vous n'avez aucun sens des priorités, ajouta-t-il.

— Il m'a dit qu'il était à la recherche de votre mère et de votre sœur. Je ne me doutais pas qu'après leur départ, vous n'aviez eu aucune nouvelle d'elles.

— Tout le monde est parti, marmonna-t-il. Je crois que c'est ce nœud qui la rend affreuse.

Il effleura ledit nœud et, au passage, le dessous du menton de Cassandra. Un frisson la parcourut.

— Cette chose doit vous gratter le menton. C'est bête.

— C'est du satin, c'est très doux et ça ne me dérange pas.

— Moi, ça me dérange.

Il tira sur le nœud qui se défit. Seigneur Dieu, il allait la déshabiller. Elle se força à se concentrer sur le sujet qui les occupait et qui était plus important que le séduire. Pour le moment.

— Ç'a dû être douloureux pour vous, parvint-elle à dire. Et pour votre mère qui a dû tout quitter du jour au lendemain.

— Elle avait simplement été rétrogradée de comtesse à maîtresse. C'est fou comme les femmes sont attachées à ce genre de détail. Voilà, c'est beaucoup mieux sans ce nœud !

Il ouvrit le col du vêtement – ce faisant, ses mains frôlèrent les seins de Cassandra.

— Bon sang, il y a d'autres nœuds !

— Eh oui, ils sont très utiles pour fermer la liseuse.

— Non, ils sont superflus.

De ses doigts agiles il s'attaqua aux autres nœuds. Chaque fois qu'il en défaisait un, le souffle de Cassandra s'accélérait et son désir grimpait d'un cran.

— Quand je pense que votre sœur n'avait que quatre ans la dernière fois que vous l'avez vue, enchaîna-t-elle. Miriam... quel joli nom.

— Vous avez conscience que je sais déjà tout ça.

— Vous avez peut-être oublié, vous avez une mémoire sélective.

— Voilà qui est mieux, décréta-t-il.

Il avait écarté les pans de la liseuse et ses grandes mains chaudes s'attardaient sur les épaules de Cassandra. Elle baissa les yeux sur sa chemise de nuit dont l'empiècement, qui dévoilait le haut de ses seins, était taillé dans une percale si fine que... Oh, Seigneur. Elle voulut croiser les bras, mais, vif comme l'éclair, il lui emprisonna les poignets.

— Non, non, dit-il en l'enveloppant d'un regard brûlant, je préfère votre liseuse quand elle est ouverte.

Elle avait soudain la bouche sèche et s'humecta les lèvres.

— Euh... comme je disais...

— Vous avez dit quelque chose ?

— Je crois qu'Isaac se sent seul et un peu perdu.

Il lui lâcha les poignets.

— En fait, non, cette liseuse me déplaît toujours.

— Il a servi dans la Navy pendant plus de dix ans et il n'a que vingt-quatre ans.

— Je pense qu'elle serait beaucoup mieux sur le tapis.

Oh, bonté divine !

— Maintenant qu'il a été démobilisé, il se demande ce qu'il va devenir.

Du bout des doigts, il fit glisser la liseuse sur les épaules et les bras de Cassandra qui se mordit la lèvre pour retenir un gémissement.

— Je sais ce que vous êtes en train de faire, Joshua, je ne suis pas dupe.

— Je vous débarrasse de ce vêtement hideux. Je suis héroïque.

— Vous cherchez à détourner mon attention pour éviter de parler de votre frère.

La liseuse tomba mollement sur le sol.

— Je suis dans ma chambre, seul avec ma femme. Alors oui, bien sûr, je n'ai pas envie de parler de mon frère. Au fait, cette chemise de nuit est affreuse, elle aussi.

— Il a dit que vous aviez tout tenté pour que la famille reste unie.

Elle vit que ses mots avaient touché une corde sensible. Son expression se fit dure et froide, ses épaules se raidirent et il laissa retomber ses mains. Elle en fut désolée, mais elle n'avait pas le choix, elle devait comprendre et l'aider à comprendre.

— Lorsque mon père vous est venu en aide, vous souhaitiez que vos frères restent avec vous. Ils ont voulu partir, vous avez essayé de les en empêcher et ils ne vous ont pas écouté. Ils rêvaient de s'engager dans la marine et de découvrir les Indes. Ce n'est pas une raison pour tourner le dos à Isaac.

La pendule tictaquait, une bûche craqua dans la cheminée. Brusquement, Joshua la souleva de terre et la jeta sur son épaule comme un sac de noix, lui entourant les genoux d'un bras pareil à un étau.

En quelques enjambées, il fut dans la chambre voisine et se délesta prestement de son fardeau. Cassandra tomba lourdement sur le lit, sa chemise de nuit entortillée autour de ses cuisses.

— Arrêtez ça, ordonna-t-il d'un ton rude.

Cassandra, qui s'efforçait de rajuster sa tenue, se figea. Mais il ne regardait pas ses jambes.

— Cessez de vouloir réparer ma famille. Vous cherchez à réparer vos sœurs, mes frères et moi et… arrêtez ce manège. C'est pénible et parfaitement inutile.

Elle pointa le menton.

— Il restera ici. Je l'ai invité.

— Bien sûr. Pourquoi ne pas inviter tout Londres chez moi ?

— C'est aussi chez moi.

Il lui décocha un regard noir.

— À présent, je vais regagner ma chambre et vous ne m'importunerez plus.

Elle se redressa sur ses genoux.

— Et le reste ?

— Quel reste ?

— Ma liseuse. Et mon devoir conjugal.

Il fourragea dans ses cheveux.

— Vous voulez encore me séduire, grogna-t-il. Vous et votre devoir conjugal, et votre satanée liseuse. Je n'ai pas de temps pour ces âneries. J'ai un travail très important à faire.

— À 2 heures du matin ?

— Puisqu'il est si tard, il faut que je dorme.

Non, il ne partirait pas ! Elle l'en empêcherait.

Attrapant le bas de sa chemise de nuit, elle la fit passer par-dessus sa tête. Et là… Oh non, ses cheveux s'accrochèrent aux boutons ! Elle tira sur la percale, et tira encore, consciente de lui dévoiler tout son corps. Elle n'aurait jamais dû faire cela, c'était déplacé et maintenant elle se sentait idiote. Elle tira de nouveau sur le tissu et libéra enfin sa chevelure qui dégringola dans son dos.

Joshua promena sur son corps un regard si ardent qu'elle sentit son cœur s'emballer. Il était immobile – une statue dont les yeux seuls bougeaient. Elle déglutit bruyamment, ce qui l'embarrassa et la fit sortir de sa paralysie. Elle plaqua sa chemise de nuit sur sa poitrine.

— Je… je n'aurais peut-être pas dû faire ça, bredouilla-t-elle.

— Faire quoi ? demanda-t-il d'une voix râpeuse et pourtant caressante. Ôter votre chemise de nuit ou essayer de vous couvrir ?

Il s'approcha. Cassandra étant perchée sur le lit, leurs visages étaient à la même hauteur. Si elle se penchait, ses seins frôleraient son torse. Elle serra les bras sur sa poitrine, non par pudeur, mais parce que – le ciel lui vienne en aide ! – ses seins réclamaient des caresses.

Une étincelle s'alluma au fond des yeux de Joshua – il savait ce qu'elle éprouvait. Mais non, son imagination s'emballait, comment pourrait-il le savoir, et pourquoi jouait-il ainsi avec elle, et surtout pourquoi voulait-elle à la fois qu'il continue et qu'il arrête ?

— Vous découvrirez, ma charmante épouse, que vous aviez tort dans les deux cas.

Il tira sur la chemise de nuit. Cassandra s'y cramponna. Il haussa un sourcil narquois.

— Ce n'est que justice, murmura-t-il. Après tout, vous m'avez vu nu.

Il tira de nouveau sur la percale, et cette fois, Cassandra le laissa faire. La chemise de nuit tomba sur le tapis.

15

Joshua entrevit à peine les seins magnifiques de Cassandra car elle s'empressa de les dissimuler sous ses bras repliés. Une vaine parade des plus excitantes. Ses cheveux ruisselaient sur ses épaules, ses yeux étaient pareils à deux puits sans fond et sa respiration saccadée faisait écho à la sienne.

Elle était parfaite et lui était perdu. C'était idiot de s'être lancé dans ce jeu dangereux, pourtant il l'avait fait et maintenant il brûlait de désir. Une voix lointaine, quelque part dans sa tête, lui ordonna de ne pas la toucher, parce que… parce que…

Ah oui, parce que, s'il la touchait, le monde s'écroulerait !

Quelle bêtise !

— Je pensais que vous ne vouliez pas cela, murmura-t-elle.

— Je peux m'arrêter quand j'en ai envie.

— Alors pourquoi ne vous arrêtez-vous pas tout de suite ?

— Parce que je n'en ai pas encore envie.

Il saisit les poignets de Cassandra. Le monde ne s'écroula pas.

— Je veux d'abord admirer ma femme.

Elle ne résista pas quand il lui écarta les bras. Il contempla ses seins fermes qui se soulevaient et s'abaissaient au rythme de sa respiration, son ventre plat, la courbe de ses hanches et le triangle sombre au creux de ses cuisses.

Il brûlait d'explorer ce corps adorable, de le goûter, de l'envahir. Cela dut se lire sur son visage, car Cassandra ravala une exclamation, se libéra et pressa les paumes sur ses yeux.

— Vous ne me voyez plus, mais moi, je vous vois, se moqua-t-il, la voix rauque.

— Je… je ne peux pas.

— Quel dommage ! J'aime tellement vous regarder.

Il se rapprocha encore, autant qu'il l'osait, effleura de ses lèvres la conque rose de son oreille. Ses cheveux lui chatouillaient la joue et il faillit y enfouir le visage. Cassandra gardait les paupières closes.

— Vous aimez que je vous regarde ? souffla-t-il en humant son parfum avec délice. Soyez honnête.

Elle prit une longue inspiration tremblante, puis :

— Oui.

Seigneur Dieu !

— Aimeriez-vous que je vous caresse ?

— Je… Êtes-vous obligé de me demander mon avis à chaque étape ?

Elle ne savait même pas ce qu'elle voulait, alors comment pourrait-elle l'exprimer ? Avait-elle seulement idée de ce que lui désirait ? Promener sa bouche et ses mains sur son corps adorable, depuis ses seins ronds jusqu'à son ventre. Lui écarter les cuisses et goûter à sa chair intime jusqu'à ce qu'elle perde pied et oublie tout ce qui n'était pas lui.

Il s'était engagé dans un jeu dangereux, elle avait doublé la mise et à présent elle ne savait pas quel coup jouer. À lui donc d'avancer ses pions : il la caresserait, la titillerait, la tourmenterait jusqu'à ce qu'elle comprenne combien le désir était puissant. Ainsi, elle y réfléchirait à deux fois avant de le provoquer de nouveau.

C'était risqué ? Il prenait des risques tous les jours. Et il pouvait s'arrêter à sa guise et sortir de cette chambre.

Il recula d'un pas, histoire de mettre entre eux une distance plus sûre.

— L'ennui si je vous caresse, c'est que vous n'imaginez pas où cela peut mener.

— J'en ai une vague idée, dit-elle d'une voix un peu haletante et cependant teintée d'ironie. Rappelez-vous notre nuit de noces.

— Que vous n'avez pas appréciée.

— Je ferai mon...

— Si vous mentionnez une fois de plus ce fichu devoir conjugal...

Il n'acheva pas sa phrase. Il fallait qu'elle comprenne que jouer avec le désir, c'était comme jouer avec le feu. Ce n'était certes pas le seul problème, ni le plus grave, mais c'était tout de même un problème.

— Je ne devrais pas vous caresser, seulement, si je ne le fais pas, vous ne comprendrez jamais.

Il jeta un regard circulaire, avisa un petit bouquet sur la table de chevet : trois roses thé à moitié épanouies.

— C'est un vrai casse-tête, heureusement que votre mari n'a pas son pareil pour trouver des solutions.

Il prit une rose, pivota. Cassandra poussa un petit cri et baissa les mains. Des gouttes d'eau étaient tombées sur le haut de sa cuisse.

— Je vous prie de m'excuser.

— C'est maintenant que vous retrouvez vos bonnes manières ? marmonna-t-elle. Maintenant ?

Le sourire aux lèvres, il essuya doucement les gouttes d'eau. Il l'entendit prendre une brève inspiration et dut faire appel à toute sa volonté pour retirer sa main.

Il essuya sur son peignoir la tige de la rose, puis inclina la fleur vers Cassandra, qui avait l'air perdue. La taquiner ainsi n'était pas très gentil, mais il adorait cela.

— Je vais vous caresser sans vous toucher. Astucieux, non ?

Il plongea son regard dans le sien et effleura ses lèvres entrouvertes avec la rose. À la senteur suave de la fleur se mêlait un parfum plus entêtant : celui de Cassandra. Il promena la rose sur sa joue, sur son menton. Elle renversa la tête en arrière, offrant son cou à ses caresses. Il fit glisser complaisamment les pétales veloutés jusqu'au creux de sa gorge, là où battait son pouls, puis jusqu'à son sein. Il décrivit des cercles autour de la pointe dressée, remonta vers la clavicule et le cou, reprit sa lente promenade.

Il se demanda confusément s'il n'était pas devenu fou.

Elle laissa échapper un gémissement et pressa de nouveau ses paumes sur ses yeux. Un éclair de plaisir le transperça.

Oui, il était devenu fou.

— Tenez ça, dit-il d'un ton inutilement brusque.

Elle ouvrit les paupières, battit des cils et saisit la rose. S'efforçant d'ignorer la nudité de Cassandra et sa propre érection, Joshua alluma une deuxième chandelle et extirpa un mouchoir immaculé de sa poche. Il le déplia sur la courtepointe et entreprit de le replier, non sans mal car il se découvrait soudain étonnamment maladroit.

— Un bandeau ? dit-elle, déconcertée. On plie les mouchoirs de cette façon pour jouer à colin-maillard.

— Si vous ne me voyez pas, je ne vous vois pas non plus, c'est ce que vous avez dit, non ? Inutile par conséquent d'être timide.

— Vous êtes aussi bête que moi, rétorqua-t-elle avec un petit rire haletant.

Elle ne protesta cependant pas quand il lui banda les yeux. Et quand il l'allongea doucement sur le dos, elle se laissa faire.

Voilà, il l'avait touchée et le monde ne s'écroulait toujours pas.

— Ça va ? s'enquit-il, contemplant ce corps qui s'abandonnait avec confiance, cette peau que dorait la lumière mouvante des chandelles.

— Oui, je crois, souffla-t-elle, tendant la main à l'aveuglette et la refermant sur le devant de son peignoir. C'est très...

— Dévergondé ? Dites-le. J'adore la façon dont vous dites « dévergondé ».

— Peut-être, mais nous sommes mariés, lui rappela-t-elle, comme pour se rassurer. Cela doit donc être convenable.

— Convenable !

Il se mit à genoux sur le lit à côté de Cassandra et lui reprit la rose. Elle le chercha de nouveau à tâtons, trouva son genou, posa la main sur sa cuisse.

— Je vais vous dépouiller de votre bienséance, promit-il, jusqu'à ce que vous ne soyez plus que désir brut, sauvage, brûlant.

Cassandra n'aurait jamais imaginé que le dévergondage pût être aussi grisant. Être allongée sur ce lit, les yeux bandés, offerte au regard de Joshua, était un délicieux supplice.

Elle ne comprenait rien à ce jeu, mais elle découvrait, stupéfaite, qu'elle aimait y jouer. S'il était capable de faire naître en elle de telles sensations, elle était prête à faire tout ce qu'il voudrait.

La rose lui frôla la bouche.

— Les pétales n'ont pas tout à fait la couleur de vos lèvres, dit-il d'une voix qui lui évoqua un feu couvant sous la braise. Vos joues, en revanche, si... Elles rosissent pour moi.

Elle renversa la tête – un ordre muet auquel il obéit – et la rose frissonna sur son cou.

— Il y a juste assez de lumière pour que je voie votre pouls battre au creux de votre cou, murmura-t-il.

Son cœur s'était emballé, oui, le sang lui rugissait aux tempes. Elle essaya de respirer, de ne plus respirer, elle enfonça ses ongles dans la cuisse de Joshua. L'univers se limitait à présent à ces sensations : les muscles d'acier sous ses doigts, le matelas moelleux sous son dos, la soie du peignoir qui l'effleurait et les ondulations paresseuses de la rose sur sa poitrine. Elle se cambra et la fleur caressa obligeamment les pointes de ses seins. C'était si bon, si bon, et cependant ce n'était pas assez. Une sorte de miaulement lui échappa et Joshua ravala un grognement.

— Ces boutons-là sont d'un rose plus sombre que celui des pétales. Et je parie qu'ils sont plus sucrés.

Elle se surprit à rouler des hanches et eut du mal à s'arrêter. Toujours cramponnée d'une main à la cuisse de Joshua, elle se rendit compte que son autre main errait sur son ventre. L'arrêter ne fut pas facile.

— Je parie que vous avez la peau douce... Quel dommage que vous m'interdisiez de vous toucher.

Elle essaya de protester, de répondre qu'il pouvait la toucher, qu'elle ne le lui avait jamais interdit, que c'était lui qui avait édicté cette règle idiote, qu'il devait la toucher, au contraire, mais elle n'avait plus assez de souffle pour parler.

La rose glissa sur ses flancs. Elle vagabondait, trop légère, agaçante.

— Si vous m'en donnez l'autorisation, je vous toucherai là, dit-il, et là, en bas

La fleur s'attarda sur sa hanche et Cassandra serra instinctivement les jambes pour contenir la palpitation au creux de sa chair intime. La rose balaya son genou, sa jambe, puis rampa avec une lenteur torturante le long de la vallée entre ses cuisses jusqu'au triangle bouclé.

— Si seulement vous m'autorisiez, murmura-t-il.

Elle gémit, écarta spontanément les cuisses et se rendit compte que ses doigts avaient glissé sur son intimité. Elle eut vaguement honte de sa hardiesse, pas assez cependant pour s'arrêter.

Hélas, la rose impitoyable s'éloigna, se promena sur son ventre, ses côtes et le dessous de ses seins.

Perdant patience, elle agrippa le bras de Joshua.

— S'il vous plaît…

— Quel dommage que vous m'interdisiez de vous toucher et de vous embrasser.

— Je vous autorise, je…

La rose s'immobilisa.

— Pourquoi ?

— Je… je ne comprends pas.

La rose avait disparu. Il n'y avait plus pour les relier que sa main à elle sur son bras à lui. Se redressant à demi, Cassandra l'attira à elle.

Cette fois, il n'obéit pas. Il la recoucha doucement et se pencha sur elle. Il était tendu. Elle fit courir ses mains sur son dos et sentit ses muscles se contracter.

— Pourquoi ? répéta-t-il à mi-voix.

— Parce que je… je veux que…

Cela avait un rapport avec le mariage, le devoir, les enfants… Oh, elle ne savait plus, elle ne parvenait pas à réfléchir, il était si près, et elle sentait ses propres jambes s'enrouler autour des siennes.

— Je… C'est trop.

Il lâcha un juron. Allons bon, qu'avait-elle encore fait de travers ? Pourquoi était-il si compliqué ?

— Que ressentez-vous ? voulut-il savoir.

— Je… Partout… et c'est tellement… tellement…

— Ça vous plaît ?

— Je veux plus, mais aussi que ça s'arrête.

Elle passa le bras autour de son cou, plongea les doigts dans ses cheveux, essaya de l'attirer contre elle. Il ne céda pas.

— Pour que ça s'arrête, il n'y a qu'un seul moyen : il faut que je vous touche davantage.

— Oui, j'en ai besoin.

— C'est ce que vous voulez ?

— Oui, je ne veux rien d'autre. Je vous en prie...

— Oh, Cassandra !

Il posa une main ferme et chaude sur sa hanche. Elle sentit son souffle sur sa gorge, sa joue râpeuse. Elle s'entendit gémir quand les doigts de Joshua se refermèrent sur son sein.

Arrachant son bandeau, elle vit cette main hâlée sur son sein pâle. Joshua fixait sur elle un œil interrogateur, intense. Sans cesser de la regarder, il lécha son mamelon. Elle en frémit tout entière.

— Vous me rendez folle, gémit-elle.

— Nous sommes deux.

— Vous allez m'embrasser à présent ?

— Être embrassé est une idée fixe.

— Uniquement par vous.

Elle eut à peine dit ces mots qu'il s'emparait de sa bouche, l'explorant avec fièvre. Elle eut l'impression étrange qu'un brasier éclatait au fond de son corps. Affolée, elle écarta les pans du peignoir, glissa les doigts sous sa chemise – elle avait besoin de toucher sa peau. Il ne l'aidait pas, il semblait boire à ses lèvres l'eau nécessaire à sa survie.

Ce fut pourtant lui qui rompit leur baiser.

— Non, protesta-t-elle en s'accrochant à sa nuque. Embrassez-moi encore.

Cette fois, ce fut elle qui dévora sa bouche, l'empêchant de s'écarter. Elle voulait davantage et soudain sa main quitta son sein, glissa jusqu'à ses cuisses, qu'elle écarta aussitôt. Si elle ne savait trop ce qu'elle attendait, elle le sut à l'instant où sa main se posa sur cette douleur palpitante, là...

Elle se rejeta en arrière, le souffle court, les yeux rivés à ceux de Joshua.

Il la caressait, attisant le feu qui couvait en elle. Tel un magicien, il faisait naître en elle la houle d'un plaisir inconnu.

— Je vais vous embrasser comme vous n'auriez jamais imaginé l'être, chuchota-t-il avant de se redresser.

Sa bouche brûlante glissa sur sa gorge, ses seins, qu'il gratifia d'un baiser qui la fit se cabrer. Et puis soudain, elle sentit ses doigts de magicien s'insinuer en elle. Elle en eut un étourdissement.

— Joshua ! Vous... Je... Oh...

— Chut, mon ange Je n'ai pas fini de vous embrasser.

Implacable, il traça de sa bouche brûlante un chemin de baisers sur son ventre, puis lui ouvrit les cuisses, s'insinua entre elles... Non, ce n'était pas possible.

Si, ça l'était.

Elle se cambra, sa tête retomba sur l'oreiller. D'une main, il l'immobilisa tandis que sa langue impérieuse la fouaillait. Elle se tortilla, tentant d'échapper à cette délicieuse torture alors même qu'elle voulait qu'il continue jusqu'à la fin des temps. Et soudain, un spasme d'une violence inouïe la secoua tout entière. Elle poussa un cri.

Le cœur cognant dans sa poitrine, elle reprenait à peine ses esprits quand Joshua quitta le lit. Elle rouvrit les yeux, lui sourit, attendant la suite, attendant que lui aussi se donne tout entier.

Immobile à côté du lit, il la regardait. À présent, sa nudité ne l'embarrassait plus. Dans un instant, ils ne formeraient plus qu'un.

Elle tendit la main, mais il recula. Puis il fit un pas vers elle, recula de nouveau. Il paraissait indécis, ce qui ne lui ressemblait pas – il était toujours tellement déterminé.

Elle frissonna.

— Joshua ?

— Quoi ? aboya-t-il.

— Je... je crois que ce n'est pas tout. Nous...

Elle ne trouvait pas les mots pour dire ce qu'elle désirait.

— Cela ne... cela ne suffit pas pour faire un enfant.

— C'était suffisant. Je vous ai dit que je pouvais m'arrêter quand je le souhaitais.

Il ramassa la chemise de nuit et la lui lança. Elle l'attrapa par réflexe.

Joshua regagna sa chambre.

Un déclic. Il avait verrouillé la porte.

Il la laissait seule, nue, avec une rose qui commençait à se faner et cette douce palpitation au creux de sa chair qui refluait déjà.

Dès que Joshua eut tourné la clé dans la serrure, il chercha fébrilement à assouvir le désir qui le torturait. L'image de Cassandra envahissait son esprit – Cassandra douce et sauvage à la fois dans le plaisir, le goût de sa chair, ses gémissements, son cri.

Une fois soulagé, le dégoût de lui-même le submergea tandis qu'un grand vide se creusait en lui.

Il avait juste prévu de la taquiner, de la tourmenter un peu. Comment avait-il pu perdre à ce point le contrôle de la situation ? *Mais maintenant, j'ai la certitude qu'elle me désire.*

Pourtant, cela aussi, il le lui avait refusé. Il n'avait jamais connu de femme aussi généreuse, or il ne cessait de lui refuser ce qu'elle demandait. Et de s'en priver lui aussi. Et pour quel résultat ? Il n'avait réussi qu'à la blesser, à briser le lien fragile qui commençait à se tisser entre eux. Quel gâchis.

Félicitations, se fustigea-t-il. Il avait atteint son but. Quel stoïcisme, quelle force d'âme, quelle intelligence ! Un vrai héros. Un génie. Ah oui, quel homme !

Il se déshabilla, s'aspergea d'eau froide et se coucha dans son lit vide.

La veille, il n'avait pas dormi là, réalisa-t-il. Il avait dormi avec elle. C'était comme si une année entière s'était écoulée en une journée : Cassandra et Bolderwood, et Isaac et Cassandra.

Bon sang de bois, je suis un imbécile. Je n'aurais jamais dû jouer à ce jeu-là. Je n'aurais pas dû la quitter.

Il retapa son oreiller d'un coup de poing, se rallongea.

Je pourrais lui faire l'amour sans la mettre enceinte. Évidemment.

Il roula sur le flanc.

Non, ce serait déloyal. J'ai promis d'être honnête, ce serait un odieux mensonge.

Il roula sur le dos.

Une seule fois, ce ne serait pas si grave. Quels sont les risques qu'elle tombe enceinte la première et unique fois ?

Il se tourna sur le côté gauche, crispa les poings.

Je pouvais me perdre en elle et je l'ai quittée. Quel imbécile.

Je l'ai quittée.

Il inspira, expira, scruta l'obscurité. Un calme étrange l'envahit.

Oui, je l'ai quittée. J'ai dit que je pouvais m'arrêter et je l'ai fait.

Il n'avait donc rien à craindre.

16

Le lendemain, Cassandra, sir Gordon Bell et Das, installés autour de la grande table de travail dans le bureau de Joshua, attendaient que celui-ci les rejoigne. Il était, avait-on dit à Cassandra, quelque part dans la demeure. Elle ne l'avait pas vu depuis qu'il était sorti de sa chambre et elle serait heureuse de ne jamais le revoir. Comment pourrait-elle le regarder dans les yeux alors qu'elle s'était conduite comme une débauchée et qu'il l'avait humiliée en l'abandonnant ?

Il choisit ce moment pour entrer au pas de charge, referma la porte d'un coup de pied, créant un courant d'air qui fit voleter les papiers empilés sur la table.

Mortifiée, Cassandra s'absorba dans la contemplation des étagères.

— Vous êtes là, sir Gordon, parfait ! Finissons-en avec cette histoire absurde.

« Ce ne sera pas long, serre les dents », s'exhorta Cassandra.

Elle ne ferait pas attention à lui et réciproquement.

Sauf qu'il s'immobilisa à côté d'elle. Du coin de l'œil, elle vit qu'il l'observait. Il lui frôla l'épaule. Elle tressaillit, consciente qu'ils n'étaient pas seuls.

— Ça va ? demanda-t-il à mi-voix.

Elle fut bien obligée de le regarder. Il n'était pas rasé, ne portait pas de veste et sa cravate était sommairement nouée sur ce cou qu'elle avait mordillé la veille. Elle ravala un commentaire sur sa mise débraillée, assez lucide pour savoir que ce n'était pas cela qu'elle lui reprochait.

Du reste, elle n'avait pas meilleure apparence. Elle avait mal dormi, s'était levée tard et avait enfilé une vieille robe ample, car sa femme de chambre n'était pas disponible pour l'aider à lacer son corset. Occupée à mettre sa correspondance à jour, elle n'avait pas eu le temps de se changer. Heureusement, sir Gordon était un ami de la famille et Das était bienveillant. Joshua, quant à lui, était un monstre, par conséquent son opinion ne comptait pas.

Cela dit, pour un monstre, il affichait une expression d'une étonnante douceur, et elle se surprit à se remémorer la caresse de ses lèvres, à serrer les cuisses dont la peau était encore irritée par ses joues râpeuses.

— Ça va très bien, merci, souffla-t-elle.

— Tant mieux.

Il s'écarta et se mit à arpenter la pièce de sa démarche élastique, débordant d'énergie.

— Sir Gordon, il faut un certain type d'avocat pour traiter une affaire d'atteinte aux bonnes mœurs, déclara-t-il. Mes avocats habituels sont des experts en matière de commerce, mais en ce qui concerne l'adultère, il est préférable de s'adresser à un membre de la bonne société.

On ne choquait pas facilement sir Gordon. Les doigts en clocher sous le menton, il fixa son regard clair sur Joshua et ne répondit pas. Das, qui jouait avec son crayon, réprima un sourire.

— Mon mari a parfois du mal à s'exprimer, sir Gordon, intervint Cassandra. Croyez bien que nous vous sommes infiniment reconnaissants d'assurer sa défense.

— Je lui serai reconnaissant s'il réussit à régler cette affaire et à me permettre de reprendre le cours normal de mon existence, grommela Joshua.

Que c'était délicat de lui rappeler qu'elle ne faisait pas partie de son existence normale ! Il le lui avait clairement signifié la nuit dernière en la plantant là, une fois de plus. Il était formidablement doué pour la planter là.

Et aussi pour l'embrasser.

Elle serra de nouveau les cuisses en se demandant comment elle pouvait désirer être près de lui tout en le haïssant. Certes, elle devrait être près de lui pour l'étrangler.

— Concentrons-nous avant tout sur la preuve, qui est relativement substantielle, déclara sir Gordon.

Joshua s'immobilisa.

— La preuve ? Quelle preuve ?

— Si vous vouliez bien vous taire, Joshua, sir Gordon pourrait nous l'expliquer.

Ricanant, Joshua fonça vers la console et plongea la main dans le compotier rempli de friandises. Sir Gordon ouvrit son dossier et…

— Sacrebleu ! tonna Joshua. Ce ne sont pas des citrons confits.

— Bonté divine ! s'exclama Cassandra en tapant sur la table. Vous vous souciez de citrons confits alors que l'avenir de votre famille est en jeu ?

— Ce n'est pas d'une famille que j'ai besoin, c'est de citrons confits. Das ?

— Il n'y en avait plus, répondit le secrétaire. Ce sont des rahat-loukoums.

— Mais encore ?

— C'est une confiserie orientale.

Joshua pêcha un petit cube, l'étudia sous tous les angles.

— C'est rose, marmonna-t-il, l'air effaré. Et c'est sucré, ajouta-t-il en flairant le loukoum.

Il regarda Cassandra, esquissa un sourire, et une étincelle s'alluma dans son regard, attisant aussitôt un feu en elle. Il goba le loukoum, se lécha les doigts, mâcha lentement et avala sans la quitter des yeux.

— Cette friandise sent la rose, dit-il. J'aime ce qui est rose, sucré et qui sent la rose.

Cassandra sentit ses joues s'empourprer tandis que l'onde brûlante du désir se déployait dans son ventre. Dieu du ciel, ici, devant sir Gordon Bell – l'ami de son père, qu'elle connaissait depuis toujours – et Das !

Et Joshua, ce monstre, le savait !

Oh, l'étrangler, lui arracher les cheveux un par un ! Comment osait-il la taquiner de la sorte après ce qu'il avait fait cette nuit !

Un grand sourire aux lèvres, il posa le compotier près du coude de Cassandra et s'appuya contre la table à côté d'elle, car bien sûr, il ne pouvait pas s'asseoir simplement sur une chaise comme n'importe quel être humain.

— Goûtez-en un, ma chère. Vous pourriez aimer ça.

— Non, merci. Continuez, sir Gordon, je vous en prie. Nous ne vous interromprons plus.

Sir Gordon s'éclaircit la voix, lissa du plat de la main le dossier devant lui et regarda tour à tour Cassandra et Joshua.

— Il se trouve qu'au début de sa carrière, l'avocat de lord Bolderwood était l'un de mes assistants. Il a jugé... hum... préférable de communiquer les pièces du dossier dans l'intérêt des parties concernées.

Une pause.

— Cassandra... hum... madame DeWitt, reprit sir Gordon en lissant de nouveau le dossier. Vous souhaitez peut-être vous retirer ? M. DeWitt pourra vous résumer notre discussion.

En langage diplomatique : cela s'annonce mal.

— Mon mari est très occupé, sir Gordon. Inutile de lui faire perdre du temps.

— Vous risquez de ne pas apprécier ce que vous allez entendre.

— Eh bien, je ferai comme si cela n'existait pas. C'est ainsi qu'on réagit dans cette maison en général, semble-t-il.

Elle regarda Joshua sans ciller.

— Où est Isaac ce matin ?

Son mari étrécit les yeux. Il ouvrait la bouche pour répondre quand Das toussota, clouant miraculeusement le bec à son employeur, lequel se borna à marmonner :

— Continuez, sir Gordon.

— Il y a des témoins.

Sir Gordon sortit deux feuillets du dossier et les fit glisser sur la table, l'un vers Cassandra, l'autre vers Das.

— Trois domestiques et deux aubergistes déclarent avoir clairement vu les, hum, événements.

— *In flagrante delicto*, je suppose ? rétorqua Joshua. J'espère que, dans leur témoignage, ils donnent des détails aussi croustillants qu'explicites pour captiver la populace.

Il avait l'air de s'amuser, mais Cassandra le soupçonnait de dissimuler sa colère sous une désinvolture de façade. Il ne se rendait pas compte qu'en se comportant ainsi, il trahissait sa vulnérabilité. Il n'avait jamais appris qu'un sourire poli était l'armure la plus efficace. Absurdement, cela lui donnait envie de le protéger.

— Je me demande qui a rédigé leur témoignage, enchaîna-t-il. Vous croyez que lord et lady B. s'en sont chargés un soir, en sirotant du sherry et en pouffant de rire ?

Cassandra tira discrètement le compotier à elle.

— Ou est-ce lady B. qui a imaginé ça toute seule en s'inspirant de ses rêveries intimes ? À moins que ce ne soit lord B. qui s'est appuyé sur ses propres rêveries intimes ?

Cassandra pêcha un loukoum dans le compotier.

— S'ils veulent de l'argent, continua Joshua, ils devraient publier leurs histoires. Avec des illustrations, bien sûr. *Mémoires de Fanny Hill, femme de plaisir*[1] se vend toujours très bien sous le manteau, et si...

Cassandra lui fourra le loukoum dans la bouche et pressa ses doigts sur ses lèvres. Il lui décocha un regard outré, mais une lueur malicieuse brillait dans ses prunelles.

— Ne parlez pas la bouche pleine, mon cher, susurra-t-elle. Ce n'est pas poli.

Il n'eut d'autre choix que de mâcher en silence. Sir Gordon et Das retenaient à grand-peine un sourire. Cassandra indiqua la liste de noms.

— Isaac pourrait peut-être parler à ces gens ? suggéra-t-elle.

— Qu... qu'est..., bredouilla Joshua qui n'avait pas encore avalé son loukoum.

— Oui, c'est bel et bien une affaire de famille, confirma Cassandra. Je suis contente que vous soyez d'accord avec moi.

Elle sourit à Das.

— M. DeWitt souhaite que vous demandiez à M. Isaac de nous aider à régler le problème.

Joshua déglutit bruyamment.

— Je ne veux pas qu'il...

— Allons, le coupa Cassandra, c'est décidé et il n'y a pas de temps à perdre. Ensuite, sir Gordon ? enchaîna-t-elle.

— Le deuxième élément de preuve est constitué par quatre lettres, répondit l'avocat en tirant des feuillets du dossier. Elles sont prétendument écrites de la main de M. DeWitt, adressées à lady Bolderwood. Il y exprime son... euh... affection et son... hum... désir.

1. Roman de John Cleland, publié à Londres en 1748. Considéré comme le premier roman érotique anglais, il fut interdit pour obscénité pendant près de deux siècles. *(N.d.T.)*

Affection, désir. Cassandra n'avait jamais reçu de lettres d'amour comme celles que sir Gordon leur fit passer. Elles étaient brèves. Efficaces, comme son mari.

Qui était de nouveau furieux, mais cette fois, son visage était dur et froid, et une moue de dégoût lui tordait la bouche.

— La plupart de ces pages sont des copies, expliqua sir Gordon. Celle sur le dessus est censée être un original, pour comparer avec votre écriture.

Elle avait beau ne pas vouloir regarder, cette page l'attirait comme un aimant. Si elle ne connaissait pas l'écriture de Joshua – M. Newell consignait les messages qu'ils échangeaient –, elle aurait volontiers cru que c'était la sienne, car elle était quasiment illisible, comme s'il écrivait trop vite et trop énergiquement pour que sa plume suive le mouvement, si bien que l'encre bavait et faisait des pâtés.

Elle réussit néanmoins à déchiffrer la première ligne : *Ma chérie.*

Elle détourna les yeux, ignora la nausée qui lui serrait la gorge. L'affection, le désir, cela ne la concernait pas.

Joshua le pensait aussi, manifestement, car il rassembla les pages sans daigner la regarder.

— C'est moi qui ai écrit ces lettres, admit-il d'une voix dure. Mais elles n'étaient pas destinées à lady Bolderwood. Quelqu'un me les a volées. Si je ne m'abuse, c'est un délit.

Sir Gordon le considéra par-dessus son binocle.

— Le privilège de la pairie...

— Je me fiche de leurs satanés privilèges ! tonna Joshua en frappant la table du poing. Qu'ils me restituent les originaux de ces lettres ou je les abats comme des chiens. Ensuite !

Silence.

— Ensuite ! répéta Joshua qui se mit à marcher de long en large dans la pièce.

Cassandra tourna vers sir Gordon un regard implorant. Il sortit un autre feuillet de son dossier.

— Troisième et dernier élément de preuve : la date et l'heure des... rendez-vous galants de M. DeWitt et lady Bolderwood. Il serait bon que M. DeWitt puisse préciser où il se trouvait à ces moments-là.

Das saisit le feuillet et ouvrit son propre dossier.

— Je vais vous le dire. Je note tous les rendez-vous d'affaires et les déplacements de M. DeWitt.

Ils attendirent dans un silence tendu que Das procède aux vérifications. Jetant un coup d'œil à Joshua, Cassandra s'aperçut qu'il la regardait. Il pivota brusquement et alla se camper devant la fenêtre. Das rassembla ses papiers. Il paraissait embarrassé.

— Aucune date citée ne figure dans votre emploi du temps officiel, monsieur.

Joshua ne se retourna pas.

— Comme c'est intéressant, lâcha-t-il avec un calme inquiétant. Chaque prétendu rendez-vous galant correspond à un trou dans mon emploi du temps, et on a dérobé des lettres dans mes appartements. Voyons voir, qui a la possibilité d'y pénétrer ? Qui connaît par cœur mon emploi du temps ?

Il pivota d'un bloc et fixa Das qui ne détourna pas les yeux. L'atmosphère se chargea d'électricité.

— Non, protesta Cassandra. Il doit y avoir une explication logique et sans rapport avec... qui que ce soit ici présent.

— M. Isaac pourrait se pencher également sur cette question, suggéra froidement Das.

— Ce serait peut-être préférable, acquiesça Joshua. Il est là ?

Sans un mot, Das se leva et sortit de la pièce.

— Non, répéta Cassandra. Vous ne pouvez pas croire ça, Joshua.

Adressant un sourire d'excuse à sir Gordon, elle rejoignit son mari devant la fenêtre.

— Il y a forcément une autre explication. M. Das ne vous trahirait pas.

— Comment savoir s'il est digne de confiance ? Il était marié depuis des années et ne me l'a pas dit.

— À qui la faute ? Lui avez-vous seulement posé la question ? Vous êtes-vous intéressé à sa vie privée ?

— Il n'a pas de vie privée, il n'existe pas en dehors du travail.

— Alors comment pouvez-vous... Peu importe. Réfléchissez, dit-elle en encadrant le visage de Joshua de ses mains sans se soucier de sir Gordon qui s'affairait à ranger ses documents. Qui aurait pu faire ça ? Quelqu'un qui serait en mesure d'aller et venir librement dans votre maison. Qui aurait pu découvrir vos lettres et comprendre de quoi il s'agissait. Et qui avait aussi accès à votre emploi du temps.

Il semblait si perturbé qu'elle en eut le cœur serré et s'en voulut d'être aussi faible.

— Vous allez trouver la réponse. On m'a dit que vous n'aviez pas votre pareil pour trouver des solutions, ajouta-t-elle, se remémorant ses paroles quand il avait choisi la rose.

— On vous a dit ça ?

Une lueur si chaleureuse brillait dans son regard que Cassandra se sentit fondre. Elle aurait tout donné pour une caresse.

Mais il l'avait caressée, puis il l'avait plantée là. Il l'avait humiliée.

Elle s'écarta brusquement. Elle retournait s'asseoir quand un bruit, quelque part dans la maison, la cloua au sol.

— Vous avez entendu ? dit-elle.

— Entendu quoi ?

L'estomac noué, elle tendit l'oreille. Oui, un rire cristallin, reconnaissable entre mille.

— Non, ce n'est pas possible, murmura-t-elle.

Sauf que ça l'était. Un instant plus tard, le majordome apparut sur le seuil et annonça Mlle Lucy Lightwell et Mlle Emily Lightwell.

— Elle a amené Emily ? balbutia Cassandra, tandis qu'un autre éclat de rire résonnait dans l'escalier.

Elle pivota vers sir Gordon.

— Ma mère est seule à la maison, sir Gordon !

Il hocha la tête – il comprenait la situation mieux que quiconque.

— Je vais envoyer un messager et demander que quelqu'un veille sur elle. Je vous laisse, ajouta-t-il en glissant ses dossiers sous son bras. M. DeWitt et moi nous mettrons d'accord concernant la prochaine étape. Prévenez-moi si vous avez besoin de moi.

— Je vous solliciterai très prochainement, lança Cassandra en passant devant lui. Pour me défendre, quand j'aurai tué ma sœur.

17

Joshua rattrapa Cassandra alors qu'elle pénétrait dans le salon en s'écriant :

— Lucy, comment as-tu pu ? Tu ne sais donc pas qu'il est dangereux de voyager seule ?

— Soyez indulgente, révérende mère Cassandra. Je n'ai pas fait tout ce chemin pour que tu me houspilles.

Cette voix mélodieuse et ironique était celle d'une jeune femme aux cheveux de jais, aux grands yeux verts et au visage si délicat que Joshua manqua de trébucher. Une jeune fille rousse, à l'air terriblement anxieux, se tenait près d'un guéridon, la main sur un grand panier d'osier.

— Personnellement, j'aime bien que Cassandra me houspille, déclara-t-il.

Il s'approcha d'elle et posa la main au creux de ses reins. Cette fois, elle ne s'écarta pas.

— Vous devez être la légendaire Lucy.

Celle-ci le détailla de pied en cap.

— Et vous êtes sans doute... Oh, mon Dieu ! murmura-t-elle en fixant un point derrière Joshua.

Il se tourna à demi et découvrit, nonchalamment appuyé sur sa canne, Isaac et son sourire ravageur.

Lucy considéra tour à tour les deux frères.

— Lequel de ces deux séduisants gentlemen est M. DeWitt ?

— Nous le sommes tous les deux, répondit Joshua dont l'humeur s'améliorait.

— Deux M. DeWitt ! roucoula Lucy en s'avançant, gracieuse et coquette en diable. Je ne m'étonne plus que ma sœur ait gardé son mari sous cloche : elle en avait deux ! Tu es avide, Cassandra. Dire que tu te fâches quand je regarde le fils du boulanger.

— Le fils du boulanger est fragile. Quand tu lui lances une œillade, il est tellement bouleversé qu'il en oublie le pain.

— Dis-moi comment ça fonctionne, une femme avec deux hommes, rétorqua rêveusement Lucy.

— Je pourrais vous faire un dessin, proposa Joshua, ce qui lui valut un coup de coude dans les côtes.

Il commençait à s'amuser. Mais avant qu'il ait pu taquiner Cassandra, Das entra.

Joshua se rembrunit. Pas Das. Faites qu'il ne soit pas coupable.

— Oh, regardez cela ! Vous avez la peau noire, susurra Lucy au secrétaire.

— Lucy ! gronda Cassandra.

Joshua ne dit rien, curieux de voir ce qui allait se passer.

— Et vous, vous avez la peau rose, rétorqua Das.

— Non, pas du tout. Je suis blanche.

— Rose, s'entêta Das, avant d'indiquer la jeune Emily du menton. Et votre sœur a le teint verdâtre.

Une lueur de surprise vacilla dans les yeux de Lucy, puis un lent sourire lui incurva les lèvres. Un sourire authentique, devina Joshua.

— Je suis rose, elle est verte, et nous broyons toutes les deux du noir !

Apparemment ravie, Lucy s'approcha de Das d'un pas léger.

— Je vous aime bien. Vous savez danser la valse ?

— Mon épouse me l'a apprise.

— Comme c'est charmant, rétorqua Lucy, provocante. Quand vous aurez valsé avec moi, vous ne vous souviendrez même plus du nom de votre femme.

— Si vous croyez ça, c'est que vous ignorez tout de l'amour et du mariage.

Le masque de Lucy, d'une beauté à se damner, se fissura, révélant le visage d'une jeune fille vulnérable et perdue. Lucy est cassée, avait déclaré Cassandra, et Joshua commençait à comprendre ce qu'elle voulait dire.

Soudain Lucy se remit à rire et, rejoignant sa sœur de son pas sautillant, elle souleva le couvercle de son panier.

— J'ai un cadeau pour vous, révérende mère Cassandra !

Une créature sauta du panier et fonça droit vers Joshua. Il eut à peine le temps de comprendre qu'il s'agissait d'un chat que déjà ce dernier grimpait le long de sa jambe et se perchait sur son épaule, sa queue lui fouettant le visage.

Joshua se tortilla pour attraper le matou qui feula, toutes griffes dehors.

— Non, Bêta ! s'écria Lucy. Pas ça !

— Comment m'avez-vous appelé ? grommela Joshua, crachant des poils de chat.

Hilare, Lucy s'avança vers lui, les mains tendues. Il recula d'instinct et poussa un soupir de soulagement quand Cassandra vola à sa rescousse et s'interposa entre sa sœur et lui. Elle caressa le chat, qui se calma.

— Bêta, c'est le nom que j'ai donné au chat que vous m'avez envoyé, dit-elle, les yeux pétillants de malice. Cela lui va comme un gant. Il est têtu et se conduit parfois très mal, mais il est adorable quand on lui caresse le ventre comme il faut.

Des images affolantes surgirent dans l'esprit de Joshua – Cassandra lui caressait le ventre, et réciproquement, leurs ventres se frottaient l'un à l'autre...

— Et vous prétendez être gentille, dit-il.

— Je n'ai jamais rien prétendu de tel.

Alors commença ce qui ne pouvait être que le châtiment pour la stupidité dont il avait fait preuve la veille.

Elle leva les bras et s'appuya contre lui. Il dut poser les mains sur ses hanches pour ne pas perdre l'équilibre et supporter bravement cette torture, le parfum fleuri de sa femme amollissant sa cervelle et durcissant une certaine partie de son anatomie, tandis que Cassandra susurrait des mots doux au chat et le prenait dans ses bras.

Le satané matou se mit à ronronner, à frotter sa tête contre le menton de sa maîtresse et à se lover dans ses bras, une patte posée sur sa poitrine. Joshua regarda fixement les doigts de Cassandra qui gratouillaient les oreilles du chat et se maudit une fois de plus.

À cet instant, Dieu merci, Newell entra dans le salon.

La jeune fille rousse s'anima soudain.

— Monsieur Newell ! s'exclama-t-elle en courant se jeter dans les bras du secrétaire. Vous m'avez manqué. J'ai une foule de choses à vous raconter.

Joshua jeta un coup d'œil à Cassandra. Il eut juste le temps de voir son expression peinée avant qu'elle baisse de nouveau la tête et continue à caresser le chat. Il réalisa alors qu'Emily n'avait pas dit un mot à sa sœur et que Lucy lui avait manifesté de l'animosité. Après tout ce que Cassandra avait fait pour elles ! Avaient-elles idée de ce que leur aînée avait sacrifié pour elles ?

Il jetterait volontiers ces ingrates à la rue, pour les punir de traiter aussi mal Cassandra, mais celle-ci objecterait, bien sûr. Du reste, il était mal placé pour les critiquer, lui qui s'était si mal comporté avec elle.

Newell, qui décidément méritait son salaire, emmena les deux sœurs à l'étage. Das et Isaac discutaient à voix basse sur le seuil du salon, et Cassandra se consolait avec son chat.

Deux semaines plus tôt, Joshua était heureux d'être seul dans cette immense maison vide, maintenant envahie par une épouse, un secrétaire, un frère, deux sœurs et un chat. Oui, c'était bel et bien une invasion. Il aurait voulu être irrité, mais il ne songeait qu'au chagrin qu'il avait lu sur le visage de Cassandra.

— Je suis désolée, dit-elle tout en berçant le chat. Je ne me doutais pas qu'elles viendraient.

— Elles ont l'air d'aimer beaucoup Newell.

— Elles le considèrent comme un oncle. C'est déplacé, j'en ai conscience, mais je suis très occupée et nous ne parvenons pas à garder une gouvernante.

— Pourquoi, ce n'est sûrement pas une question d'argent ?

— C'est plutôt Lucy le problème, soupira-t-elle. Je vais les ramener à Sunne Park. Peut-être qu'à nous deux, M. Newell et moi, nous réussirons à les faire monter dans une berline.

Ce qui signifiait qu'elle aussi quitterait Londres, et que sa vie reprendrait enfin son cours normal.

Parfait.

— Puisqu'elles sont là, autant qu'elles restent, grommela-t-il. Il faut marier votre sœur Lucy. Qu'elle fasse ses débuts sans attendre.

Elle le dévisagea, surprise.

— Vous vous rendez certainement compte qu'elle dit des énormités. Elle n'est pas prête à affronter la bonne société.

— Elle est tout à fait prête. La question serait plutôt : la bonne société est-elle prête à l'accueillir ?

— Vous avez envie de semer la zizanie, décréta-t-elle. Voilà pourquoi vous êtes si accommodant tout à coup.

— Quel cynisme, ma chère madame DeWitt ! Je vous propose simplement mon aide pour lui dénicher un mari.

Comme elle lui décochait un regard sceptique, il poursuivit avec jubilation :

— Quel dommage que le Régent n'ait pas besoin d'une épouse ! Votre Lucy ferait une reine magnifique. Elle précipiterait le royaume dans le chaos en un clin d'œil.

Cassandra le gratifia d'un faible sourire.

— Si seulement elle pouvait rencontrer quelqu'un qui... qui la comprenne, l'aime et la rende heureuse. Elle n'est pas méchante, elle... elle le mérite amplement, acheva-t-elle dans un soupir.

Cassandra aussi le méritait. Hélas, elle n'avait que lui !

Malgré ce qu'il lui avait fait cette nuit, elle l'avait soutenu, taquiné et réconforté après la trahison de Das.

— Buchanan, dit-il tout à trac, les rouages de son cerveau se remettant à tourner. Vous aviez raison.

Elle écarquilla les yeux, déconcertée.

— Qui est Buchanan ?

— Le précédent secrétaire. Un garçon intelligent mais paresseux. Il avait accès à toutes ces informations et il a démissionné récemment. Tout concorde !

Il lui planta un baiser sur le front et lui sourit.

— Vous êtes un trésor. Das !

En deux enjambées, il rejoignit Das et Isaac qui l'observaient avec circonspection.

— C'est Buchanan ! dit-il. Allons lui trancher les jarrets.

Ce n'étaient pas des excuses en bonne et due forme, mais Das parut s'en contenter.

— Avec plaisir.

— Isaac, rends-toi utile. Débusque ces fameux témoins et tire-leur les vers du nez. Argent, coups de poing, charme, je te laisse le choix des armes.

Joshua tendit la liste de noms à son frère et chiffonna les lettres dans sa main. Cassandra les avait rejoints, le chat dans les bras. Elle fixa les lettres, puis elle plaqua sur son visage ce sourire poli qu'il détestait et se dirigea vers l'escalier.

— Excusez-moi, je dois installer Bêta et le nourrir.

Il la regarda monter l'escalier. Il lui parlerait de ces lettres. Elle comprendrait, le monde ne s'effondrerait pas, les souvenirs ne s'effaceraient pas. Elle avait le droit de savoir.

Il se tourna vers Das.

— Le grand-père de Cassandra, le duc de Sherbourne... les investissements que je lui conseille lui rapportent pas mal d'argent, n'est-ce pas ?

Das lui décocha un regard pensif.

— En effet. Grâce à vous, ses coffres se sont remplis.

— Pourtant, quand ma femme a demandé de l'aide à la duchesse, on lui a fermé la porte au nez. Je ne suis pas sûr de pouvoir continuer à faire des affaires avec un homme dont l'épouse traite aussi mal la mienne. Je l'expliquerai au duc de vive voix. Arrangez-moi un rendez-vous.

— Excellente idée.

Joshua jeta un coup d'œil en haut de l'escalier, puis en bas, où se trouvait son bureau. Il avait du travail.

— Votre femme vous apprend vraiment à valser, Das ?

— Oui, elle m'a rejoint à Londres.

Das examina ses ongles.

— Elle a hâte de faire la connaissance de Mme DeWitt et suggère que vous veniez dîner chez nous un soir.

Ma foi, c'était une surprise. Joshua ne rencontrait jamais la famille de ses secrétaires. En outre, la petite-fille d'une duchesse n'était pas censée mettre les pieds dans la maison d'un employé. Mais Cassandra aimait rencontrer des gens, elle arguerait que Das était bien plus qu'un employé, et Joshua était curieux.

— Dites-lui d'envoyer une invitation, trancha-t-il. C'est sans doute une grave infraction à l'étiquette, mais Cassandra décidera.

Il regarda les lettres dans sa main, l'escalier, le palier.

— Je peux m'occuper de Buchanan avec M. Isaac, si vous avez autre chose à faire, proposa Das.

— Oui, je dois juste… Très bien, marmonna Joshua en se dirigeant vers l'escalier.

Cassandra était seule dans sa chambre, en train d'inspecter une robe. Lorsqu'il apparut sur le seuil, elle lui adressa un sourire poli et croisa à peine son regard. Il ne supportait pas sa politesse quand elle s'en revêtait comme d'une armure. Il ne l'en avait dépouillée la veille que pour l'obliger à la porter de nouveau.

Il était le seul fautif.

— Où est le chat ? s'enquit-il.

— Ma femme de chambre s'occupe de lui.

— Où va-t-il dormir ?

— En principe, il dort avec moi. À moins que lui aussi ne prenne la fuite au milieu de la nuit.

— Ah.

Il se risqua à regarder le lit. Son mouchoir était sur la table de chevet, soigneusement plié à côté des trois roses dans leur vase, dont l'une était légèrement flétrie.

Il tourna la tête vers Cassandra, qui baissa vivement le nez et fit mine d'examiner l'ourlet de la robe.

— Elle est très belle, n'est-ce pas ? dit-elle, chassant d'une pichenette un grain de poussière imaginaire. Je parle de Lucy.

— Extraordinairement belle, acquiesça-t-il, tout en songeant que ce n'était pas cette sœur-là qui le fascinait. L'autre, la rousse…

— Emily.

— Elle aussi sera une beauté, un jour.

— Oui. Quant à ma sœur Miranda, on l'appelait l'Incomparable.

— Je l'ai entendu dire.

— Mes sœurs sont de véritables beautés.

— Certes.

Il regarda les lettres dans sa main. Quelque part, au bout du couloir, fusa un rire cristallin. Joshua referma la porte pour éviter que des sœurs en maraude viennent les déranger et, après une brève hésitation, la verrouilla. Il surprit le coup d'œil que lui lançait Cassandra avant de se concentrer de nouveau sur l'ourlet de la robe.

— Bon, dit-il.

Il s'avança dans la pièce et jeta les lettres sur un guéridon.

— Si vous avez fini d'aller à la pêche aux compliments...

— Je n'ai pas besoin de compliments, riposta-t-elle, les joues rouges. Je vous fais la conversation, parce que c'est ce que font les gens bien élevés. Mais je présume que vous n'êtes pas là pour parler de mes sœurs.

— Pas vraiment, non. Voulez-vous que je vous parle des lettres que j'ai écrites à ma femme ?

— C'est moi qui suis votre...

Elle s'interrompit et le gratifia de son insupportable sourire.

— Cela ne me regarde pas.

S'emparant d'une brosse, elle entreprit d'épousseter l'ourlet avec une férocité propre à terroriser n'importe quel grain de poussière, imaginaire ou pas.

— Et vous dites que je suis impossible, grommela-t-il. Vous êtes exaspérante.

— Moi ? Qu'ai-je encore fait ?

— Essayez d'être un peu honnête. Ce serait rafraîchissant.

— Vous insinuez que je suis malhonnête ?

— Vous l'êtes, sauf quand vous êtes ivre ou lascive. Vous pensez que la politesse est une vertu, mais si je peux me permettre, c'est assommant.

— Ma foi, si dire ce que vous pensez ne vous gêne pas, tant mieux pour vous.

— Vous devriez essayer.

Elle lâcha la robe et s'approcha d'un pas vif.

— Très bien ! Je veux que vous me parliez de votre première femme. Expliquez-moi pourquoi elle était si merveilleuse que la perspective de coucher avec moi vous fait fuir à toutes jambes, comme si j'étais une créature repoussante.

Elle reprit son souffle, braquant la brosse sur lui.

— Et ne vous avisez pas de me traiter de malhonnête sous prétexte que je suis polie, alors que vous vous cachez derrière votre travail. Je m'étonne que vous trouviez ne serait-ce qu'une minute, dans votre emploi du temps chargé, pour me rendre visite.

Elle pivota, ramassa la robe et se remit à brosser furieusement l'ourlet.

— Je travaille, gronda-t-il en s'approchant à son tour. Je ne suis pas de ces gentlemen que vous appréciez et qui ne font rien de leurs dix doigts. J'ai de multiples activités. Je suis ainsi et ma vie me plaît comme elle est.

— Dans ce cas, retournez à vos activités. Vous savez où est la porte. Veillez à la fermer à clé pour que je ne vienne pas vous violer.

Il lui arracha la brosse des mains. Elle tenta de la reprendre, en vain.

— Donnez-moi cette brosse, ordonna-t-elle. Que je puisse m'habiller et quitter cette maison !

— Je ne vous trouve pas repoussante.

— Quel flatteur ! Retenez-moi, je vais défaillir.

— Sacrebleu ! tonna-t-il en envoyant la brosse à travers la pièce. Cassandra...

— Vous êtes encore là ? Je m'en voudrais de vous retarder.

Elle lui décocha un regard noir.

— Vous connaissez cette formule diplomatique. Elle signifie : fichez le camp.

Elle s'écarta, pirouetta, comme si elle dansait. Sans doute entendait-il la même musique, car il l'agrippa, la fit tourner sur elle-même et l'attira contre lui. Il ne connaissait pas cette danse, mais il connaissait le pas suivant : l'enlaçant, il s'empara de ses lèvres.

18

Ce fut l'étincelle qui ralluma l'incendie de la veille. Joshua avait si faim de Cassandra que la goûter ne suffirait pas, il le savait.

Pourtant, il se força à relever la tête.

— Vous n'êtes pas repoussante.

— Vous êtes impossible.

— Vous êtes parfaite.

Et comme il ne savait pas quoi dire d'autre, il reprit sa bouche.

Il l'embrassait avec la force des mots qui lui échappaient, et cette fois, elle lui rendait son baiser avec la même violence. Quand ils reprirent leur souffle, Cassandra tira sur sa chemise, qui était trop longue comme toutes les chemises d'homme – pourquoi diable fallait-il qu'ils soient toujours ligotés par des mètres de tissu ? Impatient, il tira sur sa robe, libéra ses seins qu'il couvrit de baisers et de caresses, mais ce n'était pas assez, ce ne serait jamais assez.

— Joshua, je ne peux pas... Oh... je...

Il recula, affolé, puis comprit que sa robe était coincée et qu'elle n'arrivait pas à s'en dépêtrer. Il fit glisser le corsage sur ses épaules et jusqu'à sa taille.

Il n'eut pas le loisir d'admirer le spectacle, car elle noua les bras autour de son cou, les yeux étincelants, les joues en feu et les cheveux en bataille. Elle écrasa ses lèvres sur les siennes et il la plaqua contre lui, mais…

… cela ne suffisait pas.

Il la porta jusqu'au lit, l'y allongea. Elle se cramponnait à son cou comme si elle avait peur de tomber.

— Joshua, souffla-t-elle, qu'est-ce que vous faites ?

— Je vais faire l'amour à ma femme.

— Au milieu de la journée ?

— Vous avez lu dans vos manuels de savoir-vivre qu'un homme ne doit pas faire l'amour à sa femme au milieu de la journée ?

— Ils n'abordent pas ce genre de sujet.

— Dans ce cas, vous devriez changer de manuel.

Elle pouffa de rire et se renversa sur les oreillers, soulevant les hanches pour qu'il puisse retrousser sa jupe sur ses jambes gainées de soie, ses cuisses crémeuses, sa féminité chaude et humide. Il y posa la main et elle se cambra en gémissant. Alors il se positionna entre ses cuisses, baisa sa bouche tendre, et soupira de bonheur lorsqu'elle glissa la main sur son torse.

— J'ai besoin de toi, s'entendit-il bredouiller tout en déboutonnant maladroitement sa braguette. J'ai besoin de…

Sa verge jaillit, enfin libre, et il baissa son pantalon sur ses cuisses. Les mains de Cassandra étaient chaudes et avides, elles couraient sur ses hanches, lui agrippaient les fesses.

— Qu'est-ce que tu me fais, lui grogna-t-il à l'oreille. Je… Seigneur, tu me rends fou.

— C'est vrai ? chuchota-t-elle, surprise et pas peu fière.

— Oui. Toi. Seulement toi.

Les mains vagabondes se faufilèrent sur son ventre, heurtèrent son sexe. Cassandra ravala une exclamation, se figea, et il lui murmura que c'était bien, que c'était bon. Elle s'enhardit à le toucher, doucement, timidement – une divine torture.

N'y tenant plus, il lui ouvrit plus largement les cuisses, la souleva. Elle creusa les reins, ses yeux tels deux lacs profonds rivés aux siens. Il plongea en elle, bouleversé par la tiédeur de cette chair qui l'accueillait.

Elle enfonça les ongles dans son dos et il eut peur. Il était trop brutal, trop pressé.

— Cassandra, mon ange ? Tu as mal ?

Elle le regardait sans le voir. Puis ses cils frémirent et ses paupières se fermèrent.

— Oh..., souffla-t-elle.

Elle ondula des hanches, et il sentit ses muscles intimes l'enserrer. Oh, Seigneur, merci !

S'inclinant, il aspira la pointe d'un sein entre ses lèvres, la suça doucement. Elle gémit et ondula de nouveau.

Il se retira lentement, plongea de nouveau, et lorsqu'il glissa une main entre eux, elle se pressa contre. Très vite, elle trouva son rythme et son plaisir. Elle savait ce qu'elle voulait et découvrait comment l'obtenir.

— Prends ton plaisir, souffla-t-il. Utilise-moi, prends tout ce que tu veux.

Il la caressait, la contemplait, émerveillé, comme s'il était témoin d'un miracle. Et quand il sentit monter en elle un cri d'une douceur inouïe, quand le plaisir l'inonda, il crut que son cœur allait éclater.

Elle s'arc-bouta, l'emprisonnant entre ses cuisses, lui griffa le dos, et il s'abandonna, se répandit en elle. Lorsque les spasmes de la jouissance refluèrent, il ne se retira pas. Leurs cœurs battaient à l'unisson, leurs corps soudés étaient humides de sueur. Il était heureux.

Levant la tête, il la contempla : elle avait les paupières closes, ses longs cils dessinaient des croissants d'ombre sur ses pommettes, sa gorge était marbrée de rose. Elle était magnifique dans cette lumière.

La lumière du jour.

Peu à peu, il prit conscience de ce qui l'entourait. Des détails. Les mètres de tissu froissé entre eux – la robe de Cassandra et sa propre chemise, sa culotte de daim baissée sur ses cuisses, ses bottes... Nom d'un chien, il avait gardé ses bottes ! Un vrai hussard.

Puis il entendit le fracas des voitures dans la rue, les voix des domestiques dans le couloir, des bruits de pas au-dessus de leurs têtes.

— Bon sang de bois, marmonna-t-il.

Elle ouvrit les yeux - ils étaient couleur d'ambre, pailletés de vert.

— Qu'est-ce qu'il y a ? demanda-t-elle.

— On est au milieu de la journée.

— Ah oui, j'avais oublié, dit-elle avec un petit rire.

Elle écouta à son tour les échos du monde qu'ils avaient quitté un moment.

— Seigneur, gémit-elle, j'ai crié, non ? Je ne sais plus. Et s'ils ont entendu ? S'ils ont compris que nous... Oh, mon Dieu !

Elle s'efforçait de réconcilier la Cassandra mondaine et la Cassandra intime. Elle était adorable et il était incroyablement content de lui. Le sourire aux lèvres, il se résigna à quitter le havre de son corps alangui, lui caressa les cheveux, l'embrassa.

— Nous sommes mariés, lui rappela-t-il. C'est donc tout à fait convenable.

— Convenable ! répéta-t-elle. Espèce de monstre !

Elle lui donna une tape sur le bras et il l'embrassa de nouveau, longuement.

— J'ai gardé mes bottes, c'est plutôt grossier. J'aurais dû te faire l'amour cette nuit.

— Oui.

— J'en avais envie. Je...

Il était une fois de plus à court de mots, mais elle n'insista pas.

— C'était très différent de notre nuit de noces, reconnut-elle. J'étais inquiète, mais c'était... merveilleux.

Il ne dit rien. Se demander si les choses entre eux auraient pu être différentes ne servait à rien.

Soudain, le rire cristallin s'éleva quelque part dans la demeure, une voix chantante lança un « révérende mère Cassandra ! » et une autre – peut-être celle de Newell – répondit.

— Dieu du ciel, soupira Cassandra. J'avais oublié qu'elle était là.

Joshua se rengorgea. Au moins, il pouvait être fier de lui avoir fait oublier sa sœur.

Ils s'aidèrent mutuellement à se rhabiller. Cassandra se concentra sur ces gestes coutumiers. Le monde alentour lui semblait étrange. Son corps lui semblait étrange. S'habiller avec un homme était d'une ahurissante étrangeté.

Dans cette atmosphère de douce intimité s'insinua cependant un malaise.

À cause des lettres, bien sûr.

Elles étaient sur la table et prenaient trop de place. Cassandra s'en saisit et les tendit à Joshua.

— Tout va bien. Je savais déjà que tu l'aimais.

Il prit les lettres, les considéra un instant.

— Ce n'était pas un mariage d'amour, mais nous étions amis. Je lui ai écrit ces lettres après sa mort. Elle me manquait.

Cassandra vit le chagrin dans ses yeux, mêlé à la colère.

— Et ils te les ont volées ! s'indigna-t-elle. Je te jure que si tu ne les tues pas, Joshua, c'est moi qui m'en chargerai.

— Ils n'en valent pas la peine, rétorqua-t-il en lui effleurant la joue. On les écrasera facilement.

Il se campa devant le miroir pour renouer sa cravate qu'elle avait allègrement chiffonnée. Il ne lui demanda pas son aide et elle ne la lui proposa pas. Elle l'observait en songeant que les humains étaient de curieuses créatures, capables de vivre une expérience comme celle qu'elle venait de vivre – l'amour physique, cette force phénoménale qui vous expédiait dans les étoiles – et juste après de s'absorber dans la routine quotidienne comme rien ne s'était passé.

À vrai dire, elle ne savait pas trop ce qui s'était passé, ni ce qui s'ensuivrait.

— Comment as-tu rencontré Rachel ?

— C'était la fille de John Watkins, le propriétaire des manufactures où ton père m'avait fait engager comme garçon de courses. J'ai grimpé les échelons et à dix-neuf ans, j'étais le bras droit de Watkins. Il me préparait à lui succéder. Rachel était son unique enfant, elle avait vingt-sept ans et n'était pas mariée. Elle souhaitait diriger l'affaire familiale, mais son père ne la prenait pas au sérieux, et elle avait la conviction qu'il en allait de même pour ses soupirants. Elle a proposé de m'épouser, à condition que je lui permette de diriger avec moi les usines paternelles.

— Et tu le lui as permis ?

— J'aurais été stupide de ne pas le faire. Elle était remarquable, elle connaissait la production et la gestion sur le bout des doigts. Watkins ne s'est jamais rendu compte qu'elle était formidablement douée. Il pensait toujours que, si ça marchait bien, c'était grâce à moi.

Il tapota sa cravate, pas très bien nouée, et haussa les épaules.

— Que les hommes puissent décider que certains enfants ne valent rien à cause de leur naissance, de leur classe sociale, de leur sexe ou de leur couleur de peau me sidère. Que de richesses perdues en les excluant !

— C'est ce qui t'est arrivé.

— Qu'est-ce que tu racontes ?

— Tu étais le fils d'un comte et du jour au lendemain la bonne société a décrété que tu ne valais rien.

Tu as prouvé le contraire à tous ces gens. Tu aurais pu baisser les bras, sombrer dans l'amertume. Tu as travaillé, tu as appris, et maintenant tu veux construire un monde plus juste.

— Tu penses que je... mais je suis juste...

Il ravala un grognement agacé, fourragea dans ses cheveux.

— Il faut que j'y aille.

— Est-ce que...

Elle fit une pause.

— Je suppose que je dois annuler mes projets pour la soirée. Je resterai avec Lucy et Emily afin de réfléchir à ce que je vais faire d'elles. Tu dîneras avec nous ? Je...

— Pour le dîner, je ne sais pas. Mais je te rejoindrai cette nuit, si tu veux bien de moi. Une fois ne me suffit pas.

Joshua travailla d'arrache-pied jusqu'à une heure avancée. Puis il alla retrouver Cassandra, il lui fit l'amour comme il le fallait – sans la moindre barrière de tissu et à la lueur des chandelles.

Quand celles-ci furent consumées, que Cassandra fut blottie dans ses bras, il murmura dans la pénombre :

— Rachel et moi avons eu un fils.

Elle se redressa sur son séant. Il faisait trop sombre pour qu'il puisse voir son expression – c'était justement pour cette raison qu'il avait attendu que les chandelles s'éteignent.

— Je l'ignorais. Mon père ne me l'a pas dit. *Tu* ne me l'as pas dit.

— L'occasion ne s'est pas présentée.

— Mais quand j'ai exprimé le désir d'être mère, tu aurais pu me dire : j'ai eu un enfant et je l'ai perdu.

Il l'attira contre lui. Elle ne résista pas.

— Il avait à peine cinq ans lorsque...

Il ferma les yeux.

— Il allait bien, brusquement il est tombé malade et il est mort. Rien n'aurait pu le sauver. C'était... le hasard. Cette façon qu'a le monde de nous rire au nez pour nous rappeler que nous ne contrôlons rien.

— Je suis tellement désolée.

— Je ne veux pas de ta compassion.

— Tant pis, tu l'as quand même.

Son cœur cognait dans sa poitrine, il avait trop chaud tout à coup. Si elle le remarqua, elle n'en dit rien. Elle lui caressait la poitrine avec une infinie douceur et peu à peu il se calma.

— Comment s'appelait-il ? murmura-t-elle.

— Samuel.

Il se concentrait sur la main fine qui glissait sur son torse, s'attardait sur son ventre.

— Comment était-il ?

Il avait tant d'images dans sa tête et si peu de mots. Cassandra déposa un baiser dans le creux de sa clavicule.

— C'était une petite tornade. Il ne marchait pas, non, il courait, il sautait. Il voulait tout comprendre, tout savoir. Quand j'ai dû répondre à ses questions, j'ai compris que je ne savais pas grand-chose.

Il scrutait la pénombre, les souvenirs du passé dansant devant ses yeux. Il avait tellement peur de les perdre.

— Mon frère Bram, avec ce sens de l'humour qui n'appartient qu'à lui, avait envoyé des Indes une peau de tigre. Rachel la trouvait horrible, alors bien sûr, pour l'embêter, je la sortais de temps en temps et l'étendais sur le sol. Samuel l'adorait. Il lui parlait pendant des heures, et souvent nous le trouvions endormi sur le tapis, les bras autour de la tête du tigre. Nous lui disions toujours qu'il était notre bébé tigre.

Il se tut et elle ne lui posa pas de questions. Elle attendit patiemment qu'il poursuive.

— Après sa mort, Rachel... Elle avait besoin de s'occuper, d'agir. À l'époque, nous fournissions des logements à tous nos employés – nous partagions les idées de Robert Owen[1]. Rachel a décrété que tous les pauvres gens de Birmingham devaient avoir un logement décent et elle a entrepris de restaurer des bâtiments délabrés. Un jour, l'un de ces bâtiments s'est effondré. Elle était dedans.

— Oh, Seigneur !

— Je les ai tous rasés et j'en ai construit d'autres. Cela ne m'a pas ramené Samuel ni Rachel.

Ici, dans cette chaude pénombre, le monde disparaissait et il lui semblait qu'il pouvait ouvrir son cœur à Cassandra. Elle lui caressait les cheveux et il se laissa consoler.

Juste avant de s'endormir, il pensa – quelle étrange idée – que le vide qu'il portait en lui n'avait peut-être pas de rapport avec ses chers disparus.

---

1. Robert Owen (1771-1858) : entrepreneur considéré comme le père fondateur du mouvement coopératif et du socialisme britannique. Il fut notamment le créateur de l'école primaire en Angleterre. *(N.d.T.)*

19

Les trois nuits qui suivirent, Joshua la rejoignit dans sa chambre. Il se glissait entre les draps, nu, la caressait et lui chuchotait des polissonneries. Ils faisaient l'amour avec une fièvre, une passion dont Cassandra ne cessait de s'émerveiller. Leurs étreintes lui donnaient un sentiment d'ineffable plénitude. Jamais elle ne s'était sentie aussi bien dans son corps.

Après l'amour, ils bavardaient à voix basse. Joshua parlait de ses affaires, de ses associés, de ses idées. Elle parlait de ses amies, des jardins de Sunne Park et de ses cochons réputés dans toute la région. De crainte de troubler cette fragile harmonie, elle se gardait d'évoquer leurs familles, leur passé ou leur avenir. Il n'y faisait pas allusion non plus.

Et surtout, ils n'abordaient jamais le sujet des enfants. Elle n'osait s'aventurer sur ce terrain, mais se demandait si elle n'était pas déjà enceinte. Ils faisaient l'amour deux ou trois fois dans la nuit, dans toutes les positions. Parfois, Joshua l'asseyait à califourchon sur lui, l'accusant d'être paresseuse et se plaignant de devoir faire tout le travail. Il lui ordonnait sévèrement de le chevaucher avec plus d'énergie, ce qui n'était pas facile quand on riait aux éclats.

— Sois égoïste, lui chuchotait-il. Sois vorace. Fais ce qui te plaît, prends tout ce que tu veux. Et si je fais quelque chose qui ne te plaît pas, surtout dis-le-moi.

S'ils dormaient étroitement enlacés, Joshua se levait à l'aube et elle se réveillait seule dans le lit. Pendant la journée, chacun vaquait à ses occupations. Souvent, aux moments les plus incongrus, un souvenir de leur nuit surgissait dans l'esprit de Cassandra et rallumait l'incendie en elle. Je ne me reconnais plus, se disait-elle, mais c'était un mensonge.

En réalité, cela lui donnait de la force, elle se sentait de taille à mener la bataille qui les attendait.

Et à supporter les incessantes récriminations de ses sœurs – on s'ennuyait à Londres, Cassandra était égoïste, et ainsi de suite.

— Être à Londres sans pouvoir aller à Vauxhall[1], c'est idiot, déclara Lucy, quatre jours après leur arrivée, tandis que les trois sœurs étaient dans le salon.

Elle referma la revue qu'elle feuilletait et la lança à travers la pièce. Ce devait être un nouveau jeu car elle recommença avec un autre.

— Ou au théâtre, enchaîna Emily qui ressemblait de plus en plus à Lucy. Ne pas aller au théâtre est idiot.

— Vous n'étiez pas censées venir à Londres, leur rappela Cassandra pour la énième fois tout en triant une pile d'invitations. Vous laisser sortir équivaudrait à vous récompenser pour votre mauvaise conduite.

— Et donc, nous devons rester enfermées ici comme des filles de cuisine pendant que toi, tu cours les réceptions, conclut Lucy.

— Tu te trompes, je n'enfermerais jamais une fille de cuisine.

— Pas étonnant que tu ne veuilles pas de nous ici. Tu préfères t'amuser sans nous.

---

1. Sorte de parc d'attractions créé à la fin du XVIIIe siècle, organisé autour d'un pavillon de concert et d'un parquet de danse. *(N.d.T.)*

S'amuser ? Ce tourbillon mondain et les efforts qu'elle déployait pour se rendre populaire étaient exténuants.

Cela semblait toutefois porter ses fruits. Le procès à venir alimentait le moulin à ragots et faisait couler de l'encre. Les membres de la bonne société et les échotiers débattaient de la culpabilité ou de l'innocence des protagonistes, la guerre était déclarée entre les partisans des Bolderwood et ceux des DeWitt.

Dans le camp Bolderwood, on avait tricoté l'histoire d'une femme naïve, victime d'un vil séducteur, et dont le noble époux était prêt à lui pardonner sa stupidité mais déterminé à châtier le suborneur. Une fable convaincante, toutefois, d'après Arabella, qui s'était désignée comme général de cette campagne mondaine, l'armée DeWitt était plus forte dans la mesure où Cassandra était très appréciée, comme l'avaient été ses parents, et qu'on reprochait encore à Bolderwood de l'avoir lâchement abandonnée. En outre, ces messieurs n'avaient pas envie de contrarier Joshua, lequel leur permettait de mettre un pied dans l'industrie, un secteur qui s'annonçait extrêmement rentable. Aussi, lorsque Joshua accompagnait Cassandra dans les dîners et les réceptions, tout le monde disait que M. et Mme DeWitt étaient très attachés l'un à l'autre.

Malheureusement, la duchesse de Sherbourne n'avait pas changé d'avis : elle refusait de chaperonner Lucy. En revanche elle soutenait Cassandra en discréditant Bolderwood et en rameutant ses propres alliés. En privé, elle avait déclaré que M. DeWitt devrait régler ce différend en dehors du tribunal ; Cassandra avait poliment mais fermement répliqué qu'il n'en était pas question, puisque son mari n'avait pas fait ce dont on l'accusait.

Par ailleurs, assurer à Lucy qu'elle s'efforçait de lui faciliter son entrée dans le monde ne servirait à rien.

Pour une raison mystérieuse, Lucy considérait que sa sœur était malveillante.

— Je suis libre d'aller et venir à ma guise parce que je suis une femme mariée, déclara Cassandra. Si j'avais la certitude que tu es capable de bien te conduire, tu pourrais faire tes débuts et trouver un mari.

— Une femme mariée, mon œil ! ricana Lucy. Ton mari et toi, vous vous adressez à peine la parole.

— Commence par te marier, ensuite tu critiqueras ma vie conjugale.

— J'aime bien Joshua, intervint Emily.

— Tant mieux, répliqua Cassandra. Moi aussi.

Elle l'aimait même beaucoup, ce qui la laissait perplexe. Au début, quand elle avait émis le souhait d'avoir des enfants, tout semblait si simple : il coucherait avec elle, ce ne serait pas agréable, mais elle tomberait enceinte, après quoi chacun reprendrait le cours de sa vie. Ils se sépareraient, c'était inévitable, et cependant elle craignait de se languir de lui. Peut-être lui rendrait-il visite à Sunne Park. Ou peut-être se retrouveraient-ils à Londres au printemps, et ainsi pourrait-elle avoir une aventure passionnée avec son mari.

Il lui donnait ce qu'elle demandait, elle n'avait pas le droit d'exiger davantage. Quand l'heure de la séparation sonnerait, elle s'en irait sans une plainte, elle en faisait le serment.

— M. Newell connaît quelqu'un qui travaille au théâtre royal de Drury Lane, dit Emily tout à trac. Il a proposé de me faire entrer dans les coulisses pour que je rencontre les comédiens, les comédiennes et les dramaturges, et que je leur montre mes pièces.

Cassandra la dévisagea.

— Rencontrer des comédiennes ? S'il te plaît, attends quelques années avant de ruiner ta réputation. Dans l'immédiat, contente-toi de faire du théâtre en amateur et n'oublie pas que tu es la petite-fille d'une duchesse.

— Ce qui ne nous sert à rien, persifla Lucy en envoyant valser une autre revue. D'ailleurs, où est-elle, cette inestimable duchesse ?

Cassandra ouvrait la bouche pour répondre quand le majordome apparut sur le seuil du salon.

— Vous avez une visite, madame. Sa Grâce, la duchesse de Sherbourne.

— Bonjour, ma chère Cassandra, claironna leur grand-mère en entrant dans la pièce, vêtue d'une élégante robe bleu ciel et coiffée d'un turban assorti.

Ignorant Lucy et Emily, qui s'étaient sagement levées, elle enchaîna avec un sourire aimable :

— Je te félicite, tu as obtenu ce que tu voulais. Tu as lâché ton mari sur le mien, résultat Sherbourne me demande de renoncer pour toi à mes propres intérêts sous prétexte que c'est grâce à ses investissements dans les affaires de M. DeWitt qu'il peut me payer mes fantaisies. J'ai horreur qu'on me parle d'argent, c'est d'une vulgarité sans nom, mais que veux-tu, nous vivons des temps vulgaires.

— Je ne comprends pas, grand-mère.

— Oh, ne joue pas les innocentes ! Tu sais très bien de quoi il s'agit : ton mari a exigé que je me plie à tes désirs, faute de quoi il coupera les ponts avec Sherbourne. Tu es plus rusée que je ne le pensais et je reconnais que c'était bien joué. Je préférerais cependant ne plus être victime de tes manigances.

Cassandra sentit son cœur se dilater : Joshua était intervenu pour l'aider. Résultat : la duchesse était apparemment décidée à accueillir Lucy.

Et Cassandra avait promis de rentrer à Sunne Park dès que ce problème serait réglé.

Sa joie céda la place à la déception. En l'aidant, Joshua s'assurait que sa sœur et elle s'en iraient au plus vite.

Bon, c'était ce dont ils avaient convenu. C'était ce qu'elle voulait au départ. Si elle changeait constamment d'avis, elle ne pouvait le lui reprocher.

— De toute façon, je suis un peu plus disponible, poursuivit la duchesse. Sherbourne prétend que je passe trop de temps avec sir Arthur. Bien, où est cette petite ?

Elle jeta un coup d'œil à Emily.

— Ce n'est pas celle-là, elle est trop jeune.

— J'ai quatorze ans, protesta Emily.

— Emily, gronda Cassandra.

— Tu as l'air d'en avoir à peine onze et tu devrais être à l'école. Franchement, Cassandra, il faudrait...

La duchesse s'interrompit, agitant une main lasse.

— Cela ne me concerne pas. Si je m'en mêle, tu me demanderas de me charger aussi de cette enfant. Néanmoins, il faut la renvoyer à Sunne Park.

Emily était visiblement blessée et Cassandra maudit leur grand-mère. Mais une sœur après l'autre, pour l'instant, Lucy était à l'honneur.

— Emily chérie, dit-elle, tu bavarderas avec grand-mère un autre jour.

— Pourquoi je ne peux pas rester ? se plaignit Emily. Lucy, dis-leur que je peux rester !

Mais Lucy dévorait la duchesse des yeux et ne répondit pas.

— Très bien, lança Emily en fonçant vers la porte, je serai dans la nursery en train de jouer avec mes poupées. De leur arracher la tête ! cria-t-elle en franchissant le seuil.

Cassandra se retint de la suivre. Elle n'osait pas laisser Lucy seule avec leur grand-mère.

— Tu es donc Lucy, dit la duchesse en se tournant vers celle-ci. Je constate que tu es effectivement une beauté.

Avec une retenue qui ne lui ressemblait guère, Lucy salua d'une gracieuse révérence.

— Avec un tel physique, tu peux débiter des âneries, les hommes ne le remarqueront même pas. Est-ce trop espérer que tu t'intéresses, ne fût-ce que de loin, au monde antique ?

— Les Grecs et les Romains ? rétorqua Lucy en levant les yeux au ciel. C'est d'un ennui !

La duchesse pinça les lèvres et Cassandra ravala un soupir. Elle avait pourtant expliqué à sa sœur que l'Antiquité fascinait leur grand-mère. Pourquoi fallait-il que Lucy s'acharne à scier la branche sur laquelle elle était assise ?

Mais Lucy n'en avait pas fini.

— Ces temples grecs, ces statues romaines, et le reste, c'est tellement monotone, tellement blanc. Vous vous imaginez vivre dans un monde où tous les bâtiments, toutes les sculptures, tous les vêtements seraient de la même couleur ? Quel cauchemar !

La duchesse inclina la tête de côté, visiblement intriguée.

— Continue, je t'en prie.

Cassandra les regarda tour à tour. Elle n'aurait su dire si Lucy exprimait une opinion personnelle ou manipulait habilement leur grand-mère, et une fois de plus elle songea qu'elle connaissait bien mal sa sœur cadette.

Lucy sourit, incarnation de la candeur.

— J'ai toujours pensé que si tout cela était peint de couleurs vives, ce serait magnifique. Mais bien sûr, les gens trouveraient que c'est vulgaire, n'est-ce pas ?

— Les gens ne devraient pas parler de ce qu'ils ne connaissent pas, rétorqua la duchesse qui dardait sur Lucy un regard acéré. Sir Arthur Kenyon, qui est mon ami, affirme que l'architecture et la sculpture antiques étaient polychromes et que les couleurs se sont effacées au fil des siècles. D'aucuns prétendent que c'est une aberration, mais l'avenir prouvera que sir Arthur a raison.

La duchesse adressa un sourire radieux à Lucy, qui croisa brièvement le regard de Cassandra.

— Je donne un bal la semaine prochaine, je te présenterai à mes invités, reprit leur grand-mère. Cela répond-il à tes attentes, ma chère ? ajouta-t-elle à l'adresse de Cassandra, l'air pincée.

— Nous vous sommes reconnaissantes, grand-mère. Dès que cette histoire avec lord Bolderwood sera réglée, je rentrerai à Sunne Park. Lucy pourra-t-elle rester auprès de vous ?

— Si elle se comporte bien lors du bal, ma foi, oui, je la guiderai durant la saison. Quant à Bolderwood, tu connais mon point de vue, hélas, à l'instar de ton père, tu refuses mes conseils. Je suppose que tu viendras réclamer mon aide en courant quand tu en auras besoin.

— Ne vous inquiétez pas, je ne viendrai pas en courant et je ne vous demanderai rien, rétorqua Cassandra sèchement.

Elle n'avait jamais parlé à sa grand-mère sur ce ton. Peut-être était-elle fatiguée, ou peut-être subissait-elle l'influence de Joshua. Elle ouvrait la bouche pour s'excuser, mais déjà la duchesse reportait son attention sur Lucy.

— Dans ce cas, ma chère Lucy, je ne m'inquiéterai que de toi. Viens, il nous faut dévaliser les boutiques de toute urgence pour que tu sois prête à temps. Au revoir, Cassandra.

La duchesse sortit majestueusement, Lucy sur ses talons. Avant de franchir le seuil du salon, cette dernière pivota et tira la langue à Cassandra.

Cassandra trouva Emily dans le boudoir qu'elle partageait avec Lucy. Un recueil des œuvres de Shakespeare sur les genoux, elle discutait à voix basse avec M. Newell. Elle se tut quand sa sœur entra et, boudeuse, baissa les yeux sur son livre. M. Newell s'était levé et se dandinait d'un pied sur l'autre, l'air gêné.

— Emily, je sais que tu es…

— A comme Assez ! B comme Bal. Et C comme Ça suffit !

— S'il te plaît, écoute-moi.

— Pas maintenant, j'apprends à lire. Je ne suis qu'une *enfant*. Je suis à *l'école*.

— Nous ne devons pas contrarier la duchesse, pour le bien de Lucy. Je regrette qu'elle ait été désagréable avec toi.

— D comme Dehors. M comme Maintenant.

— Aujourd'hui, c'est Lucy, et dans quelques années…

— Tu te débarrasseras de moi comme tu essaies de te débarrasser de Lucy. Tu veux que nous partions pour pouvoir régenter Sunne Park toute seule.

— Tu es incohérente. Un jour tu dis que je vous enferme, le lendemain tu prétends que je vous mets dehors.

— Tout va bien, madame DeWitt. Je moisis dans la nursery pendant que Lucy va acheter une robe de bal avec la duchesse, que Lucy va interroger les témoins avec Isaac, que Lucy… Lucy… Lucy.

— J'ai vécu ça moi aussi avec Miranda qui était toujours au centre de l'attention. Une minute… Tu dis que Lucy a accompagné Isaac ?

— J comme Je m'en fiche.

— Emily, soupira Cassandra, nous pourrions peut-être faire un tour plus tard à l'amphithéâtre d'Astley[1].

— M. Newell peut m'y emmener. Tu es toujours tellement occupée à gouverner la maisonnée ou à te bagarrer avec Lucy ou à sortir avec tes amies.

---

1. Le cirque moderne naît en Angleterre en 1768. Philip Astley, un ancien militaire britannique, a l'idée de créer une piste circulaire pour présenter ses numéros de voltige à cheval. Durant les années suivantes, il perfectionne son spectacle, ajoute des bateleurs, des funambules et d'autres cavaliers. Il organise la salle de spectacle avec des sièges et un toit. Le mot « cirque » n'apparaîtra cependant qu'en 1872. *(N.d.T.)*

— Emily, si tu veux qu'on te traite comme une adulte, cesse de te comporter comme une enfant.

— L comme Laisse-moi tranquille, marmonna sa sœur.

Ne sachant plus que dire ni que faire, Cassandra se tourna vers M. Newell qui arborait l'expression « montrez-moi un trou de souris que je m'y précipite » qu'il avait souvent quand il se retrouvait mêlé aux disputes des trois sœurs.

— Puis-je vous dire un mot ? s'enquit-elle en indiquant la porte.

Il la suivit dans le couloir et elle ferma la porte du boudoir. La réaction ne se fit pas attendre : Emily lança son livre qui percuta le battant.

— Je suis navré, madame DeWitt, bredouilla M. Newell. Mlle Lucy n'aurait pas dû accompagner M. Isaac, j'en suis conscient, mais elle a insisté et elle est très... déterminée.

Cassandra soupira de nouveau. Elle devrait avoir une conversation avec Isaac. Il était peut-être avec Joshua, qui au moins lui adressait désormais la parole. Elle aussi aurait beaucoup aimé être avec Joshua. Oh, que cette journée s'achève, que la nuit tisse son cocon autour de leurs corps enlacés, et que le reste du monde disparaisse !

— Ce n'est pas votre faute, monsieur Newell, c'est la mienne. Vous êtes mon secrétaire, pas la gouvernante de mes sœurs. Je vais d'ailleurs en engager une pour Emily, puisque Lucy sera chez notre grand-mère. Pourriez-vous publier une annonce et vous renseigner auprès du bureau de placement ? De mon côté, je demanderai à mes amies si elles ont quelqu'un à me recommander.

— Je m'y mets tout de suite.

— Pauvre monsieur Newell, je vous ai embarqué dans nos histoires familiales et éloigné de votre propre famille.

— Mme Newell est compréhensive. Elle espère des vacances au bord de la mer cet été... mais le moment est sans doute mal choisi pour aborder ce sujet.

— Au contraire. J'ai tellement besoin de votre aide que j'exaucerai le moindre de vos souhaits. Emmenez les vôtres un mois entier au bord de la mer et M. DeWitt vous donnera une prime.

— Merci, madame, dit le secrétaire, le sourire aux lèvres. Je n'aurais pas dû évoquer mon amie qui travaille au théâtre de Drury Lane, je vous présente mes excuses. Mais Emily est si passionnée et elle écrit des pièces si drôles et pleines d'esprit. Peut-être qu'une personne qui connaît le théâtre – pas une comédienne, rassurez-vous – serait une bonne gouvernante pour Emily. Ce n'est qu'une suggestion.

Était-ce une bonne idée ? Quoi qu'elle fasse, elle finissait par se tromper. Joshua dirait que la respectabilité n'avait pas d'importance, qu'il en achèterait une pour Emily. Cassandra préférerait acheter du bonheur à sa petite sœur avant qu'elle s'aigrisse et s'éteigne.

— Pourquoi pas ? Du moment qu'Emily n'a pas l'intention de devenir comédienne. Elle est trop jeune et trop anxieuse pour son âge et...

— Si je puis me permettre, madame DeWitt, je pense qu'Emily a peur de perdre tous ceux qu'elle aime.

« Oh, mon Emily chérie, cette peur est aussi la mienne ! » songea Cassandra, la gorge nouée. Pourquoi n'arrivait-elle pas à parler à sa propre sœur, elle qui discutait avec une foule de gens ? Depuis la mort de leur père, elle dirigeait le domaine et la maison, réaménageait les jardins, baptisait les cochons et était toujours tellement occupée.

Occupée ? Seigneur Dieu, voilà qu'elle parlait comme Joshua ou sa grand-mère ! Mais elle avait été bel et bien occupée. Elle s'était plongée dans le travail pour ne pas penser à son père, à sa mère, à Charlie et à tout ce qu'elle avait perdu. Peut-être était-ce pour cela que Lucy et Emily lui en voulaient.

Elle tapota le bras de M. Newell.

— Je trouverai le moyen d'arranger ça, et je suis désolée de vous avoir contrarié. Ce matin, j'ai déjà contrarié deux sœurs, une grand-mère et un secrétaire. Je vais de ce pas gronder Isaac, ce qui ne manquera pas de le contrarier, et si Joshua est là, je finirai fatalement par le contrarier lui aussi, après quoi je n'aurai plus qu'à me féliciter de cette journée bien remplie.

20

Assis à son bureau, Joshua s'évertuait à trouver un sens aux chiffres qui dansaient devant ses yeux, tout en se reprochant d'être de nouveau resté chez lui pour travailler. Son esprit vagabondait, conscient que Cassandra était quelque part dans la maison, et ne cessait de revenir à la question cruciale, à savoir : pourrait-il l'attirer dans son lit ?

Il venait de conclure qu'il devait essayer – dans un souci d'efficacité, faire l'amour à sa femme s'imposait, faute de quoi il n'arriverait pas à travailler – quand on frappa à la porte. Cassandra entra.

— Je comprends pourquoi tu te réfugies dans tes bureaux de la Cité, dit-elle.

S'appuyant contre l'accoudoir de son fauteuil, elle lui caressa les cheveux. Il lui entoura la taille du bras.

— Tu ne dois pas t'entendre penser dans ce chahut. Et moi qui viens te déranger.

— Tu pourrais m'être utile, susurra-t-il en laissant sa main s'égarer sur ses fesses.

Elle s'esclaffa, lui donna une tape sur les doigts.

— Pas maintenant. Il faut que je trouve Isaac.

— Que nenni, il faut que tu fermes cette porte à clé, que tu t'allonges sur cette table et que tu me laisses faire.

— Non.

— Très bien. Ne ferme pas la porte, mais ne te plains pas si les domestiques te surprennent avec tes jupes relevées sur...

Comme elle le bâillonnait de la main, il lui mordilla les doigts.

— Chut... pas de propositions indécentes, s'il te plaît.

— Ma proposition est parfaitement décente, protesta-t-il. C'est toi qui as suggéré que nous fassions l'amour en plein jour sans verrouiller les portes.

— Je n'ai jamais... Oh, tu es insupportable !

Elle l'embrassa tout de même, puis s'écarta et s'appuya contre le bureau.

— Isaac a emmené Lucy quand il est allé rencontrer les prétendus témoins.

— Et ? Il voulait sans doute l'empêcher de faire des bêtises.

— En l'emmenant dans des quartiers mal famés pour discuter avec des menteurs, les menacer et les soudoyer ? En quoi cela évitait-il à Lucy de faire des bêtises ?

— Ah, un point pour toi ! Je lui parlerai. Quant à toi, puisque tu m'as interrompu...

Il l'attira à lui, la bloqua contre le bureau et l'embrassa.

— Joshua, pas ici. De toute façon, je dois sortir. Tu vas devoir attendre.

— Je ne peux pas. J'ai trop envie de toi pour réussir à me concentrer, donc, si tu m'abandonnes dans cet état pitoyable, mes affaires péricliteront, et je n'aurai plus d'argent et plus de travail.

— Mais tu auras tout le temps de... de...

— De quoi ?

— De... Oh, tu sais bien.

— Dis-le, lui murmura-t-il à l'oreille en glissant la main sous sa jupe. Dis-le et peut-être que je te laisserai partir.

— Tu m'embêtes. Sois sage.

— Si je suis sage, quelle sera ma récompense ?

Cette question lui rappela la réception chez les Morecambe et la promesse extorquée à Cassandra. Il lut dans son regard qu'elle s'en souvenait aussi, et ce souvenir palpita entre eux. Il ne s'était jamais attendu qu'elle fasse ce qu'il avait feint d'exiger ce soir-là et n'en avait toujours pas l'intention. Rien ne l'empêchait toutefois de la taquiner ; d'autant que cela ne semblait pas la déranger à présent.

— Tu as une dette envers moi. Il est grand temps de t'en acquitter, madame DeWitt.

Elle était rouge comme une cerise.

— Plus tard... peut-être.

Bonté divine, pourquoi pas maintenant ?

— Mais ce n'est pas ainsi qu'on fait les enfants, ajouta-t-elle.

Son désir s'évanouit d'un coup, cédant la place au dépit. Parce qu'on en revenait toujours aux enfants. Cassandra le désirait, cela ne faisait aucun doute, pourtant elle le quitterait aussi tranquillement qu'il la quitterait.

Tant mieux, c'était exactement ce dont ils avaient convenu. Il n'y aurait ni larmes ni scènes pénibles. Parfait.

Il se leva et lui tourna le dos pour se rajuster.

— Évidemment, dit-il. Tu veux récolter ma semence avant que cette histoire absurde s'achève et que tu retournes dans le Warwickshire.

Il lui jeta un coup d'œil oblique et grimaça. Il ignorait ce que signifiait son petit sourire poli et préférait ne pas le savoir.

— Je parlerai à Isaac, reprit-il en se dirigeant vers la porte.

Il s'arrêta sur le seuil. Il voulait ajouter quelque chose, mais quoi ? Haussant les épaules, il sortit.

En plus d'être l'étalon de Cassandra, voilà qu'il était son garçon de courses, songea-t-il, irrité, en partant à la recherche d'Isaac. Elle pouvait se vanter d'avoir un mari serviable.

Il trouva son frère dans les écuries, occupé à seller un cheval sous la supervision d'un palefrenier.

— Qu'est-ce que tu fabriques ? lança-t-il.

— Je refais connaissance avec les chevaux, répondit Isaac. La dernière fois que je suis monté à cheval, j'avais neuf ans. J'ai presque tout oublié et en plus, j'ai une patte folle. Ça ne t'ennuie pas, j'espère ?

— Pas du tout.

Joshua jeta un coup d'œil au palefrenier qui s'empressa de déguerpir.

— Cassandra n'a pas apprécié que tu emmènes Lucy rendre visite aux témoins.

— Pourquoi ?

— Parce que Lucy est une fille bien née et que les filles bien nées sont censées pratiquer la danse et l'aquarelle, et non la corruption et l'intimidation.

— Dommage, elle est très douée pour ça. Tu m'as recommandé d'être efficace, or ces gens auraient signé n'importe quoi pour faire plaisir à Lucy.

— Rassure-moi : tu n'as pas des vues sur elle ?

— Ne crains rien, répondit Isaac en riant. J'ai l'instinct de conservation chevillé au corps. Mais il fallait bien que je l'occupe. Elle a une drôle d'étincelle dans les yeux, comme si elle méditait de mettre le feu à la maison.

— Je connais ce regard. Écoute, Isaac, la bonne société a des règles. Un tas de règles stupides, mais si tu ne les respectes pas, tu chamboules tout.

Et depuis quand se souciait-il de ces règles stupides ?

— Tu as réussi à localiser Buchanan ? demanda-t-il, pour changer de sujet.

Le visage de son frère s'éclaira.

— Oui, et cet imbécile s'est confessé. Il a volé les lettres parce que lord B. lui a promis une part des gains que lui rapportera le procès. Et si j'ai bien compris, un petit tour avec lady B. Dire qu'il te poursuit en justice pour adultère... à moins qu'il ne s'agisse pas d'adultère quand le mari regarde.

Isaac émit un long sifflement.

— J'ai vu pas mal de choses dans la Navy, pourtant, comparé à ce que font les membres de la haute société, c'est de la roupie de sansonnet.

— Lord et lady B. peuvent faire ce qui leur chante avec qui ils veulent, mais j'aimerais bien qu'ils me laissent en dehors de ça.

— Moi aussi, j'aimerais que tu me laisses en dehors de ça ! lança une voix grave.

Le cheval hennit et agita la tête, les deux frères pivotèrent d'un même mouvement. Leur père, le comte de Treyford, s'avançait vers eux en brandissant une canne à l'instar d'une épée.

— Que diable faites-vous là ? aboya Joshua.

— J'exige que tu empêches ta femme d'écrire à la mienne, répondit Treyford. Quel que soit le pétrin dans lequel tu t'es fourré, ça ne me concerne pas.

— Ça devrait pourtant vous concerner, espèce de vieil égoïste, rétorqua Joshua. Et si ma femme écrit à votre femme, la vôtre devrait avoir la politesse de lui répondre.

— C'est lui ? s'enquit Isaac.

— Oui, c'est lui.

Treyford décocha un regard mauvais à Isaac.

— Vous, ne vous mêlez pas de ça. Je discute avec mon fils.

Isaac redressa les épaules.

— Je suis aussi votre fils. Isaac.

Leur père parut un instant dérouté, mais se ressaisit vite.

— Fiche le camp, je n'ai pas besoin d'un autre parasite.

— Bien sûr, riposta Isaac. Chaque fois que vous nous voyez, cela vous rappelle votre infamie.

— Bien dit, mon frère, approuva Joshua.

Les joues du comte se colorèrent.

— J'ai commis une erreur, admit ce dernier. Mais vous vous en êtes bien sortis tous les deux, vous n'avez pas à vous plaindre.

— Trois, corrigea Isaac.

— Trois quoi ?

— Vous avez trois fils de votre non-mariage avec notre mère, expliqua Joshua. Je ne m'étonne pas que vous ayez du mal à tenir le compte de vos épouses si vous ne savez même pas combien vous avez d'enfants.

— Tu devrais engager un secrétaire pour l'aider, suggéra Isaac. Le secrétaire chargé de rappeler au comte combien d'enfants et d'épouses il a.

— Excellente idée ! Tous les matins au petit déjeuner, il lui dira : je vous rappelle que vous êtes marié et que vous ne pouvez pas vous marier de nouveau.

— Et que vous avez tant de rejetons, alors vous êtes prié de ne pas en faire d'autres.

— Vous êtes des petits malins, tous les deux, grommela Treyford. Je sais pertinemment que vous êtes trois, que le troisième est aux Indes, qu'il s'en sort très bien et que lui non plus n'a pas à se plaindre.

— Et Miriam ? lança Isaac.

Le comte ne réagit pas. Rouge de colère, Isaac pointa sa canne vers lui. À l'évidence, les hommes de la famille avaient un tempérament explosif.

— Vous ne savez même pas de qui je parle, pas vrai ?

Pas de réponse.

— C'est notre sœur, votre fille ! Elle doit avoir dix-huit ans à présent et aucun de nous ne la reconnaîtrait s'il la croisait dans la rue. En supposant qu'elle soit toujours vivante.

— C'est votre mère qui a décidé de l'emmener. Je n'ai rien à voir avec ça.

— Où sont-elles ? Notre mère et notre sœur, où sont-elles ?

— Arrête, Isaac, marmonna Joshua.

Trop tard.

— Comment le saurais-je ? tonna le comte. Deborah était dans tous ses états, elle est partie en emmenant sa fille. Elle avait de l'argent et tous ses bijoux. Qu'étais-je censé faire ? Ce qui était fait était fait et il fallait avant tout préserver le titre.

— Ce qui était fait était fait, répéta Isaac avec dégoût.

L'argent, ce maudit argent. Joshua ressemblait plus à son père qu'il ne l'imaginait et assurément plus qu'il ne le souhaitait.

— Vous ne changerez jamais, n'est-ce pas ? dit-il d'une voix sourde. Vous ne reconnaîtrez jamais votre faute.

— Tu oses me juger ? Moi, ton père, alors que tu es empêtré dans cette sordide histoire avec Bolderwood ?

— Ce n'est qu'un tissu de mensonges. Les témoins ont déclaré avoir reçu de l'argent pour produire un faux témoignage, un ancien secrétaire a avoué avoir volé mes lettres, et dans les jours qui viennent, je serai en mesure de fournir un alibi pour chacun de mes prétendus rendez-vous galants avec cette femme. Bolderwood sera la risée de tous, il sera contraint de quitter Londres. Tout le monde saura que cet individu n'est qu'un menteur. On saura aussi que mon propre père a été incapable de prendre ma défense.

— Pourquoi le ferais-je ? Tu ne le mérites pas.

— Ma femme, elle, le mérite. Pour une fois dans votre vie, conduisez-vous décemment et montrez publiquement de quel côté vous êtes.

Pestant, le comte se détourna et se mit à marcher de long en large. Puis il revint se camper devant Joshua et lui enfonça le bout de sa canne dans la poitrine.

— Si je prends ta défense, si je dis à mes amis que Bolderwood ment pour t'extorquer de l'argent, ta femme et toi ne vous approcherez plus de moi ni de la comtesse. Nous ne voulons rien avoir à faire avec vous.

— Entendu, avec plaisir.

— Et retourne à Birmingham, ta place est là-bas. Bonne journée.

Sur ce, le comte s'en alla d'une démarche martiale, drapé dans sa dignité.

Isaac le suivit des yeux.

— Il aurait aimé nous mettre dans un sac et nous noyer comme des chatons, murmura-t-il. Tu parles d'un père ! Mais, quand je retrouverai notre mère et Miriam, nous aurons de nouveau une famille.

Joshua grimaça. Pauvre Isaac, toujours plein d'espoir.

— Oublie-les, notre famille n'existe plus depuis des lustres. Nous n'avons pas de mère, pas de sœur et...

— Pas de frères non plus.

Ils restèrent un moment silencieux, puis Isaac déclara :

— Je vais partir, moi aussi. Je me trouverai un logement, et j'achèterai un cheval pour parcourir le pays.

Très bien, Joshua ne le retiendrait pas. Ce n'était pas la première fois qu'Isaac s'en allait, il le ferait encore. Joshua avait passé la moitié de son existence sans ses frères et s'en était fort bien porté. Cassandra et ses sœurs regagneraient bientôt le Warwickshire, Isaac sillonnerait l'Angleterre sur son cheval, et Joshua retournerait à Birmingham, où était sa place.

— Comme tu veux, dit-il. À présent, j'ai du travail. Beaucoup de travail.

Lorsque Joshua apprit par Newell que Cassandra n'avait pas prévu de sortir, il se joignit à eux pour le dîner. Isaac les fit rire avec ses déboires de cavalier qui réapprenait à monter à cheval, Lucy raconta son expédition dans les boutiques en compagnie de la duchesse et Emily parla de théâtre. Assise à l'autre bout de la table, Cassandra se contentait d'afficher un doux sourire, qui vacillait chaque fois qu'elle croisait le regard de son mari.

Après le repas, il retourna s'enfermer dans son bureau. Mais la musique et les rires s'insinuaient dans la pièce. Cette atmosphère joyeuse était proprement exaspérante. C'était sans doute à cela que ressemblaient les soirées dans le Warwickshire. Comment s'appelait cet endroit, déjà ?

Ah oui, Sunne Park ! Un nom ridicule.

Longtemps après que le silence eut enveloppé la demeure, il regagna sa chambre et se déshabilla. Il enfila son peignoir sous le regard attentif du chat de Cassandra. Le matou avait pris l'habitude de dormir dans son lit et lui avait pris l'habitude de dormir avec Cassandra.

Cette nuit, comme toutes les autres nuits, il irait la retrouver. Il l'enlacerait, se perdrait en elle jusqu'à ce que l'univers se résume à son corps et au plaisir qu'ils se donnaient mutuellement.

Il lui ferait l'amour parce qu'il désirait être avec elle. Elle lui ferait l'amour parce qu'elle voulait un enfant. Et quand elle aurait obtenu ce qu'elle voulait, elle partirait.

Il se laissa tomber sur le sofa et ne bougea pas lorsque Cassandra toqua à la porte et entra, affublée de sa liseuse avec ce nœud hideux.

— Ça va ? s'enquit-elle.

— Je réfléchis.

— Moi aussi, je m'installe près du feu et je réfléchis. J'ai découvert que cela ne m'aidait pas du tout.

Il grogna. Elle attendit.

— Tu préfères que je te laisse ? finit-elle par demander.

— Non.

Il ouvrit la bouche pour se raviser, mais elle était déjà assise à côté de lui.

— Tu veux bien m'expliquer ce qui ne va pas ? Tu n'as pas dit un mot de la soirée.

— Tout va bien.

— Tu viens te coucher ?

— Je vais peut-être...

Il montra son lit d'un geste. Le sourire de Cassandra s'effaça.

— Tu en as assez de moi ?

— Non, j'ai juste...

Il avait juste envie de la blesser, parce qu'il n'était qu'un mufle égoïste et mesquin. Il compliquait tout sans raison. En réalité, c'était très simple : ils passaient de bons moments ensemble, après quoi chacun reprendrait le cours de sa vie. Lui, à Birmingham, dans le vacarme et les fumées d'usine. Elle dans le cocon chaud et joyeux d'une famille.

Elle replia ses jambes sous elle, s'appuya contre lui et lui caressa les cheveux. Il s'était trop habitué à elle.

— Je ne t'ai pas remercié d'avoir plaidé ma cause auprès de la duchesse. Cela dit, elle n'est pas très contente.

— Treyford n'est pas non plus content que tu sois intervenue auprès de la comtesse. Il ne veut toujours pas avoir affaire à nous. Tu n'y peux rien. Il ne changera jamais et il pense que tu es une enquiquineuse.

— Entre nous, je me moque éperdument de ce que pense lord Treyford.

— Madame DeWitt, je suis choqué !

Elle leva le menton d'un air de défi.

— Tu avais raison et j'avais tort. Je suis écœurée par leur attitude, à sa femme et lui. Ils n'ont même pas daigné prendre ta défense. Tu es cent fois mieux que lui et ce n'est certainement pas grâce à lui.

Il ne put s'empêcher de sourire.

— Si j'osais, madame DeWitt, je dirais que tu m'aimes bien.

— J'ai quand même envie de t'étrangler la moitié du temps.

— C'est ce qui fait mon charme.

Elle émit un bruit sourd – digne d'un grognement de ses chers cochons – et c'était adorable. Il se garda bien de lui en faire la remarque et se félicita de cette louable retenue. Il ne lui dit pas non plus qu'elle était belle à damner un saint, ni que sans elle le monde serait affreux.

— Lucy sera présentée à la bonne société lors du bal que donne la duchesse, reprit-elle. Et si elle se conduit bien, elle pourra rester chez elle jusqu'à la fin de la saison. Donc, pour l'instant, le problème Lucy est réglé.

— Le problème Bolderwood le sera également dans quelques jours, une fois mes alibis confirmés. Tout sera alors terminé.

— Oui, tout sera terminé.

Et comme il ne trouvait plus rien à dire, il se tut. Elle nicha sa tête au creux de son épaule et posa la main sur sa poitrine comme pour chercher un peu de réconfort. Il eut pourtant l'impression qu'elle l'étreignait, le protégeait, et quand elle promena sa bouche sur son cou, il ferma les yeux.

Le monde disparut, il ne restait plus que la caresse des doigts légers qui l'exploraient et la douceur de ce corps qui l'enveloppait comme une brume chaude et parfumée. Elle écarta les pans de son peignoir, sa main glissa sur son ventre et s'arrêta sur son érection.

— Tu me dis pourquoi tu es contrarié ? murmura-t-elle.

— Je ne suis pas contrarié.

— Mon cher mari si sensible.

— Sensible ? répéta-t-il, outré, en rouvrant les yeux. Je ne suis pas sensible. Je suis fort et coriace, et féroce et… Oh ! gémit-il quand elle enroula les doigts autour de son sexe. Et dur, acheva-t-il.

— Très dur, oui. Et très sensible. Tu aimes que je te fasse cela ?

— Maintenant, c'est toi qui me tourmentes.

Elle fit coulisser sa main douce et ferme le long de sa virilité, recommença.

— Oh, mon Dieu ! Tu n'aimes pas que je te tourmente ? dit-elle, moqueuse. Tu préfères que j'arrête ?

Il riait et gémissait en même temps, ce qui la fit rire à son tour. Elle s'agenouilla près de lui sans le lâcher et il tourna la tête vers elle, comme le tournesol cherche le soleil. Elle l'embrassa langoureusement, lui mordilla la lèvre inférieure, la suça.

— Tu devrais venir me voir à Sunne Park, murmura-t-elle contre sa bouche.

Il n'avait plus les idées claires, cependant il songea : « Oui, je viendrai. » Puis : « Mais pourquoi veut-elle que j'aille là-bas ? »

— Po… pourquoi ? bégaya-t-il.

— J'aimerais te faire découvrir mon paradis. C'est une vieille et belle maison, le parc est magnifique. Ce n'est qu'à une journée de route de Birmingham. Tu pourrais apporter tes dossiers et t'installer dans le bureau de mon père. Je te montrerai mon jardin secret.

— Je connais ton jardin secret, j'y gare mon bateau chaque nuit.

Elle le pinça, il poussa un cri. Il souriait, tout son être souriait.

— Je pourrais encore t'étrangler, l'avertit-elle.

— Peut-être que ça ne me déplairait pas.

Il ferma de nouveau les yeux, s'abandonnant aux sensations qui l'assaillaient : la main de Cassandra sur son sexe, ses cheveux qui lui chatouillaient le cou, sa bouche tendre qui vagabondait sur son torse, son ventre…

Il prit son visage entre ses mains.

— Cassandra, mon ange, tu n'es pas obligée. Je te taquinais.

Elle le dévisagea avec un sourire qui lui donna le tournis.

— J'ai une promesse à tenir.

Non, ce cadeau-là devait être donné librement. Il voulait qu'elle fasse cela parce qu'elle en avait envie. Peut-être qu'ensuite elle renoncerait à partir.

— Tu m'as dit que tu aimais ça.

Elle repoussa ses mains qui la retenaient et fit pleuvoir sur lui des petits baisers.

— Tu fais ça pour moi, et c'est divin, alors je veux que ce soit divin pour toi aussi. Tu refuses de me dire pourquoi tu es contrarié, il faut donc bien que je trouve un moyen de te rendre le sourire.

Oui, oui, mais... il ne supporterait pas qu'elle s'y sente forcée.

— En outre, je suis curieuse, avoua-t-elle en rosissant. J'ai envie d'essayer alors m'en empêcher maintenant serait grossier.

Elle avait gagné. Il capitulait.

— Dieu me garde d'être grossier. Ma femme m'apprend à être poli, figure-toi.

— Et mon mari m'apprend à être une polissonne.

Retenant son souffle, il la regarda poser ses lèvres sur sa virilité, la couvrir de petits baisers timides.

— Je ne sais pas..., souffla-t-elle en levant les yeux vers lui. Dis-moi ce que je dois faire.

Il obéit d'une voix hachée et elle ne tarda pas à découvrir ce qui le rendait fou. C'était fabuleux, parce qu'elle était sensible, douce et généreuse, qu'elle aimait les gens et s'évertuait toujours à réparer le monde.

Il aurait dû l'arrêter, mais il aimait qu'elle lui donne du plaisir et il était assez égoïste pour penser qu'elle aimait cela parce que, pour sa part, il aimait lui en donner. Oh oui, c'était divin ! Parce qu'elle était sa femme, qu'il ne devait pas jouir dans sa bouche merveilleuse, et que…

Elle s'écarta soudain et il ravala un cri de dépit. Il reprit péniblement sa respiration, s'arma de patience et rouvrit les paupières. Elle aussi était essoufflée, ses yeux brillaient d'un éclat fiévreux.

— Ça va ? demanda-t-il d'une voix enrouée.

— Oui, je… C'est comme si… Tu ne crois pas ?

— Je ne sais pas.

Elle pouffa et il encadra son visage de ses mains, contemplant, émerveillé, son regard voilé et ses lèvres rouges.

— Dis que tu viendras me voir à Sunne Park.

— Si tu continues à me faire du bien de cette manière, je te promettrai monts et merveilles.

— Je n'en demande pas tant.

Il était vaincu. Il l'attira à califourchon sur lui et retroussa son exaspérante chemise de nuit Elle s'empala sur lui avec un cri étouffé qui faillit le faire jouir.

Elle nicha sa tête au creux de son épaule et il lui agrippa les fesses, donnant des coups de boutoir, cherchant frénétiquement à atteindre le tréfonds de sa chair. Il serrait les dents pour se retenir quand elle lui chuchota à l'oreille :

— J'aime te sentir en moi.

Ce fut trop. Il se répandit en elle dans un spasme qui les secoua tous les deux.

Il l'entoura de ses bras, la serra tendrement contre lui.

— Tu n'as pas joui, murmura-t-il, à la fois heureux et penaud.

— Donc j'ai gagné.

— Dès que j'aurai retrouvé mes forces, je te coucherai dans ce lit, là-bas, et je te ferai l'amour jusqu'à ce que tu demandes grâce. On verra bien qui a gagné.

21

Joshua était en mesure de prouver qu'il ne s'était pas rendu à cinq des sept prétendus « rendez-vous galants » avec lady Bolderwood. Escorté par sir Gordon et Isaac, il parcourait Londres pour recueillir les déclarations sous serment des personnes avec qui il se trouvait à ces moments-là : trois scientifiques, deux banquiers, la directrice d'un orphelinat de filles, le directeur d'un orphelinat de garçons, et Mme O'Dea.

Cela n'avait rien d'une odyssée, mais c'était tout de même une expédition ; le troisième jour, ils n'en étaient qu'à leur quatrième visite.

— Nous allons planter le dernier clou dans le cercueil de Bolderwood, se réjouit sir Gordon tandis qu'ils s'arrêtaient devant la porte massive de l'orphelinat de garçons.

L'avocat, qui s'était révélé un soutien précieux – Cassandra avait eu raison de le lui recommander – actionna le heurtoir.

— Nous avons si bien démonté les accusations de Bolderwood qu'à mon avis, le procès n'aura pas lieu, enchaîna-t-il. La semaine prochaine, ce sera terminé.

Tout serait terminé. Le procès. Le bal de la duchesse de Sherbourne. Le séjour de Joshua à Londres. Sa relation avec Cassandra.

Sa vie reprendrait son cours normal. Elle avait été tellement bouleversée qu'il se souvenait à peine de ce qu'elle était avant. Ces derniers temps, il n'avait quasiment pas travaillé. Das tenait les rênes à sa place, apparemment sans difficulté, et disait que les autres secrétaires se débrouillaient également très bien.

Après tout, il aurait peut-être le loisir de rendre visite à Cassandra. Sunne Park était quasiment sur la route de Birmingham. Il pourrait voyager avec elle et Emily, passer quelques jours au domaine, admirer ses roses, faire la connaissance de ses cochons adorés... et repartir.

La porte s'ouvrit sur M. Clopstow, le directeur de l'orphelinat, tout de noir vêtu. En découvrant Joshua, il rentra la tête dans les épaules. Ses yeux papillotaient.

— Je crains que vous n'ayez pas reçu notre lettre, monsieur DeWitt. Si je puis me permettre, vous tombez mal.

— Tant pis, rétorqua Joshua d'un ton brusque. Allez chercher le livre d'or pour que sir Gordon vérifie que j'étais bien ici le... je ne me rappelle plus. Sir Gordon connaît la date.

Il scruta le hall plongé dans la pénombre.

— Où est le jeune Martin ? J'aimerais bavarder un peu avec lui. Je ne suis pas allé à l'entrepôt de toute la semaine.

Les yeux papillotant de plus belle, Clopstow toussota.

— Nous comptions vous informer en détail une fois que le pire serait derrière nous.

Joshua eut l'impression qu'un courant d'air glacial balayait le hall et s'engouffrait sous son manteau.

— Le pire ? Comment ça ?

— Je suis au regret de vous annoncer, monsieur, que plusieurs de nos pupilles sont décédés et que Martin était du nombre.

Le cœur de Joshua manqua un battement, ses muscles se crispèrent.

— Comment ça, Martin est mort ? Je l'ai vu la semaine dernière, il était en parfaite santé. Comment des gamins en parfaite santé peuvent-ils mourir ?

Il sentit la main d'Isaac sur son épaule, se dégagea brutalement. Il n'était pas bouleversé. Il posait une question logique. Certes, Clopstow pouvait avancer un argument tout aussi logique : des petits garçons en parfaite santé mouraient tous les jours. C'était même leur défaut majeur.

— Il y a eu une épidémie de fièvre dans le secteur, expliqua Clopstow en se tordant les mains. Alors...

Martin, le gamin roux aux yeux brillants et à l'intelligence aiguë. Martin qui observait les mouettes pour comprendre comment elles volaient. Qui apprenait l'italien pour pouvoir étudier les travaux de Léonard de Vinci. Qui avait dessiné et fabriqué son propre cerf-volant, et pleuré de joie quand Joshua l'avait emmené voir une montgolfière.

Non, Martin ne pouvait pas mourir. Il allait inventer une machine volante. Qui l'inventerait, désormais ?

— Combien de garçons sont morts ? demanda-t-il d'une voix rauque.

Sans doute la poussière. Il y avait trop de poussière ici. Dans les poumons des petits garçons.

— Six, monsieur. Le pire est passé, du moins nous l'espérons.

Six petits garçons disparus à peine sortis du berceau. Tout cela n'avait aucun sens. Dieu merci, Clopstow lui épargnait les boniments dont les gens l'avaient abreuvé à la mort de Samuel.

La situation n'était certes pas la même. Samuel était son fils, tandis que Martin et les autres étaient des orphelins auxquels il donnait une éducation et, plus tard, un emploi.

Il ne pleurait pas ces gamins, pas à titre personnel, vu qu'à titre personnel il n'était pas attaché à eux, parce que seul un imbécile s'attacherait à des petits garçons qui mouraient à peine sortis du berceau.

— Quel genre d'incompétence a mené à ça ? aboya-t-il – la colère était bienvenue, elle chassait la sensation de froid qui le tenaillait. Je vous croyais compétent, Clopstow, et vous avez laissé mourir une demi-douzaine d'enfants !

Il fit volte-face et s'éloigna à toute allure de ce foutu orphelinat. Jetant un coup d'œil par-dessus son épaule, il vit sir Gordon entrer dans le bâtiment avec Clopstow. Isaac le rejoignit et s'appuya sur sa canne pour le regarder faire les cent pas.

Ce n'était pas aisé. On était en avril, mais on se serait cru en novembre. Il pataugeait dans une boue épaisse et glacée. Une bande de gamins dépenaillés le dépassa en courant. Ils chahutaient, comme s'ils n'étaient pas affamés et transis, comme si la Faucheuse ne les attendait pas au tournant, eux aussi.

— Ce n'est jamais facile, n'est-ce pas ? dit Isaac à mi-voix. J'avais onze ans quand j'ai perdu mon premier ami au combat. La maladie a emporté l'autre quelques mois plus tard. Je n'avais pas beaucoup d'amis.

— Je ne comprends pas ce que tu racontes, rétorqua sèchement Joshua. Et tu devrais te couper les cheveux.

— Tu t'étais attaché à ce garçon.

— Tu es tombé de cheval et tu t'es fracassé la cervelle ? tonna-t-il.

« Arrête », s'ordonna-t-il. Il fallait que quelqu'un l'arrête. Cassandra saurait l'arrêter.

— Je ne suis pas du genre à m'attacher, dit-il entre ses dents.

— Tant mieux, parce que si tu t'étais attaché à ces enfants, tu aurais risqué de souffrir.

— Je ne souffre pas. Je suis furieux à cause de l'incompétence de ces gens. Ils auraient dû être capables d'empêcher ça. Pourquoi ne peut-on pas empêcher ça ?

Il flanqua un coup de pied dans le mur, la douleur lui transperça les orteils. Que la peste étouffe ce mur idiot, ces bottes idiotes et les petits garçons qui mouraient. Que la peste l'étouffe, lui, le pire des idiots.

Il avait mal aux mâchoires. Il avait mal aux orteils. Son estomac se tordait. Si seulement Cassandra était là, elle ne calmerait pas la douleur, mais elle la rendrait plus supportable.

Cassandra qui, à cette heure, était peut-être enceinte.

Il s'adossa au mur, regarda un colporteur qui poussait sa charrette dans la boue.

Qu'est-ce qui lui avait pris, bon sang de bois ? Nuit après nuit, il lui avait fait l'amour, évitant soigneusement de penser aux conséquences. Et quand il y pensait, il se disait : « Ce n'est pas une fatalité » ou « De toute façon, c'est trop tard » ou encore « Ça n'a pas d'importance pour moi, je rentre à Birmingham ».

Ah, il était doué pour jouer des tours à sa conscience !

Et maintenant, sa conscience se vengeait et lui montrait l'image de Cassandra au ventre rebondi et au sourire béat. Cassandra, rayonnante, qui berçait un bébé rose et brailleur.

L'image de Samuel. Son petit corps froid, immobile et livide. Joshua l'avait veillé pendant des heures, froid et immobile lui aussi, mais hélas toujours vivant.

Comment avait-il pu oublier ? Mais bien sûr, il n'avait rien oublié, il avait juste ignoré la voix intérieure qui l'exhortait à la prudence, histoire qu'elle n'entrave pas son désir. Bravo, vraiment… bravo.

La porte de l'orphelinat s'ouvrit et se referma. Sir Gordon les rejoignit, une feuille de papier à la main.

— Comme prévu, votre nom est inscrit dans le livre d'or à la date indiquée, dit-il.

Joshua se décolla du mur.

— Bien, allons-y, marmonna-t-il sans regarder ses deux compagnons.

— Nous pouvons remettre à plus tard notre visite à Mme O'Dea, suggéra sir Gordon de cette voix étouffée que prenaient les gens pour exprimer leur compassion.

Sir Gordon avait quatre ou cinq enfants adultes et en avait probablement perdu un ou deux autres. Tout le monde ou presque perdait un enfant, mais personne n'en parlait. La duchesse de Sherbourne avait vu mourir son fils, lord Charles, pourtant elle continuait à se lever le matin et à se pomponner.

Alors pourquoi Joshua éprouvait-il cet atroce sentiment de solitude ?

— Oui, répondit-il, hagard, en regagnant la voiture. Ça peut attendre.

Au lieu de rentrer chez lui ou de se remettre au travail, Joshua emmena Isaac faire la tournée des tavernes, jusqu'à ce que son frère hisse le drapeau blanc et que lui-même n'ait plus aucune raison de traîner dans Londres. Il se sentait vide et meurtri, il avait horreur de cela, il voulait être avec Cassandra tout en craignant de ne pas le supporter.

Quand ils entrèrent dans le hall, le majordome les informa que Mme DeWitt et ses sœurs étaient au salon.

— À ton avis, nous nous aventurons dans un champ de fleurs ou un champ de bataille ? lui chuchota Isaac. Avec ces trois-là, je ne sais jamais à quoi m'attendre.

Pour l'instant, l'atmosphère semblait paisible. Les trois sœurs et Newell jouaient aux cartes. Si Joshua ne se trompait pas, Cassandra et Lucy faisaient équipe, et Lucy avait un verre de sherry devant elle. Si la bataille avait eu lieu, Cassandra avait perdu ou choisi de ne pas se battre.

Elle croisa son regard et lui adressa un sourire qui le réchauffa. Il se dirigea vers la cheminée et attisa le feu.

— Lucy a de nouveau passé une merveilleuse journée avec sa grand-mère, déclara Cassandra à la cantonade.

— Elle m'a laissée essayer l'une des toilettes qu'elle portait à la Cour, quand elle était dame d'honneur de la reine, ce qui ne nous rajeunit pas. Cette robe pèse un âne mort et il faut se mettre de profil pour franchir une porte. Mais il se trouve que je suis formidablement douée pour franchir les portes de profil.

— Pourquoi de profil ? demanda Isaac, perplexe.

— À cause de la robe, gros bêta ! pouffa Lucy. Elle a d'énormes paniers de chaque côté.

— Ah, commenta Isaac qui avait manifestement fait le tour de la question.

Joshua, qui n'avait jamais discuté chiffons de toute sa vie, le rejoignit devant la crédence sur laquelle était disposés verres, carafons, flacons et compotiers remplis de friandises et de noix.

— Les jupes sont tellement larges que deux enfants pourraient s'y cacher, poursuivit Lucy. Je crois même que je pourrais cacher un homme adulte dessous.

À la fois provocante et angélique, elle attendait une réaction. Joshua regarda Cassandra, dans l'espoir qu'elle lui indique la conduite à tenir. Il nota qu'Isaac, Newell et Emily tournaient aussi vers elle un regard interrogateur. Elle inspira, expira et posa une carte sur la table.

— À vous de jouer, monsieur Newell, dit-elle tranquillement.

Newell s'exécuta. Cassandra étudia ses cartes. Isaac se servit un verre. Joshua goba une tranche de citron confit. Emily baissa le nez.

— À toi de jouer, Lucy, chuchota-t-elle.

Sa sœur ne jeta même pas un coup d'œil à ses cartes.

— Aujourd'hui, je me suis entraînée des heures à faire la révérence et à valser. Mes pauvres jambes sont toutes courbaturées. Une bonne friction avec de l'onguent les soulagerait, si je trouvais quelqu'un pour me masser.

Isaac toussa et vida son verre d'un trait. Joshua piocha des noix dans le compotier. Personne ne souffla mot.

Comme Lucy ouvrait la bouche pour parler, Cassandra demanda :

— Comment s'est passée votre visite à l'orphelinat ? Avez-vous vu Martin ? A-t-il appris à voler ?

Joshua ne se retourna pas, il cherchait une noix qui lui plaise et ne pouvait pas répondre à une question sur les petits garçons morts s'il n'avait pas une noix à son goût.

Isaac répondit à sa place tout en se servant un deuxième verre :

— Nous avons maintenant quatre alibis vérifiés par sir Gordon. Demain, nous aurons la déclaration de la femme que Joshua fréquente et ce sera terminé.

Oh, nom de nom !

Les paroles d'Isaac ricochèrent à travers la pièce tel l'écho dans un cimetière, laissant dans leur sillage un silence sépulcral.

Joshua pivota, si lentement qu'on aurait pu entendre ses articulations grincer.

Cassandra scrutait ses cartes en se tapotant les lèvres du bout de l'index, comme si elle faisait face à un terrible dilemme. Newell arborait un sourire peiné, et Emily, qui était tellement sensible aux changements d'atmosphère que la Navy aurait pu l'engager comme baromètre, paraissait sur le point de défaillir.

Seule Lucy était guillerette.

— La femme que Joshua fréquente ? susurra-t-elle. Quelle femme ?

— J'ai dit « femme » ? feignit de s'étonner Isaac. Ma langue a fourché, en réalité je pensais au wombat. C'est un animal bizarre, qui ressemble un peu au blaireau, et qui vit dans notre colonie de Nouvelle-Galles du

Sud. On peut en voir un spécimen à la Royal Society. Empaillé, bien sûr, comme la plupart des choses qu'on peut voir à la Royal Society. Voilà, je pensais au wombat. Mais bon, n'écoutez pas ce que je dis. Je ne suis qu'un marin qui boit comme un trou.

Il avala son cognac.

— Vous voyez ? Je bois comme un trou, répéta-t-il en remplissant de nouveau son verre.

— Parlez-nous de cette femme, insista Lucy d'une voix suave. Elle paraît bien mystérieuse. Joshua, est-ce que...

— Lucy, ça suffit !

Cassandra abattit sa main sur la table de jeu qui n'était pas assez robuste pour supporter une escarmouche entre les sœurs Lightwell, car elle trembla sur ses pieds. Le verre de sherry de Lucy se renversa. Newell se précipita pour éponger le vin. Cassandra et Lucy, qui se foudroyaient mutuellement du regard, ne s'en rendirent même pas compte.

— Pour une fois dans ta vie, pourrais-tu te soucier un peu des autres et réprimer ce besoin que tu as d'être le centre du monde ?

Les deux sœurs se faisaient face telles deux chattes en colère. Personne ne bougeait, hormis Newell qui nettoyait la table.

Puis Cassandra s'adossa à son siège et étudia ses cartes.

— À toi de jouer, Lucy, dit-elle.

Celle-ci leva les yeux au ciel et s'appuya également au dossier de son siège.

— Le mariage vous a changée, révérende mère Cassandra, persifla-t-elle en jetant une carte sur la table. Vous n'êtes plus drôle.

— Je ne l'ai jamais été. Miranda et toi, vous êtes drôles. Vous avez toujours eu le don de semer la pagaille et d'attirer l'attention.

— Et donc, tu es jalouse.

— Je ne suis pas jalouse.

Durant cet échange, Cassandra n'avait pas regardé Joshua une seule fois. Il faisait passer une noix d'une main dans l'autre et Cassandra ne le regardait toujours pas.

La partie de cartes se poursuivit. Lucy s'abstint de jeter de l'huile sur le feu, tandis qu'Isaac s'abstenait d'évoquer les femmes que fréquentait Joshua, et que tous évitaient de poser des questions gênantes sur les petits garçons morts ou les maîtresses des chefs de famille.

Dès que la dernière carte fut posée sur la table, Lucy se leva et secoua sa jupe.

— J'ai besoin de me reposer, dit-elle. Être le centre du monde est éreintant.

Elle lança un regard torve à Cassandra.

— Je serai extraordinaire le soir du bal, tu verras, et le jour où je m'installerai chez grand-mère sera le plus beau jour de ma vie.

— Et de la mienne, rétorqua Cassandra. Je compte d'ailleurs donner un bal pour célébrer la vie sans toi.

La tête haute, Lucy sortit d'un pas de grenadier.

Cassandra se leva à son tour, un grand sourire aux lèvres, et regarda tout le monde sauf Joshua.

— Je vais me retirer aussi, dit-elle, et elle se dirigea vers la porte.

Affolée, Emily bondit de son siège. Elle avait l'air d'une enfant perdue malgré ses quatorze ans. Sur le seuil du salon, Cassandra pivota et lui tendit la main. Emily la rejoignit et la saisit comme on s'agrippe à une bouée de sauvetage, et toutes deux sortirent. Ces sœurs-là, au moins, étaient temporairement réconciliées.

Newell se dandina d'un pied sur l'autre, puis se dirigea à son tour vers la porte.

— Je vous laisse, moi aussi.

— Newell, appela Joshua en retirant son manteau. Je crois savoir que vous avez un nombre considérable d'enfants.

— J'en ai six, ce qui n'est pas si considérable.

— Nous les avons privés de leur père. Si vous voulez rentrer chez vous…

— Mme DeWitt a abordé le sujet.

« Évidemment », songea Joshua.

— Je peux rester plus longtemps si vous avez besoin de moi.

— Ce sera bientôt terminé. En attendant, je vous nomme officiellement gardeur de sœurs.

— C'est-à-dire, monsieur ?

— Un genre de chevrier, mais pour les sœurs. Vous vous assurez qu'elles sont nourries, qu'elles ont de l'eau fraîche, qu'elles restent dans leur enclos, et vous empêchez les renards d'approcher.

— Oh… euh… merci, monsieur.

Sur ce, Newell qui était un sage, sortit précipitamment avant qu'on lui assigne d'autres missions impossibles.

22

Isaac posa son verre sur la table de jeu, s'assit et battit les cartes.

— Je n'aurais pas dû mentionner Mme O'Dea, n'est-ce pas ?

— Si tu n'apprends pas à tenir ta langue, tu t'attireras des ennuis.

Joshua emporta le compotier, le casse-noisettes, et s'assit à la table de jeu, sur la chaise que Cassandra venait de quitter. Cassandra qui souriait de toutes ses jolies dents et ne le regardait pas. Il se sentait un peu barbouillé, il avait un peu chaud, un peu froid. Il desserra sa cravate.

Elle croyait évidemment que cette femme était sa maîtresse et ne se doutait pas que la vérité serait pour elle beaucoup plus cruelle.

Mes parents s'aimaient tellement... La fidélité était la pierre angulaire de leur couple et de notre famille...

— J'ai toujours peur de faire des gaffes avec elles, soupira Isaac. J'ai grandi dans la Navy, il n'y a pas de femmes sur les bateaux. Figure-toi qu'on est obligés de...

— Épargne-moi les détails, s'il te plaît.

— D'accord.

Joshua se débarrassa de sa cravate, choisit une noix et la glissa entre les deux branches du casse-noisettes. Isaac émit un claquement de langue méprisant.

— Quoi ? grommela Joshua.

— Tu n'as pas assez de poigne pour casser une petite noix à mains nues ?

— C'est ce que vous faites, dans la Navy ? Casser des noix ?

— Je croyais que tu ne voulais pas de détails.

Joshua lança la noix à Isaac qui l'attrapa au vol, la posa aux creux de sa paume avec un sourire de gamin, replia les doigts et serra. La coque craqua.

— Je parie que tu n'en es pas capable, grand frère, railla-t-il. Tenir une plume à longueur de journée, ça ne vous muscle pas un homme.

— Haha ! rétorqua Joshua en prenant une autre noix. Pour ta gouverne, petit frère, sache que j'ai porté des caisses et travaillé dans une fonderie.

— La boucle du ceinturon de mon uniforme sortait de ta fonderie. J'avais reconnu l'estampille. J'étais à l'autre bout du monde et j'avais une boucle de ceinturon fabriquée par mon frère. Je me demande si Bram, ou notre mère et Miriam, possèdent un objet que tu as fabriqué.

Joshua ne répondit pas, concentré sur la noix qu'il serrait dans sa main. C'était idiot de s'acharner sur cette noix alors qu'il avait un excellent casse-noisettes – qui sortait aussi de son usine –, mais pas question de laisser son petit frère lui damer le pion, même si le petit frère en question avait passé quatorze années à hisser des voiles et tout ce qui se hissait sur un bateau.

Dieu merci, il réussit à casser cette maudite noix et sourit comme s'il n'avait pas mal à la main.

Isaac ricana et se remit à battre les cartes. Joshua enfourna les cerneaux à peine écrasés.

— Explique-lui qui est Mme O'Dea, suggéra Isaac en distribuant les cartes.

— Ça la bouleverserait. Et ce serait une trahison.

— Cette femme n'a rien à voir avec toi.

— Là n'est pas la question. Si Cassandra apprend la vérité, elle sera dévastée.

Il ne voulait cependant pas qu'elle pense qu'il était l'amant de Mme O'Dea. S'ils avaient été des étrangers l'un pour l'autre, elle n'y attacherait pas d'importance, mais dormir peau contre peau changeait tout. Il ne lui viendrait pas à l'esprit de regarder une autre femme et imaginer qu'elle puisse être attirée par un autre homme...

Voilà ce qu'il aurait dû dire à Cassandra.

Les cartes étaient distribuées. Joshua prit les siennes sans savoir à quel jeu ils jouaient.

Isaac en posa une sur la table.

— Tu crois peut-être la protéger, mais d'une manière ou d'une autre, elle sera blessée. Je pense qu'elle est assez forte pour supporter la vérité.

— Tu vas m'expliquer qui est ma femme ? riposta Joshua.

Il jeta une carte au hasard. Isaac ne fit pas de commentaire.

— D'après Lucy, Cassandra travaille du matin au soir. Elle dirige le domaine, elle fait tourner la maisonnée, rend visite aux voisins, veille sur tous les membres de la paroisse et ainsi de suite. Elle n'a pas un moment de libre pour s'occuper d'elle-même ou de ses sœurs. Elle est toujours débordée.

Joshua l'ignorait. Cassandra le lui avait dit, pourtant. Comment pouvait-il savoir des choses sans les savoir vraiment ? Sa cervelle lui jouait des tours.

— Elle n'est pas obligée de travailler autant, objecta-t-il. Elle a largement les moyens d'engager des gens pour l'aider.

— Ce n'est peut-être pas ce dont elle a besoin.

— Et toi, tu ne devrais pas parler de ce que tu ne comprends pas.

Isaac jeta une autre carte. Joshua, qui ne devinait toujours pas à quel jeu ils jouaient, en choisit de nouveau une au hasard.

— Quel est le problème avec leur mère ? interrogea Isaac. Lady Charles.

— Elle est souffrante.

— De quoi souffre-t-elle ?

Encore une chose que Joshua ignorait. Et qu'il ne voulait pas savoir. Il le devrait pourtant. À l'heure qu'il était, il devrait être avec Cassandra pour lui parler de Mme O'Dea et lui briser le cœur. Elle pleurerait, il la consolerait et elle s'attendrait qu'il lui fasse l'amour. Il ne pourrait pas lui faire l'amour ce soir et il ne pourrait pas non plus passer la nuit loin d'elle.

Un lâche doublé d'un égoïste. Il se détestait, mais il avait eu assez de chagrin pour aujourd'hui.

Isaac n'insista pas, ils continuèrent à se débarrasser de leurs cartes jusqu'à ce qu'ils n'en aient plus une seule en main, après quoi Isaac les mélangea de nouveau. Le jeu n'était pas passionnant et cela convenait parfaitement à Joshua.

— J'ai retrouvé notre mère et Miriam, lâcha-t-il à brûle-pourpoint.

Isaac sursauta, les cartes s'éparpillèrent.

— Quoi ? Où sont-elles ?

— Elles ne veulent pas qu'on les retrouve. Je les ai fait rechercher il y a quelques années, après la mort de Rachel.

— Et ?

— L'enquêteur que j'avais engagé m'a remis un message de notre mère. Elle y disait que Miriam et elle allaient bien et refusaient d'avoir le moindre contact avec nous.

— Mais pourquoi ? Je souhaitais juste… Oh, bon sang !

Isaac repoussa sa chaise si brutalement que la table tangua. Claudiquant, il s'approcha de la crédence et se servit un autre verre. Il buvait beaucoup, réalisa Joshua. Fallait-il lui en faire la remarque, lui conseiller de ralentir ? Cassandra, elle, saurait comme s'y prendre.

— Miriam a dix-huit ans et je ne la reconnaîtrais pas si je la voyais, soupira Isaac. Je ne reconnaîtrais même pas ma propre mère. Quel salaud.

— Qui ? Moi ou toi ?

Isaac secoua la tête avec un rire amer.

— Pourquoi ne m'as-tu rien dit ?

— Tu étais plein d'espoir, je ne voulais pas te décevoir.

Son verre à la main, Isaac fixait le vide.

— Tu crois vraiment que je devrais parler à Cassandra de Mme O'Dea ?

— Tu ne tiens pas à ce qu'elle te méprise, je suppose ?

Et voilà, il allait briser le cœur de Cassandra et salir le souvenir qu'elle avait de son père parce qu'il ne supporterait pas qu'elle le méprise.

— Bon, puisque c'est comme ça..., déclara Isaac après un long silence. Cette histoire avec lord B. est presque terminée et il n'y a plus de mère ni de sœur à retrouver... Il est temps de lever l'ancre.

— Que vas-tu faire ?

— Je n'en sais plus rien.

— Dans ce cas, reste ici. La maison est grande, et si tu veux un emploi ou...

Il s'interrompit un instant, à court de mots.

— Cassandra aime bien t'avoir ici.

C'était inepte, pourtant Isaac parut comprendre. Il opina, esquissa un vague sourire et l'affaire fut réglée.

Joshua se leva péniblement. Il avait l'impression de ployer sous le fardeau des souvenirs, des rêves et de la peur qui lui tordait le ventre. Il aurait pu rester assis à cette table de jeu toute la nuit, mais Cassandra était seule dans sa chambre et le méprisait.

— Il faut que je parle à ma femme, murmura-t-il.

Cassandra essayait de s'installer confortablement, mais sa liseuse s'entortillait autour de sa poitrine, sa charlotte de nuit n'arrêtait pas de glisser sur son front, et le lit était trop grand et trop vide. Elle avait intérêt à s'y réhabituer, car cette nuit, elle dormirait seule. Bêta ne lui tiendrait même pas compagnie, il préférait le lit de Joshua.

Tous des traîtres.

« Une épouse n'a pas à se poser ce genre de question », avait-elle répliqué à son mari lorsqu'il lui avait demandé si cela ne l'ennuyait pas qu'il prenne une maîtresse. Dire qu'elle avait prononcé ces mots-là. Quelle ironie ! Comme elle avait été naïve et suffisante. On énonçait ce genre d'ânerie quand on n'était pas charnellement une épouse.

Elle avait commis l'erreur de croire que tout avait changé. Si c'était le cas en ce qui la concernait, pour lui rien n'avait changé.

Elle se figea en entendant Joshua entrer dans la chambre voisine. Lorsque la porte de communication s'ouvrit, elle feignit de dormir. Elle sentit le matelas s'affaisser quand Joshua s'assit au bord du lit.

Il se taisait et elle retint son souffle – ce qui lui permit de savoir qu'elle ne dormait pas.

— J'ai un bateau qui lève l'ancre demain pour New York, annonça-t-il posément. Si tu veux, on peut y embarquer Lucy.

À contrecœur, elle laissa échapper un gloussement.

— La guerre entre les Britanniques et les Américains vient à peine de s'achever. Envoie Lucy là-bas et il y aura à coup sûr une nouvelle guerre.

Dans la pénombre, elle ne distinguait pas son expression. Il ne fit pas mine de vouloir la toucher et elle perçut en lui une lassitude qui l'effraya.

— J'ai dit que ça ne m'ennuyait pas, je le sais, reprit-elle d'une toute petite voix. Quand je l'ai dit, j'étais sincère. À l'époque, nous étions des étrangers l'un pour l'autre. Mais, c'est plus fort que moi, ça m'ennuie.

Silence.

— Tu ne m'as pas promis d'être… fidèle – Dieu que ce mot avait du mal à franchir ses lèvres. En revanche, tu as promis d'être honnête.

— Je n'ai pas touché une autre femme que toi depuis près d'un an. Tu as tellement chamboulé ma vie qu'il n'y a pas de place pour quelqu'un d'autre.

— Tu fréquentes pourtant une autre femme.

— Elle s'appelle Mme O'Dea. Je n'ai aucun lien avec elle. Elle était…

Il se leva et se mit à arpenter la chambre d'un pas lourd. Où était passée l'énergie qui irradiait toujours de lui ? Elle avait envie de le réconforter, le détestait pour cela et se détestait aussi.

Il s'immobilisa au pied du lit, sa haute silhouette se découpant dans la pénombre, tel l'ange de l'Apocalypse.

— Mme O'Dea était la maîtresse de… d'un ami. Il se trouve que… cet ami… lui a parlé de moi avant de mourir et, le mois dernier, elle m'a écrit pour me dire qu'elle était malade et avait besoin d'argent. Je lui ai donc rendu visite.

Joshua hésitait, ce qui ne lui arrivait jamais.

— Ce devait être un ami intime, hasarda-t-elle.

Il ne répondit pas et se remit à aller et venir. Elle se redressa et s'adossa aux oreillers.

— Tu ne me dis pas tout. Qui est cette femme ? Et qui était ton ami ?

Il marchait sans mot dire. Le silence était si dense qu'il pesait sur les épaules de Cassandra et lui comprimait les poumons.

— Non, souffla-t-elle. Tu mens.

En deux pas, il fut près d'elle et se rassit. Elle se recroquevilla contre les oreillers et comprit qu'il ne pouvait pas avoir menti puisqu'il n'avait rien dit.

Pourtant elle l'avait entendu répondre : ton père.

Son père et sa mère, qui flirtaient le soir du vingt et unième anniversaire de Charlie, racontaient en riant qu'il était « arrivé en avance », huit mois seulement après leur mariage. Ils faisaient des sous-entendus si grivois que Miranda et Charlie les avaient suppliés d'arrêter. Mais ils avaient ri de plus belle et s'étaient mis à valser autour du salon.

Son père et sa mère, les piliers de son univers. Ils étaient si forts, si solides. La famille reposait sur eux, grâce à eux elle était indestructible.

— Non, répéta-t-elle. Papa n'a jamais eu de maîtresse. Les autres hommes oui, mais pas lui. Il était fidèle à ma mère. Ils s'adoraient. Pourquoi mens-tu ? Tu essaies de te protéger toi-même, n'est-ce pas ?

— C'est la vérité, Cassandra.

— Je me moque de ce que tu fais à tes moments perdus.

Elle ne reconnaissait pas sa voix, stridente, désagréable. Elle haïssait Joshua, elle haïssait le monde entier.

— Comment oses-tu raconter de tels mensonges sur mon père ? Notre famille était... Il n'aurait jamais... jamais, balbutia-t-elle.

Elle s'enfonça dans les oreillers, les lèvres tremblantes. Il se pencha sur elle comme s'il voulait la prendre dans ses bras. Puis il s'écarta.

— Je suis désolé, dit-il. Je n'avais pas l'intention de t'en parler.

Il avait ricané, elle s'en souvenait à présent, la première fois qu'elle avait vanté l'amour et la fidélité de ses parents. Donc il savait déjà. Peut-être savait-elle, elle aussi, tout en prétendant le contraire.

Elle s'entoura le buste de ses bras comme si cela pouvait empêcher le monde de voler en éclats.

Mais il s'effritait, le monde, de plus en plus vite. Son père avec sa maîtresse, sa mère et ses verres de liqueur, Miranda et son silence, Lucy et leur grand-mère, Emily et le théâtre, Joshua et ses affaires... L'écheveau se défaisait à toute allure, les liens se rompaient et à la fin, il n'en resterait que Cassandra, pauvre sotte, toute seule dans le noir.

Dire qu'elle s'était évertuée à maintenir l'unité de la famille. Une entreprise futile, vouée d'avance à l'échec.

— Je veux la rencontrer, dit-elle. Tu me la présenteras ?

Il la quitterait, bien sûr, mais pas tout de suite, pas aujourd'hui. Elle voulait sentir sur elle le poids de son corps, pour l'empêcher de flotter dans le vide.

— Si tu y tiens.

— J'y tiens, oui.

— C'est bien.

— Non, pas vraiment.

— Très bien.

Le silence qui suivit enfla et, peu à peu, les écarta l'un de l'autre. Joshua était là, assis au bord du lit, pourtant il s'éloignait déjà.

— Tu... tu viens te coucher ? risqua-t-elle.

Il se leva.

— Tu devrais dormir.

Une fois de plus, il s'enfuyait. Une fois de plus, elle ne savait pas comment le retenir, ni pourquoi il faudrait le retenir. Des nuits et des nuits ensemble, à tisser leur monde secret, et une petite heure avait suffi pour tout détruire.

Préserver cette intimité serait également vain.

— Il y a autre chose, Joshua. Ce soir, tu n'es pas toi-même.

— Je suis fatigué.

Joshua DeWitt n'était jamais fatigué.

— Tu as vu Martin ? demanda-t-elle pour dire quelque chose.

— Il est mort, répondit-il d'une voix atone.

Un frisson glacé la parcourut. Elle revit le petit garçon roux entrer en coup de vent dans le bureau du quartier des docs et leur demander, effaré, s'ils étaient en train de s'embrasser. Et Joshua sur le quai, qui riait avec lui et prétendait ne pas lui être attaché.

Oh, pauvre chéri !

— Je suis tellement navrée, murmura-t-elle. Que s'est-il passé ?

— Une épidémie. Bah, ce ne sont pas les enfants qui manquent à Londres. Six de plus ou de moins, quelle importance ?

— Tu as le droit de dire que tu l'aimais.

— Tu recommences, aboya-t-il, la main sur la poignée de la porte. Je vais me coucher.

Elle ne se laissa pas intimider.

— Tu as tant d'amour à donner. Tu ne devrais pas le nier. Quand on aime, on prend le risque de souffrir, mais il faut aimer malgré tout.

— Par pitié, Cassandra. Tu parles de toi, pas de moi.

— Si nous avons un...

Les mots se bloquèrent dans sa gorge, pourtant il les entendit.

— Si nous avons un enfant, ce sera ton enfant, pas le mien, lança-t-il d'une voix dure. Je ne veux pas de tout ça. Cette partie de ma vie est terminée.

Voilà, il s'en allait.

Une fois de plus.

— Ne pars pas, ordonna-t-elle en bondissant hors du lit. Ne t'enfuis pas, Joshua. Pas cette fois.

Il lui claqua la porte au nez. La clé tourna dans la serrure.

Elle se rua dans le couloir, courut jusqu'à la chambre de Joshua. Verrouillée. Elle l'appela, martela le battant de ses poings sans se soucier de réveiller toute la maisonnée et tous les démons de l'enfer.

Soudain, elle entendit s'ouvrir la porte de communication. Elle regagna sa chambre en courant, vit le chat Bêta se faufiler dans l'entrebâillement de la porte, laquelle se referma aussitôt. Et la clé tourna de nouveau dans la serrure.

— Bon sang, Joshua, tu ne peux pas continuer à fuir !

Silence.

Outré d'avoir été chassé, Bêta se laissa tomber lourdement sur le tapis et entreprit de faire sa toilette.

— Nous revoilà tous les deux, Bêta.

Le matou lui décocha un regard dubitatif.

Elle était de nouveau seule. Elle posa la main sur son ventre, ferma les yeux et dit une prière.

23

Le lendemain, ce fut M. Newell qui informa Cassandra que M. DeWitt avait ordonné que la voiture soit prête dans un quart d'heure si elle souhaitait toujours rendre visite à Mme O'Dea.

Cassandra soupira et pria M. Newell de remercier M. DeWitt et de lui dire qu'elle désirait toujours rencontrer Mme O'Dea.

Joshua semblait avoir recouvré son énergie, car il descendit l'escalier à toute allure et sauta dans la voiture. Il n'était pas rasé et Cassandra eut envie de faire pleuvoir des baisers sur ses joues râpeuses jusqu'à ce qu'il éclate de rire.

Au lieu de quoi, elle demanda :

— Comment va ton travail, aujourd'hui ?

— Il faut vraiment que tu m'ennuies avec tes politesses ?

— Tu préfères que je t'ennuie avec des grossièretés ?

— Je préfère le silence.

Sur quoi, il s'adossa à la banquette et tira son chapeau sur ses yeux. Ils n'échangèrent pas un mot jusqu'à ce que la voiture s'arrête devant une maison simple mais respectable. Ce fut Cassandra qui frappa à la porte.

— C'est encore une de tes stupides idées, grommela Joshua. Pour une femme intelligente, tu as vraiment des idées stupides.

— Je veux savoir. Tu n'es pas obligé de venir.

— Je t'accompagne, évidemment.

Elle sourit pour dissimuler son soulagement. Il l'abandonnerait tôt ou tard, mais pas aujourd'hui.

La domestique qui ouvrit la porte reconnut Joshua et les introduisit dans un salon impeccable et plutôt spartiate. Deux canaris gazouillaient dans une cage et une femme cousait près de la fenêtre. Âgée d'environ trente-cinq ans, elle portait une robe marron toute simple. Des boucles blondes s'échappaient de son bonnet en dentelle et encadraient un visage mince et très pâle. Elle posa son ouvrage et se tourna vers eux, révélant des yeux d'un bleu délavé.

Cassandra fut affreusement déçue par le physique de Mme O'Dea. Elle comprit, à sa grande honte, qu'elle avait espéré rencontrer un chatoyant papillon, afin de pouvoir se dire que son père n'avait été séduit que par les apparences. Or l'ancienne maîtresse de ce dernier n'avait rien de la comédienne jouant un rôle pour satisfaire les fantaisies passagères d'un aristocrate. D'une certaine manière, la trahison n'en était que pire.

Mme O'Dea les salua poliment, tout en étudiant Cassandra.

— Charles parlait de vous avec tendresse, madame DeWitt.

— Je dois avouer, madame O'Dea, que mon père ne m'a jamais parlé de vous.

— Bien sûr. Il y a des choses que les enfants, quel que soit leur âge, ne devraient pas savoir s'agissant de leurs parents.

— Il y a pourtant beaucoup de choses que j'ai besoin de savoir.

Mme O'Dea soutint son regard. Elle affichait une gravité bien différente de la vivacité dont la mère de Cassandra faisait preuve autrefois. Elle évoquait davantage une épouse de pasteur que la maîtresse d'un lord apprécié de tous.

La maîtresse de son père ! Dieu du ciel, que faisait-elle ici ? À quel moment la raisonnable et si bien élevée Cassandra était-elle devenue cette femme qui rendait visite à la dernière maîtresse de son père ?

Lorsque Mme O'Dea les invita à s'asseoir et leur proposa du thé, Cassandra s'assit mais refusa poliment le thé. Mme O'Dea s'assit à son tour, tandis que Joshua s'approchait de la fenêtre et glissait un doigt dans la cage pour caresser les oiseaux. Il était à quelques mètres de Cassandra et pourtant à des milliers de kilomètres.

— Je crains que cette conversation ne soit fatalement indélicate, attaqua Cassandra. Je vous prie de m'excuser de faire ainsi irruption chez vous, mais apprendre votre existence a été un choc. J'ai toujours cru que mon père était fidèle à ma mère.

Mme O'Dea pinça les lèvres, mais hocha la tête gracieusement.

— Il l'était. Avant moi. Il m'a dit que pendant plus de vingt ans, il n'avait pas regardé une autre femme.

— Vous n'essayez pas de me dire qu'il vous aimait, n'est-ce pas ?

La question était cruelle et Cassandra s'en repentit aussitôt, mais Mme O'Dea ne parut pas s'en formaliser.

— Il avait besoin de moi, répondit-elle. Nous nous sommes rencontrés après que votre mère l'eut quitté.

— Elle ne l'a jamais quitté !

Joshua pivota abruptement, mais Cassandra y fit à peine attention.

— Charles a dit qu'Emmaline l'avait quitté, répliqua Mme O'Dea, visiblement déroutée.

— Pourquoi vous aurait-il dit cela ? Elle n'a jamais... Oh...

Elle sentait sur elle le regard acéré de Joshua et celui, interrogateur, de Mme O'Dea. Elle fixa le tableau accroché au mur : le portrait en pied d'un homme qui n'était pas son père.

En un sens, sa mère avait bel et bien quitté son père. Elle les avait tous quittés. Cassandra n'avait jamais songé à ce qu'avait dû éprouver son père. Quinze jours plus tôt, elle n'aurait pas compris et n'aurait pas pu pardonner.

Désormais cependant, elle connaissait ce sentiment de solitude qui vous accablait quand on avait près de soi un être cher et cependant inaccessible.

— Après la mort de Charlie, murmura-t-elle.

— Oui, acquiesça Mme O'Dea en lissant sa jupe. Il voulait parler de Charlie. C'est comme cela que notre histoire a commencé.

— Vous connaissiez Charlie ?

— Mon mari l'avait connu à Oxford où il était professeur.

Comme Cassandra jetait un coup d'œil à l'homme du portrait, Mme O'Dea hocha la tête.

— Il avait l'habitude d'inviter ses étudiants chez nous et nous discutions avec eux jusqu'au milieu de la nuit. Nous aimions beaucoup Charlie.

— Tout le monde aimait Charlie.

Et pourtant quelqu'un l'avait poignardé, et lord Charles, à l'instar de Joshua, avait perdu un fils. Toutefois, contrairement à Joshua, il ne s'était pas emporté ni n'avait rejeté le monde entier. Non, il avait souri et continué à sourire.

Comme le faisait Cassandra.

— Votre père voulait parler de Charlie, alors il s'est mis à la recherche des amis de Charlie, poursuivit Mme O'Dea. Il disait que les gens l'évitaient, ou refusaient de parler de son fils. Au début, nous nous sommes contentés de parler. Mais j'étais veuve depuis peu et mon mari me manquait.

Le petit salon parut soudain résonner de la plainte de tous ces cœurs meurtris. Comment tenaient-ils, ces humains fragiles et fiers ? Comment trouvaient-ils la force de se lever le matin, jour après jour ? En pensant à autre chose, en se mentant à eux-mêmes, en cherchant un peu d'amour et de joie là où ils le pouvaient.

Mme O'Dea lui sourit.

— Il parlait aussi de vous, madame DeWitt. Sa Cassandra. Il disait que vous étiez son roc. Mais vous étiez trop jeune, votre fardeau était déjà bien lourd et il ne voulait pas l'alourdir davantage.

— J'étais son roc, pourtant ça n'a pas suffi pour le sauver, murmura Cassandra, les larmes aux yeux.

Soudain, Joshua fut derrière elle et posa les mains sur ses épaules.

— Le sauver ? C'était un accident, lui rappela Mme O'Dea d'une voix mal assurée.

Peut-être connaissait-elle la vérité au plus profond d'elle-même. Peut-être détenait-elle la clé pour résoudre le mystère du suicide de lord Charles.

— Il s'est tué, dit Cassandra.

— Cassandra, non ! s'exclama Joshua. Pas un mot à qui que ce soit, dit-il à Mme O'Dea d'un ton presque menaçant. Personne ne doit savoir.

Elle opina, mais son esprit était ailleurs, dans un lieu qu'elle seule voyait.

— Vous avez déjà vu le brouillard à Londres ? demanda-t-elle. Charles disait que sa tête était pleine de ce brouillard épais et froid, et qu'il l'étouffait. Il avait le sentiment qu'il ne verrait plus jamais le soleil.

Voilà, Cassandra avait sa réponse. Elle ne comprenait toujours pas très bien, mais il lui faudrait se contenter de cette explication.

Charlie était mort, le couple formé par ses parents s'était désagrégé et leur famille aussi. Elle n'aurait rien pu faire.

À sa manière, Joshua avait essayé de la mettre en garde. Il avait eu deux familles, qui s'étaient toutes deux décomposées. Voilà pourquoi il n'en voulait pas une troisième. Il avait beau avoir de l'affection pour elle, il la quitterait quand même et rien ne l'en empêcherait, pas même un enfant. Joshua, si brillant, si compétent, qui savait que rien ne durait jamais.

Espérer le garder était stupide. Il ne lui restait plus qu'à retrouver sa vie d'avant.

Elle se leva, Joshua retira ses mains.

— Je suis navrée de vous avoir dérangée, madame O'Dea, dit-elle, s'enveloppant de politesse comme d'un manteau. Je vous remercie pour votre gentillesse, envers mon père et moi-même. Si vous avez un jour besoin de quoi que ce soit, n'hésitez pas à nous le faire savoir.

Mme O'Dea se leva à son tour et les dévisagea l'un et l'autre.

— C'est merveilleux de vous voir ensemble. Votre mariage était la seule chose qui consolait Charles.

Cassandra n'osa pas regarder Joshua, et sentit qu'il ne la regardait pas non plus. Mme O'Dea sourit et continua :

— Il disait que vous vous rendriez mutuellement heureux et que chacun donnerait à l'autre ce dont il avait vraiment besoin. Il serait content de voir que cela, au moins, s'est réalisé.

Là aussi, elle s'était donc fourvoyée, songea Cassandra. Lorsque son père lui avait demandé d'épouser Joshua, c'était un cadeau qu'il lui offrait et non un fardeau supplémentaire dont il la chargeait. Il n'avait jamais voulu qu'elle sacrifie son bonheur pour sa famille, mais bien plutôt qu'elle le trouve.

Oh, cher papa, vous aviez tellement raison, et tellement tort !

Tandis que la voiture roulait lentement dans les rues encombrées, Joshua songeait à lord Charles et aux espoirs erronés qu'il avait nourris en jouant les marieurs. Pour la première fois depuis que Mme O'Dea avait fait exploser ce baril de poudre, il regarda Cassandra. Elle esquissa un pâle sourire.

Il devrait lui dire qu'il pourrait la contempler pendant des heures. Qu'elle le rendait heureux. Que grâce à elle, il était plus fort et plus serein. Lui dire qu'il n'était qu'un imbécile.

Lord Charles avait eu les meilleures intentions du monde. Pauvre homme brisé, perdu dans le brouillard et qui souriait malgré tout.

— Tu n'es pas obligée de sourire, lâcha-t-il. Tu n'as pas à te cacher derrière ce foutu sourire.

Le sourire en question disparu.

— Je t'ai souri parce que te regarder me donne envie de sourire. Sauf quand ça me donne envie de t'étrangler ou de te gifler ou de t'embrasser ou de tout cela à la fois. Je peux te sourire en étant contrariée, parce que je suis capable d'éprouver plusieurs sentiments en même temps. Et si tu ne le comprends pas, eh bien, je m'en contrefiche.

En bon petit soldat, elle rajusta ses gants, carra les épaules et afficha son expression la plus aimable.

— Finalement, je vais avoir le temps d'aider lady Morecambe à choisir son service de table. Elle hésite entre du Delft et du Wedgwood. Si cela ne t'ennuie pas de me déposer dans Bond Street.

Encore des politesses – une punition cruelle, et elle le savait.

— Parle-moi de ta mère, dit-il abruptement. Elle est partie ou elle n'est pas partie, elle est souffrante ou bien portante ? Tu as une mère ou pas ?

— Oui et non, répondit-elle d'un air de défi. À la mort de Charlie, le médecin lui a prescrit quelque chose pour dormir. Depuis, elle ne peut plus s'en passer et elle a perdu pied avec la réalité.

Le menton haut, elle tourna la tête vers la rue. Il comprenait enfin : lady Charles était une mangeuse d'opium et s'était retranchée dans son paradis artificiel.

— Elle a pris cette drogue pendant toutes ces années ?

— De façon intermittente. Je me suis aperçue qu'elle en prenait moins quand elle avait l'esprit occupé. Comme elle s'intéressait aux plantes médicinales et aux élixirs fortifiants, l'automne dernier, Mme Greenway et moi avons rénové la distillerie. Elle s'y rend très souvent le matin, elle crée des liqueurs qu'elle nous fait goûter. Son vin d'orange et de sauge est, disons... intéressant. En tout cas, elle passe une demi-journée dans le monde réel.

Cassandra affichait un calme olympien, comme si elle n'avait aucun souci, alors qu'elle se tourmentait et se démenait pour sa famille, ce dont sa mère comme ses sœurs ne semblaient pas se rendre compte ni se soucier.

Et lui-même ne valait pas mieux, parce qu'il avait beau savoir et se soucier d'elle, il ne cessait de la blesser. Il ne pouvait s'en empêcher, car dès qu'il se sentait bien avec elle, un démon en lui la repoussait.

Une expression de tendresse se peignit sur les traits de Cassandra, sur ce doux visage qu'il voyait le plus souvent à la lueur des chandelles. Il faillit ouvrir la portière de la voiture et déguerpir à toutes jambes.

— Je pense à ce que voulait mon père, murmura-t-elle. Pour nous deux.

— Ah non, ne te mets pas des idées romantiques en tête sous prétexte que ton père le voulait !

— J'allais dire que j'ignorais tout de ses véritables intentions. Je croyais que je t'épousais uniquement pour préserver notre patrimoine.

— Moi, je lui avais dit que je ne désirais pas me remarier et que je n'accepterais qu'une union de façade.

— Raison pour laquelle nous avons convenu que nous reprendrions le cours de notre vie chacun de notre côté.

— Exactement, rétorqua-t-il, plus furieux contre elle qu'il ne l'avait jamais été. Peu importe que nos rapports charnels soient extrêmement satisfaisants…

Il s'interrompit un instant, puis :

— Ils sont satisfaisants pour toi, n'est-ce pas ?

— Je ne m'en plains pas, mais je ne tiens pas à en discuter. Seigneur, à quoi pensait mon père en me mariant à un homme capable d'aborder des sujets aussi inconvenants ?

— Et en me mariant à une femme qui se soucie davantage des convenances que de ses propres désirs.

— Un homme qui tient tellement à exprimer le fond de sa pensée qu'il n'hésite pas à blesser les autres.

— Une femme qui tient tellement à ne pas blesser les autres qu'elle se rend malheureuse.

— Un homme qui ne sait que fuir pour ne pas souffrir.

— Une femme qui ne sait pas se battre pour ce qui lui appartient.

La voiture roula dans une ornière et les deux passagers faillirent se cogner le front l'un contre l'autre. D'un même mouvement, ils se rejetèrent en arrière.

— Tu dis des bêtises, une fois de plus, l'accusa-t-elle.

— Toi aussi. Heureusement que c'est presque terminé, pas vrai ?

— Tout à fait.

Il darda sur elle un regard noir, qu'elle lui retourna. Il croisa les bras pour s'empêcher de l'asseoir sur ses genoux et de la caresser jusqu'à ce qu'elle s'accroche à lui et lui à elle.

Ce fut elle qui rompit le silence.

— Tu as dit que tu viendrais à Sunne Park.

— Quand tu me convoqueras pour t'engrosser ?

— Oh, je ne voudrais surtout pas t'embêter ! Pour t'éviter cette peine, je prendrai peut-être un amant.

— Trouve quelqu'un qui ait de l'endurance. Tu es exigeante au lit quand tu oublies d'être convenable.

— L'expert que tu es pourrait peut-être engager quelqu'un qui soit à la hauteur de la tâche. Tu le nommerais secrétaire en charge d'engrosser ma femme vu que je suis trop occupé et trop égoïste pour le faire moi-même.

— Un intitulé de fonction complètement idiot.

— Ils le sont tous ! cria-t-elle.

Il recula, stupéfait. Quel était le problème avec les intitulés de fonction de ses secrétaires ? Et quel rapport avec elle ? Et où était passée leur camaraderie, et pourquoi ne voulait-elle pas de lui, et pourquoi avait-il tant de mal à respirer ?

Se ressaisissant, elle déclara posément :

— Sache que je retrouverai avec plaisir la tranquillité de Sunne Park. Sans toi.

— Pour ma part, je retrouverai Birmingham avec joie. C'est la ville la plus bruyante du monde, pourtant elle est infiniment plus facile à supporter que toi.

— Nous n'aurons plus à nous supporter l'un l'autre que quelques jours. Si la duchesse est satisfaite de Lucy lors du bal, elle l'accueillera sous son toit. Tu es prié de te conduire correctement, cela aidera.

Une pause.

— Être débarrassé de moi sera ta *récompense* pour bonne conduite, ajouta-t-elle d'un ton amer.

— Je ne désire pas autre chose, mentit-il. Je serai donc irréprochable.

24

Cassandra avait eu raison de déclarer, lors de son premier petit déjeuner avec Joshua, qu'ils pouvaient vivre sous le même toit sans jamais se croiser.

Eh bien, ils l'avaient prouvé ! Trois jours s'étaient écoulés depuis leur dispute dans la voiture et elle n'avait pas vu Joshua. Elle l'entendait parfois, la nuit, qui marchait dans sa chambre, tandis que, couchée dans un lit trop grand, elle cherchait vainement le sommeil. Elle avait entendu sa voix une seule fois – il appelait un domestique – et son pouls s'était emballé.

Ce fut par M. Newell qu'elle eut la confirmation qu'il les accompagnerait, Lucy et elle, au bal de la duchesse.

Pendant que Ruth, sa femme de chambre, l'aidait à se préparer, Cassandra s'efforçait de contrôler sa nervosité. « Ce n'est qu'un bal parmi tant d'autres, se répétait-elle. Et lui n'est qu'un homme parmi tant d'autres. » C'était prévu depuis le début que cela aurait une fin et ils y étaient.

Pourtant, alors qu'elle descendait l'escalier, elle dut s'arrêter et agripper la rampe, les jambes en coton, à la vue de son mari qui attendait dans le hall.

Il faisait bien sûr les cent pas en se frappant la cuisse de ses gants blancs. Sa veste de soirée moulait ses larges épaules et Cassandra eut envie de promener les mains sur ces épaules et ce torse musclé, d'en sentir la chaleur et la force.

À cet instant, Joshua tourna la tête et s'immobilisa, braquant sur elle un regard indéchiffrable.

Au prix d'un effort considérable, Cassandra continua à descendre, marche après marche, concentrée pour ne pas tomber. Bonté divine, elle se comportait comme une débutante amoureuse. Sauf qu'une débutante ne serait pas la proie du désir violent de se presser nue contre un homme, ni du besoin douloureux de se réfugier avec lui dans le monde secret qui n'appartenait qu'à eux, elle ne serait pas terrifiée par ce mur invisible et infranchissable qui les séparait.

Joshua lui manquait tellement. Même quand il était là, devant elle, il lui manquait.

— Qu'est-ce que tu as sur la tête ? Y a-t-il un oiseau rose tout déplumé qui vole en ce moment même au-dessus de Londres ?

— C'est là, en principe, que tu me dis que je suis ravissante.

— Pourquoi le dirais-je ? Tu viens de le faire toi-même.

Ce petit sourire narquois avait toujours le pouvoir de la chambouler. Elle se retint avec peine de lui rendre son sourire et crispa les doigts pour s'empêcher de l'étrangler avec sa cravate savamment nouée – ce serait dommage de la massacrer. Il était rasé de près et elle aurait tout donné pour frotter sa joue contre la sienne et s'enivrer de son odeur. Il avait renoncé à sa boucle d'oreille et s'était enfin décidé à se faire couper les cheveux.

— Tu es tout pimpant.

— J'ai l'intention de plaire.

— Cela ne te ressemble pas.

Dieu savait pourtant qu'il lui plaisait.

« Être débarrassé de moi sera ta récompense pour bonne conduite », lui avait-elle lancé dans la voiture.

Je ne désire pas autre chose. Je serai donc irréprochable.

Elle sentit sa gorge se serrer et fut soulagée lorsque le valet lui apporta sa cape de soirée. Ce fut cependant Joshua qui la drapa sur ses épaules et agrafa la broche qui fermait le col. Elle retint son souffle lorsqu'il lui frôla le cou et garda les yeux rivés sur sa bouche qu'elle n'était plus autorisée à embrasser.

Quand il plongea son regard dans le sien, tout se figea. Dans la lumière vacillante du candélabre, elle crut lire sur ses traits du désarroi, un appel. L'espoir transperça son cœur meurtri.

Puis il fit volte-face et se remit à frapper sa cuisse de ses gants.

— Le bal est bien prévu ce soir ? s'enquit-il. Ou sera-t-il remis à demain afin que notre Mlle Lucy puisse être prête à temps ?

Cassandra lissa sa cape et en profita pour remettre de l'ordre dans ses pensées.

— Elle tient à faire une entrée remarquée, soupira-t-elle. J'aurais préféré qu'elle s'habille chez notre grand-mère, mais celle-ci m'en veut encore.

Il y eut soudain une cavalcade sur le palier et Emily dévala les marches, le visage rose d'excitation.

— Elle arrive ! Elle arrive ! s'écria-t-elle.

Elle se posta au pied de l'escalier. Les domestiques, ainsi que M. Newell et Isaac, se groupèrent autour d'elle. Tous adoraient Lucy, qui était gentille avec tout le monde sauf Cassandra.

Quand elle apparut en haut des marches et s'immobilisa pour savourer l'admiration muette de son public, Cassandra oublia ses griefs, leurs querelles, leur rancœur et leur chagrin. Elle ne vit que sa petite sœur bien-aimée, radieuse dans sa robe de bal immaculée. Des perles brillaient dans ses boucles sombres et un sourire heureux éclairait son visage.

Lucy descendit l'escalier d'un pas dansant, s'avançant résolument vers sa nouvelle vie.

Cassandra s'efforça de graver le moindre détail dans sa mémoire. Elle ignorait quand elle reverrait Lucy une fois cette soirée achevée. Elle serra les dents pour refouler ses larmes et pria pour que Lucy retrouve le bonheur.

— Dieu qu'elle est belle, souffla-t-elle.

Elle coula un regard à Joshua et s'aperçut qu'il l'observait elle, et non sa sœur. Elle laissa échapper un rire un peu trop aigu.

— Elle va éblouir la bonne société.

— La bonne société ne s'en remettra pas.

Il se rapprocha jusqu'à lui frôler l'épaule. Sa chaleur, son odeur l'enveloppèrent.

— Tu es belle, murmura-t-il.

Elle eut l'impression, mais peut-être se trompait-elle, qu'il lui effleurait la hanche. Au pied de l'escalier, les domestiques et Emily s'empressaient autour de Lucy, lui présentaient comme à une princesse sa cape, ses gants et son éventail. Au bord des larmes, Cassandra lança un regard oblique à Joshua. « Tu es belle. » Des mots qui, hélas, venaient trop tard. Il était gentil – la gentillesse était l'une des qualités qu'elle aimait chez lui –, ce n'était toutefois pas ce qu'elle voulait de lui.

— Tu ne m'avais encore jamais fait de compliment, dit-elle.

— Quoi ? s'exclama-t-il, feignant l'indignation.

Il jouait la comédie, la taquinait de nouveau.

— J'ai dû débiter quelques âneries à propos de tes cheveux, de tes robes ou de tes yeux.

Elle pivota vers lui, plus calme maintenant qu'ils étaient en terrain familier.

— Tu ne sais même pas de quelle couleur sont mes yeux.

— Bien sûr que non ! rétorqua-t-il, jovial.

Voilà qu'elle était déçue. Quelle sotte ! Comme si ce genre de détail avait la moindre importance !

— Tes yeux sont d'une couleur impossible, enchaîna-t-il. Ils tirent parfois sur le vert, d'autres fois sur le brun, ou le vert un peu brun, ou le brun un peu vert. Au soleil, ils sont mordorés. Quand tu pleures, ils sont d'un vert très doux. Dans la volupté, ils s'assombrissent. Lorsque tu ris, ils s'éclairent. Quand tu es en colère, ils sont presque noirs. Comment diable saurais-je de quelle couleur ils sont alors qu'ils changent tout le temps ?

— Tu as remarqué, dit-elle bêtement.

Les paupières de Joshua voilaient son regard. Cassandra n'aurait su dire à quoi il pensait et n'eut pas le courage de le lui demander.

— Tu n'es pas obligé de me débiter des âneries, reprit-elle en triturant son éventail. Je ne suis pas mécontente de mon apparence, mais quand je me compare à mes sœurs...

— Lucy étincelle comme un diamant. Toi, tu es belle comme une rose. Une rose avec des plumes roses sur la tête.

Elle ne put s'empêcher de rire, parce qu'il disait des bêtises et qu'elle était stupide. C'était elle qui aimait les roses, lui les trouvait inutiles. S'il avait dit qu'elle était belle comme une usine ou une pile de dossiers, elle aurait peut-être été flattée. En l'occurrence, elle se sentait plus seule que jamais.

Un courant d'air froid se faufila dans le hall – un valet avait ouvert la porte. Cassandra croisa le regard de Joshua et se rappela qu'elle avait atteint l'objectif qu'elle s'était fixé en venant ici, tout allait bien. Il ne lui avait pas fait de promesses, il ne lui avait pas menti.

Si son cœur se brisait, il n'y était pour rien. Elle était la seule responsable.

— Excusez-moi, les tourtereaux ! lança Lucy depuis le seuil. Le bal est bien prévu pour ce soir ? Ou faut-il le reporter à demain pour vous laisser le temps de roucouler ?

La première danse avait commencé lorsqu'ils arrivèrent. Cassandra confia Lucy au duc et à la duchesse, et s'éloigna. Bien sûr qu'elle s'éloignait, songea Joshua en suivant du regard les plumes de sa coiffure qui ondulaient dans la foule. Voilà où ils en étaient et quelques compliments maladroits, qui de surcroît venaient bien tard, n'y changeraient rien.

Ce soir, il était mal dans sa peau, son corps l'encombrait. Il mettait ça sur le compte de sa cravate qui l'étouffait, de sa veste, mais il n'était pas dupe. Décidément, il faisait tout de travers, cela confinait au génie.

Il déambula sans but dans la salle de bal, affichant une mine renfrognée qui faisait fuir les invités. De temps à autre, il apercevait Cassandra. Il vit Dammerton s'approcher d'elle. Elle sourit. Quelqu'un lui bloqua la vue et, quand l'importun eut déguerpi, il vit le jeune duc inscrire son nom sur le carnet de bal de Cassandra.

Maudit Dammerton qui lui contait fleurette et quémandait une danse. Elle aimait danser, elle était douée pour ça aussi. Il n'avait pas appris à danser sous prétexte que c'était une perte de temps et ce soir, il le regrettait. Elle aimerait danser avec lui. Ou pas, on ne fabriquait pas des enfants en dansant.

Mais pourquoi restait-il loin d'elle ? Quel imbécile ! Il ne leur restait plus que quelques jours à passer ensemble. Allait-il les gâcher et continuer à bouder ? Cassandra avait une théorie philosophique à propos des fleurs coupées, il s'en souvenait : elles ne duraient pas et il fallait en profiter avant qu'elles se fanent.

La musique s'arrêta et les danseurs se dispersèrent dans un joyeux brouhaha.

— Que diable fais-tu là ? grinça une voix familière.

Joshua ravala un grognement. Encore une bagarre en perspective, quel ennui.

— Bonsoir, père.

— Tu avais promis de rester à l'écart.

— C'est la grand-mère de ma femme qui donne ce bal, et la sœur de ma femme fait ses débuts dans le monde ce soir. Vous saviez que je serais là, c'est donc vous qui auriez dû rester à l'écart.

— Tu ne devrais même pas être à Londres.

Isaac avait raison : Treyford le haïssait parce qu'il lui rappelait son infamie. Ce qui signifiait que, malgré ses airs de matamore, cet homme avait honte.

Joshua ouvrait la bouche pour répondre quand il remarqua que les invités s'agitaient.

Le duc de Sherbourne, un septuagénaire fringant, s'était campé au centre de la salle. Lucy était à son côté, sa main fine posée sur son bras. Devant cette jeune femme, d'une grâce et d'une beauté ineffables, des murmures admiratifs coururent dans la salle. Joshua se surprit à sourire et à se rengorger, fier comme un paon. Il chercha Cassandra du regard – c'était son triomphe autant que celui de Lucy –, mais il ne la trouva pas. Son sourire s'effaça, ses épaules se voûtèrent. « Tu devrais être avec elle, pauvre imbécile », se tança-t-il.

Le duc leva la main pour réclamer le silence et, de sa voix profonde d'orateur accompli, déclara :

— Mes amis, j'ai le plaisir et l'honneur de vous présenter ma petite-fille, Mlle Lucy Lightwell.

Les invités applaudirent poliment en chuchotant des commentaires, puis l'orchestre attaqua une valse lente. Le duc s'inclina, Lucy fit la révérence, et tous deux s'élancèrent sur le parquet.

Joshua balaya de nouveau la salle du regard, envahi par une étrange angoisse. Il allait partir à la recherche de Cassandra, quand Treyford lui demanda d'un air songeur :

— C'est elle la sœur ? Elle ressemble un peu à Susan.

Lady Susan Lightwell, la plus jeune fille du duc et de la duchesse de Sherbourne, la première épouse de Treyford, la tante de Lucy et Cassandra. Le comte semblait perdu dans ses souvenirs du temps où il avait dix-huit ans et lady Susan seize, lorsqu'ils s'étaient enfuis ensemble et que…

Joshua ne savait rien de plus. Pourquoi les deux jeunes gens s'étaient-ils enfuis quelque trente ans plus tôt et pourquoi s'étaient-ils séparés ? Mystère. Il ignorait comment lady Susan, protestante et fille de duc, s'était retrouvée dans un couvent catholique en Irlande, où elle avait passé les seize années suivantes. Il se demandait si Treyford croyait réellement qu'elle était morte lorsqu'il avait épousé la mère de Joshua. À vrai dire, il n'avait jamais posé ces questions. Il était bien trop en colère pour le faire.

Cassandra avait perçu sa colère. Il avait nié, mais elle avait raison. Une fois de plus.

D'autres couples se lancèrent sur la piste et il vit enfin sa femme. Elle regardait Lucy danser avec une fierté teintée de mélancolie, échangeant des commentaires avec lady Hardbury, son amie si dédaigneuse.

Comme s'il l'avait appelée, elle pivota.

Leurs regards se rencontrèrent.

Soudain, la musique et les danseurs s'effacèrent, et il n'y eut plus que Cassandra.

Puis quelqu'un la bouscula, elle détourna les yeux, et le brouhaha et la chaleur assaillirent de nouveau Joshua.

Il devait la rejoindre, tout de suite. Il jeta un coup d'œil à son père. Visiblement de retour du passé, il affichait cet air hargneux qui avait toujours horripilé Joshua et qui maintenant…

Rien.

Il étudia le visage de son père comme s'il le voyait pour la première fois. Rien, pas une once de colère. De l'indifférence, du dégoût, la nostalgie de ce qui n'avait jamais vraiment existé, le regret d'avoir perdu tant de temps. Voilà tout ce que lui inspirait son père à présent.

La colère l'avait quitté.

— Si je vous ai causé des problèmes, monsieur, je vous présente mes excuses.

Le comte parut stupéfait.

— Tu es quoi ?

— Cela ne signifie pas que je cautionne ce que vous avez fait, encore moins que je vous pardonne. Cela signifie simplement que cela n'a plus d'importance à mes yeux.

Désarçonné, Treyford le dévisagea. Il se ressaisit cependant très vite.

— Ce ne sont pas vraiment des excuses, fit-il remarquer.

— Elles valent mieux que vos excuses.

— Lesquelles ?

— Précisément, marmonna Joshua.

Il ôta son gant gauche, retira la chevalière et la tendit à son père.

— Je crois que ceci revient à votre héritier.

Le comte étrécit les yeux, tendit une main hésitante, comme s'il craignait que Joshua ne lui joue un mauvais tour.

Joshua laissa tomber la bague dans sa paume, puis massa son doigt désormais nu. Il portait cette chevalière depuis ses douze ans. À mesure qu'il grandissait, elle était passée du majeur à l'annulaire puis à l'auriculaire. Elle ne lui avait jamais appartenu, il ne s'y était cramponné que trop longtemps.

Treyford l'inspecta sous toutes les coutures avant de la glisser, par précaution, à son auriculaire.

Joshua remit son gant et tendit de nouveau la main. Cette fois, Treyford n'hésita pas à la serrer. Joshua s'inclina. Son père aussi.

Puis Joshua se détourna et se dirigea vers sa femme.

25

Durant un long moment, Cassandra n'eut d'yeux que pour Lucy qui dansait à la perfection et se conduisait de manière exemplaire. À chaque pas de sa valse avec le duc, son inquiétude refluait. À en juger par les commentaires élogieux qui se chuchotaient autour d'elle, le Tout-Londres était déjà sous le charme.

Puis elle balaya du regard la mer d'hommes en noir insipides et sans intérêt. Un seul semblait vivant, vibrant, et lorsque leurs yeux se rencontrèrent, la musique et les danseurs s'effacèrent. Il n'y eut plus que cet homme-là.

Le temps d'un battement de cœur, il n'y eut plus qu'elle.

S'ils avaient été seuls dans cette salle, il se serait avancé vers elle, l'aurait enlacée et ils valseraient...

Valser ? Joshua ? Sûrement pas. D'ailleurs, quel besoin avait-elle de danser ? Quel besoin avait-elle d'un homme qui savait à quel moment s'asseoir, se lever et saluer, qui savait dire ce qu'il fallait sans rien dire du tout ?

Au diable, tout cela. C'était de cet homme-là qu'elle avait besoin : solide et sincère, attentionné et vulnérable. Il avait ses propres valeurs, il avait du cœur, il voulait changer les choses, et il avait tant d'amour à donner qu'il ne savait comment s'y prendre et se rendait malade à tenter de le cacher.

Si seulement elle pouvait lui murmurer : « Il n'y a que toi. Ne me quitte pas, j'ai besoin de toi. »

À quoi il répondrait en riant : « On a encore abusé du cognac, madame DeWitt ? » avant de s'enfuir à toute vitesse.

Quelqu'un la bouscula. Elle se retourna brièvement et quand elle le chercha de nouveau des yeux, elle ne le vit pas.

— Avec un physique pareil, votre sœur survivra sans doute au déshonneur de votre famille, persifla une voix doucereuse qui la fit frémir. Cela dit, elle pourrait aussi devenir courtisane.

Lady Bolderwood.

Incrédule, Cassandra étudia l'échafaudage de boucles blondes, la toilette spectaculaire, le vilain petit sourire au coin des lèvres. Que lady Bolderwood soit insultante n'avait rien d'étonnant. Qu'elle lui adresse la parole ne la surprenait pas non plus.

En revanche, que cette femme soit invitée au bal de la duchesse la stupéfiait.

On les observait. Cassandra leva le menton et lui tourna ostensiblement le dos : le pire des affronts.

Repérant sa grand-mère près d'un palmier en pot, elle marcha droit vers elle.

— Te voilà, ma chère Cassandra. Nous pouvons considérer que Lucy a réussi, n'est-ce pas ?

— Pourquoi lady Bolderwood est-elle là ?

La duchesse haussa un sourcil.

— Les invitations ont été lancées bien avant que vos démêlés défraient la chronique.

— Grand-mère, vous auriez dû annuler celle de cette femme. Ce sont les débuts de ma sœur !

— Et c'est mon bal. Je ne suis pas à ton service, Cassandra.

— Nous sommes une famille, je pensais pouvoir compter sur votre soutien.

La duchesse pinça les lèvres.

— Tu n'écoutes pas mes conseils, tu manipules mon mari, tu me forces à faire passer ton intérêt avant le mien, et tu as l'impertinence de me parler de cette façon à mon propre bal ?

Le ton accusateur fit tressaillir Cassandra. Résumée en ces termes, sa conduite paraissait odieuse. Pas étonnant que la duchesse lui en veuille.

Elle allait s'excuser, par habitude, et puis… non, elle n'avait manipulé ni forcé personne. Elle avait le droit d'avoir ses propres opinions, de prendre ses propres décisions et de soutenir sa sœur.

Mais avant qu'elle ait pu dire le fond de sa pensée à sa grand-mère, la valse s'acheva et les couples se dispersèrent. L'orchestre attaqua un quadrille avant même que les danseurs n'aient eu le temps de se mettre en ligne. Les musiciens s'arrêtèrent brusquement. Dans le silence inopiné qui suivit, on entendit la voix de lady Bolderwood :

— … la vieille duchesse a encore de la vigueur. Sir Arthur Kenyon y est pour quelque chose, il paraît qu'il la culbute tous les après-midi.

Ces mots crus firent l'effet d'une bombe. Tous les regards se braquèrent sur lady Bolderwood. La duchesse ravala une exclamation, les joues marbrées du rouge de l'humiliation. Affolée, elle ouvrait et fermait la bouche tel un poisson hors de l'eau. Il y eut quelques ricanements et elle parut sur le point de s'évanouir.

— Oups ! pouffa lady Bolderwood. J'aurais dû parler moins fort. Cela dit, je n'apprends rien à personne.

C'en était trop. Cassandra avait la tête qui lui tournait et l'impression de flotter au-dessus du sol. La rage lui faisait le même effet que le cognac. L'esprit aussi acéré qu'une lame, elle pivota, remarqua vaguement Joshua qui approchait, les invités qui l'observaient. Elle était à présent un faucon prêt à fondre sur sa proie.

Elle s'avança vers ladite proie et quand elle parla, elle ne reconnut pas sa voix.

— Vous n'êtes qu'une langue de vipère ! Traînez-vous dans la fange si ça vous chante, mais ne salissez pas les autres !

Lady Bolderwood secoua la tête d'un air apitoyé.

— Vous êtes tellement naïve, madame DeWitt.

— À force de vous adonner à des jeux malsains avec votre mari, vous avez des idées tordues et vous ne savez plus distinguer le vrai du faux.

Cassandra fit encore un pas, la vicomtesse recula.

— Vous êtes une malveillante de la pire espèce, qui juge les autres à l'aune de sa propre dépravation. Comment osez-vous insulter ma grand-mère ?

Lady Bolderwood grimaça et regarda Harry qui s'approchait d'un pas titubant. À cet instant, Joshua se matérialisa au côté de Cassandra.

— Et vous, comment osez-vous me parler sur ce ton ? riposta lady Bolderwood. Je suis vicomtesse, je vaux mieux que vous.

— Vraiment ? railla Cassandra. Vous ne valez pas mieux qu'un ver de terre.

— Ne lui parlez pas ainsi, intervint Harry. DeWitt, contrôlez un peu votre femme.

Joshua posa une main ferme sur la taille de Cassandra.

— Certainement pas, dit-il, jovial. Elle est magnifique quand elle ne se contrôle plus.

— Sortez d'ici, ordonna Cassandra. Tous les deux. Immédiatement.

— Vous n'êtes rien, madame DeWitt, ricana la vipère. Vous ne pouvez pas nous obliger à partir.

— Mais moi, je le peux.

Le duc de Sherbourne.

Le grand-père de Cassandra n'était pas très grand et n'en avait pas besoin. Harry eut du moins l'intelligence d'incliner la tête avec respect.

Un petit attroupement s'était formé autour d'eux. Arabella et son époux, lord Hardbury, le duc de Dammerton et… Était-ce le comte de Treyford ? Bonté divine.

À l'avant-garde de l'armée DeWitt, Arabella lui adressa un clin d'œil.

— Vous n'êtes pas le bienvenu ici, Bolderwood, déclara le duc. Naguère, j'ai reproché à mon fils de ne pas vous avoir provoqué en duel pour venger Cassandra. Charles m'a répondu qu'il refusait de faire couler le sang et qu'il était content que vous ayez pris la fuite, car cela permettrait à Cassandra d'épouser un homme bien. Je n'avais pas compris sa position jusqu'à ce soir. Vous m'écœurez.

Il toisa lord Bolderwood.

— Ne croyez pas que je suis trop vieux pour vous donner rendez-vous sur le pré.

— Ni moi non plus ! intervint le comte de Treyford, à la surprise générale. Un bon petit duel me ferait plaisir. L'odeur de la poudre à l'aube, je ne connais rien de mieux.

— Pas de duel, messieurs, intervint le duc de Dammerton, goguenard. Attendons plutôt de voir la tête de Bolderwood lundi, quand la justice saura comment il a volé des lettres à M. DeWitt et soudoyé des témoins pour qu'ils fournissent de faux témoignages. Ces pitoyables manigances ayant pour but d'extorquer de l'argent à M. DeWitt, parce que Bolderwood est incapable de régler ses dettes.

Bolderwood cherchait frénétiquement une issue, tel un renard acculé. Il se rapprocha de son épouse, désormais son unique alliée.

— Venez, Phyllis, dit-il posément, car un aristocrate ne perdait jamais la face. Ce bal est ennuyeux à mourir. Allons nous divertir ailleurs.

Lady Bolderwood décocha un regard assassin à Cassandra, puis elle prit le bras de son mari et tous deux traversèrent la foule résolument hostile.

Se retenant d'applaudir, Cassandra se tourna vers sa grand-mère. Celle-ci était immobile, droite comme un I. Le duc et elle se regardaient fixement, absorbés dans le genre de discussion muette que seul pouvait avoir un couple marié depuis plus de quarante ans. Puis la duchesse inclina la tête et s'enfuit, escortée par son mari et deux de ses amies.

Le drame était fini, les spectateurs s'égaillèrent.

Joshua avait toujours sa main sur la taille de Cassandra.

— Bravo, madame DeWitt ! Je suis impressionné.

Cassandra pouffa.

— Je crois que ton père a proposé de se battre en duel pour défendre mon honneur. Quelle mouche l'a piqué ?

— Ne le répète pas, mais je soupçonne ta grand-mère d'avoir mis quelque chose dans le punch.

— Cela expliquerait pourquoi tout est sens dessus dessous. C'est l'exact opposé de notre première soirée ensemble, poursuivit-elle en s'appuyant contre lui. Lorsque tu t'es disputé avec ton père et que j'ai essayé de te calmer.

— Tu parles du raout durant lequel tu n'as cessé de te demander quelles femmes posaient la bouche sur le…

— Je n'ai jamais fait cela ! le coupa-t-elle. Enfin… pas tout le temps.

Le rire de Joshua la réchauffait comme aucun feu n'y parviendrait, et elle n'avait qu'une envie : se blottir dans ses bras et tout oublier.

Ce qui n'était pas facile, car il y avait foule autour d'eux et qu'on les observait plus ou moins discrètement.

— Lucy est un ange ce soir, reprit-elle. J'attends toujours qu'elle déclenche une catastrophe, mais je dois reconnaître qu'elle n'a commis aucun faux pas depuis notre arrivée. Tous ces gens l'aiment déjà et si elle…

Elle leva vers Joshua un regard implorant.

— Tu crois que ça va durer ?

— Je crois que tu devrais cesser de t'inquiéter pour elle. Une femme pleine de sagesse m'a conseillé de profiter du moment présent.

L'orchestre attaqua un autre morceau. Quelques accords, puis les musiciens s'arrêtèrent de nouveau.

On entendit alors un rire cristallin. Le rire de Lucy, pareil à une pluie d'étoiles, calculé pour retenir l'attention.

Un rire que Cassandra ne connaissait que trop.

— Oh non ! gémit-elle. Qu'est-ce qu'elle a encore fait ?

Lucy avait réquisitionné un laquais qui, chargé d'un lourd plateau d'argent, circulait parmi les invités pour leur proposer une coupe de champagne. Joshua constata que la plupart des coupes étaient pleines, sauf deux d'entre elles. À en juger par ses joues trop roses, c'était Lucy qui les avait vidées. Elle avait également réuni autour d'elle une troupe de jeunes gens visiblement ensorcelés qui la dévoraient des yeux.

Elle choisit une coupe pleine, la leva comme pour porter un toast.

— Celui qui l'attrapera aura une valse ! claironna-t-elle.

Elle but le champagne d'un trait et lança la coupe en l'air. Il s'ensuivit une bousculade, les jeunes gens sautant à qui mieux mieux et déployant une dextérité acquise sur les terrains de cricket d'Eton ou de Harrow. L'un d'eux réussit à saisir la coupe au vol et poussa un hourra triomphant. Bons joueurs, ses rivaux lui assénèrent de grandes tapes dans le dos, puis se retournèrent vers Lucy, tels des chiots qui, langue pendante, attendaient que leur maîtresse leur lance un bâton qu'ils lui rapporteraient dare-dare.

— Je vais la tuer, murmura Cassandra. Je te jure que cette fois je la tue.

Joshua comprenait. Tout en jouant des coudes dans la meute de soupirants, il voyait poindre le désastre.

Lucy s'empara d'une autre coupe.

— Celui qui l'attrapera aura un baiser !

Les jeunes gens applaudirent. Elle vida son verre et le lança. Nouvelle bousculade qui freina la progression de Joshua, jusqu'à ce qu'un vainqueur brandisse la coupe.

— Un baiser ! Un baiser ! Un baiser ! s'écrièrent les autres.

Éclatant de rire, Lucy s'empara d'une autre coupe. Elle manquait de précision, le champagne déborda.

— Celui qui l'attrapera sera mon mari !

Les chiots hurlèrent. Joshua s'approcha, les yeux rivés sur la main de Lucy, celle qui tenait la coupe, cette coupe qui ne devait pas s'envoler, qu'elle portait déjà à ses lèvres. Il tendait la main quand... Lucy le vit, devina ce qu'il avait en tête.

D'un geste gracieux, elle lança la coupe pleine à ras bord.

La coupe tournoya dans les airs, arrosant de champagne les dames qui glapissaient et les jeunes gens qui hurlaient, et fila droit vers le lustre. Horrifié, Joshua imaginait déjà les éclats de verre pleuvant sur la foule et se fichant dans les yeux des chiots surexcités. L'ange gardien de Lucy, ou plutôt le démon, veillait, car la coupe se logea entre deux branches du lustre. Quelques chandelles s'éteignirent en grésillant. Le lustre oscilla. La coupe glissa, les spectateurs s'exclamèrent.

Les jeunes gens se bousculaient. Non sans soulagement, Joshua repéra lord Hardbury au milieu de la troupe. Grand, imposant, Dieu merci amoureux fou de son épouse, et prêt à bondir pour récupérer la coupe vagabonde.

L'un des jeunes gens était, hélas, tout aussi déterminé. Il retira l'un de ses élégants souliers et le lança contre le lustre qui tangua dangereusement. La coupe tressauta. Un autre soulier suivit et la coupe glissa de son perchoir. Les jeunes gens se précipitèrent, les bras levés. Ils réussirent même à déséquilibrer Hardbury tant ils se démenaient. La coupe rebondit dans cette forêt de doigts avides, roula, rebondit encore. Il ne restait plus qu'à espérer qu'elle tombe et se brise.

C'est alors qu'une large main gantée surgit au bout du bras d'un grand gentleman brun et attrapa la coupe.

Puis la main gantée et le gentleman disparurent.

Tout s'arrêta. Le silence retomba.

— Lui ! s'écria Lucy, le doigt pointé. C'est lui que j'épouserai !

Outrés et cependant dociles, les chiots s'écartèrent, rouspétant et se tordant le cou pour voir...

Un laquais.

Petit, vêtu d'une livrée rouge, et grimaçant de terreur.

— Ce n'était pas moi, bafouilla-t-il, tenant la coupe à bout de bras comme si elle était empoisonnée. S'il vous plaît. Je suis désolé. Ce n'était pas moi.

— Qui, alors ? cria quelqu'un.

— Je crois que c'était un... euh... gentleman écossais.

Les têtes se tournèrent, mais le grand brun aux doigts agiles s'était sagement éclipsé.

— Un Écossais ! s'exclama Lucy. Je vais épouser un Écossais !

Les dames affichaient les mines scandalisées qui s'imposaient. Les hommes paraissaient un brin perplexes. En revanche, les nouveaux et fervents admirateurs de Lucy, un quatuor de jeunes mâles surexcités, applaudissaient à tout rompre.

Ce qui incita Lucy à ouvrir grand les bras, renverser la tête et se mettre à chanter :

— *Faut-il oublier les vieux amis, et ne plus jamais y penser*[1] ?

Elle chantait faux et braillait plus qu'elle ne chantait, elle qui avait d'ordinaire une voix angélique – mais d'ordinaire, elle n'était pas ivre.

Agitant la main, telle une soprano italienne, elle lança une dernière note qui écorchait les tympans et ressemblait fâcheusement au beuglement d'une vache malade. Un silence médusé s'abattit sur la salle de bal.

Puis les jeunes mâles se prirent par les épaules et braillèrent en réponse :

— *Faut-il oublier les vieux amis, les jours du temps passé ?*

Joshua s'approcha de Lucy et lui agrippa le coude.

— Allons-y, ordonna-t-il.

— Je veux juste...

— Je ne vous lâcherai pas avant que vous soyez enfermée dans votre chambre.

Cassandra les avait rejoints.

— Tu es contente de toi, Lucy ? s'enquit-elle avec un calme redoutable que démentaient ses joues rouges et son ton glacial. Tu as suffisamment accaparé l'attention et gâché notre soirée, ou tu as une autre idée lumineuse en tête ?

— Oh, la révérende mère Cassandra ne trouve pas ça drôle ? persifla Lucy qui, Dieu sait comment, s'était procurée une nouvelle coupe de champagne. Tu devrais boire davantage.

Elle porta la coupe à ses lèvres et, avec un sourire suave et une petite torsion du poignet, jeta le champagne à la figure de sa sœur.

---

1. *Auld Lang Syne* : ballade écossaise de la fin du XVIIe siècle, plus connue des francophones sous le titre : *Ce n'est qu'un au revoir. (N.d.T.)*

Ravalant un cri, Cassandra recula d'un bond, pas assez vite cependant : le champagne rata son visage mais arrosa le corsage de sa robe de soie.

Joshua faillit se froisser un muscle en retirant précipitamment sa veste dont il entendit les coutures craquer. Lucy riait et le Tout-Londres était bouche bée. Il drapa sa veste sur les épaules de sa femme qui en resserra les pans sur sa poitrine trempée.

Les plumes de sa coiffure frémissaient, pourtant elle demeura calme et digne. Pour une fois, ce fut Lucy qui, anticipant la punition, semblait mal à l'aise.

— Tu as raison, dit posément Cassandra. Je devrais boire davantage.

Elle saisit la dernière coupe de champagne sur le plateau du malheureux laquais.

— Je porte un toast à ma chère sœur Lucy, pour ses mémorables débuts dans le monde.

Elle but une gorgée, Lucy s'esclaffa et Cassandra lui jeta le champagne à la figure.

26

Lucy poussa un cri strident et sauta sur Cassandra. Elle arracha les plumes qui ornaient sa coiffure et les brandit triomphalement. Tenant la veste d'une main et tâtant ses cheveux de l'autre, Cassandra n'eut pas le temps de contre-attaquer : Joshua empoigna Lucy, la souleva de terre et se dirigea à grands pas vers la sortie.

L'instant d'après, Arabella prenait le bras droit de Cassandra, lord Hardbury son bras gauche, et tous deux l'entraînaient dehors et rejoignaient leur voiture. Elle se recroquevilla sur la banquette, le visage enfoui dans la veste de Joshua, anéantie.

Lorsqu'elle pénétra dans le hall de sa demeure, peu après, Joshua et Lucy n'étaient nulle part visibles. Arabella proposa de rester avec elle, mais Cassandra voulait être seule.

Laissant tomber la veste sur le sol, elle gravit l'escalier d'un pas vacillant et gagna sa chambre. Elle avait besoin d'une domestique pour se déshabiller, mais elle n'eut pas la force de l'appeler. Elle était exténuée et s'appuya contre le mur, le front sur son bras replié.

Elle entendit Joshua entrer et verrouiller la porte. Elle ne bougea pas.

Un battement de cœur et elle sentit sa chaleur l'envelopper. Ses bras solides l'entouraient, son torse contre son dos était un rempart inébranlable. C'était si bon, si rassurant. Si quelqu'un l'agressait, il la protégerait. Si ses jambes cédaient, il l'empêcherait de tomber.

Il lui effleura la joue de ses lèvres.

— Ce soir, tu t'es surpassée, ma douce, murmura-t-il.

— Tu ris ?

— Intérieurement.

Il lui mordilla le lobe de l'oreille et elle pencha la tête pour lui offrir son cou. Elle s'enivrait de son odeur, des frissons couraient sur sa peau telle une eau fraîche.

— Tu comptes rester contre ce mur toute la nuit ?

— Plutôt jusqu'à la fin de ma vie.

Dieu qu'elle aimait son rire ! Il n'appartenait qu'à elle, à leurs moments d'intimité.

Quand il s'écarta, elle resta immobile, triste d'être ainsi abandonnée. Mais il n'alla pas loin. Il ôta les épingles de son chignon et ses cheveux ruisselèrent sur ses épaules. Lentement, comme s'il avait l'éternité devant lui et rien de mieux à faire, il souleva la masse soyeuse, y glissa les doigts.

— Où est... Ruth ? souffla Cassandra.

— Avec Lucy. Ce soir, je serai ta femme de chambre.

Adroitement, il déboutonna sa robe, la fit glisser sur sa taille, puis ses hanches. Elle avait l'impression d'être une poupée et lui le magicien qui lui donnait vie. Comme une poupée, elle leva un pied puis l'autre, pour qu'il la débarrasse de sa robe.

Elle ne le regardait toujours pas. À l'espoir qui lui dilatait le cœur se mêlait la peur qu'il ne la quitte encore si elle le regardait. Elle appuya de nouveau le front contre son avant-bras.

Son corset fut vite délacé et jeté sur le tapis.

— Je suis une femme de chambre plutôt douée, non ?

Une fois de plus, sa chaleur l'enveloppa, sa bouche au creux de son cou était une invitation au plaisir qu'elle brûlait d'accepter.

— Ma femme de chambre ne me fait pas ça, balbutia-t-elle.

Il referma ses mains sur ses seins, en titilla les pointes. Elle se laissa aller contre lui.

— Elle ne me fait pas ça non plus.

— Comment réagirais-tu si elle le faisait ?

— J'augmenterais probablement ses gages.

Ce rire… Comme elle aimait ce rire étouffé qui résonnait en elle. Elle se cambra et posa la tête sur son épaule.

— Tu comptes me mettre ma chemise de nuit, ma liseuse et ma charlotte ?

— Seulement la charlotte.

— Oh, quel débauché !

— Moi ? C'est toi qui vas te promener nue uniquement coiffée de ta charlotte.

Le bonheur l'inondait. Si seulement ce moment était tangible, pour qu'elle puisse s'en emparer et le garder à jamais. Le désir de Joshua, sa gentillesse : elle ne savait pas si cela suffisait, mais elle avait besoin de lui maintenant, il était là et elle devrait s'en contenter.

— Je veux te sentir en moi et partout autour de moi, souffla-t-elle. Je veux qu'il n'y ait plus que toi au monde.

Les caresses s'interrompirent et elle songea : « Voilà, c'est ma faute, il va partir. » Elle entendit pourtant son souffle s'accélérer.

— Joshua ?

— Je suis là.

Il fut plus rapide pour lui ôter ses sous-vêtements. Il s'éloigna de nouveau et quand il revint près d'elle, il était nu et pressa contre elle son érection. Elle gémit doucement.

— Appuie-toi au mur, mon ange, lui murmura-t-il à l'oreille. Laisse-moi prendre soin de toi.

— Tu peux faire ça comme ça ?

— Je peux faire tout ce dont tu as envie. N'oublie pas que je suis inventif.

Sans prévenir, il glissa ses doigts de magicien dans son sexe, la caressa presque férocement. Éperdue, elle poussa un cri et martela le mur de ses poings. La saisissant aux hanches, il la pénétra d'un coup de reins. Il l'envahissait, la transperçait, et elle n'était plus que plaisir et amour. Elle jouit une première fois et il plongea plus profondément en elle, la martela encore et encore. Elle l'accueillait et se donnait tout entière, avec l'espoir que cela dure jusqu'à la fin du monde.

Lorsqu'il eut porté Cassandra dans le lit, Joshua s'allongea près d'elle parce qu'il aurait été absurde de s'en aller en laissant la moitié de lui-même dans cette chambre. Elle se blottit contre lui, la main sur sa poitrine comme pour l'empêcher de se lever, et il s'abandonna volontiers.

Elle se mit soudain à rire.

— Quoi ? demanda-t-il.

— La tête de lady B. Mon Dieu, jamais je n'ai été aussi furieuse de ma vie.

— Tu as dit qu'elle s'adonnait à des jeux malsains avec son mari. Comment le sais-tu ?

— Je ne suis plus aussi naïve qu'autrefois.

— Tu ne m'en as jamais parlé.

— On ne parle pas de ces choses-là, dit-elle d'un ton guindé.

— Quelqu'un t'en a pourtant parlé. Ne me dis pas que tu es arrivée à cette conclusion toute seule.

Gênée, elle se tortilla contre lui – pour son plus grand plaisir.

— J'avoue que j'en ai discuté avec Arabella. Mais cela n'a rien de répréhensible puisque nous sommes des femmes mariées.

— Encore une règle de ton cru, me semble-t-il.

— N'empêche que pour lord et lady Bolderwood, c'est terminé.

— Oui, ils se sont surestimés.

— Pour Lucy aussi, c'est terminé. Fin de la saison.

— Il faudrait retrouver cet Écossais, histoire d'expédier ta sœur dans les Highlands. Dommage cependant qu'il ne soit pas américain. Ou brésilien. Le Brésil, c'est très loin.

— Je ne sais pas quoi faire, soupira Cassandra. J'ai sûrement commis des erreurs avec elle.

— Tu as fait ce que tu pouvais, rétorqua-t-il avant de déposer un baiser sur ses cheveux. Elle a dix-neuf ans, elle est assez grande pour faire ses propres choix. Malheureusement, pour une raison qui m'échappe, elle a choisi de scier la branche sur laquelle elle est assise.

— Nous ferions mieux de regagner Sunne Park dès demain, je suppose.

Alors comme ça, c'était leur dernière nuit. Il se figea, l'écoutant respirer. Elle aussi ne bougeait plus.

Encore quelques nuits. Il vivait à Birmingham, elle à Sunne Park, mais ils pouvaient s'accorder encore quelques nuits.

— Pour l'instant, tu es ici, objecta-t-il, crispé. Rien ne presse, si tu te sens capable de te montrer dans les salons londoniens.

— Je fermerai les yeux pour qu'on ne me voie pas.

Oh, Seigneur, elle était adorable !

— J'ai entendu parler d'un médecin spécialisé dans le sevrage des malades qui abusent des drogues, dit-il à mi-voix. Tu aimerais peut-être le rencontrer.

Elle se redressa à demi et le regarda. Dans la pénombre, il ne put déchiffrer son expression.

— Pour discuter des problèmes de ta mère, explicita-t-il.

Elle lui effleura la joue de ses lèvres.

— Merci, dit-elle en se lovant de nouveau contre lui. Tu comptes retourner bientôt à Birmingham ?

— Oui, bientôt. Ma vie est là-bas.

Il enroula une mèche de ses cheveux soyeux autour de sa main. Son cœur cognait dans sa poitrine. Elle allait l'entendre. Elle allait comprendre.

— Nous pourrions voyager ensemble, suggéra-t-il. Je pourrais m'arrêter à Sunne Park et faire la connaissance de ces fameux cochons dont tu me rebats les oreilles.

— Ce serait bien.

Cassandra se tourna sur le flanc et il se colla contre elle, s'enroulant autour de son corps souple et doux.

Le silence s'installait dans la maison, on n'entendait que le pas claudiquant d'Isaac qui montait l'escalier pour rejoindre sa chambre. Joshua écoutait Cassandra respirer et, quand il fut convaincu qu'elle s'était endormie, il murmura :

— Tu es enceinte ?

Elle bougea. Il n'aurait pas dû poser la question.

— C'est trop tôt pour le savoir.

— Quand le sauras-tu ?

— Chut. Soyons patients.

Il se rendit compte que ses bras se raidissaient autour d'elle et se força à se détendre.

— Je pourrais rester avec toi jusqu'à ce que tu saches, avant de rentrer à Birmingham.

Elle ne répondit pas.

Je te veux, avec ou sans enfant. Il faillit le dire, mais c'était son orgueil et son égoïsme qui parlaient. Birmingham l'attendait, sa vie et tout ce dont il avait besoin étaient là-bas. Parfois il s'embrouillait, parce que Cassandra était adorable, qu'il s'était attaché à elle – il n'avait pas honte de l'avouer –, qu'ils avaient eu une soirée perturbante et que tout était sens dessus dessous depuis qu'elle avait débarqué chez lui.

— Jusqu'à ce que tu saches pour l'enfant, crut-il bon de préciser.

— Oui.

— Bon, alors c'est réglé.

Elle était immobile. Elle ne bougeait pas un cil, pourtant un fossé se creusait entre eux et Joshua se demandait ce qu'il avait fait de travers ou qu'il avait mal compris.

Et puis brusquement, elle se tourna vers lui, se jeta sur lui, le toucha et l'embrassa avec une avidité stupéfiante. Il n'eut pas le temps de s'interroger, il brûlait déjà de désir. C'était son désir d'enfant qui alimentait cette passion, il en avait conscience, mais s'il se concentrait sur le plaisir qu'elle lui donnait, il pourrait presque croire qu'elle avait besoin de lui. Et si elle avait vraiment besoin de lui, si elle l'aimait suffisamment, alors il se risquerait à s'accrocher à elle car ils ne seraient jamais séparés.

27

Cassandra se réveilla tard, et seule. Elle s'étira voluptueusement, puis se souvint tout à coup du désastre de la veille. La perspective d'affronter ses sœurs lui tordit l'estomac. Joshua l'avait peut-être anticipé, car il avait fait monter du thé, une tranche de quatre-quarts et une rose. Elle ne put s'empêcher de se demander s'il avait préparé lui-même le plateau ou s'il s'était borné à donner des ordres aux domestiques. Aucune importance, décida-t-elle, puisqu'il la quitterait de toute façon.

Elle contempla le thé, le gâteau et grimaça. Elle se sentait nauséeuse. « Le regret », se dit-elle. Elle n'avait pas un instant pensé qu'elle desservait sa cause quand elle avait convenu avec Joshua qu'à l'instant où ils en auraient terminé avec Lucy et les Bolderwood, leur histoire s'achèverait. Elle avait *accepté*. Elle l'avait même *souhaité*.

La position de Joshua était claire : il la quitterait à l'instant où elle lui confirmerait qu'elle attendait un enfant. L'enfant dont il ne voulait pas. Ce serait un genre de victoire : au moins, elle aurait un bébé en souvenir. Oh oui, un triomphe, vraiment ! Elle espérait presque ne jamais être enceinte pour garder Joshua auprès d'elle.

Sauf qu'il s'en irait à un moment ou à un autre. Il ne lui restait plus qu'à prendre ce qu'elle pouvait prendre et à s'en satisfaire.

Soudain, elle entendit de la musique en provenance du salon. Elle commença par écouter, puis elle rassembla son courage et descendit au rez-de-chaussée.

Le tableau qu'elle découvrit était charmant : Lucy au pianoforte, Isaac debout près d'elle, Emily qui feuilletait un livre en faisant des commentaires et M. Newell qui lisait le journal.

L'un après l'autre, ils finirent par la remarquer, debout sur le seuil, et la regardèrent fixement, tels des comédiens jouant une pièce dont ils ignoraient les répliques. Ils attendaient qu'elle les leur dicte. Quel que soit l'avenir de leur petite famille, celui-ci dépendait d'elle.

Elle se tourna vers Lucy et eut l'impression que l'espace se dilatait, qu'elle s'avançait sur la scène devant un public nombreux et suspendu à ses lèvres. Il n'y avait pourtant que quatre spectateurs.

— Quel est cet air que tu joues ? demanda-t-elle aimablement. Je ne crois pas l'avoir déjà entendu.

Trois têtes pivotèrent vers Lucy – à elle de trouver la réplique suivante.

La jeune fille effleura les touches du clavier, redressa inutilement la partition sur le pupitre.

— Hier, Isaac a acheté un recueil de chansons et j'en choisis quelques-unes. Pour l'instant, celle-ci est ma préférée.

— Dieu du ciel, Isaac, soupira Cassandra en s'efforçant de rester souriante, j'espère que ce ne sont pas des chansons de… euh… de marins.

— Elles me paraissent convenables, répondit-il, penaud. Quoique, pour être honnête, je ne sais pas trop. Maintenant que je suis en bonne compagnie, je finirai peut-être par découvrir ce qui est convenable et ce qui ne l'est pas.

— En bonne compagnie ? répéta Cassandra. Mon cher Isaac, vous n'en trouverez pas.

Par inadvertance, elle croisa le regard de Lucy et crut y discerner un sourire complice.

— Madame DeWitt ? intervint M. Newell. J'ai pris connaissance de ces chansons. Elles n'ont rien d'indécent, je vous assure.

— Monsieur Newell, vous êtes une bénédiction.

Le silence se fit. Des dizaines d'avenirs possibles se déployaient devant eux.

— Si tu nous chantais la chanson que tu préfères, Lucy ? suggéra Cassandra.

Elle dévisagea sa sœur qui ne détourna pas les yeux. Les autres les observaient.

— Elle s'intitule *Le Rêve de l'alouette*, dit Lucy.

Elle attaqua les premiers accords et chanta le premier couplet, qui était charmant, de sa belle voix de mezzo-soprano qui n'avait pas bu. Isaac entreprit de tourner les pages de la partition, les autres se replongèrent dans leur lecture, et Cassandra s'assit devant le secrétaire.

Personne ne lui demanda ce qu'elle prévoyait pour la suite. S'ils lui posaient la question, elle répondrait qu'ils allaient prolonger leur séjour à Londres de quelques jours, avant de regagner Sunne Park et de reprendre le cours de leur vie comme si de rien n'était.

Cassandra en était au septième brouillon de sa lettre à leur grand-mère lorsque le majordome annonça lady Hardbury.

Arabella entra d'un pas vif, très élégante dans une robe de promenade bleu et blanc. Elle s'arrêta au milieu du salon et darda sur eux un regard impérieux dont l'effet fut gâté par le sourire narquois qui lui incurvait les lèvres.

— Quelle déception, dit-elle. Moi qui espérais du sang et des larmes. Je m'étais même préparée à vous aider à escamoter un cadavre. Du reste, Hardbury et moi avions parié sur l'identité dudit cadavre.

— Nous sommes des gens civilisés, lui rappela Lucy. Nous chantons de jolies chansons et nous disons de jolies choses.

— Et à présent, vous pouvez toutes courir enfiler une jolie robe afin que nous nous offrions une jolie promenade dans Hyde Park.

— Oh, on peut ? s'écria Lucy en lançant un regard implorant à Cassandra. Il fait si beau.

— Une promenade à Hyde Park ? répéta Cassandra. Je n'ai pas la force d'affronter tous ces gens. Ils me tourneront le dos.

— Ne sois pas ridicule, rétorqua Arabella. Ils seront trop occupés à faire des yeux de merlan frit.

— C'est censé me rassurer ? riposta Cassandra, riant malgré elle.

— On pourrait se déguiser, suggéra Emily.

— Cesse de t'inquiéter, Cassandra, ce ne sera pas aussi pénible que tu l'imagines, assura Arabella. Tu seras heureuse d'apprendre que lord et lady Bolderwood ont levé l'ancre et sont en route pour le continent. Tout le monde considère qu'ils se sont conduits honteusement. De plus, tu es très appréciée, on ferme volontiers les yeux sur tes incartades. Mais surtout, et je n'en suis pas peu fière, Hardbury, Dammerton, sir Gordon Bell et moi-même avons affirmé qu'une antique coutume du Warwickshire veut qu'on jette le contenu d'un verre à la figure des gens pour leur porter chance, et que des gens extrêmement distingués le font à longueur de temps. On nous a crus, semble-t-il, certains ont même prétendu qu'ils avaient entendu parler de cette tradition.

Arabella secoua la tête.

— Je me demande quelles autres âneries les membres de la haute société sont capables de gober quand elles leur sont servies par la personne ad hoc.

Une pause.

— Ah, j'allais oublier ! Six jeunes gens au moins souhaitent courtiser Lucy, ils n'hésitent que parce qu'ils ne savent pas s'ils doivent s'adresser au duc de Sherbourne ou à M. DeWitt pour obtenir la permission.

— Six ? répéta Lucy d'une voix faible, l'air dépitée.

— Ce soir, vous nous accompagnerez au théâtre, Hardbury et moi. Vous arborerez vos plus beaux bijoux et adresserez des clins d'œil à tout le monde en sirotant du champagne.

— Après ce qui s'est passé hier, qu'on ne me parle plus de champagne, déclara Cassandra. Lucy et moi avions nos robes trempées.

— Justement, le boire sera plus amusant. Et tu sais que j'adore m'amuser.

— Oh, s'il te plaît, on pourra aller au théâtre ? supplia Emily. Ne me dis pas que je suis trop jeune.

Une fois de plus, tous les regards étaient rivés sur Cassandra. On attendait sa décision. Elle était bel et bien devenue le chef de famille, et tant pis si elle n'avait pas les compétences requises.

Que faire ? Elle n'en avait pas la moindre idée et elle était fatiguée de toujours faire ce qu'il fallait. Ce n'était pas la clé du bonheur.

— Tu es effectivement trop jeune, nous devrons donc te déguiser, décréta-t-elle. Si on nous interroge, nous dirons que tu es Georgiana, notre cousine au troisième degré, que tu as dix-sept ans et que tu viens de York.

Folle de joie, Emily battit des mains.

— Je préférerais m'appeler Rosalind. Je suis une émigrée française chargée d'espionner le…

— Non, la coupa Cassandra. Je veux bien assouplir les règles, mais il y a des limites.

Le dimanche après-midi, il y avait foule dans Hyde Park. Cassandra en frémissait d'avance.

Arabella ne se trompait pourtant pas. Personne ne lui tourna le dos. Personne ne s'empressa non plus de venir la saluer, chacun attendant de voir ce que faisaient les autres. Elle eut cependant droit à des sourires aimables et à quelques regards inquisiteurs.

Lucy, Emily et Isaac se tenaient à l'écart tout en restant à portée de vue. Lucy était elle aussi la cible de regards inquisiteurs, surtout masculins, mais la mine renfrognée d'Isaac et la façon dont il maniait sa canne dissuadaient les jeunes gens d'approcher.

Les dames qui adressèrent la parole à Cassandra n'étaient pas toutes amicales. L'une d'elles, Mme Peale, une partisane des Bolderwood, se montra même agressive.

— Qu'est-ce donc que cette histoire absurde qui veut que dans le Warwickshire il est de tradition de se jeter des verres à la figure ? persifla-t-elle. Je n'en ai jamais entendu parler.

Arabella la toisa froidement.

— Cette tradition se perpétue pourtant depuis des siècles, ne vous en déplaise.

— Mais Mlle Lightwell a dit qu'elle souhaitait que cet homme l'épouse !

— Décidément, l'ignorance des classes prétendument supérieures est un puits sans fond, rétorqua Arabella avec un soupir agacé. On est obligé de rabâcher les mêmes choses. Je vous explique : la jeune femme lance son verre et fait un vœu, lequel se réalise uniquement si le verre se brise. Mlle Lightwell a formulé le vœu de se marier, elle n'a pas souhaité que cet homme-là l'épouse. Voyons, madame Peale, les habitants du Hampshire sont donc si ennuyeux qu'ils n'ont aucune tradition qui leur est propre ? Ou est-ce vous qui êtes si ennuyeuse que vous ne pouvez pas comprendre ces traditions ?

— Je comprends évidemment les traditions, lady Hardbury, protesta Mme Peale qui en tremblait presque d'indignation. Il me semble cependant que Mlle Lightwell était... enfin, qu'elle paraissait...

Arabella haussa les sourcils.

— Je veux dire qu'elle avait l'air...

Les sourcils d'Arabella escaladèrent son front d'albâtre.

— Tout le monde pensait qu'elle était..., bredouilla Mme Peale.

— Éblouissante, acheva Arabella. Mlle Lightwell est d'une beauté renversante, ce qui suscite la jalousie de certaines femmes et fait l'objet de ragots méprisables. Ces femmes-là sont dénuées d'intérêt. Vous n'êtes pas d'accord, madame Peale ?

À cet instant, Mme Peale parut se rappeler qui était Arabella et réalisa, après réflexion, qu'elle était tout à fait d'accord.

— La jalousie, les ragots, quelle horreur ! acquiesça-t-elle. Je suis au-dessus de ça, haha ! Et faire un vœu en lançant des verres, quelle charmante tradition ! Je la conseillerai peut-être à ma Frances quand elle fera ses débuts dans le monde.

— Ce serait merveilleux, approuva Arabella en ouvrant de grands yeux.

Dieu sait comment, Cassandra réussit à ne pas pouffer de rire avant que Mme Peale se fût éloignée.

— Tu es diabolique, Arabella. Tu as délibérément déformé la vérité.

— Hardbury m'a offert une maison d'édition, et je suis tentée de publier des volumes entiers de sornettes, juste pour voir combien de lecteurs les avalent. En quoi serait-ce condamnable ? Les hommes l'ont fait pendant des siècles, sans toutefois reconnaître qu'ils publiaient des sornettes.

— Penser que tu diriges une maison d'édition... c'est effrayant.

— N'est-ce pas ? rétorqua Arabella avec un sourire satisfait. Que comptes-tu faire avec Lucy ? Lui donner mille livres et l'embarquer sur un bateau en partance pour le Brésil ?

— Elle doit prendre ses propres décisions, Joshua m'en a convaincue. Je ne comprends toujours pas ce qu'elle veut, ni pourquoi elle s'acharne à casser tous ses jouets. Nous pouvons juste essayer de l'empêcher de se mettre en danger. Dans l'immédiat, je présume qu'elle rentrera à Sunne Park avec Emily et moi.

— Et M. DeWitt ?

— Il retournera à Birmingham et reprendra le cours de sa vie.

Il y eut un long silence, puis :

— Les gens disent que M. et Mme DeWitt sont très attachés l'un à l'autre, déclara Arabella.

— Ce n'est manifestement pas le cas, rétorqua Cassandra d'un ton brusque. Par ailleurs, nous sommes sur le point d'être attachés l'un à l'autre à distance.

Elle s'arrêta, ses jambes ne la portaient plus.

— C'est comme si... Ma vie entière n'était jusqu'ici que trois petites notes de musique, et il en a fait une symphonie. Et je n'imagine plus le monde autrement. Quand je pense...

Elle secoua tristement la tête, observant les élégants promeneurs qui flânaient dans les allées.

— Il y a quelques semaines de cela, nous nous promenions ici toutes les deux et je regrettais de ne pas être mariée avec n'importe lequel de ces gentlemen. Aujourd'hui... je ne veux personne d'autre que lui alors qu'il compte les jours avant notre séparation.

Arabella lui prit doucement le bras.

— Il tient à toi, Cassandra. Quiconque vous a vus ensemble hier soir ne peut en douter.

— Je le sais. Mais tant de choses et de gens lui tiennent à cœur. Cet homme a des trésors de tendresse à donner, et comme cela le fait souffrir, il nie sa souffrance et prétend n'éprouver qu'indifférence. Il s'en rend malade. Si je lui avouais que je l'aime et que je refuse d'être séparée de lui, il répondrait que je dis ça parce que je désire avoir un enfant ou parce que j'ai le sens du devoir. Il insiste pour être seul, mais pourquoi devrait-il l'être quand je suis là pour l'aimer ?

— Pour un homme qui prône l'honnêteté, soupira Arabella, il se raconte beaucoup de mensonges.

— Ce ne sont peut-être pas que des mensonges. Il peut avoir de l'affection pour moi et préférer tout de même que nous ne vivions pas ensemble parce qu'il a de grands projets qui ont plus d'importance à ses yeux.

Cassandra contempla les eaux sombres de la Serpentine.

— Je me sentais seule avant et je trouvais ça atroce. Mais être avec lui sans l'être vraiment… il n'y a rien de pire en matière de solitude.

Une brise légère rida la surface du lac. Une cane passa, suivie de ses canetons en file indienne. La petite famille disparut bientôt dans les roseaux.

— J'aimerais avoir des solutions, avoua Arabella. L'expérience m'a cependant montré que les choses essentielles de la vie ne s'enseignent pas. Il faut les apprendre par soi-même.

— Si seulement je trouvais les mots pour lui prouver que, quand on partage un chagrin, il est moins lourd, et qu'un bonheur partagé est plus grand. Mais il ne veut pas le savoir. Il va me quitter, Arabella, et je ne vois pas comment l'en empêcher.

Elle aurait volontiers continué à se lamenter sur son sort, mais Arabella lui rappela doucement que le Tout-Londres les observait. Elle se hâta donc de mettre ses sentiments sous clé et de sourire.

Un rapide coup d'œil lui confirma que Lucy était toujours derrière elles, encadrée par Isaac et Emily. Elle n'avait pas encore déclenché d'émeute, de duel ou de bagarre. Un miracle.

Elle remarqua alors le duc de Sherbourne. Il marchait bras dessus bras dessous avec la duchesse, montrant ainsi à tous qu'il soutenait son épouse et se moquait éperdument des méchantes rumeurs lancées par une déplaisante créature qui avait été forcée de quitter le pays.

D'un accord tacite, Cassandra et Arabella s'approchèrent, feignant de ne pas avoir vu le couple et espérant être vues. Un subtil pas de deux : Cassandra ne pouvait pas aborder la duchesse, mais priait pour que la duchesse l'aborde.

Pourvu qu'elle ne lui tourne pas le dos !

La duchesse la vit. Elle la regarda droit dans les yeux.

Cassandra attendit, comme un accusé attend le verdict.

Puis la duchesse murmura quelque chose à son mari, qui salua aimablement Cassandra d'un signe de tête et lâcha le bras de la duchesse. Celle-ci s'avança vers Cassandra et s'immobilisa. Cassandra s'avança à son tour. Elles étaient maintenant face à face, tels des duellistes surveillés par leurs témoins respectifs.

— Tu es fraîche comme une rose, ma chère Cassandra.

— Le printemps vous va bien, grand-mère.

— Une petite promenade, c'est excellent pour la santé.

En réalité, la duchesse paraissait fatiguée. Cassandra l'était aussi, mais peu importait.

— Je vous présente mes excuses, grand-mère. Ce matin, j'ai essayé de vous écrire, en vain. Ma sœur et moi...

La duchesse pinça les lèvres.

— Je te prie aussi de m'excuser, déclara-t-elle dignement. Je n'aurais jamais dû inviter lord et lady Bolderwood, et pas seulement à cause de... enfin, tu sais ce que je veux dire. Mais tu as pris ma défense. C'était... admirable et très généreux, et je... je te remercie.

La duchesse était fière, ces mots devaient lui coûter.

— Nous sommes une famille, dit Cassandra.

— Oui.

La duchesse soupira, lança un coup d'œil à son époux qui bavardait avec le duc de Dammerton, puis reporta son attention sur sa petite-fille.

— Sherbourne et moi sommes mariés depuis plus de quarante ans. C'est exceptionnel et je m'estime bénie des dieux. Hier soir, mon époux m'a dit qu'il ressentait la même chose. Les jeunes gens n'imaginent pas ce que représente une aussi longue union. On ne comprend jamais comment fonctionne un couple, on ne comprend même pas comment fonctionne son propre couple.

Elle se remit à marcher et Cassandra lui emboîta le pas.

— Sherbourne considère qu'il ne faut pas te tourner le dos alors que tu m'as soutenue. Les événements d'hier soir prouvent que nous avons le devoir, en tant que grands-parents, d'intervenir. Car, manifestement, tu ne t'en sors pas. Il dit que Lucy a besoin qu'on la guide et lui tienne la bride haute. Une tâche pour laquelle je suis plus qualifiée que toi. Il m'est impossible de l'accueillir actuellement, bien sûr, mais elle pourra peut-être séjourner chez nous à l'automne, quand je serai moins occupée.

— Merci, grand-mère. Lucy n'est pas méchante, elle est simplement...

Quoi donc ? En vérité, Cassandra ignorait quel genre d'idées trottait dans l'esprit de Lucy.

— Ma Susan aussi était pleine de vie. Elle n'avait que seize ans lorsqu'elle s'est enfuie avec Treyford. Ce n'était pas un mauvais mariage, mais je... je lui ai dit que je ne voulais plus avoir affaire à elle. Je ne l'ai jamais revue. Quant à ton père...

Elle s'interrompit, secoua la tête.

— Charles et moi nous disputions souvent. Il n'écoutait jamais mes conseils. Sans doute est-ce l'une des tragédies de l'existence : nous sommes tous condamnés à commettre des erreurs, malgré les conseils qu'on nous donne, et à voir ceux que nous aimons ignorer à leur tour nos conseils. J'ai des regrets, Cassandra – on n'arrive pas à mon âge sans en avoir –, mais la vie continue et nous devons avancer.

— Et vos... centres d'intérêt, grand-mère ?

La duchesse lui décocha un regard acéré.

— Sherbourne m'autorise à poursuivre mon travail avec sir Arthur, si c'est ce à quoi tu fais allusion.

— Lady Hardbury dirige une maison d'édition. Et justement, elle me confiait tout à l'heure son désir de publier les théories de sir Arthur à propos des vieilles pierres – enfin, sa conviction que les temples et les statues antiques étaient jadis polychromées.

C'était un mensonge éhonté, mais Arabella ne l'avait pas volé. Une étincelle s'alluma dans les yeux de la duchesse.

— Ce serait un projet d'utilité publique. J'en parlerai à sir Arthur. J'ai quelques idées à lui suggérer quant à la façon d'organiser sa pensée.

Puis, avec un sourire bref, la duchesse s'écarta.

— Je ne te retiens pas plus longtemps, ma chère Cassandra. J'ai un emploi du temps chargé, et j'imagine qu'il en va de même pour toi. En ce qui concerne ta sœur, je t'écrirai.

Dès que leurs grands-parents se furent éloignés, Lucy accourut.

— Alors ? Je suis condamnée à être déportée à Botany Bay[1] ?

— Nous y avons songé, rétorqua Cassandra. Mais comme le gouverneur Macquarie[2] vient à peine de rétablir l'ordre dans la colonie, nous hésitons à t'envoyer là-bas, au risque de déclencher une autre rébellion. La duchesse t'invitera peut-être dans le courant de l'automne. Dans l'immédiat, il faut admettre que ce

1. Baie située en Nouvelle-Galles du Sud (Australie, qui fut le théâtre du débarquement de Cook en 1770). À partir de 1787, elle devint une colonie pénitentiaire pour l'Empire britannique.
2. Lachlan Macquarie, gouverneur de la Nouvelle-Galles du Sud de 1810 à 1821. *(N.d.T.)*

séjour à Londres est un fiasco puisque nous ne t'avons pas trouvé de mari.

— Toi, en revanche, tu en as trouvé un.

Une seconde, Cassandra se laissa aller à imaginer que Lucy avait concocté tout ce mélodrame dans le seul but de les réunir Joshua et elle. Elle s'empressa de chasser cette idée farfelue. Lucy ne vivait que dans l'instant, guidée par ses démons, elle était incapable de la moindre stratégie.

Et puis, en supposant qu'elle ait eu un plan, elle avait échoué aussi lamentablement qu'elle-même.

— J'aime bien Joshua, ajouta Lucy. Emily aussi. Il va s'installer avec nous à Sunne Park ?

— Il compte retourner à Birmingham.

Lucy écarquilla les yeux, mimant la stupeur.

— Révérende mère Cassandra, vous faites tout de travers !

Sur quoi, elle rejoignait Isaac et Emily d'un pas guilleret. Cassandra soupira puis, suivant l'exemple de sa grand-mère, elle esquissa un sourire et s'efforça d'avancer.

28

Presque deux semaines s'écoulèrent avant que Joshua et Cassandra installent dans une berline les deux sœurs et le chat, et, accompagnés par Isaac, les domestiques et le contenu de la moitié des boutiques londoniennes, ne se mettent en route.

Durant ces deux semaines, ils fuirent les mondanités, au grand dépit des médisants et des soupirants de Lucy. Ils visitèrent tous les lieux qui, à Londres, méritaient de l'être. Cassandra insista pour que ses sœurs, sous la houlette de Mlle Sampson, consacrent du temps aux pensionnaires des orphelinats.

Quoique cela le détournât de son travail, Joshua estimait nécessaire d'accompagner les trois sœurs dans leurs promenades, et pas seulement parce qu'il se sentait bizarre quand Cassandra n'était pas auprès de lui.

— Ne pas venir avec vous serait irresponsable, disait-il. Si on laisse Lucy se promener dans la ville sans surveillance, elle la mettra à feu et à sang en moins de temps qu'il n'en faut pour le dire.

Ils dînèrent avec un médecin qui donna des conseils pour aider lady Charles, et un autre médecin qui leur exposa une théorie nouvelle et largement décriée selon laquelle l'eau transmettait des maladies, et donc qu'une eau plus propre dans les villes pourrait sauver des vies. Joshua trouva cette théorie fascinante.

Ils allèrent aussi dîner chez Das et son épouse, et passèrent une agréable soirée. Lorsque Cassandra fit remarquer que les deux hommes avaient une relation plus amicale que professionnelle, Joshua ne la contredit pas.

Das regagna ensuite le quartier général pour prendre temporairement les rênes de la compagnie. Joshua lui suggéra, en passant, de concevoir d'autres intitulés de fonction pour les secrétaires, puisque d'aucuns jugeaient les intitulés actuels « complètement idiots ». Newell rejoignit sa famille à Birmingham d'où il continua à chercher une gouvernante.

Et donc, par un bel après-midi de mai, le convoi de voitures franchit en cahotant les grilles de Sunne Park.

Lord Charles avait toujours parlé de son domaine avec tendresse et fierté, à l'instar de Cassandra, et lorsque Joshua découvrit l'imposant manoir de brique rouge baigné de lumière, il comprit pourquoi le père et la fille étaient si attachés à Sunne Park.

— Alors ? s'enquit Cassandra en prenant la main qu'il lui tendait pour descendre de la berline. N'est-ce pas une splendeur ?

Joshua n'aurait pas qualifié le manoir de splendeur, dans la mesure où il paraissait construit de bric et de broc. Les pignons étaient de formes diverses, les toits de hauteurs différentes, hérissés d'innombrables cheminées. L'édifice était entouré de douves – de douves ! – et d'une rangée d'arbres fruitiers en fleurs.

Le manoir avait du caractère et, malgré sa taille, semblait accueillant. En le voyant, on pouvait croire, à tort, avoir trouvé un foyer. La brise printanière vous caressait le visage et faisait naître en vous un sentiment suspect qui ressemblait à de l'espoir.

Quelle absurdité ! C'était le soleil et l'air pur qui l'étourdissait. Ce genre d'atmosphère incitait à rêvasser.

Et puis, ces temps-ci, il avait tendance à s'embrouiller.

Être légalement propriétaire de ce domaine alors qu'il ne l'avait pas gagné à la sueur de son front le gênait. Lord Charles lui avait offert sa fille et Sunne Park en espérant faire leur bonheur, lui qui avait perdu tout espoir d'être heureux. « Cher vieux fou, songea Joshua. Ce n'était pas une bonne idée. Ce n'est pas ma maison et je ne suis pas l'homme de la situation. »

Car si tout cela était charmant, et même idyllique, cela ne durerait pas. Il avait construit sa vie à Birmingham, il y avait façonné sa personnalité. Cela au moins, on ne pourrait pas le lui enlever. C'était du solide.

Cassandra guettait sa réaction, elle voulait qu'il soit content et il l'était. Absurdement. Encore une illusion.

— Des douves ! s'exclama-t-il. À quel moment les hordes barbares doivent-elles arriver ?

— Aujourd'hui, apparemment, rétorqua-t-elle.

— Madame DeWitt, tu me traites de horde barbare ?

Pouffant de rire, elle l'entraîna vers le petit pont.

— Les demeures plus récentes ont des lacs d'ornement, nous avons nos douves pour tenir l'ennemi à distance et surtout servir de fossés de drainage. Elles sont poissonneuses, si tu aimes la pêche. Et j'aime l'idée d'avoir un endroit où jeter Lucy.

Joshua s'arrêta sous le porche cintré pour déchiffrer l'inscription qui y était gravée : *1533* et *Le soleil est nouveau chaque jour.*

— C'est une citation de Héraclite, précisa Cassandra.

Joshua se souvenait vaguement d'avoir lu ce nom dans ses manuels scolaires à Eton. Encore un de ces philosophes grecs qui n'avaient rien de mieux à faire que d'énoncer des évidences dans le seul but de torturer les écoliers anglais deux mille ans plus tard.

Cassandra l'entraîna dans le vaste hall, où le majordome et la gouvernante les accueillirent. Les talons de ses bottes résonnaient sur les dalles, accentuant à chaque pas son sentiment d'irréalité. N'écoutant que d'une oreille Cassandra et Mme Greenway discuter, il balaya du regard les tableaux, les murs lambrissés, l'escalier et sa rampe cirée.

La rampe. Les enfants. La voix de Cassandra, disant : *Je les vois déjà, nos enfants. À Sunne Park, courant partout, dévalant l'escalier à cheval sur la rampe… jouant à chat perché dans la roseraie.* Des enfants bruns aux yeux brillants. Soudain, lui aussi les voyait.

Il battit des paupières pour dissiper cette image et fit des commentaires idiots pour la tenir éloignée tandis que Cassandra l'entraînait à sa suite. Ils traversèrent une salle à manger d'apparat, un élégant salon, puis pénétrèrent dans une vaste pièce aux murs tapissés de livres.

Il n'aurait pas dû venir. Vraiment, il n'aurait pas dû.

— C'est le bureau de mon père, annonça Cassandra.

La pièce ne semblait pourtant pas abandonnée, loin de là. Comme il lançait un regard perplexe à Cassandra, elle ajouta :

— Je m'en servais parce que c'était pratique quand j'ai commencé à m'occuper du domaine. Mais c'est ton bureau désormais. Je veux dire, tu es ici chez toi. Et nous devons aussi parler des chambres. Ma mère occupe toujours la suite attenante aux appartements du maître de maison, par conséquent tu…

— Ah non, je ne m'y installerai pas ! Où dors-tu ?

— Dans la chambre que j'ai toujours occupée. Si tu ne veux pas celle de mon père, où veux-tu… ?

— À toi de choisir. Je ne resterai pas longtemps.

— Bien sûr.

Ils étudiaient les rayonnages de livres pour éviter de se regarder.

— Combien de temps penses-tu rester ? finit par demander Cassandra.

Ah, la question rituelle que l'on posait aux invités indésirables. Une façon polie de dire : « Je ne veux pas de vous ici. »

Mais venant de Cassandra, cela signifiait peut-être : « Je veux que tu restes. » À moins qu'elle n'ait besoin de connaître ses projets pour s'organiser. Ils se voyaient tous les jours, pourtant il ne savait pas toujours ce qu'elle voulait dire quand elle lui parlait et il ne savait pas comment lui demander d'être plus claire.

C'était pourtant simple. Il aurait dû être capable de lui poser cette question, or il demeurait muet.

Ce fut donc Cassandra qui le tira d'embarras.

— Tu as dit que tu resterais jusqu'à ce qu'on sache si je suis enceinte. C'était notre accord.

— Bien. Si c'était notre accord, déclara-t-il d'une voix excessivement forte que les lambris et les tapis moelleux ne réussirent pas à étouffer. C'est encore trop tôt pour savoir ?

— Oui.

— Bon, eh bien, tu as autre chose à me montrer ?

Elle lui fit visiter le reste du manoir, en évitant cependant les étages supérieurs, lesquels abritaient notamment la nursery et la salle de classe. Il lui en fut reconnaissant.

Quand le tour du propriétaire fut terminé, Cassandra lui proposa de découvrir le parc.

— Pas tout le parc, s'empressa-t-elle de le rassurer. Mais tu aimerais peut-être voir mon jardin secret…

Joshua s'apprêtait à faire un commentaire grivois à propos de son jardin secret quand il s'aperçut qu'elle semblait toute timide soudain.

— Pourquoi pas ? dit-il.

Fébrile, elle l'emmena dans un jardin composé de parterres et de massifs fleuris, un spectacle impressionnant pour le citadin qu'il était. Une symphonie de couleurs sur fond de gazouillis d'oiseaux et de bourdonnements d'insectes.

La brise lui ébouriffait les cheveux et se faufilait dans le col de sa chemise – il avait évidemment ôté sa redingote et sa cravate, heureux que Cassandra le taquine sur son incapacité à garder ses vêtements.

— C'est ton œuvre ? s'enquit-il après deux ou trois éternuements.

— Ce jardin a été créé il y a plus d'un siècle. Je me suis bornée à l'améliorer, et j'ai une petite armée de jardiniers sous mes ordres. Oh, regarde, la barbe-de-bouc a fleuri !

— La quoi ?

Elle indiqua une touffe de feuilles vertes coiffées de hautes fleurs plumeuses.

— La barbe-de-bouc.

— C'est un drôle de nom pour une fleur.

— Pas du tout. Beaucoup de fleurs ont des noms de ce genre. Gueule-de-loup, pied-d'alouette, poule grasse, herbe à éternuer, chou puant...

— Tu inventes, la coupa-t-il en s'esclaffant.

Mais elle ne riait pas. Elle le conduisit ensuite dans un jardin de la taille d'un salon, et s'arrêta, se triturant nerveusement les doigts.

C'était important, comprit-il. Il s'avança et étudia attentivement le jardin fermé par de hautes haies. Un sentier dallé contournait des parterres fleuris pour atteindre une petite gloriette abritant une banquette aux coussins brodés. Une autre allée menait à une fontaine ornée d'une statue de femme dénudée et voluptueuse qui, debout dans un coquillage, versait l'eau d'une jarre.

— Ce n'est qu'un petit jardin insignifiant comparé au reste, mais...

— Depuis combien de temps t'en occupes-tu ?

— Quand nous étions enfants, notre mère nous a donné à chacun un petit lopin de terre. Comme cela n'intéressait pas les autres, j'ai annexé leur bout de terrain au fil du temps pour en faire mon jardin secret. J'avais dix ans quand j'ai commencé à le cultiver, et je continue à l'embellir.

Il longea les allées, frôlant les fleurs au passage, savourant le chant des oiseaux et le doux gargouillis de la fontaine. Les parterres étaient entretenus avec amour, et si colorés et débordants de vie qu'il aurait pu passer la journée à les admirer. Ce petit paradis semblait coupé du monde et hors du temps. Pour un peu, Joshua se serait cru seul au monde avec Cassandra.

Il s'approcha de la statue.

— C'est censé être toi ? Elle est passablement indécente, non ?

Elle lui donna une tape sur le bras.

— Ne fais pas l'idiot. Elle est ravissante.

Une lueur mélancolique dans le regard, Cassandra tendit la main sous le jet d'eau.

— C'est Aréthuse, la nymphe qui fut changée en source. Ma mère me l'a achetée à Leamington Spa[1]. Comme je me plaignais sans cesse d'être délaissée, maman a organisé un petit voyage juste pour elle et moi. Quand elle m'a offert cette fontaine, elle m'a dit que l'amour était comme un éternel printemps où l'eau coulait inlassablement et ne tarissait jamais. Elle m'a dit aussi : « Quel que soit ton besoin d'amour, il en aura toujours plus. »

Brusquement, Joshua comprit.

Ses sœurs étaient si belles et si vives que Cassandra se jugeait ordinaire et ennuyeuse par comparaison, bien qu'elle fût jolie, pleine d'esprit et appréciée de tous. Aussi avait-elle façonné cet espace, son jardin secret, où elle n'avait pas à rivaliser avec qui que ce fût. Même si elle dirigeait maintenant, de facto, la maisonnée, c'était seulement ici, dans ce jardin, qu'elle se sentait pleinement elle-même.

Le sentiment d'irréalité qui tenaillait Joshua depuis son arrivée se dissipa d'un coup. Ses idées étaient plus claires que jamais et il était furieusement heureux d'être venu à Sunne Park.

1. Ville thermale du Warwickshire. *(N.d.T.)*

— Ce jardin te plaît ? demanda-t-elle timidement.

— Beaucoup, répondit-il en l'attirant dans ses bras. Il te ressemble.

— Et la maison ? Ta maison te plaît ?

Il ne releva pas le « ta ».

— Je crois qu'il faut voir quelqu'un dans son décor familier pour le comprendre, déclara-t-il.

— Si je voyais ta maison de Birmingham, je comprendrais peut-être pourquoi tu es obsédé par le travail et pourquoi tu aimes tant le métal.

Elle ne verrait pas une maison, mais des pièces vides où il dormait et changeait de vêtements. Sa vraie maison se trouvait dans sa tête et dans son travail, les seules choses qu'on ne pourrait jamais lui enlever.

Cassandra lui avait révélé une facette importante de sa personnalité. Il lui devait quelque chose en échange.

— Je n'aimais pas particulièrement le métal. Je suis tombé dessus par hasard. Peu à peu, j'en suis venu à admirer l'art du forgeron, sa façon de plier le fer à sa volonté. Avec du feu et de la force, on peut métamorphoser un morceau de minerai ou de vulgaire ferraille et en faire quelque chose de formidable, d'utile ou de beau. Quelque chose de solide et de durable. C'est cette idée-là que j'aime.

— Et cela se trouve à Birmingham.

— Oui.

Elle se libéra, entra dans la gloriette et s'assit sur la banquette. Elle retira son chapeau et le posa à côté d'elle. Puis elle s'adossa aux coussins brodés et ferma les yeux. Le soleil de l'après-midi caressait son visage et allumait des reflets roux dans ses cheveux.

Il voulait garder en lui cette image pour toujours.

Puis elle rouvrit les yeux et lui sourit. Il vint s'asseoir près d'elle.

— Sunne Park est *ta* maison, dit-il.

— Non, c'est la tienne.

— Oublie la loi. Cette maison, tu l'as gagnée.

Il était soudain furieux contre la famille de Cassandra.

— Tu l'aimes, tu la fais tourner. Ta mère et tes sœurs ont besoin de toi, mais elles sont trop stupides pour s'en apercevoir. Et tu n'en es pas consciente. Je te rappelle que tes sœurs t'ont suivie à Londres.

— Oui, pour faire des bêtises.

— Non, elles sont venues parce qu'elles sont incapables de se passer de toi. Tu es le pilier de cette famille, tu la maintiens debout. Tu en es la tête et le cœur, et cette maison est la tienne. Cesse de te sacrifier, bats-toi pour ce qui t'appartient. Chasse ta mère de l'appartement du maître et prends possession du bureau de ton père.

Une expression de stupéfaction et de désarroi se peignit sur les traits de Cassandra. Il ne voulait surtout pas la perturber. Il lui caressa la joue, murmura son nom…

— Embrasse-moi, souffla-t-elle.

Il l'embrassa. Tendrement et sensuellement, il explora sa bouche, se grisa de son parfum fleuri. Comme cela ne lui suffisait pas, il l'assit sur ses genoux. Elle fit pleuvoir des baisers sur son visage et son cou. Il ne sut pas lequel des deux retroussa ses jupes et déboutonna sa braguette, mais très vite il fut en elle. Les oiseaux chantaient, la fontaine coulait, sa femme ondulait sur lui, et puis…

— Je parie que tu ne peux pas faire ça à Birmingham.

Il n'avait plus assez de souffle pour rire, encore moins pour parler, aussi se mit-il à aller et venir en elle jusqu'à ce qu'elle plante ses dents dans son épaule. Ils jouirent ensemble.

Il sentit le moment où elle reprit ses esprits, car elle se cacha le visage au creux de son cou.

— Je suis désolée, murmura-t-elle. Je ne sais pas ce qui m'a pris.

— C'est la faute des oiseaux et des abeilles. Ne sois pas désolée, j'adore qu'on se jette sur moi dans un jardin.

— Moi qui étais si bien élevée, et maintenant... c'est ta faute.

— Et je suis fier de moi !

Quand ils eurent remis de l'ordre dans leurs vêtements, Joshua resta assis, un sourire béat aux lèvres. Il attira de nouveau Cassandra contre lui et ferma les yeux.

— Nous devrions rentrer, dit-elle, pourtant elle ne bougea pas. Nous avons des choses à faire.

— Pas tout de suite. Nous sommes bien ici et ce jardin est si paisible.

Il avait beaucoup de choses à faire, effectivement. Mais le soleil était chaud, les abeilles bourdonnaient, Cassandra était blottie contre lui et une douce torpeur l'envahissait. Il était épuisé comme jamais il ne l'avait été et ce ne serait pas grave si, pour la première fois depuis quatorze ans, il s'accordait une trêve.

29

Pour un homme qui se vantait d'avoir beaucoup de travail, Joshua ne faisait pas grand-chose, songea Cassandra au cours des jours qui suivirent. Son énergie avait pourtant décuplé, il débordait d'idées et s'enthousiasmait pour un rien. Chaque matin, il sonnait le branle-bas de combat dans la maisonnée, ce qui n'empêchait pas le personnel de l'adorer.

Il déboulait dans la laiterie et terrorisait les employées, après quoi elles comprenaient qu'il voulait simplement savoir comment elles transformaient le lait en beurre et en fromage. Les jours de lessive, il soumettait les lingères à des interrogatoires serrés ; les malheureuses rougissaient, gloussaient sous cape et répondaient en bafouillant, car elles avaient ses caleçons dans les mains.

Il passa une journée entière avec les cochons qui le fascinèrent, sillonna le domaine pour rencontrer les métayers, qu'il bombarda de questions à leur en donner le tournis. Il réfléchit avec M. Ridley, le régisseur, à un plan pour reconstruire un pont branlant selon des méthodes nouvelles. Il avait même fait irruption dans la distillerie et entrepris de comparer et classer les vins et élixirs de lady Charles qui en avait été enchantée.

Lettres et messagers arrivaient quotidiennement de Birmingham, et M. Das envoya également un nouveau secrétaire, mais Joshua grommelait qu'il ne pouvait pas se concentrer, ce dont Cassandra s'étonnait, car c'était lui qui distrayait tout le monde et non le contraire.

Les jours s'enchaînaient. Une semaine s'écoula. Il dînait et passait ses soirées avec la famille et ses nuits avec Cassandra. Ils bavardaient tranquillement, faisaient l'amour passionnément et elle s'endormait le cœur plein d'espoir.

Pour se réveiller seule.

Le soleil est nouveau chaque jour. Dieu que cette devise était ironique ! Si elle l'avait toujours considérée comme une incitation à l'optimisme – on pouvait à tout moment repartir de zéro –, à présent elle la trouvait futile. Chaque jour son mari se rapprochait d'elle, cependant au lever du soleil, tout recommençait comme la veille, et elle n'avait pas davantage de chance de le garder auprès d'elle.

Car il était toujours déterminé à s'en aller.

Quand elle se risquait à dire qu'il travaillait moins qu'avant, il agitait la main et rétorquait : « Das s'en sort très bien, je reprendrai les rênes dès mon retour à Birmingham. » Lorsqu'elle évoquait les festivités du milieu de l'été, il déclarait : « Oui, mais je serai à Birmingham. » Et quand elle lui suggéra d'adopter un couple de chiens pour l'accompagner dans ses longues promenades, l'idée parut lui plaire, puis il déclara : « À quoi bon ? Je ne pourrai pas les emmener à Birmingham. »

Birmingham, toujours Birmingham.

Dieu qu'elle détestait cette ville trépidante, sale et bruyante, qui attirait son mari telle une sirène. Pourtant elle comprenait : c'était à Birmingham qu'il avait construit sa vie et c'était là que l'enfant illégitime et non désiré était devenu un industriel riche et puissant. Se changer en gentilhomme campagnard équivaudrait à se trahir. Birmingham n'était pas une simple ville : c'était l'identité même de Joshua, son cœur et son âme.

Tenter de le persuader de rester auprès d'elle serait aussi vain que de vouloir empêcher le soleil de se lever.

Alors elle lui mentait.

Elle ne lui disait pas qu'elle n'avait pas eu ses règles, taisait ses nausées, sa fatigue, ses seins douloureux. Il semblait ne rien remarquer. Elle se répétait qu'elle ne mentait pas vraiment : il était effectivement trop tôt pour avoir une certitude.

Elle en parla cependant à sa mère, puis à la sage-femme et à une amie. Mais toujours pas à Joshua. Dire qu'elle avait cru, à une époque, que si elle avait un enfant, elle pourrait se passer de mari ! La peur et la culpabilité lui nouaient la langue, car dès qu'elle prononcerait les mots fatidiques, Joshua bondirait sur ses pieds et lui dirait : « Parfait. Mon travail ici est terminé. »

Elle devait pourtant le lui dire. Comme c'était cruel ! Avoir l'enfant qu'elle désirait tant signifiait perdre le mari qu'elle aimait.

Mais peut-être que si elle lui demandait de rester… peut-être qu'il accepterait. Peut-être que ce bébé souderait leur couple.

« Si nous avons un enfant, ce sera ton enfant, pas le mien. Je ne veux pas de tout ça. »

Ou peut-être pas.

Dans ses pires moments, elle pensait qu'une fois Joshua parti, elle se sentirait mieux. Elle serait enfin délivrée de cette peur qui la taraudait, plus pénible que la nausée et la fatigue, car la peur livrait bataille en elle avec l'espoir et la déchirait. Si Joshua s'en allait, son cœur se briserait d'un coup au lieu de s'effriter jour après jour.

Par un beau matin ensoleillé, une semaine après sa conversation avec la sage-femme, Cassandra était installée dans le bow-window de son salon du rez-de-chaussée, occupée à coudre, quand elle vit Joshua traverser le jardin et venir dans sa direction.

Ses mains se mirent à trembler, son cœur à cogner. « Aujourd'hui, décréta-t-elle. Je le lui dis aujourd'hui. »

Naturellement, elle avait pris cette résolution chaque matin pendant des jours, et pourtant chaque soir, les mots refusaient de franchir ses lèvres.

« Je dois le lui dire », se morigéna-t-elle en le dévorant des yeux. Si elle ne pouvait pas le garder, elle conserverait au moins cette image : le visage de Joshua, son sourire, sa vitalité.

Soudain, cette image lui fut insupportable, mais avant qu'elle puisse courir se cacher, il la repéra près de la fenêtre ouverte, à quelques mètres de lui.

— Ah, belle princesse ! lança-t-il en ôtant son chapeau. Tu es occupée ?

— Rien d'important.

Gauchement, elle fourra son ouvrage dans la corbeille et s'arracha un sourire.

— Ne bouge pas, j'arrive ! dit Joshua en tournant les talons.

— Pourquoi perdrais-tu du temps à passer par la porte, alors que tu peux entrer par la fenêtre ?

Il lui sourit. C'était peut-être la dernière fois qu'elle le voyait sourire.

— Tu es un génie, madame DeWitt.

D'un mouvement souple, il sauta sur le rebord de la fenêtre et resta là un instant, nimbé de lumière. Une image de la virilité et de la force à conserver pieusement.

— Mazette !

— Je t'ai impressionnée ? Dis-le. J'adore t'impressionner.

— Je suis terriblement impressionnée.

Elle se leva, concentrée sur sa corbeille à ouvrage et les documents posés sur la table, tandis que Joshua sautait à terre et jetait sa redingote sur une chaise.

— J'ai eu une discussion passionnante avec M. Ridley, annonça-t-il. Nous avons été brillants, tous les deux. Notre pont sera le plus solide et le plus durable de tous les ponts du Warwickshire. Oh, j'ai aussi rencontré Mme King... Tu la connais ?

— C'est la sage-femme.

— C'est ça. Je lui ai parlé de cet homme qui affirme que l'eau transmet certaines maladies. Elle estime qu'il n'a pas tort, quoi que puissent en dire nos distingués docteurs. Elle en a assez que ces distingués docteurs lui expliquent des choses auxquelles ils ne comprennent rien – le corps féminin, par exemple. J'en ai rougi jusqu'à la racine des cheveux.

— Ça m'étonnerait.

— Bref, il me semble qu'il faudrait inviter ce médecin et lui procurer ce dont il a besoin. Parce que s'il a raison, nous pourrions sauver les gens d'ici. Qu'en penses-tu ?

Il la fit tournoyer dans une valse improvisée et elle noua les bras autour de son cou. Avant de lui avouer la vérité, peut-être pourraient-ils faire l'amour une dernière fois.

— Je pense que tu embellis le monde, répondit-elle avant de l'embrasser.

C'était censé n'être qu'un petit baiser, mais il se prolongea, et quand leurs lèvres se désunirent, Cassandra était hors d'haleine.

— J'aime que ce soit toi qui m'embrasses, avoua-t-il en souriant.

— J'aime te voir entrer par la fenêtre.

— J'entrerai volontiers par toutes les fenêtres du manoir si cela me vaut un baiser.

Elle sourit aussi parce qu'il tenait à elle. Elle comptait pour lui. Il se plaisait ici. Il apprenait à considérer Sunne Park comme son foyer et Cassandra comme sa femme.

Elle s'inquiétait inutilement. Tout irait bien.

— Tu te souviens du jour de notre rencontre ? dit-elle. Je parle de notre deuxième rencontre, dans Hyde Park. Sais-tu ce que j'ai pensé de toi ?

— Que j'étais insupportablement grossier et mal rasé ?

— En effet, acquiesça-t-elle, narquoise, mais pas seulement. En fait, tu dégageais une telle énergie que j'ai eu l'impression que tu étais traversé par la foudre. Le plus merveilleux, c'est que quand je suis avec toi, cette même foudre me pénètre.

Il se figea, un long moment, puis la plaqua contre lui.

— Si tu veux que je te pénètre…

— Oh, Joshua !

— Quoi ? s'écria-t-il d'un air innocent. Pourquoi me blâmer alors que c'est toi qui tiens des propos choquants ?

Ses mains sur ses fesses allumaient en elle un désir d'une violence qui la stupéfia, et l'affola, car elle savait ce qu'il était en train de faire : il se dérobait.

Il s'enfuyait déjà.

— J'ai quelque chose à te montrer, murmura-t-elle en s'arrachant à regret à ses bras.

— Madame DeWitt ! En plein jour ?

— Chut !

Elle le guida vers la table où elle avait laissé les plans du manoir. Elle avait la bouche sèche et la tête lui tournait. Dire que, au début, elle se moquait éperdument de ce qu'il pouvait penser !

Elle prit une profonde inspiration, puis :

— J'envisage quelques changements pour adapter cette maison à l'évolution de la famille.

Elle indiqua le plan du doigt – pourvu qu'il ne remarque pas que sa main tremblait…

— Dans cette aile du manoir que nous utilisons peu, j'aimerais transformer quelques-unes des pièces en appartement pour ma mère. Il serait près du jardin potager et de sa distillerie, elle pourrait avoir un lopin de terre pour cultiver ses herbes médicinales. Nous n'avons pas de maison douairière à Sunne Park, mais elle aurait ainsi un espace à elle tout en restant près de nous.

Silencieux, l'air pensif, il étudiait le plan.

— Et là, poursuivit-elle, eh bien, comme je m'occupe un peu moins du domaine, le bureau de mon père – je parle du grand bureau – pourrait devenir...

Inutile de le préciser, il pouvait lire ce qu'elle avait inscrit sur le plan : *Bureau de M. DeWitt*. Et pour la pièce attenante : *Bureau de Mme DeWitt*. Ainsi ils travailleraient côte à côte.

Elle lui coula un regard oblique.

Il ne dit rien.

Elle écarta la première planche, passant au plan des chambres du premier étage.

— Puisque ma mère logera ailleurs, nous pourrons nous installer dans les appartements principaux.

Elle lissa machinalement la feuille sur laquelle étaient écrits : *Appartement de M. DeWitt* et *Appartement de Mme DeWitt*. Même s'ils dormaient toujours ensemble désormais, Joshua se retirait dans sa chambre pour faire sa toilette et s'habiller.

Elle crispa les mains sur sa jupe. Il ne disait toujours rien. Il semblait pétrifié.

— Bien sûr, je vais tout redécorer, il faut donc que je sache quelles sont tes couleurs préférées, ou bien tu me laisses choisir et...

Elle n'acheva pas sa phrase. Il avait posé l'index sur le plan.

— Pourquoi ? demanda-t-il, si bas qu'elle l'entendit à peine. Pourquoi fais-tu ça ?

Elle ne comprenait pas sa question et son profil ne lui donnait aucune indication.

— Tu as dit que je devais m'approprier cette maison, alors je le fais. Mais puisque nous sommes mariés, la maison t'appartient aussi, quoi que tu en dises, et je veux que tu t'y sentes bien.

— En bonne épouse qui fait son devoir.

— J'essaie simplement de faire ce qu'il faut.

« Et il faut que nous soyons ensemble, avait-elle envie de crier. Ici, à Birmingham ou ailleurs. Te connaître m'a rendue plus forte et plus heureuse, et tu es plus heureux et plus serein depuis que tu me connais. »

Il s'appuya contre la table pour examiner les planches.

— Je veux que tu restes, murmura-t-elle. Je sais que tu as construit ta vie à Birmingham et, si tu le souhaites, je m'y installerai avec joie pour être auprès de toi. Mais à Sunne Park, tu es aussi chez toi.

Elle le sentait tendu comme la corde d'un arc. Elle ne pouvait plus respirer, il lui semblait que le sang se figeait dans ses veines, pourtant elle devait aller jusqu'au bout.

À cet instant, il passa à la troisième planche, celle qu'elle avait lâchement dissimulée : le plan des étages supérieurs, où se trouvaient la nursery et la salle de classe, ainsi que les petits croquis de fleurs et d'animaux dessinés par son amie Juno Bell et qu'on peindrait sur les murs.

Il reposa les plans, tourna les yeux vers la fenêtre. Il avait compris, évidemment.

Elle attendit, les mains moites, la gorge nouée.

Il fronçait les sourcils, et elle comprit qu'il regardait sa corbeille à ouvrage, le fouillis de tissus qui en débordait. Son regard se durcit.

Ce sera ton enfant, pas le mien. Je ne veux pas de tout ça.

Elle sentit son cœur se briser.

Il avait compris et maintenant il allait la quitter.

30

Joshua demeura immobile durant ce qui lui parut des heures, le regard fixe, avant de comprendre ce qu'il avait devant les yeux. Les ombres qui se cachaient dans les plis du tissu blanc, dans la corbeille à ouvrage de Cassandra, commencèrent à prendre forme et à danser comme les petits animaux qu'elle voulait faire peindre sur les murs de la nursery.

Il était vraiment doué pour ne pas remarquer ce qui était sous son nez.

Il reposa les plans qu'elle avait conçus pour l'attirer ici, dans sa maison. Peut-être parce qu'elle voulait un père pour son enfant. Ou peut-être faisait-elle simplement ce qui lui semblait bien. C'était tentant, mais ce n'était pas réel. Sa vraie vie se trouvait à Birmingham.

Le parquet tangua tel le pont d'un bateau dans la tempête lorsque Joshua s'approcha de la corbeille à ouvrage. Il saisit le premier bout de tissu, sur le dessus, et faillit éclater de rire. Ce n'était que la charlotte de nuit de Cassandra, dont il se moquait toujours et qui…

Non, c'était bien un bonnet de nuit, mais pas celui de Cassandra. Il tenait dans le creux de sa paume et était hérissé d'épingles – elle n'avait pas fini de le coudre. Elle n'en aurait pas pour longtemps : cette chose était minuscule.

— Ce bonnet est trop petit pour toi.

À quel moment était-il devenu idiot ? Le bon air de la campagne et tout ce bonheur domestique lui démolissaient le cerveau. L'idiotie était confortable, elle vous libérait de l'obligation de prendre des décisions.

Cassandra ne répondit pas, mais il la sentit tournailler derrière lui. Chacun de ses mouvements brassait l'air épais, étouffant, de la pièce.

Il posa le petit bonnet sur la banquette du bow-window et noua les rubans jaunes. Samuel avait un bonnet identique qui protégeait son petit crâne couvert d'un fin duvet. Le ruché qui le bordait tremblait quand il s'époumonait, rouge de colère.

Joshua saisit un autre bout de tissu dans la corbeille. Une brassière ou une petite robe. Samuel portait ça, lui aussi. Il avait quatre ans lorsque Rachel lui avait mis un pantalon. Fier comme un paon, il courait et sautait comme s'il découvrait ses jambes.

Il posa la robe au-dessous du bonnet. Elle n'était pas terminée non plus, Cassandra y brodait un semis de fleurettes. *Le bébé n'en aura rien à faire, tu perds ton temps.* Il savait cependant pourquoi elle brodait : pour tromper son impatience. « Cet enfant te brisera le cœur », faillit-il lui dire, mais elle ne l'écouterait pas. Elle ne voulait pas plus entendre qu'il ne voulait voir.

Dans la corbeille, il prit un autre bonnet, en laine celui-là et à moitié tricoté. Il fit un rapide calcul – le bébé naîtrait en hiver, il fallait donc un bonnet bien chaud. Cassandra confectionnait aussi de minuscules bas de laine pour réchauffer des jambes potelées. À moitié tricotés, eux aussi, comme le bébé.

Il les disposa au-dessous de la robe.

Un bébé. Une petite créature fantôme pas encore terminée.

Voilà ce qu'elle voulait lui dire, mais il le savait déjà, même s'il se persuadait du contraire. Il aurait pu consulter le calendrier et compter les jours. Il aurait pu se demander pourquoi elle n'avait pas eu besoin, le mois dernier, de dormir seule pendant quelques nuits. Ou pourquoi elle faisait la sieste l'après-midi, ce qu'elle ne faisait pas à Londres. Ou encore pourquoi elle mangeait à des heures indues et parfois ne mangeait pas du tout.

Il aurait pu se poser toutes ces questions, mais il s'en était bien gardé, parce qu'il ne voulait pas savoir. Lui qui cherchait toujours à tout savoir, dans tous les domaines, ne voulait pas savoir cela.

— Si c'est un garçon, j'aimerais l'appeler Charles, dit-elle d'une voix qu'il ne reconnut pas. Et peut-être Charlotte, si c'est une fille. Si tu es d'accord.

— Tu es donc sûre ?

— C'est encore tôt, mais les signes sont là et...

— Tu en es sûre ou pas ? la coupa-t-il d'une voix tranchante qui le fit frémir.

— Je...

Elle déglutit, toussota.

— J'en suis sûre.

C'était possible. Il pouvait avoir tout cela. Cette femme ravissante qui lui faisait battre le cœur et le réconciliait avec lui-même. Cet enfant. Cette demeure. Cette famille. Tout cela lui était offert sur un plateau. À lui de le prendre, de le garder, de le chérir, de le perdre.

Il lui suffisait d'aller la serrer dans ses bras et de dire oui.

Il ne bougea pas.

— Tu as obtenu ce que tu voulais.

— Je veux un mari, rétorqua-t-elle d'une voix tremblante, et pourtant plus dure qu'à l'ordinaire.

Il lui fit face. Il pouvait être ce mari. Il pouvait rester. Il n'avait qu'à la serrer dans ses bras et dire oui.

— Un vrai mari, ajouta-t-elle. Pas un homme qui ne cesse de me quitter.

Il ne s'avança pas vers elle, ne tendit pas les bras. Il ouvrit la bouche pour répondre : « Je suis ton mari. »

— Je dois aller à Birmingham, dit-il à la place.

Cette fois, il ne s'aveugla pas. Il vit qu'il venait de la perdre.

Cassandra, aimante et loyale, qui lui avait appris à laisser de nouveau parler son cœur, qui lui avait rendu l'espoir et la joie. Cassandra se renferma dans sa coquille et le rejeta.

— Eh bien, va, dit-elle. Je ne te retiens pas.

Elle passa devant lui, rassembla les affaires du bébé fantôme avec des gestes brusques et les fourra dans la corbeille à ouvrage. Puis elle le regarda et il vit une étrangère dans ses yeux à la couleur changeante.

— Tu as raison : tu n'es pas mon mari. Nous sommes mariés, voilà tout. Donc si tu dois partir, fais-le tout de suite. Tu en as une envie folle, de toute façon.

Elle le chassait. Évidemment, puisqu'elle n'avait jamais eu besoin de lui : elle désirait juste avoir un enfant. Ces plans du manoir... L'épouse faisait son devoir. Quelle hypocrite ! Elle lui reprochait de ne cesser de la quitter alors qu'elle aussi le quittait. Quand le bébé serait là, elle n'aurait plus de temps pour son mari, et ce qui existait entre eux – quoi que ce fût – se désagrégerait. Elle ne voulait pas être cruelle, mais elle ne l'avait jamais réellement aimé. Et c'était sa faute à lui s'il était si difficile à aimer.

Peu importait. Ils avaient obtenu ce qu'ils voulaient, ce dont ils étaient convenus. Ils mèneraient des existences séparées, lui à Birmingham avec son travail, elle ici avec son bébé. Cette histoire n'avait été qu'un interlude un peu idiot. La vraie vie l'attendait ailleurs. Cinq minutes dans son usine, dans le monde qu'il s'était forgé à partir de rien, et il serait de nouveau lui-même. Il oublierait ces bêtises.

— Si tu n'as plus besoin de moi, eh bien...

— Ce dont j'ai besoin, tu ne peux pas me le donner. Va, rentre chez toi, à Birmingham.

Elle se détourna, froide, le dos raide. Il lui suffisait de la prendre dans ses bras pour renouer le lien qui les unissait.

Au lieu de cela, il récupéra sa redingote et s'en alla.

La gouvernante s'affola lorsque Joshua entra au pas de charge dans sa demeure de Birmingham. Il supposa que cette réaction avait un rapport avec les draps qui recouvraient les meubles et la pagaille qui régnait dans les pièces.

— Nous n'étions pas prévenus de votre arrivée, monsieur DeWitt, déclara Mme White. Nous avions déménagé toutes vos affaires pour qu'elles ne se soient pas abîmées. C'est qu'il y avait des rats, voyez-vous. Il n'y en a plus, le dératiseur est passé, mais j'ai décidé d'en profiter pour faire un grand nettoyage de printemps.

Des rats. Des bestioles encore plus nuisibles que des sœurs.

« Va, je ne te retiens pas. »

— Continuez, dit-il. Préparez ma chambre et une collation. Ce soir, je veux être seul.

La gouvernante jeta un coup d'œil circulaire, de plus en plus affolée. Joshua regarda plus attentivement le bric-à-brac et comprit.

Ces affaires ne lui appartenaient pas.

Il avait ordonné qu'on le débarrasse des vêtements de Rachel et de Samuel, des livres de sa femme, des jouets de son fils, mais il avait conservé quelques objets. La collection de pendules de Rachel, qui était là sous ses yeux : une douzaine, maintenant réduites au silence, Dieu merci. Il n'avait jamais compris pourquoi les pendules, au tic-tac crispant, la fascinaient autant. Il y avait aussi la peau de tigre. Pourquoi diable avait-il gardé cette horreur ?

Ce fouillis occupait trop de place et le rendait nerveux.

« Tu n'es pas mon mari. Nous sommes mariés, voilà tout. »

— Vous avez l'intention de rester, monsieur ? s'enquit Mme White. Plusieurs domestiques sont absents, mais je peux leur demander de revenir dès demain.

Il agita la main – ce n'était pas du désordre qu'il voyait, c'était un jardin secret croulant sous les fleurs, avec une fontaine et une femme.

« Ce dont j'ai besoin, tu ne peux pas me le donner. Va, rentre chez toi, à Birmingham. »

— Je dois retourner à...

Il se mordit la langue, il avait failli dire : Birmingham. C'était devenu un refrain.

Ce qu'il cherchait n'était pas ici, parce que...

Normal, il n'utilisait cette maison que pour dormir et s'habiller.

— Ne vous inquiétez pas, je n'ai pas besoin de grand-chose. Je passerai la majeure partie de mon temps à l'usine.

Il décida de se rendre au bureau à pied. Les gens marchaient vite dans les rues, ce qui le surprit. Mais on était à Birmingham, tout allait vite. C'est lui qui était lent. Il allongea le pas, s'imprégnant du bruit, de l'agitation de la ville, frénésie de labeur, de victoires et de défaites. La fumée des usines, la puanteur des canaux, les bateliers qui s'interpellaient, les ouvriers qui sifflotaient. Birmingham, où l'argent était roi et où Joshua était chez lui.

Quand il atteignit le siège de sa compagnie, il marchait déjà plus vite, le vacarme ne lui écorchait plus les tympans et il ne toussait presque plus. Birmingham, où tout le monde travaillait, produisait et transmutait le plomb en or.

Das fut un peu surpris de le voir débarquer. Les dossiers étaient soigneusement empilés et tout semblait en ordre. Du reste, Das le lui confirma. Tandis qu'il faisait le point, Joshua arpentait la pièce et s'efforçait de s'intéresser à ce qu'il entendait, mais ce n'était pour lui que du charabia. C'était bizarre, car Das était clair et précis d'ordinaire.

Je veux un vrai mari. Pas un homme qui ne cesse de me quitter.

Tout paraissait bizarre. Das tenait fermement les rênes, les secrétaires s'étaient habitués à prendre des décisions et prenaient apparemment les bonnes décisions. Ils n'étaient d'ailleurs plus des secrétaires mais des directeurs – les nouveaux intitulés de fonction que proposait Das. Joshua s'était rendu inutile. On n'avait plus besoin de lui.

« Je veux que tu restes. À Sunne Park, tu es aussi chez toi. »

Non. Sa vie était ici, à Birmingham. Il l'avait juste... oublié.

— Eh bien, maintenant je suis de retour, dit-il, interrompant Das qui haussa les sourcils. Tout se passe bien, manifestement. Mais quelques changements s'imposent.

— Encore une chose, si vous permettez. J'ai le plus grand respect pour vous, monsieur DeWitt, vous le savez, et je vous suis reconnaissant de m'avoir donné ma chance.

Oh, bon Dieu ! Non.

— J'ai beaucoup appris auprès de vous. Vous m'avez passé les rênes pendant quelques semaines et j'ai vécu la période la plus exaltante de ma carrière.

Oh non, pas Das !

— Cette expérience n'a fait qu'affermir ma détermination à créer ma propre entreprise. Je ne resterai pas éternellement votre secrétaire.

— Vous démissionnez maintenant ?

— Non, répondit Das, perplexe. J'ai toutefois préféré vous avertir puisque vous comptez opérer des changements.

— Ah oui ! Des changements, bien sûr.

Joshua quitta le bureau peu après. Ils se débrouilleraient très bien sans lui. Comme à Sunne Park.

Ce qu'il cherchait n'était pas ici non plus.

Il se mit à marcher sans trop savoir où il allait. Il s'imaginait errant sans fin dans les rues de Birmingham et arrêtant les passants pour leur dire : « Je dois aller à Birmingham », et ne comprenant rien quand on lui répondait qu'il y était déjà. On l'appellerait L'Égaré de Birmingham. C'était quelqu'un d'important autrefois, murmurerait-on en le voyant déambuler le long des canaux, parmi les entrepôts et les usines, et demander inlassablement où se trouvait la ville. C'était quelqu'un d'important, mais sa femme l'a chassé, son secrétaire et ami l'a quitté, ses affaires ont périclité et il a perdu tout ce qu'il avait.

Bon sang de bois, il délirait.

Il secoua la tête pour dissiper cette vision cauchemardesque et rentra chez lui, dans sa demeure où régnait la pagaille, que les domestiques avaient désertée, mais où son lit et son repas l'attendaient.

Je sais que tu as construit ta vie à Birmingham et, si tu le souhaites, je m'y installerai avec joie pour être auprès de toi. Mais à Sunne Park, tu es aussi chez toi.

Il prit une des pendules de Rachel. Il se remémora le jour où, en rentrant, il avait trouvé Rachel dans la salle à manger – elle n'était pas loin du terme de sa grossesse et s'ennuyait à mourir – au milieu d'un fatras de ressorts, cadrans et autres pièces détachées. Elle avait démonté trois pendules.

Et la peau de tigre de Samuel, avec sa tête énorme et ses crocs jaunâtres. Son petit garçon couché sur la fourrure, qui chuchotait des secrets à l'oreille du tigre. Son petit garçon qui levait vers lui son visage grave : « Papa, est-ce que les tigres dansent ? »

Joshua plongea son regard dans les yeux de verre du tigre et se mit à rire.

Il rit jusqu'à avoir envie de pleurer, et comme il ne pouvait pas pleurer, il rit de plus belle.

Il avait eu raison : il *devait* retourner à Birmingham pour constater que sa vie n'était plus ici. Pour comprendre que tout avait changé, qu'il n'était plus le même homme. Pour comprendre que Cassandra avait bouleversé son existence de fond en comble et conquis son cœur.

Oh, Samuel, mon petit garçon. Rachel, mon amie. Birmingham, mon passé.

Cassandra, mon amour.

Rien ne disparaîtrait. Samuel serait toujours là, dans sa vie et son passé. Il s'était évertué à refouler le chagrin et n'avait réussi qu'à se priver d'amour et de joie.

Voilà ce que Cassandra essayait de lui dire depuis le début.

Il ne trouverait jamais de réponse à Birmingham, à Sunne Park, à Londres ou ailleurs dans le vaste monde. La réponse n'était pas non plus dans le fer, les roses, les bonnets d'enfant, ni même dans une peau de tigre.

La réponse était dans leurs cœurs et dans le monde secret qu'ils s'étaient inventé à deux.

Pour un homme intelligent, il était parfois prodigieusement stupide.

Il tourna les talons et, avec une énergie qui n'était pas due à la rage et à la peur, mais à l'amour et à la joie, il sortit de chez lui et s'en alla retrouver Das. Ils avaient du pain sur la planche.

31

Trois jours s'étaient écoulés lorsque Cassandra comprit que Joshua ne reviendrait pas.

Le premier jour avait été supportable. La colère la rendait forte et déterminée, et le départ de Joshua avait été un soulagement.

Le deuxième jour avait été atroce : elle sursautait au moindre bruit, espérant que c'était lui et se désespérant chaque fois.

Le troisième jour, elle n'était bonne à rien. Elle était léthargique, inquiète. Elle accusa la pluie, qui ne l'avait pourtant jamais dérangée. En outre, Lucy et Emily étaient de mauvaise humeur, à cause du départ de Joshua et de l'arrivée imminente d'une gouvernante, aussi, quand il cessa de pleuvoir, se réfugia-t-elle dans son jardin.

Elle n'y trouva pas la paix. Elle s'était juré de ne pas succomber au chagrin, mais elle souffrait physiquement. Elle avait les membres moulus et un vide affreux à la place du cœur.

Il recommença à pleuvoir. Une pluie fine qui l'empêchait cependant de quitter sa gloriette, ses fleurs, sa fontaine et ses regrets.

Tant mieux, de toute façon elle ne pouvait pas bouger. Il lui semblait essentiel de ne pas bouger.

Elle ferma les yeux, écouta le chuchotement de la pluie sur son abri. Dans les buissons, les oiseaux s'indignaient à cause du mauvais temps.

Elle avait fait l'amour avec Joshua sur cette banquette, quand elle n'avait pas su lui dire de rester et avait tenté de le garder en lui offrant son corps.

Cesse de te sacrifier, bats-toi pour ce qui t'appartient.

Peut-être aurait-elle dû se battre pour lui, malheureusement, leur histoire était vouée à l'échec depuis le début.

— Cassandra.

Comme elle aimait sa façon de dire son nom, sa voix rauque et douce, avec cette inflexion caressante sur la deuxième syllabe.

— Cassandra.

Ce ton pressant, comme si elle comptait pour lui, comme s'il l'aimait aussi. Comme si, dans un instant, il allait la prendre dans ses bras, la serrer contre lui et ne plus jamais la lâcher.

— Cassandra ?

Une note de désarroi, d'inquiétude. Elle ne supportait pas qu'il s'inquiète. Mais elle était en train de rêver, et cela lui déchirait le cœur. Elle ouvrit les yeux.

Ce n'était pas un rêve.

Joshua était là, sous la pluie, il la regardait. Son homme qui ne lui appartenait pas. Des gouttelettes d'eau s'accrochaient à ses cheveux.

Il était revenu !

Ce monstre la quittait et osait revenir ensuite ? Lui briser le cœur lui plaisait donc tellement qu'il souhaitait recommencer ?

— Non, dit-elle. Tu m'as quittée, ne reviens pas.

Il fit un pas vers elle. Deux pas. Elle voulait bouger, mais elle ne devait surtout pas bouger. Elle se mit à trembler.

— S'il te plaît, Cassandra. J'ai tant de choses à te dire.

Elle pressa ses mains sur son ventre, si lourd, si douloureux.

— Tu ne peux pas partir et revenir, et jouer ainsi avec moi.

— Avant tout, sache que j'aime déjà notre enfant.

— Non, non !

Elle était dans un tel état d'agitation qu'oubliant sa fatigue et sa douleur, elle se leva péniblement.

Un liquide coula entre ses cuisses, son ventre se contracta, et ses jambes se dérobèrent sous elle.

Il la rattrapa juste avant qu'elle s'effondre.

Elle se cramponna à lui. Il était pâle. Il plongea son regard dans le sien. Il la maintenait debout par la force de ce regard. S'il détournait les yeux, ils tomberaient tous les deux.

— Il y a du sang sur ta jupe, dit-il d'une voix sourde.

Elle sentit sa tête flotter. Puis ses bras et son buste. Ils flottaient et se dissolvaient dans la pluie. Elle était plus légère qu'une plume. Ses jambes ne servaient plus à rien. Elle ne pouvait pas bouger ni parler. Comment aurait-elle pu alors qu'elle ne respirait même plus.

J'aime déjà notre enfant. Il avait eu peur d'aimer leur bébé, et maintenant elle était en train de le perdre, ce bébé, et Joshua souffrirait tellement qu'il s'en irait et qu'elle le perdrait aussi, une fois de plus.

Elle était en train de tout perdre. Il fallait que ça s'arrête. Elle devait arrêter le sang qui coulait entre ses cuisses. Arrêter le temps. Empêcher le soleil de décliner, la pluie de tomber et les fleurs de pousser.

— Je ne peux pas, balbutia-t-elle.

Elle avait mal aux doigts. Elle les regarda, perplexe : des griffes blanches agrippant le bras de Joshua. Ce bras qui la tenait debout. Ce bras qui était tout ce qui lui restait en ce monde et qui la lâcherait de nouveau.

Il la souleva de terre et, avant même qu'elle comprenne ce qui se passait, quitta la gloriette, les fleurs, la fontaine et la quiétude. Elle se blottit contre lui.

— Il pleut, souffla-t-elle. Tu vas te mouiller.

Il resserra son étreinte et allongea le pas. Il regardait droit devant lui, la pluie collait ses cheveux à son crâne, roulait sur sa joue. Cassandra cacha son visage au creux de son épaule pour ne pas voir ce qui se passait.

Ce n'était pas raisonnable de courir ainsi sous la pluie. Ils seraient trempés. Joshua risquait de trébucher et ils tomberaient. Ou bien il attraperait un rhume, ce qui serait ennuyeux. Elle devait être échevelée, ce matin elle ne s'était pas coiffée. Pourtant, ce matin, elle n'avait pas eu de nausées. Parce qu'elle n'avait plus de nausées à cause du bébé.

Ils ne devraient pas être dehors par ce temps. La pluie allait abîmer sa robe.

Mais peu importait. Le sang avait déjà abîmé sa robe.

Joshua la serrait si fort. Il marchait si vite. Elle le regarda, ses traits étaient durs, crispés par la colère. Elle cacha de nouveau sa figure au creux de son épaule. Elle ne voulait pas se souvenir de lui tel qu'il était en ce jour où elle le perdait pour de bon, où elle perdait leur bébé, ses espoirs et son amour, tout cela à la fois, une fois de plus.

Il la portait. Il avait mal aux bras et aux jambes. Jamais un fardeau n'avait été si lourd et si précieux. Jamais il n'avait marché aussi longtemps.

La maison était si loin. Jamais elle n'avait été aussi loin. Encore un cauchemar : marcher inlassablement sans jamais se rapprocher du but, sa femme brisée, de plus en plus lourde dans ses bras, qui se cramponnait à lui, et lui qui ne savait que faire pour l'aider. Qui pouvait seulement marcher, marcher et marcher encore.

Puis, sans savoir comment, il se retrouva dans le potager, s'engouffra dans la cuisine où il faisait chaud et où tout se figea.

— Allez chercher le docteur ! aboya-t-il. Non, la sage-femme.

Il continuait à marcher, il pourrait la porter ainsi jusqu'à la fin des temps.

— Oui, la sage-femme et le docteur. Allez les chercher.

Soudain, Mme Greenway apparut devant lui, calme et sûre d'elle, et il put enfin s'arrêter. Cassandra se cramponnait à sa redingote, elle fermait les yeux pour que personne ne la voie. Mme Greenway lui effleura la joue. Sa présence était une bénédiction. La gouvernante était là lorsque lord Charles s'était suicidé. Elle savait ce que Cassandra avait fait ce jour-là. Elle la connaissait. Elle saurait comment agir.

— Elle saigne, dit-il. Je ne sais pas quoi faire.

— Portez-la dans sa chambre et couchez-la dans son lit. Nous allons nous occuper d'elle. C'est une affaire de femmes.

Il gagna le hall, soulagé. Cassandra aurait l'aide dont elle avait besoin. Lui voulait l'aider, agir. Mais il était impuissant. À quel moment était-il devenu à ce point inutile ?

Derrière lui, les ordres fusaient.

— Sally, qu'on monte l'eau du bain de lady Charles dans la chambre de Mlle Cassandra. Mary, apporte des linges propres. Joseph, va chercher Mme King.

Joshua n'entendit pas la suite, il gravissait l'escalier, la tête de Cassandra nichée au creux de son épaule. Elle gémissait tout bas tel un animal blessé.

C'était le bruit de son cœur qui se brisait.

Il ouvrit la porte de la chambre d'un coup d'épaule et allongea Cassandra sur le lit. Elle gardait les yeux clos. Il la débarrassa de ses bottines, déboutonna sa robe.

— Non, dit-elle, repoussant sa main sans rouvrir les paupières. Pas toi. Va-t'en.

Ces mots furent comme un coup de poing qui le fit chanceler. Il avait vraiment tout détruit – elle était en danger, pourtant elle voulait qu'il parte.

Eh bien, tant pis pour elle. Il était son mari et il ne partirait pas.

— Il faut te déshabiller, rétorqua-t-il. Il y a du sang sur…

Sa voix le trahit, d'ailleurs il ne savait que dire. Ce n'était pas que du sang et tous deux le savait. Il essaya de nouveau de déboutonner sa robe, mais les boutons étaient trop petits et glissants pour ses doigts soudain malhabiles.

Cassandra repoussa de nouveau sa main, et cette fois elle darda sur lui un regard fou.

— Non, répéta-t-elle plus fort. Pas toi. Il ne faut pas. Non.

— Cassandra, j'ai besoin de t'aider. Dis-moi quoi faire. Par pitié, dis-le-moi.

— Je veux ma mère.

Elle referma les yeux, laissa retomber sa tête sur l'oreiller. De grosses larmes perlèrent entre ses cils et glissèrent sur ses joues pâles.

— Je veux ma mère.

Il essuya les larmes de ses doigts tremblants, lui baisa le front et sortit de la pièce. Il fit trois pas et s'immobilisa. Ce n'était pas bien de la laisser seule. Elle ne devait pas rester seule. Mais elle ne voulait pas de lui. Elle voulait sa mère.

Sans doute lady Charles avait-elle entendu du bruit, car soudain elle fut devant lui.

— Cassandra, lui dit-il.

Elle s'avança, s'arrêta, hésita.

— Elle saigne.

Quel mot idiot. On saignait quand on s'égratignait.

— Notre bébé. Il est…

— Oh, ma pauvre chérie !

Elle se précipita vers la chambre de sa fille, s'arrêta de nouveau. Elle chancelait et Joshua lut la peur sur son visage. Elle avait perdu son fils et laissé le chagrin l'anéantir. Elle avait alors abandonné son mari et sa famille pour se réfugier dans un monde où elle ne souffrait plus.

Il n'avait pas le droit de la juger ; à sa façon, il avait réagi comme elle.

Mais plus maintenant.

Tourner le dos à sa douleur c'était tourner le dos à Cassandra ; voilà ce qu'il avait compris à Birmingham. L'homme pitoyable et inutile qu'il était avait désormais une certitude : il ne tournerait plus jamais le dos à Cassandra.

Il s'approcha de sa belle-mère, lui prit le bras pour la soutenir et la scruta. Elle était parfaitement lucide. Elle regarda la porte de sa chambre, ce refuge où elle dissimulait ses échecs, sa honte, ses remords et son chagrin. Elle savait ce qui se passait et ne le supportait pas.

Qu'elle aille au diable. Si Cassandra devait le supporter, ils le supporteraient tous.

— Elle a besoin de vous, dit-il. Maintenant.

Lady Charles avait besoin de sa drogue, de fuir. Il le comprenait. Mais il savait à présent que ce n'était pas une solution. Et s'il ne pouvait faire que cela pour la femme qu'il aimait, il le ferait.

— Tenez bon pendant quelques heures. Juste quelques heures. Vous en êtes capable. Pour elle, parce qu'elle en a besoin et que nous l'aimons.

— Je l'ai abandonnée.

— Peu importe. Elle a besoin de vous, c'est tout ce qui compte à présent. Vous et moi, nous l'avons abandonnée. Mais maintenant, nous sommes là.

Il attendit, il avait envie de hurler : « Votre fille est toute seule derrière cette porte, elle ne veut pas de moi, mais il ne faut pas la laisser seule. »

Il devait être patient, Cassandra souhaiterait qu'il le soit. Alors il attendit.

Lady Charles inspira à fond, redressa les épaules et hocha la tête.

— Bien.

Elle passa devant lui et entra dans la chambre. Cassandra n'était plus seule. Il l'entendit balbutier :

— Maman ?

— Je suis là, ma chérie. Je suis là.

La porte se referma.

Joshua s'appuya contre le mur et enfouit le visage entre ses mains. Il ne bougea pas, même quand il sentit que quelqu'un s'approchait et lui serrait brièvement le bras.

— Ça va aller.

La gouvernante. Il baissa les mains. Elle le regardait d'un air soucieux. Un bataillon de domestiques la suivait, chargé de cuvettes, de linges et de tout un attirail.

— Ce sont des choses qui arrivent plus souvent que vous ne l'imaginez, ajouta Mme Greenway posément. Tout ira bien.

Elle pivota pour s'emparer d'un paquet de linges qu'elle coinça sous son bras et d'une cuvette remplie d'eau chaude.

— Attendez ici, ordonna-t-elle aux domestiques. Vous aussi, monsieur DeWitt.

— Dites-lui…

Elle le dévisagea. Il lui ouvrit la porte, aperçut la jupe de sa femme, mais ne vit pas son visage car lady Charles, qui était assise à côté d'elle sur le lit, lui bloquait la vue.

— Dites-lui que je suis là. Je n'irai nulle part.

Pas toi. Va-t'en.

— Vous promettez de le lui dire ?

— Je vous le promets. Je dois m'occuper d'elle à présent.

32

Joshua trouvait le manoir d'un calme irréel. Mlle Lucy, Mlle Emily et M. Isaac venaient de partir en visite chez des voisins, l'informa le majordome. Joshua lui ordonna de leur faire apporter des vêtements de rechange, avec un message leur demandant de ne rentrer que le lendemain.

Il se mit à arpenter la demeure silencieuse, les domestiques s'effaçant sur son passage tels des fantômes. Deux laquais finirent par l'inciter à aller dans le grand bureau où un feu crépitait dans la cheminée. On lui avait servi une collation, des livres et un paquet de cartes étaient posés sur une petite table. Il était surpris d'être aussi docile.

Pas toi. Va-t'en.

Il ne pouvait rien avaler. Il se servit un verre de vin mais n'y toucha pas – il devait garder les idées claires, au cas où elle aurait besoin de lui. Près du feu, il avait trop chaud. Dès qu'il s'en éloignait, il grelottait. Ses jambes le trahissaient, mais aucune chaise ne lui convenait.

Alors qu'il déambulait, il remarqua des documents sur le bureau. Les plans que Cassandra lui avait montrés le jour où il avait décampé à toute allure.

Des plans intéressants, qu'il allait étudier sur-le-champ. Si sa mémoire ne le trompait pas, Cassandra avait prévu que cette pièce devienne son bureau. C'était écrit sur l'une des planches : *Bureau de M. DeWitt.*

Ah non, l'inscription avait été modifiée ! L'encre n'était pas de la même couleur et on lisait : *Bureau de Mme DeWitt*.

D'un trait de plume, elle l'avait rayé de sa vie.

Sur une feuille, elle avait dressé une liste pour Newell et elle-même : des articles et des catalogues à acheter, des renseignements à demander à Mlle Sampson afin d'ouvrir à Sunne Park une école pour les orphelins.

Elle n'avait pas manqué d'occupations.

Il avait raison depuis le début. Elle n'avait jamais eu besoin de lui. Elle avait voulu l'inclure dans sa vie parce qu'elle considérait que c'était son devoir. Elle s'efforçait toujours de faire ce qu'il fallait. Mais après qu'il avait capitulé, elle s'était enfin décidée à prendre possession de ce qui lui appartenait : son statut de chef de famille, sa maison, sa vie.

Une vie dans laquelle il n'était pas indispensable.

Il était fier d'elle. Il avait envie de pleurer. Elle avait malheureusement fondé trop d'espoirs sur leur enfant et maintenant elle l'avait perdu. Elle souffrirait et il souffrirait aussi. Un jour, leur chagrin s'atténuerait, car le chagrin finissait toujours par s'apaiser, et elle se tournerait de nouveau vers lui. Elle aurait au moins besoin de lui pour ça. S'il devait encore servir d'étalon, si c'était sa seule chance, il la saisirait.

Il continua à examiner les plans, cherchant les chambres. Cassandra avait barré la mention *Appartement de M. DeWitt* de deux traits épais, pour écrire en travers : *Pièce vide*.

Vide comme sa maison de Birmingham. Vide comme le ventre de Cassandra.

Comme le vide qui s'était ouvert en lui quand elle lui avait ordonné de partir.

Vide.

Le vide avait toutefois du bon, car il fallait le combler.

Il chercha une plume et de l'encre, raya le mot « vide » et griffonna son nom à la place. Quant au bureau... il jeta un coup d'œil circulaire. La pièce était vaste. Pourquoi ne pas la partager ? *Bureau de M. et Mme DeWitt.*

Quoiqu'elle n'aimerait peut-être pas l'avoir dans les pattes à longueur de journée. Il lui poserait la question. Passant à la nursery, il écrivit : *Chambre des enfants.*

On frappa à la porte. Sursautant, il lâcha la plume, et une tache d'encre s'étala sur le plan. Mme King, la sage-femme, entra.

— Comment va-t-elle ?

— Votre femme est fatiguée et triste, mais elle se remettra.

— Je l'ai quittée. Il y a trois jours, elle allait bien, et je l'ai abandonnée. Elle était bouleversée et... est-ce à cause de ça que... ?

— Ce n'est qu'une coïncidence, répondit-elle d'un ton brusque. C'est d'ailleurs ce que je lui ai dit.

Pas toi. Va-t'en.

— Elle m'en rend responsable ?

— Elle s'en rend responsable, elle, la pauvre petite. Mais vous n'y êtes pour rien ni l'un ni l'autre. Ne laissez pas les docteurs, ces imbéciles, vous dire le contraire. J'accouche les femmes depuis longtemps, ma mère, mes tantes et leurs mères le faisaient avant moi. Alors laissez-moi vous dire une chose : si un bébé veut naître, ma foi, il naît, et il se fiche que vous ayez le cœur brisé. Mais parfois, les bébés ne veulent pas naître. Quant à vous, laissez-la tranquille.

— Quoi ? s'indigna-t-il – c'était une conspiration. Jamais.

— Pas de rapports pendant un bon mois. Donnez-lui le temps de se rétablir, la pauvre petite.

— Je peux quand même dormir avec elle ? Juste dormir.

À Birmingham, il avait découvert qu'il détestait dormir seul.

— Oui, mais il faudra vous contenter de ça.

— Je peux la voir ?

Pas toi. Va-t'en.

— Elle dort. Laissez-la se reposer.

De nouveau seul, il se campa devant la fenêtre. Le jour déclinait, rien n'avait cependant changé. C'était toujours le même jardin. Cassandra dormirait et se réveillerait seule. Le chercherait-elle ?

Il devait lui donner quelque chose pour qu'elle sache, à son réveil, qu'elle n'était pas seule. Elle ne le serait plus jamais. Lui avait-il jamais donné quelque chose ? Pas à Londres, et il avait quitté Birmingham trop vite pour penser à lui acheter un cadeau. C'était pourtant ce que faisaient les maris, non ?

Qu'est-ce qui lui ferait plaisir ? Bon sang de bois, qu'est-ce qui ne tournait pas rond chez lui ? Il l'aimait follement et ne savait même pas ce qui lui ferait plaisir.

J'adore te voir entrer par la fenêtre.

Elle l'aimait bien, il en était sûr. Elle aimait les fleurs, la musique, les cochons, les chats et faire l'amour avec lui. Elle aimait les étoffes soyeuses, les tartes aux fraises et les élixirs infects que concoctait sa mère. Elle aimait faire de nouvelles rencontres, gagner aux cartes et frotter sa joue contre la sienne quand il ne s'était pas rasé. Elle aimait qu'il la taquine, qu'il lui caresse les cheveux et dépose un baiser entre ses seins.

Il avait toute une vie pour découvrir ce qu'elle aimait et le lui offrir.

Les plans ! Il allait lui montrer ce qu'il avait écrit ! Il saisit les planches et se rua vers la porte. Puis s'arrêta net. Non, elle était souffrante. Elle n'avait pas envie qu'il lui parle de projets, d'affaires, d'argent. Pas maintenant. Ce n'était pas un cadeau.

Il regarda par la fenêtre… Les fleurs !

Il lui cueillerait des fleurs. Les roses et… les autres qui avaient des noms bizarres.

Il courut dans le jardin encore mouillé et voulut couper une rose qui se défendit sauvagement. Suçant le sang qui lui perlait au doigt, il tendit de nouveau la main. Sa manche s'accrocha à une épine, il tira dessus pour se libérer, son autre manche se prit aussi dans les épines, et il ne parvint pas à sectionner la queue de cette satanée rose. Cueillir des fleurs s'avérait plus compliqué que prévu.

Il rebroussa chemin à toute allure, il n'avait pas le temps de se bagarrer avec les roses alors que sa femme risquait de se réveiller et de croire qu'elle était seule. Il trouva un canif à la lame bien affûtée, retourna dans le jardin au pas de course. Cette fois, la rose fut vaincue.

Ha, ah ! Admirez le conquérant des fleurs ! Une rose rose, une autre rouge, et cette fleur violette, et celle-ci toute jaune, et celle-là d'un blanc pur. Ah, il fallait quelques fleurs roses supplémentaires ! Voilà, il avait un bouquet, beaucoup moins joli cependant que ceux composés par les mains expertes de Cassandra.

Tant pis. Il avait cueilli une flopée de fleurs, il devait maintenant les attacher.

Il s'engouffra dans le hall, passant sous la devise *Le soleil est nouveau chaque jour* – preuve que les anciens étaient des ignares, car c'était le même soleil qui, chaque jour, se levait et se couchait, immuable, mais il fallait parfois le regarder d'un œil neuf. Une pensée profonde, qu'il ne manquerait pas de confier à Cassandra. Il avait tant de choses à lui dire.

Mais d'abord, une ficelle !

Fouillant le hall du regard, il repéra un ruban. La providence veillait sur lui ! Un ruban d'un beau vert, qui lui évoqua les yeux de Cassandra quand ils étaient verts. L'idéal pour attacher un bouquet. Malheureusement, le ruban était fixé à un chapeau. Bah, le chapeau n'en avait pas besoin, contrairement au bouquet. Joshua le trancha prestement avec son canif, décidément bien pratique, et attacha les fleurs.

Le bouquet n'était toujours pas aussi joli que ceux de Cassandra, mais tant pis, il n'y avait plus une minute à perdre. Il grimpa l'escalier deux à deux.

Lady Charles sortait de la chambre de sa fille. En le voyant, elle posa un doigt sur ses lèvres.

— Chut, elle dort. Il faut qu'elle se repose.

— Il faut que je la voie. C'est ma femme.

Lady Charles jeta un coup d'œil au pauvre bouquet dans sa main.

— Ne la réveillez pas. Pas maintenant.

Elle s'éloigna dans le couloir. À pas de loup, Joshua se faufila dans la chambre plongée dans la pénombre. Cassandra dormait paisiblement, coiffée de sa charlotte, la bouche entrouverte, les pommettes marbrées de rouge.

Il posa le bouquet sur la table de chevet et s'installa dans un fauteuil. Il aurait voulu la toucher, mais y renonça de crainte de troubler son sommeil.

— Je suis ton mari et tu es ma femme, murmura-t-il. Et je sais à présent ce que cela signifie. Nous sommes mariés pour le meilleur et pour le pire, et je vais consacrer ma vie à te rendre heureuse, que tu le veuilles ou non.

Sur ce, il se leva, sortit sans bruit de la chambre et redescendit au rez-de-chaussée pour attendre le temps qu'il faudrait avant de pouvoir la revoir.

33

Cassandra se réveilla. La douleur avait disparu. Le sang ne coulait plus. Une lampe brûlait ; on ne l'avait pas laissée dans le noir. Elle était seule, vêtue d'une chemise propre, coiffée d'une charlotte propre, couchée dans des draps propres. Bêta était pelotonné près d'elle.

Rien n'avait changé.

Comme si tout cela n'avait été qu'un rêve. Comme si le temps s'était enroulé sur lui-même, elle avait rêvé de Lucy chantant et dansant seule dans la salle de bal. Joshua, l'amour et le bébé. Ce n'était qu'un rêve, sa vie allait poursuivre son cours. Cette vie qu'elle accepterait parce qu'elle n'en avait pas d'autre.

Une odeur de fleur lui chatouilla les narines. Ce parfum n'était pas le bon. Si c'était un rêve, elle sentirait le parfum des violettes cueillies lors de cette lointaine matinée, au début du printemps.

Ce n'était pas des violettes qu'elle voyait sur la table de chevet, mais le bouquet le plus singulier qui soit, un exubérant fatras de fleurs mal assorties. Joshua aurait pu en être l'auteur s'il avait perdu la tête et s'était mis à cueillir des fleurs.

Un sourire erra sur ses lèvres. Joshua était revenu.

Pour le bébé, pas pour elle. C'était la première chose qu'il avait dite. Il s'était autorisé à aimer ce bébé, il ne survivrait pas à cette perte et s'enfuirait une fois de plus. Peut-être était-il déjà parti.

Qu'y pouvait-elle ? Elle devait le laisser partir.

Elle prit le bouquet, examina le ruban. Il appartenait à Emily. Bien sûr, c'était Emily qui avait cueilli ces fleurs. Pourquoi diable Joshua cueillerait-il des fleurs ?

Pourtant il aurait dû le faire. Il aurait pu le faire. Pourquoi ne l'avait-il pas fait ? Le monstre !

Le laisser partir ?

Qu'il essaie !

Elle reposa abruptement le bouquet et s'extirpa du lit. Elle était un peu étourdie, fatiguée et endolorie, mais ça allait. Enfin, ça n'allait pas, son bébé avait laissé dans son cœur un vide affreux, mais elle s'en remettrait. Un jour. Ces choses-là arrivaient, on le lui avait dit et répété. Quelquefois, les bébés ne voulaient pas naître.

Il ne lui restait qu'à faire le deuil de cet enfant, à attendre que son cœur et son corps guérissent, et à écouter les promesses des autres femmes qui lui donnaient de l'espoir.

Et lui ? *Ah non, monsieur DeWitt, pas cette fois !* Elle se résignait toujours à son sort. Par force d'âme ? Non, c'était de la lâcheté. Eh bien, cette fois, elle ne se résignerait pas. Elle se battrait.

Elle ôta sa charlotte, saisit la lampe et sortit dans le couloir obscur.

La chambre de Joshua était vide. Un frisson la parcourut, mais elle ne s'arrêta pas. Les jambes flageolantes, elle descendit l'escalier et se glissa dans le bureau.

Il était là, près de la cheminée, telle une sentinelle. Il scrutait le feu, comme elle l'avait fait durant ses soirées solitaires. Il ne se retourna pas, il ne semblait pas l'avoir entendue entrer.

Elle contempla cet homme qu'elle aimait et maudissait, cet homme exaspérant, vibrant et fascinant, qui avait fait d'elle une autre femme.

Non, pas une autre femme. Celle qu'elle avait toujours été au plus profond de son être.

Et il croyait pouvoir partir et la quitter ?

Pas question !

Elle posa la lampe sur un guéridon.

— Ne compte pas t'enfuir encore une fois.

Il sursauta, bondit sur ses pieds et s'avança vers elle, les bras tendus.

— Tu es réveillée. Comment te sens-tu ? Tu devrais te reposer. Pourquoi ne te reposes-tu pas ? Je suis tellement désolé. Tu vas bien ?

— Ce ne sera pas possible. Je refuse.

Joshua se rembrunit. Il baissa les bras, s'immobilisa. Il vacillait presque et la dévisageait.

— S'il te plaît, dit-il doucement. Laisse-moi...

— Non, le coupa-t-elle d'un ton qui le fit tressaillir. Toute ma vie, je me suis comportée correctement, sans faire de vagues. C'est fini. Je refuse, ça ne se passera pas ainsi, tu ne prendras pas la fuite.

— Cassandra...

— Tais-toi, dit-elle en le foudroyant du regard. Je ne serai ni aimable ni polie, et tu ne t'offusqueras pas, parce que c'est toi qui m'as appris à être brutale. Tu es un lâche et un idiot, et tu ne t'enfuiras pas, tu m'entends ? C'est douloureux, je sais, atrocement douloureux, mais il faudra que tu le supportes comme... comme une femme ! Je veux un mari, je n'ai que toi et je ne veux personne d'autre que toi. Alors, bon sang de bois, tu seras mon mari !

— Cassandra...

— Et ne me reproche pas de jurer ! Je jurerai si j'en ai envie ! J'en ai assez d'être convenable. Je vais te créer des problèmes, Joshua DeWitt, et tu seras mon mari, quitte à ce que je t'assomme et te ligote à une chaise. Tu m'as dit de me battre pour ce qui m'appartient. Eh bien, tu es à moi et cette fois, je vais me battre.

Elle fit un pas vers lui, mais le vertige la saisit, ses genoux se dérobèrent. Joshua se précipita, la souleva dans ses bras et s'approcha du divan. Il l'y allongea avec précaution, comme si elle était le trésor le plus précieux du monde. Puis il s'agenouilla près d'elle et lui étreignit les mains.

— Ça va ? souffla-t-il. De quoi as-tu besoin, dis-le-moi ?

— Ça va, je...

Le vertige s'était dissipé, emportant la colère avec lui. Que diable faisait Joshua à genoux, serrant ses mains dans les siennes et la regardant comme si son univers était sur le point de s'écrouler ?

— Tu veux que je reste ? dit-il. Vraiment ?

À l'évidence, lui non plus n'était pas dans son assiette.

— Tu n'as pas écouté ce que je viens de te dire ?

Il lui baisa les doigts. Ses mains étaient si fortes et sûres qu'elles pouvaient porter Cassandra, corps et âme. Ses yeux si sombres la faisaient fondre comme neige au soleil. Ses yeux.

Seigneur, il avait les larmes aux yeux.

— Tu ne voulais pas de moi, tu m'as chassé, lui dit-il dans un murmure qui lui brisa le cœur. Aujourd'hui, tout à l'heure. Je nous ai fait tellement de mal qu'au moment où tu avais désespérément besoin d'aide, tu m'as repoussé.

— Je n'ai jamais...

— Tu m'as dit : « Pas toi. » Je voulais t'aider, mais tu as dit : « Pas toi. »

Il pinça les lèvres, ferma brièvement les paupières. En pleurs elle aussi, Cassandra se laissa glisser sur le tapis et, libérant l'une de ses mains, lui caressa la joue.

— Je ne voulais pas que tu voies ce qui se passait. J'étais en train de perdre notre bébé et je ne voulais pas que tu voies ça. J'avais peur que tu ne supportes pas cette douleur.

— Mais toi, tu étais bien obligée de la supporter, donc moi aussi. Il fallait que tu sois forte et courageuse, mais pas toute seule.

La voix de Joshua avait retrouvé sa fermeté. Il lui prit de nouveau les mains.

— Quelles que soient les épreuves, nous les affronterons ensemble. Dois-je t'expliquer, madame DeWitt, ce qu'est un mariage ? ajouta-t-il avec un faible sourire.

— Tu m'aimes, dit-elle.

Une réalité facile à comprendre et à énoncer pour les esprits simples qu'ils étaient tous les deux.

— Je t'aime de tout mon être.

Elle laissa échapper un rire tremblé.

— J'aurais dû le dire plus tôt, ajouta-t-il, contrit. Il m'a fallu du temps pour m'en rendre compte.

— Il a fallu une tragédie.

— J'en avais pris conscience avant.

Elle secoua la tête, les yeux baissés sur leurs mains jointes.

— Tu dis ça maintenant, mais tu m'as quittée, et tu n'es revenu que pour...

Elle s'interrompit, fronça les sourcils. Elle fixait sa main gauche, plus précisément l'anneau d'or qui brillait à son annulaire. Elle lui saisit la main, examina l'alliance. Quoique plus large que la sienne, elle était ornée du même motif discret.

— Tu as retrouvé ton alliance.

— Je ne l'ai jamais perdue. C'est juste qu'avant, elle ne signifiait rien pour moi. Désormais, elle est le symbole de mon amour et de ma fidélité.

— Où était-elle ?

— À Birmingham.

— Alors...

Elle effleura l'anneau d'or puis regarda Joshua.

— ... tu l'as retrouvée avant de revenir. Avant que je perde le bébé.

Un étrange soulagement l'envahit. Il n'était pas revenu uniquement pour leur bébé. Il était revenu parce qu'il l'aimait. Elle avait perdu leur bébé, leur enfant de rêve, mais elle n'avait pas perdu son bien-aimé.

— C'est à Birmingham que j'ai réalisé que tu comptais plus que tout. Nous sommes mariés. Je ne parle pas des vœux que nous avons prononcés il y a deux ans, ni des alliances ou même de nos signatures sur un certificat de mariage. Je parle de moi qui ne pourrai jamais te quitter, car mon cœur, mon âme et mon corps sont mariés aux tiens. Ils l'étaient depuis un certain temps, mais je ne le voyais pas.

Il lui souleva la main, baisa l'anneau d'or à son doigt.

— Dans d'autres circonstances, il faudrait maintenant que je t'avoue mon amour, que je mette un genou en terre et te demande de m'épouser. Seulement, je suis déjà à genoux et nous sommes déjà mariés.

— Tu es toujours tellement efficace, répliqua-t-elle avec un rire chevrotant.

— Pardon de t'avoir quittée. Pardon de t'avoir blessée et d'avoir été un abominable mari. Pardon de n'avoir pas été là pour toi. Je te promets de devenir meilleur et de rendre ta vie plus douce. Et peut-être que si je t'aime suffisamment fort, tu finiras par m'aimer aussi.

Il fixait sur elle un regard implorant qui la sidéra.

— Mais je t'aime, Joshua. Évidemment.

— Tu aimes tout et tout le monde. Tu es coincée avec moi, alors bien sûr, tu... tu...

Il s'interrompit, soupira.

— Tu es douée pour aimer, mais je suis difficile à aimer.

— T'aimer est facile, je ne connais rien de plus facile, et j'adore t'aimer.

Elle posa la main sur sa poitrine, là où battait son cœur.

— Je t'aime comme je respire, par conséquent je t'aimerai jusqu'à mon dernier souffle. Voilà pourquoi je ne te laisserai jamais partir.

Il la scrutait, l'air concentré. Dans son regard, elle vit l'instant où la peur l'abandonna et où il accepta d'être aimé. Un sourire lumineux éclaira son visage, une lueur malicieuse s'alluma dans ses yeux.

Il appuya son front contre le sien.

— Il me semble t'avoir entendue dire que tu me ligoterais...

— Je pourrais bien le faire, menaça-t-elle.

— Madame DeWitt, je suis choqué !

Ils rirent, de soulagement et de joie. Ils riaient encore quand leurs bouches se trouvèrent. S'embrasser en riant n'était pas chose aisée et ils durent s'y reprendre à plusieurs fois. Mais ils y parvinrent malgré tout.

Puis Joshua s'assit sur le tapis moelleux et elle se blottit contre lui, exténuée, le cœur empreint de tristesse et de joie mêlées.

— Je t'ai fait souffrir parce que j'étais terrifié, murmura-t-il. J'avais peur de te perdre alors j'essayais de te repousser.

— Tu avais peur que, moi, je te quitte ? Oh, nous sommes deux idiots !

Elle cacha sa figure contre son épaule.

— Joshua ?

— Oui, mon ange ?

— Je ne veux plus avoir peur.

— Moi non plus. Voilà ce que je te propose : je te tiens et tu me tiens, et même si le malheur frappe à notre porte, nous restons ensemble.

— Il nous est arrivé un malheur, aujourd'hui.

— Oui, acquiesça-t-il avant de lui baiser la tempe. Mais nous aurons aussi de grands bonheurs. Et nous serons ensemble pour partager nos joies et nos peines, et réparer nos cœurs brisés.

— Un cœur se brise, c'est vrai, souffla-t-elle.

— Nous pourrions peut-être honorer la mémoire de l'enfant que nous avons perdu.

Elle leva vers lui un regard interrogateur.

— Dans ton jardin... une petite statue, peut-être...

Un flot d'amour inonda Cassandra et malgré le chagrin qui l'accablait, elle sut que des lendemains heureux l'attendaient.

— Oui, au milieu des fleurs, en souvenir de l'amour que nous avions pour lui.

Quand Joshua exigea qu'elle se repose, elle ne protesta pas. Il la souleva dans ses bras et, une fois de plus, la porta jusqu'à sa chambre et la coucha dans son lit.

— C'est toi qui as fait ce bouquet ? demanda-t-elle, adossée aux oreillers, tandis qu'il se déshabillait.

— Il te plaît ?

Elle étudia l'œuvre de Joshua, assemblée à la va-comme-je-te-pousse, et cependant pleine de vie et d'énergie.

— Beaucoup. Et pourquoi l'as-tu attaché avec le ruban d'Emily ?

— Ah... il est à Emily.

Oh, Seigneur !

— Ce ruban était-il attaché à un chapeau, par hasard ?

Il haussa les épaules avec un sourire malicieux. Il était nu et superbe.

— Je lui en achèterai un autre. Et toi, je te couvrirai de cadeaux.

— Je n'ai pas besoin de cadeaux, je désire juste...

Elle s'interrompit. Mon Dieu, elle avait oublié.

— Et Birmingham ? C'est là ta maison.

— Ma maison, c'est toi.

Il s'étendit près d'elle, rabattit les couvertures sur eux.

— Mais ton travail ?

— J'ai tout organisé avec Das. Il va investir dans la compagnie, en tant qu'associé et il la dirigera. Je ne quitterai pas complètement le navire, histoire que Das ne s'endorme pas sur ses lauriers. Mais désormais, je soutiendrai financièrement des innovations comme l'électricité et le traitement des eaux. Dans l'immédiat, elles ne sont pas exploitables et ne le seront peut-être pas avant des décennies, mais je suis sûr qu'un jour, elles rapporteront beaucoup d'argent. Ce travail-là, je peux le faire ici, avec toi. Je n'ai pas fini de t'embêter.

— Et tu quitterais Birmingham ? C'est là que tu t'es construit, que tu es devenu l'homme que tu es.

— Que j'étais, corrigea-t-il. Je suis devenu moi-même grâce à toi. Tu m'as ouvert un monde où je peux aimer et être aimé sans crainte.

— Et toi, tu m'as ouvert un monde où je peux m'exprimer et me battre sans crainte. Ce qui, apparemment, signifie que je peux crier après les gens.

— J'adore quand tu cries. Et quand tu jettes du champagne à la figure des gens et que tu renverses des fauteuils…

Il frissonna théâtralement.

— Ah, toute cette passion et cette fougue…

Le sourire aux lèvres, elle promena les doigts sur son torse.

— Je veux t'avoir près de moi, mais je… Mme King dit que je dois d'abord me rétablir. Je ne peux pas accomplir le… devoir conjugal.

— Mon devoir de mari est de laisser ton cœur et ton corps guérir. J'attendrai. Je suis un homme infiniment patient, assura-t-il en lui caressant les cheveux.

— Tu n'as pas une once de patience.

— Mais je suis inventif. Pendant que tu te soignes, je dresserai la liste de toutes les choses que nous nous ferons plus tard. Toi aussi, tu dresseras ta liste, et quand tu seras remise, nous passerons nos listes en revue. À vrai dire, j'ai déjà quelques idées.

— Moi aussi.

Elle se tourna sur le côté, le dos appuyé contre la poitrine de Joshua, et quand il l'enveloppa de ses bras, elle posa les mains sur les siennes.

— Mes idées seront meilleures que les tiennes, la prévint-il.

— Nous verrons.

— Absolument. Ma créativité t'éblouira, madame DeWitt.

— Certainement, monsieur DeWitt, je suis déjà bouche bée !

Elle ferma les yeux, blottie dans la chaleur de leur amour, certaine que, même si la vie la blessait encore, elle serait aussi pleine de bonheur.

Jusqu'à la fin des temps.

AVENTURES & PASSIONS

2 mars

Mary Jo Putney

Le serment - Le valeureux

Inédit

Lord George Gordon Audley et Callista Brooke se connaissent depuis l'enfance. Lorsque le père de Callista lui impose un mariage avec un homme plus âgé, les deux amis s'enfuient mais les deux amis s'enfuient. Vite rattrapés Gordon est envoyé en Australie. Callista se soumet à la volonté de son père et quitte l'Angleterre à jamais. Des années plus tard, la jeune femme s'est installée à Washington. Désormais veuve, elle est devenue une couturière très en vue. Mais la guerre entre son Angleterre natale et sa patrie d'adoption fait rage et l'incendie de la ville risque de lui faire tout perdre, y compris la vie ! Alors que la panique gagne la capitale, un homme traverse la foule pour la sauver. Qui est cet étranger qui ressemble beaucoup au jeune homme qu'elle a autrefois tant aimé ?

✦

Madeline Hunter

L'héritage du duc - La petite modiste de Londres

Inédit

Rosamund Jameson n'en revient pas. Un certain duc de Hollinburgh vient de lui léguer la moitié de son entreprise ! Désormais, tous les espoirs sont permis pour cette jeune modiste qui veut se faire un nom à Londres. C'était sans compter les ambitions de l'autre héritier, l'exaspérant Kevin Radnor qui se moque bien des rêves de cette petite cousette. Déterminée à se faire une place dans la bonne société, Rosamund se lance à l'assaut des préjugés d'un autre âge de cet arrogant mais très séduisant neveu...

Ella Quinn

Les Worthington - Vingt et un jours pour se marier

Inédit

Depuis la mort de sa mère, Grace Carpenter est la tutrice de ses sept frères et sœurs. Désormais, pour elle, le mariage est un horizon inaccessible. Une nuit, alors que le hasard la met en présence du comte de Worthington qu'elle aime secrètement, Grace décide de s'offrir à lui sans lui révéler son nom. Le comte, qui avait presque abandonné l'espoir de rencontrer son idéal féminin, tombe littéralement sous le charme de cette femme sensuelle qui se donne à lui dans une auberge isolée. Comment imaginer qu'au matin, la belle disparaîtrait ? Dévoré par le souvenir de cette nuit torride Mattheus se donne vingt et un jours pour retrouver celle qui a embrasé son cœur...

✦

Cathy Maxwell

Le club de Maidenshop - La cabotine

Brandon Balfour de retour des Indes apprend que son neveu et pupille, le duc de Winderton, est tombé fou amoureux d'une actrice et qu'il entend l'épouser envers et contre tout. Il n'en est pas question ! Brandon se rend à Maidenshop où vit cette délurée. Lorsqu'il rencontre la jeune femme, il reconnaît Kate Addison, qu'il avait aimé quinze ans plus tôt et contraint à l'exil ! Ébranlé, il la somme de partir sans délai. Mais Kate refuse de céder. Entre quiproquos et coups de théâtre, la belle entêtée va semer une fichue pagaille dans tout le Cambridgeshire...

Jane Ashford

La succession du duc de Tereford - Un héritage encombrant

Inédit

James Cantrell, duc de Tereford, vient d'hériter d'un hôtel particulier à Londres. Si le quartier de Mayfair est très chic, la bâtisse, longtemps délaissée, est un incroyable capharnaüm. L'oncle y accumulait un bric-à-brac dont James ne sait que faire. Pourquoi ne pas demander de l'aide à Cecelia si rigoureuse et si organisée ? Mais la jeune femme, qui connaît le duc depuis l'enfance, trouve la proposition insultante et décline son offre. Seraient-ce les avances de ce prince allemand qui poussent la jeune femme à refuser ? James veut en avoir le cœur net. En réalité, il est insupportable d'imaginer la belle Cecelia dans les bras de ce prince !

✦

Elizabeth Hoyt

Les trois princes - Liaison inconvenante

Bibliothèque idéale

Harry Pye dégage une impression de force tranquille avec ses larges épaules et ses magnifiques yeux verts... Son seul défaut, c'est d'être l'intendant de la très audacieuse lady Maitland. Malgré la froideur que Harry affiche vis-à-vis de celle qu'il s'obstine à considérer comme sa patronne, Georgina s'entiche de lui au point de prendre des risques inconsidérés. Comment vaincre les réticences du beau régisseur et lui faire comprendre qu'ils sont faits l'un pour l'autre ?

Heather McCollum

Passions en Écosse- Le laird de l'île de Mull

1522. Orpheline, Ava Sutton a été élevée par le comte de Somerset. À la mort de son bienfaiteur, humiliée par le nouveau comte, elle décide de fuir avec celle qu'elle considère comme sa sœur, Grace, promise à un chef de clan écossais. Direction l'île de Mull où règne le terrible Torquil Maclean. Comme Grace est terrifiée à l'idée d'épouser un barbare, elles décident d'échanger leurs rôles. L'intrépide Ava devient lady Somerset ! Mais cette substitution sera-t-elle suffisante pour tromper celui que l'on surnomme la « Bête d'Aros » ?

13399

Composition
FACOMPO

Achevé d'imprimer en Italie
par GRAFICA VENETA
le 3 janvier 2022

Dépôt légal : février 2022
EAN 9782290362686
OTP L21EPSN002402N001

ÉDITIONS J'AI LU
87, quai Panhard-et-Levassor, 75013 Paris

Diffusion France et étranger : Flammarion